魔王學院的不適任者

MAOH GAKUIN NO FUTEKIGOUSHA

～史上最強的魔王始祖，轉生就讀子孫們的學校～

7

作者†秋
Illustration†しずまよしのり

Kadokawa Fantastic Novels

Maoh Gakuin no Futekigousha

Correlation diagram

魔王學院的不適任者

地底世界勢力圖

【王龍國阿蓋哈】

統治者

迪德里希・克雷岑・阿蓋哈

統治騎士之國阿蓋哈的預言者劍帝。

俘虜

亞希鐵・亞羅波・亞達齊

原為吉歐路達盧的樞機主教，現今被捕獲至阿蓋哈。

龍騎士團

奈特・安米里翁

全精銳的阿蓋哈龍騎士團團長。

希爾維亞・阿比夏斯

作為強大的子龍誕生，龍騎士團的副團長。

里卡多・阿比夏斯

為龍騎士團的一員，同時也是希爾維亞的養父。

對立

對立

【霸龍國蓋迪希歐拉】

統治者

碧雅芙蕾亞・威布斯・蓋迪希歐拉

作為霸王統治蓋迪希歐拉的女性龍人。

幻名騎士團

賽里斯・波魯迪戈烏多

自稱阿諾斯父親的幻名騎士團團長。

伊杰司・柯德

「神話時代」與阿諾斯相互比拚勢力的大魔族，通稱「冥王」。

希萊姆・姬斯緹

包含希萊姆與姬斯緹兩個人格的雙重人格者，通稱「詛王」。

【迪魯海德】

阿諾斯・波魯迪戈烏多

泰然且狂妄，具備絕對的力量與自信，被世人稱為「暴虐魔王」而恐懼的男人轉生後的姿態。

米夏・涅庫羅

阿諾斯的同學，沉默寡言且個性老實，是他轉生後最初交到的朋友。

莎夏・涅庫羅

充滿自信且略帶攻擊性的少女，但很重視妹妹與夥伴，是米夏的雙胞胎姊姊。

雷伊・格蘭茲多利

過去曾多次與魔王展開死鬥的勇者轉生後的姿態。

米莎・雷谷利亞

大精靈蕾諾與魔王的右臂兩人之間誕下的半靈半魔少女。

艾蓮歐諾露・碧安卡

充滿母性、很會照顧人，是阿諾斯的部下之一。

潔西雅・碧安卡

由「根源母胎」產下的一萬名潔西雅當中最為年輕的個體。

亞露卡娜

舉辦選定審判的八柱神之一。其真實身分是過去被稱為背理神的不順從之神。

阿諾斯粉絲社

由醉心於阿諾斯並跟隨著他的人員組成的愛與瘋狂的集團。

辛・雷谷利亞

兩千年前以「暴虐魔王」的右臂隨侍在側的魔族最強劍士。

耶魯多梅朵・帝提強

君臨「神話時代」的大魔族，通稱「熾死王」。

滯留

【神龍國吉歐路達盧】

統治者

戈盧羅亞那・德羅・吉歐路達盧

信奉神「全能煌輝」艾庫艾斯的吉歐路達盧教團的教皇。

對立

§ 序章　【～最初的代行者～】

遙遠的過去——

那是發生在地底最初的審判，戰勝到最後的兩人下場。

站在無垠荒野上的，是少女模樣的創造神與祂選上的選定者。就在方才，熾烈至極的聖戰劃下句點，除兩人之外無其他人站著。

天空彷彿啼叫一般，自上方傳來刺耳的轟鳴聲。天蓋落了下來。也就是說，這是被稱為震天的地底秩序。就像地上會發生地震一樣，地底的天空會發出震鳴。

天蓋緩緩下沉，最後停了下來。比平時還要下沉的地底天空，約只有平時的一半高度。

「審判下達了。創造神所選擇的超越者啊。汝正是適合取得神力、成為秩序之人。汝就調整傾斜的天平，成為神的代行者吧。」

閃閃發光的巨大天平出現在荒野的山丘上，其周圍還飄浮著大大小小各種尺寸的天平。雖然傾斜的方式多少有些差異，但小天平幾乎都保持著平衡。

當中最不平衡的是位在中心的巨大天平。莊嚴的黃金天平左邊為盾，右邊則是劍，而且大幅地往左邊傾斜。

「調整神艾洛拉利艾姆。」

創造神朝向天平靜靜地說：

「這樣是對的嗎？」

面對詢問，被稱為調整神的巨大天平做出答覆。

「秩序天平不得傾斜。此處乃汝所創造的世界，以調整為尊的大地。」

「是我錯了。」

「不，秩序不會犯錯。我們沒有對錯，就只是將世界導向應有的道路而已。」

「我覺得我錯了。既然如此，不論這個想法是對是錯，我都是錯的。」

創造神說：

「調整神，祢的理論有破綻。」

創造神將祂的小手朝向艾洛拉利艾姆。

「我要中止選定審判，並讓這個儀式永遠結束。」

「這個儀式不會結束。只要世界存在，秩序就會永遠維持下去。為此才有選定審判。」

「要犧牲生命的秩序並不溫柔。」

「沒錯，秩序不需要溫柔。要有秩序才有生命，生與死在秩序之前都是些旁枝末節的事情。無調整的世界只會邁向滅亡。」

創造神閉口不語。然後祂閉上眼睛並開口說：

「對不起。」

無數雪月花翩翩落下，天空閃耀著「創造之月」亞蒂艾路托諾亞。

「祢會連同我的秩序一起陷入沉眠，悲傷的審判就此結束。這麼做即使能拯救秩序，也絕對拯救不了人。」

白銀光芒照射在黃金天平上，亞蒂艾路托諾亞緩緩降下，將黃金天平吞入月亮內側。

「……真是愚蠢。愚蠢的創造神……祢打算違抗自己創造的世界秩序嗎……」

「祢說得沒錯，我其實很愚蠢。」

創造神身上突然散發出龐大的魔力塊，將「創造之月」與調整神整個包覆起來。而漸漸融入月亮之中的天平，其輪廓開始扭曲變形。

「秩序若是毀滅，世界就無法避免毀滅。無數的生命將會消散，最後全會歸於虛無吧。祢要重新創造一切嗎，創造之神啊？」

創造神緩緩地左右搖頭。

「只要等兩千年就好。」

創造神以確信的眼神說：

「就算秩序天平傾向毀滅，世界也肯定不會毀滅。」

「……不可能……秩序不會曖昧，神理乃是絕對的。汝是在述說推測嗎？」

創造神點了點頭。

「沒錯。一切皆早已注定的悲劇不僅折磨著人，也傷害著神。曖昧不清的世界才是唯一的救贖。」

「無法理解。」

「我就只是不想讓其他人，走上我妹妹所走上的道路而已。」

創造神走在山丘上，前去碰觸吞下天平的「創造之月」。

「對不起，沒把祢創造得很溫柔。」

祂就像在輕撫自己的孩子般，用指尖輕輕滑過月亮；「創造之月」漸漸改變形狀。

「永別了——」

創造神的身體發出光芒。

就在這時，籠罩著純白光芒的荒野山丘上有一道奔馳的人影。那道人影拿著發出紫光的利刃，貫穿創造神毫無防備的身體。

「……唔……」

祂忍不住發出痛苦的喘息，光芒微微地收斂下來。刺進祂胸口的是萬雷劍高多迪門，劍上溢出的紫電開始侵蝕創造神的身體。

「……超越者……」

創造神朝著將劍刺來的人影說：

「……你憎恨著誰嗎……？」

那是很溫柔的一道聲音。

「是憎恨神？還是憎恨人？」

朝著要奪走自己性命的對手，創造神伸出手。

「抑或是憎恨著這個世界？」

超越者的回答，只有充滿憎恨的眼神。

「即使在此消滅我也一樣。即使成為代行者，你也得不到救贖；即使獲得神力，你的憎恨仍會持續焚燒著你、焚燒著你的靈魂。」

超越者不在乎地將雷劍捅進創造神體內。

「因為你充滿憎恨，所以我才會選擇你，對你伸出援手。即使如此，我還是無法拯救你，沒辦法阻止你。」

創造神的身體變得越來越稀薄透明，祂的生命就要結束了。

「不過——」

祂就像寄託在最後的希望上一樣說：

「在不是現在的某時、並非這裡的某處，我會讓你從你的憎惡中解脫。」

創造神身上浮現魔法陣，從中耀眼綻放著轉生之光。超越者讓萬雷劍發出紫電刺向光芒，干擾著那個魔法。

轉生之光扭曲了。

「就折磨我、輕蔑我吧。假如這樣能讓你多少獲得救贖，我甘願成為你的玩物。不過請你記住——」

創造神消滅了。

祂的身體化為光粒子逐漸散去，創造神消滅了。

「總有一天，就連你那燃燒般的憎恨都會被燒燬——因為魔王將會到來。」

超越者絲毫不在意祂留下的話語，高舉萬雷劍刺在「創造之月」上。

耀眼雷光照亮荒野。就像被秩序之柱撐起一樣，下沉的天蓋緩緩地往上升起。

於是，選定審判結束，地底最初的代行者就此誕生。

§1 【大魔王教練中斷】

吉歐路海澤停龍場——

我們仰望因為全能者之劍化為永久不滅的天蓋。

「祢說永久不滅的隔閡……」

莎夏喃喃說道。

「不、不過，我們只要用里拜因基魯瑪斬出缺口通過就好，反倒是地底的龍人們無法到地上去了，所以不會遭到侵略了吧？」

「啊～說得也是呢。這樣就沒什麼好困擾的吧？」

正當艾蓮歐諾露這麼說時，地鳴聲突然響起。

天空突然落下。那是震天。天蓋一面微微震動，一面朝大地逼近。

「阿諾斯。」

米夏指著天蓋。

「唔嗯，有一部分的天蓋掉下來了啊？儘管看起來不是很大塊。」

「你說有一部分掉下來了，不是化為永久不滅了嗎？」

莎夏慌張地喊道。

「天蓋並非一塊鐵板。秩序之柱支撐著天蓋，讓它看起來像是那樣而已。」

亞露卡娜回答。

「百年一度的震天會擾亂這個秩序。我們將下在地底的岩石雨稱為震雨，只不過——」

「尚未經過百年對嗎？」

「沒錯。」

一部分天蓋滑落下來，忽然凸出一塊大岩石，位置剛好就在吉歐路海澤的正上方。

「咯、咯、咯，那個要是掉下來的話，這座城市就完蛋了不是嗎？畢竟是化為永久不滅的岩塊，只要掉落的速度夠快，就會被單方面壓爛。」

耶魯多梅朵露出興味盎然的笑容。

「平時在掉落之前還有時間，震雨則會在震天之日的七天後在地底降下。」

亞露卡娜說。然而震動越來越惡化，使得一部分天蓋滑落，大岩石朝著吉歐路海澤筆直地落下。

「掉、掉下來了喔……！」

「……要逃嗎……？」

艾蓮歐諾露與潔西雅說。

「這時逃走會讓吉歐路海澤毀滅吧？」

我朝亞露卡娜伸出手後，祂就將里拜因基魯瑪遞了過來。

「『波身蓋然顯現』。」

宛如波浪一般，我的身體徐徐搖盪起來。隱藏可能性的身體使勁地蹬地衝出，朝著落下的震雨飛去。刀光一閃，我藉由里拜因基魯瑪的力量斬斷落下的大岩石。

當然，只有結果發生。實際上我仍然站在吉歐路海澤的大地上。

降下的岩石雨消滅，不成原樣地在空中散去。

「看來演變成棘手的事態了啊。」

亞露卡娜點點頭。

「天蓋化為永久不滅這件事違背了秩序之柱。」

每百年才會一度降下的震雨、理當在震天之日的七天後降下的那場雨，兩件事都違反秩序，現在就降下來了。

「說不定會有更多的雨降下。」

「假如落在城市裡，會導致亡國吧。」

倘若沒有七天的準備時間，就連要逃命應該都很困難。

「……這是我犯下的罪吧……」

亞露卡娜低垂著頭。

「是背理神的我所引起的。我早就背叛了哥哥……」

我把手輕輕放在露出悲傷表情的亞露卡娜頭上撫摸著祂。

「讓天蓋下雨不過是場可愛的惡作劇，這種程度算不上背叛。」

我這句話讓亞露卡娜微微倒抽一口氣。

「如果是背理神的意志引發這件事，應該有某種理由，我們先去查明。儘管不知道祂打算欺騙什麼、背叛什麼，但只要毀滅那個理由就結束了。」

「……嗯。」

亞露卡娜小聲且害羞地這樣回應。

「地上的大地怎麼樣了？」

「……表面上維持著一如往常的秩序。大地的恩澤沒有改變，田地可以耕種，果樹也能結果。可是只要潛入地底深處，岩石與土壤就會化為永久不滅的牆壁阻擋吧。」

暫時不成妨礙嗎？不過無法保證會一直這樣下去。既然地底的震天出現異常，還是認為地上的秩序也會失常比較好。

「我們不回去地上了。先解開束縛亞露卡娜的限制，讓天蓋恢復原狀。」

「要去蓋迪希歐拉？」

米夏如此詢問。假如要調查背理神的事，這麼做確實是最快的吧。

蓋迪希歐拉的霸王以及賽里斯很可能知道有關亞露卡娜的事，或者也能認為這是他們的陰謀。要是能再順便奪回戈盧羅亞那的話就好了。

「應該也會去蓋迪希歐拉吧，不過要先去阿蓋哈。只要有迪德里希的預言，照理說就能知道大概的情況才對。」

只要知道下次震雨的位置與時間，就能輕易地防範於未然。等到確保安全、掌握情報之後，再前往蓋迪希歐拉才是上策。

「耶魯多梅朵，你去通知米蘭主教震雨的事。假如是在岩石加速之前，也能靠魔法防止掉落。」

「咯咯咯，就交給我吧。」

耶魯多梅朵畫起魔法陣，施展了「轉移（gatomu）」。

只要通知米蘭，吉歐路達盧教團就會擬定對策吧。就算無法阻止最壞的情況，最起碼也能做好逃生準備。

「那麼，就剩下魔王學院的學生啊。」

我向魔王城內部傳送「意念通訊（leaksu）」。

「魔王阿諾斯下令，眾人十秒內到外頭集合，不准遲到。」

「你說十秒，他們趕得上嗎……？」

就在莎夏這麼說的瞬間，魔王城的正門就被推開。伴隨著「噔噔噔」的腳步聲，臉色大變的學生們出現在我眼前，活像是沒在十秒內趕來，就會被我怎麼樣的模樣。

「很好，各位的動作相當地快。」

我面向學生們說：

「現在要說明今後的預定。我原本想先返回地上一趟，但狀況稍有改變。那個天蓋化為永久不滅了，簡單來說，就是只有我能在上頭挖洞。」

也許是察覺到事態非比尋常吧，學生們全都露出凝重的臉色。

「方才的唱炎，是對密德海斯發動攻擊；之前迴蕩的神龍歌聲，則是吉歐路達盧長達一千五百年之間，準備用來消滅地上的魔法。我雖然擊潰了這個陰謀，不過看樣子地底比我當初所想得還要危機四伏。」

語罷，學生們就嘈雜起來。

「消滅地上……！」

「……方才的……原來是這麼可怕的大魔法啊……」

「……不對，不如說……能輕易阻止這種大魔法的人還比較可怕吧……」

他們朝我投來畏懼的眼神，「咕嘟」一聲吞了口口水。

「我原本預計今天以後也要繼續進行大魔王教練，看來不是說這種話的時候。最糟的情況下，地底會成為戰場吧。」

學生們瑟瑟發抖起來。

「因此，課程就到此為止。」

在我這麼說後，他們就安心地鬆了口氣。

「哎，這算是不幸中的大幸吧……？」

「畢竟就算在大魔王教練中死掉也不奇怪呢……」

「看來能平安回家，真是太好了……」

我朝安心地吁了口氣的他們露出微笑。

「從今天起就是實戰了，大家都繃緊神經吧。」

「「「……啥？」」」

學生們的心團結一致。

「先回去一趟不是比較安全嗎？阿諾斯大人要照料他們也很辛苦。」

米莎這樣提議。

「這是什麼話，他們可是次世代的魔皇。不是受保護的一方，而是要成為守護他人的一方，不經歷一兩場生死攸關的實戰怎麼行。」

「……或許是這樣沒錯……」

學生們朝著把手抵在嘴邊思索的米莎，紛紛握手祈禱起來。這是吉歐路達盧的祈禱方式，看來他們挺熱心學習的樣子。

「……拜託，拜託了，米莎同學……」

「說服……幫我們說服魔王吧……！」

「不論是什麼，不論妳說什麼我們都會聽……！」

他們帶著求助般的眼神望向米莎。

「……就算你們用這種眼神看我……」

雷伊看到米莎困擾的模樣，就像伸出援手似的說：

「戰鬥不會等我們都變強了才到來。就這層意思看來，他們十分幸運喔。因為有我們跟著嘛。」

學生們充滿怨念的魔眼（眼神）狠狠地瞪著雷伊。

「……你這傢伙……居然給我說這種話，雷伊。不對，勇者加隆……」

「因為是魔族，所以就見死不救嗎……你要守護的就只有人類嗎？不是這樣吧？快給我否認啊……！」

「我們是同班同學吧……！魔劍大會的時候不是拚命幫你加油了嗎！」

「我會在學院內散布你和米莎同學的羞恥照喔……！」

雷伊帶著爽朗的微笑對我說：

「看吧，阿諾斯。看看他們的眼神。他們似乎做好覺悟嘍。」

「唔嗯，就如你說的，眼神很好。」

學生們當場失望地垂頭。

哎，不論是誰都想待在安全的地方，但敵人可不會等我們。嚴厲的經驗將會成為他們的養分吧。

「那麼，即刻起全員前往阿蓋哈。治理該國的劍帝是個了不起的人物，所以我方也要盡到禮數。你們就準備一下伴手禮吧。」

我向投來疑惑眼神的學生們說：

「也就是歌舞。」

§2 【阿蓋哈的騎士】

我們飛在地底的天空上，朝著阿蓋哈而去。速度不快的人，就搭乘亞露卡娜創造的雪龍。照這個步調看來，用不了多少時間就會抵達。

「「「喝！」」」

男學生們站在雪龍背上陸續揮出正拳。而在其他龍的背上，女學生們發出「嗚嗚～♪」的聲音高歌著。

「「「喝！」」」

儘管汗水淋漓，學生們還是整齊劃一地揮拳。

「這樣不行啦！要像這樣更加地握緊愛情，以感謝的心情揮拳！不是要打倒敵人！而是要去征服啦！」

像這樣高喊的人是愛蓮。魔王聖歌隊被我任命為這次歌舞的指導教官，儘管學生們打從方才就以整齊劃一的動作揮著拳，但她光是這樣還不滿意的樣子。

「……就算妳這麼說，到底要怎麼做才行啊？妳從剛剛就一直在說精神論不是嗎？」

拉蒙出言抱怨，其他學生也一臉束手無策的表情。

「嗯～要怎麼說才會懂呢？」

「果然還是那個吧？想像一個具體的對象之類的？」

潔西卡說。

「就是這個！只要想著喜歡的人揮拳不就好了？」

諾諾的提議讓愛蓮點了點頭。

「我知道了。那麼，我們就再試一次吧！」

愛蓮再次轉向男學生們。

「大家準備好了嗎？請試著想像你喜歡的人！以朝著那個人揮拳的印象揮拳，這麼說就懂了吧？」

語罷，男學生們越來越困惑了。

「……想像喜歡的人……是要我們朝喜歡的人揮正拳嗎……」

「果然還是……要說讓人更加搞不懂了……」

「或者該說，沒辦法全力揮拳吧……」

聽到學生們這麼說，愛蓮就前傾著身體點了點頭。

「沒錯，就是這樣！會無法全力揮拳。既然如此，應該用什麼樣的感覺揮拳？不就只能像這樣充滿憐愛地揮拳了嗎！」

愛蓮發出「喝！」的一聲，揮出充滿愛情的正拳。

「好，大家試試看！」

「「「喝……！」」」

男學生們不安地揮出拳頭。若要一言以蔽之，就是感覺沒什麼自信的正拳。

「再一次！」

「「「喝……！」」」

莎夏斜眼看著訓練的模樣說：

「看他們缺乏自信的模樣，在抵達阿蓋哈之前來得及練完嗎……？」

由於分成好幾個小組輪流練習，因此現在阿諾斯組在休息等候。

「要是有經驗的話，就會不一樣了吧。」

雷伊一這麼說，莎夏就板著臉轉過頭來。

「是在說什麼經驗啦……」

雷伊不發一語地面帶微笑。莎夏嘆了口氣。

「真是的。就是因為這樣，每天打情罵俏的人才……」

話才說到一半，莎夏就張著嘴巴僵住了。她的視線前方，有一雙散發冰冷寒氣的眼睛。

「每天嗎？到底是在說什麼經驗，我也很在意喔，雷伊‧格蘭茲多利。」

辛斂起氣息，不知不覺來到雷伊的背後。

雷伊僵著笑臉，用眼神向莎夏求救，不過她假裝沒看到。

「是……什麼……經驗……？」

潔西雅一臉疑惑地詢問米莎。

「哈、哈哈哈～……是什麼經驗呢～……」

「啊～米莎妹妹。裝清純可是不行的喔！」

艾蓮歐諾露豎起食指，戳著米莎的鼻頭。

「就、就算妳這麼說，這對潔西雅妹妹來說還太早了吧？」

艾蓮歐諾露嗤嗤發笑。

「沒問題喔。畢竟我們家是施行英才教育。」

「這哪裡沒問題了……」

莎夏吐槽。

「好啦，潔西雅。要想著喜歡的人發出『喝！』喔！」

潔西雅點點頭，握起雙拳來到我身旁。

「……喝……！」

我用手輕輕接下潔西雅揮出的拳頭。

「這一拳相當不錯，阿蓋哈的劍帝也會很中意吧。」

「……潔西雅很擅長……揮拳……」

大概是得到了自信吧，潔西雅「砰、砰、砰」地揮拳打來。這模樣真是可愛。

「要自習舞蹈動作？」

米夏微歪著頭詢問。

「嗯～……要自習是沒問題啦，但可以的話，我要當『嗚嗚～』組。」

莎夏一臉厭煩的樣子回答。

「還有歌唱組。」

「那個我絕對不要！」

米夏直眨著眼睛。

「因為莎夏也很擅長唱歌。」

「唔嗯，這我倒是第一次聽說呢。妳就唱給我聽聽看吧。」

「啥！」

聽到我這麼說，莎夏就像嚇到似的大叫起來。

「……你、你要我唱那個嗎？要我……唱那個！這是命令嗎？」

「要是討厭的話也無所謂。我就是想至少聽妳唱一次歌。」

說完，莎夏突然滿臉通紅地別開視線，小聲地詢問：

「………第、第幾號？」

「唱妳喜歡的歌也無所謂。」

「那就……」

莎夏來到我身旁，把嘴巴靠到耳邊，就像耳語般地唱起歌來。

「……請不要打開…………………♪」

莎夏有點緊張地低著頭朝我看來。

「……請不要打開…………………♪」

她把頭壓得更低，臉頰染上緋紅。歌聲雖小，卻是滿懷心意的好歌。

「……請不要打開……那是……」

莎夏將視線從我臉上別開，就像喃喃自語似的擠出聲音。

「…………禁忌之門…………」

「嗚嗚～♪」

然後米夏幫忙喊了間奏的口號。

唔嗯，她唱得挺好的。假如能拋開羞恥心，說不定就能在眾人面前表演了。

「莎夏唱得很好。」

米夏輕輕拍手。

「妳的『嗚嗚～』也不錯喔。」

說完，米夏就像不好意思似的害羞起來。

「我也來唱吧。」

大概是為了逃避辛的追究吧，雷伊也跑到這邊來。

「男生全都加入正拳組比較好吧？沒時間配合聖歌隊的歌聲了。」

「那麼，把舞蹈動作弄成像拳舞一樣，不是也很有趣嗎？」

「哦，這也不錯。」

雖然是即興創作，但如果是辛與雷伊的話，就能沒問題地完成吧。只要展現華麗的走位，看起來也會很精采。

「一旦學生們的舞蹈動作順利練好，就來試試看吧。」

「哥哥。」

飛在前頭的亞露卡娜回頭看來。

「前方發現到龍群，有龍人被襲擊了。」

我將魔眼朝向下方，確實發現到數量不少的龍。有一名身穿紅色騎士服與鎧甲的青年被團團包圍。

「那是阿蓋哈騎士的正裝。」

確實跟迪德里希穿著的騎士服與鎧甲相似呢。

「……那個龍人是不是還挺厲害的啊？」

莎夏問道。青年揮劍斬殺、踢飛頭顱，還用口中噴吐的冷氣逼退接二連三襲來的龍群。

他應該很習慣獵龍吧。

「他看起來並不打算殺龍，是有什麼目的嗎？」

青年在攻擊龍時，會特意避開致命傷。倘若有這等實力，要突破包圍應該易如反掌。

「阿蓋哈附近的龍群中，有作為首領的巨頭龍。他的目的恐怕是要引牠現身。」

就在亞露卡娜這樣回答後，地面就「轟隆隆隆隆隆！」地炸裂開來，出現一頭長著兩根角與銳利翅膀的黑色異龍，其體型比龍群之中的任何龍都還要巨大。

「那就是什麼巨頭龍嗎？」

「沒錯。」

青年在手中的劍上畫起魔法陣，同時輕輕低喃：

「『神具召喚（Puresezu）』・『赤刃神（gaguna）』。」

劍上寄宿著神，染成了紅色。劍身伸長，厚度膨脹成數倍。他緩緩高舉巨大的大劍，與步步逼近的巨頭龍對峙。就在這時，騎士口中滲出鮮血。他一副發出劇咳的模樣用手按住嘴巴，嘴裡同時不斷吐出鮮血。

是早就負傷了嗎？可是魔力急遽減少了。

「唔嗯，他會死呢。」

就像漸漸失去力氣一樣，大劍從青年手中滑落，一副身體不受控制的樣子。就在這段期間，巨頭龍已經逼近到他眼前。

「吼喔喔喔喔喔喔喔喔喔喔喔喔喔喔喔喔喔喔喔喔喔喔喔喔喔喔喔喔喔喔喔喔喔！」

龍發出刺耳的咆哮張開大嘴，凶暴的利牙咬向阿蓋哈的騎士。

巨頭龍的臉發出「轟隆隆隆隆」的聲響埋進土中，沙塵揚起。

只不過，青年並沒有被吃掉。

因為在千鈞一髮之際，我抱起他的身體，將他從龍嘴中救下。

「能動嗎？」

「……感激不盡，但身體怎麼都不聽使喚，請拋下我逃跑吧……那是巨頭龍，是就算龍群聯合起來圍攻也敵不過的可怕異龍……」

就在青年騎士開口的同時，巨頭龍發出咆哮朝我們襲擊而來。

「好了！請快逃吧！我會在這裡設法爭取時間——」

騎士瞪大眼睛。大概是因為我正面迎向巨頭龍吧。

「嘎啊啊啊啊啊啊啊啊啊啊啊啊啊啊啊啊啊啊啊啊啊啊啊啊啊啊啊啊啊啊！」

龍張大嘴巴噴出漆黑龍息。我在鑽進牠的懷中避開龍息後，就用手指指甲抓住龍腳，用力將牠抓起來。巨大的巨頭龍輕盈地浮在空中。

青年騎士瞪大眼睛。

「……這……這是何等力量啊……」

我「轟隆」一聲把龍砸在地面上。

「旅行者！請用這把劍。」

青年竭盡全力舉起大劍後，將劍拋給我。只不過他在途中就吐血跪下，使得拋出的大劍飛往錯誤的方向。

「嘎啊啊啊啊啊啊啊啊啊啊啊啊啊啊啊啊啊啊啊啊啊啊啊啊啊啊啊啊啊啊啊！」

巨頭龍噴出的漆黑龍息將劍吞沒，轟飛到了遠方。

「……唔……！」

青年從收納魔法陣中拔出劍，再度往劍上注入魔力。

「住手吧。倘若依你現在的狀態施展魔法，可是會死喔。」

「……可是黑色巨頭龍的鱗片只有『赤刃神』的劍能砍傷——」

騎士的話才說到一半就停下，目瞪口呆地直盯著我瞧。這是因為我突然將「根源死殺(pebudozu)」的指尖狠狠地刺在倒地的巨頭龍身上。

只有「赤刃神」的劍能砍傷的龍鱗脆弱粉碎，我的指尖刺穿皮膚、貫穿血肉。在我「噗滋」一聲捏爛根源後，巨頭龍就發出臨死的痛苦叫喊斷氣了。
「…………什麼……？居然一擊就將黑色巨頭龍…………」
青年騎士一臉驚愕地注視著我的臉。

§3 【巨頭龍的靈藥】

龍群的首領被打倒，其餘的龍也如鳥獸般散去。
「站得起來嗎？」
我朝青年騎士伸出手，他抓住我的手站起身。總覺得他的臉色比方才好多了。
「感激不盡。我是阿蓋哈龍騎士團的成員，近衛騎士的里卡多．阿比夏斯。敢問能否請教您尊姓大名？」
「我是阿諾斯．波魯迪戈烏多。」
「阿諾斯大人，您竟然能不靠神力就打倒黑色巨頭龍，閣下該不會是子龍吧？」
他會這麼問，大概是因為地底擁有超乎常識力量的人不是神，就是子龍吧。
「我不是龍人，是地上的魔族。」
我邊說邊指向天蓋。
「地上的……」

里卡多露出驚訝的表情，不過立刻就像恢復過來似的開口說：

「這麼說來，您是迪魯海德的人？」

與吉歐路達盧不同，看來阿蓋哈的人知道地上的樣子。

「沒錯，我就是從那裡來的。」

「我國——阿蓋哈的預言曾說過，總有一天會有重視騎士道的地上英雄造訪地底。能與您相見是我的榮幸，阿諾斯大人。」

「那麼，雖然不知那個預言提到的人是否就是我們——但我很高興能遇見這麼一位勇敢的騎士。」

我重新與里卡多握手。

「我想請教你一件事，你特意引誘巨頭龍出來是所為何事？憑你的實力，要在那頭龍出來之前逃走並不難。」

里卡多點了點頭，臉色凝重地回答：

「其實小女臥病在床。」

「哦？」

「我需要巨頭龍體內精製的稀有龍珠。只要將這種龍珠製成靈藥，對小女的病就會很有療效，因此這陣子我都在為此奮戰。」

他微微露出苦笑。

「只不過，看來還是有點太過勉強了。要不是阿諾斯大人經過，我險些就要喪命了。」

「既然如此，你就快去取得龍珠，把靈藥帶回去吧。」

說完，里卡多就露出困惑的表情。

「……我不能這麼做。殺掉巨頭龍的可是阿諾斯大人。龍珠是價值驚人的東西，而且也能作為魔法具的素材使用，要是出售的話，想必能夠賣出相當的價格。假如您不清楚用途，作為救命之恩的回禮，我會知無不言、言無不盡。」

真是個重情重義的男人，居然想讓出冒著生命危險來取的藥材。

「你無須客氣，這對我來說並非必要之物。」

「我不能違背騎士道。我相信阿諾斯大人也肯定會找到用途吧。」

騎士道嗎？真是個耿直的男人。

「那麼，里卡多。我有一個目的。你就教教我，看能否用龍珠達成這個目吧。」

「是的，請您儘管說。」

「我無論如何都想讓這個不如意的世界，變得能讓道義與誠實獲得回報。老實人被當成笨蛋看待，實在太可憐了。」

里卡多恍然大悟。或許是察覺到我話中含意了吧。

「那麼，那顆龍珠我該怎麼使用才好？」

「……感激不盡。這份恩情我一定會好好報答……」

他過意不去地向我深深低頭。

而就在這時，上空傳來了聲響。

「托、托摩～！你要去哪裡？不行啦，那裡是……！」

娜亞的叫喊聲傳來，同時響起「沙沙」的奇妙聲響。正當我思考發生什麼事了，巨頭龍的身體眼看著逐漸縮小，最後變得有如棒球一般小。

「咕嚕嚕～！」

這道可愛的叫聲是托摩古逸發出來的。而變小的巨頭龍也同時消失無蹤了。

「托摩～！」

「咕嚕嚕～？」

娜亞呼喚後，小龍就出現在巨頭龍本來所在的位置上，用舌頭不斷舔著嘴巴周邊。

「唔嗯，托摩古逸把巨頭龍吃掉了啊。」

「…………咕……？」

托摩古逸撒嬌般地叫出一聲。

大概是吃掉神龍的成果吧，方才的奇妙聲音中，恐怕帶有托摩古逸的食龍之力。

「托、托摩！阿諾斯大人正在和人講話啦！不乖！」

娜亞飛下來，把托摩古逸抱在胸前。

「真、真的非常抱歉！」

她在低頭賠罪後，就返回停滯在空中的雪龍身上。

「抱歉，那是我學院的學生與她的召喚龍。」

「……不會……那本來就是阿諾斯大人殺掉的龍……」

話雖然這麼說，但里卡多的表情很黯淡。他畢竟是冒著生命危險來狩獵巨頭龍的，他女兒的病恐怕相當嚴重吧。

「那是我一度給你的東西，我就負起責任吧。能讓我看看令嫒的病嗎？」

「……好的……這我是不介意……只不過……」

「我這不是在安慰你。地上的治病魔法很發達，而我對醫療魔法也多少有些自信。既然能靠什麼靈藥治好，魔法應該也會有效。」

在我這樣提議後，里卡多就再度以過意不去的表情向我深深低頭。

「感激不盡。那麼就務必拜託您了。」

「令嫒現今住在何處？」

「就住在阿蓋哈的首都阿蓋羅菲歐納。」

「既然如此，那裡正好是我的目的地，能幫我帶路嗎？」

里卡多在點頭答應後，就在身上畫起「飛行(furesu)」的魔法陣。

「身體還好嗎？能讓那頭雪龍載你一程。」

「感謝您的關心，但我並無大礙。」

里卡多飛上空中，就如他所說，看起來並無大礙的樣子。

我也浮上空中，與上空的米夏等人會合。

「我是阿蓋哈龍騎士團的成員，近衛騎士里卡多．阿比夏斯。來自地上的英雄們啊，感謝各位的協助。由於阿諾斯大人的厚意，將由我陪同各位一起前往阿蓋羅菲歐納，沿途還請多多指教！」

里卡多在耿直地向魔王學院的學生們打過招呼後，就像要帶路似的飛在最前頭。我一面向莎夏等人說明原由，一面跟在他身後。

不久後，能看到一座被劍圍繞的城市。就像代替城牆似的，有好幾把巨大的劍緊密地插在地面上，圍繞住整座城市。城市中心有座城堡，周圍有櫛比鱗次的民家與商店，能看到人們在街道上走動的身影。

「那裡就是停龍場了。」

我們朝里卡多指的方向緩緩降落。我一踏上停龍場，就向魔王學院的學生們說：

「我有事要辦，去去就來。這座城市很安全，你們就在這裡繼續練習歌舞吧。」

我這樣宣告後，就朝辛看去。

「他們暫時交給你了。」

「遵命。」

我一轉向里卡多，他就對我說：

「那麼，請跟我來。」

我跟在邁步出發的里卡多後頭，米夏、莎夏與亞露卡娜也跟了上來。

「能一起去嗎？」

米夏向我這樣詢問。

「練習不要緊嗎？」

「已經練得很完美了。只要拋開羞恥心，就根本輕而易舉。」

莎夏「呵」的一聲微笑說道。

「哦，在這麼短的時間內就克服了羞恥心啊？妳好像打從以前就非常抗拒粉絲社的歌，是用了什麼方法？」

「……問、問我用什麼方法……沒什麼，就、就是靠氣勢啊。」

「原來如此。羞恥心是發自內心的感情，所以是用更強烈的感情去對抗啊。」

「被你這麼認真分析，我很難回答耶……」

莎夏喃喃嘀咕。

「不對嗎？」

「因為做了最為羞恥的事？」

經米夏這麼一說，莎夏的臉就瞬間染成緋紅。

「妳、妳在說什麼啦！」

「不是嗎？」

「……那是……那個……既、既然如此，米夏也照著做啊……」

唔嗯，發言沒頭沒尾。米夏也困惑地微歪著頭。

「……請不要打開……♪」

「為什麼是對我唱啊！」

「是莎夏要我照著做的。」

「那邊啦，那邊！對著阿諾斯！」

莎夏指著我。

「哎，既然妳說練得很完美的話，那就無所謂了。跟我來吧。」

我邁出步伐後，莎夏就一邊發出碎唸一邊跟過來。我們離開停龍場，一面眺望阿蓋羅菲歐納的街景，一面走在街道上。

「與吉歐路海澤不同，沒看到像是教會的地方呢。」

莎夏參觀城市的同時說出這種感想。

「也沒看到神父。」

米夏說。

「阿蓋哈是劍帝治理的騎士之國。對這個國家的人民來說，祈禱就是揮劍。唯有以自己的雙手開拓道路，才算獲得神的救贖。」

對於兩人的疑問，亞露卡娜這樣說明。

「小姐雖是地上的人，但還真是清楚呢。」

里卡多回頭看來。

「我是地底的神，是他的選定神。」

「選定神……原來是這樣啊，確實能感受到強大的力量。選定神啊，歡迎菈臨阿蓋哈，我們由衷歡迎您的到來。」

里卡多如此低頭致意，並且再度邁出步伐。

即使知道我是選定者，他也不打算多問什麼的樣子。

「阿蓋哈自古流傳著『命劍一願』的教義。」

大概是接著亞露卡娜方才的發言吧，里卡多這樣開口說。

「以自己的生命為劍來達成一個願望。不論是誰，一生都會遇到一次應當要賭上性命的戰鬥。我們要為了那個時候來臨而鍛鍊身體、磨練劍技，這即是在磨亮生命。『全能煌輝』就存在於磨亮的生命中，所以我們阿蓋哈的子民既是騎士，每一個人也能說是『全能煌輝』的光輝。」

「原來如此。是所謂生命的光輝，就是神的教悔啊？」

「沒錯。神一直都常存於此。」

里卡多把手放在自己胸前。

「因此凡事都不足為懼。因為我們早已是神，只要竭盡全力地去面對一切就好。這正是阿蓋哈的根本，不僅是最為尊貴的教義，也是我們的榮耀。」

里卡多開朗地露出笑容。

「只不過，人即是神的阿蓋哈教義，與崇拜神的吉歐路達盧教義相反，也是他們所無法接受的教義……」

要相信神——儘管這句話並沒有變，阿蓋哈與吉歐路達盧的教義卻完全不同。

就我來說，比起光只會祈禱的吉歐路達盧，斷言自己就是神的阿蓋哈教義反倒讓人覺得爽快，兩國會互不相容也是理所當然的吧。

「請往這裡走。」

里卡多在一扇大門前停下腳步。一旁的士兵看到他的臉後，將門打了開來。

「這裡是阿蓋羅菲歐納劍帝宮殿。阿蓋哈的劍帝迪德里希大人執行政務的宮殿。」

「哦，沒想到居然是在宮殿裡啊。」

「真是非常抱歉，這點應該打從一開始就跟您說明。」

里卡多穿過大門走進宮殿裡，我們跟在他身後。

「小女是迪德里希王的親信，是王龍所產下的子龍，在阿蓋哈僅有兩人擁有的龍騎士稱號持有者。」

§4 【致死之病】

阿蓋羅菲歐納劍帝宮殿——

在里卡多的帶領下，我們來到上層房間。室內很寬敞，地上鋪著豪華地毯、擺放著高級書桌以及許多家具。房間中央擺著一張大床，上頭躺著一名陷入沉睡的少女。她的雙手手腕戴著手鐲，似乎是魔法具的樣子。

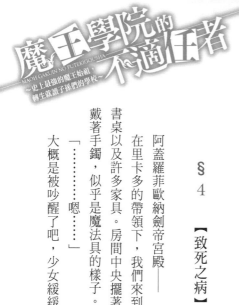

「…………嗯……」

大概是被吵醒了吧，少女緩緩轉過頭來。留長的紅髮在室內燈光下閃耀，長相凜然的她有點疑惑地注視著我們。

「我回來了，希爾維亞。」

里卡多一臉溫柔地說。

「歡迎回來，父親大人。這些客人是誰啊？」

儘管才剛睡醒，希爾維亞還是以凜然的語調詢問。

「他們是從地上來的客人。雖然今天也沒有取得靈藥，不過這位大人說自己說不定能治好妳的病。」

里卡多稍微把手朝向我，為我介紹。

「這位是阿諾斯·波魯迪戈烏多大人。」

「請多指教了。」

在我這麼說後，希爾維亞就在床上坐起上半身，恭敬地低頭致意。

「有勞您遠道而來。我是迪德里希王的親信，龍騎士希爾維亞·阿比夏斯。也請您多多指教。」

我勾上希爾維亞伸出的手與她相握，同時將魔眼朝向她。

魔力的流動停滯了。一如預期，她似乎病得相當嚴重。

「真是非常抱歉，方才忘了跟您說。小女罹患的病叫做欠龍病——」

「是彷彿器官破了缺口一樣，魔力從體內流失，最終導致死亡的疾病啊？現在用戴在雙手手腕上的手鐲封住缺口，避免魔力從根源流失，但沒辦法完全抑制住。」

里卡多一臉驚訝地看著我。

「莫非地上也有相同的疾病……？」

「不，是我剛才診斷出來的。看來原因出在龍人特有的臟器上。」

我注視希爾維亞的病灶深淵。

「唔嗯，魔力器官有一部分失控了嗎？這就是病灶吧。」

「……什麼……才不過數秒，就看出欠龍病的症狀與原因……」

里卡多驚訝地吁了口氣。

「只要治好魔力器官，欠龍病就會痊癒。」

「……能……治好嗎……？」

希爾維亞半信半疑地問。

「應該沒問題吧。」

「可、可是，阿諾斯大人。欠龍病即使以再生守護神的力量治療身體，也依舊無法治癒。除了巨頭龍的靈藥之外，不論是什麼樣的魔法都沒有效果。」

里卡多說。

「即使是巨頭龍的靈藥也無法根治，只能緩和症狀、防止惡化，我說得沒錯吧？」

里卡多惶恐地點點頭。

「是、是的。靈藥的藥效大約只有一年左右，只要使用大量魔力，症狀就會惡化。」

「恐怕巨頭龍的靈藥本來就是一種毒，具有讓部分魔力器官麻痺的效果吧。由於麻痺的部位碰巧與因欠龍病失控的魔力器官一致，所以才有辦法抑制住症狀。」
我在希爾維亞身上畫起魔法陣。
「之所以連再生守護神的力量也無法治癒，是因為這個魔力器官會被視為是正常的。畢竟神是秩序，儘管能再生受損的器官，也無法再生遵循秩序的器官。」
「魔力器官明明失控了，卻是正常的？」
希爾維亞一副「這不合理」的感覺詢問我。
「假如說是魔力器官太過發達，就很容易理解了吧？雖然臟器本身是正常的，但太過強大使得身體無法負荷。」
「……這樣啊。」
「另外還有一點。根源帶有肉體記憶，會讓人無法改變器官的狀態——有異常的應該是這一邊。再生守護神無法干涉根源。」
儘管抱持些許希望，里卡多還是一副戰戰兢兢的模樣問：
「……那麼要怎麼做……？」
「只要切除根源不好的部分就好。只不過，這麼做會稍微痛得生不如死喔？」
說完，希爾維亞就像做好覺悟似的說：
「無所謂。我也是騎士，不論是什麼樣的痛苦都會忍下來。請您動手吧。」
「心態很好。放心吧，只有瞬間會感到痛苦。」
我在右手施展「根源死殺」，以漆黑的指尖貫穿希爾維亞的胸口。

「……啊……唔……」

我以魔眼（雙眼）凝視，瞄準她的病灶。由於這麼做也關係到魔法性的手術，所以無法一概而論，假如要用物理性的大小表示，病灶大約只有心臟的十億分之一大。要切除的部位位於根源中樞，只要不小心切除太多根源，就有可能留下某種後遺症。

我專心瞄準，以纖細的指尖與魔法操作將根源切成兩半，然後從內側切除病灶，再立刻接合。

「啊、啊啊啊啊啊啊啊啊啊啊啊啊啊啊啊啊啊啊啊啊啊啊啊啊啊啊啊啊啊！」

希爾維亞從口中發出巨大慘叫。等我抽出右手後，她就突然暈厥過去了。

我施展「總魔完全治癒（eishiearu）」，治療她被我貫穿的身體。

里卡多不安地窺看著我的表情。

「成功了。儘管根源多少有點受損，但馬上就會恢復，只要幾個小時就會醒來了吧。」

我以指尖送出魔力，將希爾維亞的手鐲卸下。直到方才為止，只要沒有這個魔法具就會流失的魔力，現在卻正常地在她體內循環。

「哦……哦哦……什麼…………這是…………」

里卡多眼中泛起淡淡淚光，向我深深地低頭致謝。

「這是奇蹟的技術，真不知道要怎麼答謝您才好。真的，我不知道要怎麼表達我的感謝之意。」

「把頭抬起來。我只是盡到讓靈藥白費的責任，被你這麼感謝，我也挺難為情的。」

在我身後的莎夏笑得一臉得意，米夏以溫柔的眼神朝我看來。

「這可不行。阿諾斯大人是小女的救命恩人，不論有何要求都請儘管吩咐。只要是我能做到的事，不論是什麼樣的要求，我都會報答此恩——」

里卡多突然陷入沉默，整個人往前倒下。我立刻伸手扶住他。

「……咳咳……嗚啊……！」

他痛苦地劇咳起來，嘴角滲出鮮血。

「唔嗯，這麼說來，你好像從方才就不太舒服的樣子。」

「柔軟床鋪。」

米夏施展「創造建築(airisu)」做出床鋪。我扶著里卡多，小心翼翼地讓他躺上去。他以痛苦的眼神望著我說：

「…真、真的非常抱歉…………」

「我原以為你受傷了，不過里卡多，你也有病在身吧？就當作順便，我來治好你吧。」

「……不，您不需要這麼做。這不是疾病，而是我壽命將盡。」

「你看起來還不到那種年紀吧？」

「龍人有時會罕見地生出短命種，會老化得很快。以普通龍人來說，我已經可以說是老龍種，早就是大限不論何時到來都不奇怪的狀態了。」

「我就姑且診察一下吧，說不定能讓你不再發作。」

我將魔眼看向里卡多的身體尋找病灶。乍看之下確實看不出病因，就像衰老一樣。

「真虧你能用這種身體與龍交戰。就如你所說的，你的壽命就快到盡頭了。」

他大概是以魔力鞭策身體，勉強自己動起來的吧。

「要是知道的話，想請您告訴我一件事……」

「你想知道什麼？」

「……依阿諾斯大人所見，我還能再活一個星期嗎？」

「這很難講呢。你有什麼事嗎？」

「阿諾斯大人知道王龍嗎？」

是亞希鐵偷走的那頭龍啊？

「是指吞食根源，產下子龍的龍吧？」

里卡多點了點頭。

「……假如我能再活一個星期，就能將這個根源作為王龍的祭品獻上。如此一來這條沒有未來的身軀就能成為新生子龍的力量，化為守護阿蓋哈的劍，可以奠定國家的基礎……」

瀕臨死亡時的心願是祖國的繁榮啊？真是個有如騎士典範的男人。

「迪德里希什麼也沒說嗎？」

如果是娜芙妲，應該也能看到里卡多的未來吧。那個男人應該知道結果。

「儘管身為預言者的劍帝或許能看到一切，但他並不會將一切都預言出來。特別是不好的預言，他絕對不會說出口。」

「為什麼？」

「阿蓋哈的人民對預言深信不疑。可是，要是知道了死期，也有不少人會喪失求生意志。假如說出不好的預言，這些人大多會在死期到來之前自絕性命，就算沒有，應該也會過著悲哀的人生。劍帝曾說過，看到未來就跟絕望一樣。」

的確。如果是好的預言倒還無妨，要是聽到不好的預言，早在聽到那個階段就會迎來不好的未來。

迪德里希能看見：不說出口，會比較容易抵達最好的未來。

「假如是這樣，會因為沒有被預言壽命，讓你因此得救吧。」

「……得救是什麼意思……？」

里卡多投來疑惑的眼神。

「衰老病是兩千年前，一部分地上地區流行的疾病，會讓人乍看之下彷彿衰老一樣地死去。雖然病原是讓魔力變質的老蟲，不過這種蟲只會寄生在沒有抵抗力的嬰孩身上。」

由於只會寄生在嬰孩身上，所以才會存在短命種這種結論吧。

「老蟲是沒有形體的魔力蟲。由於從嬰孩時期就與你的魔力同化、合為一體的關係，使得牠的存在被隱藏起來。人們普遍認為這種魔力蟲不會自然產生。」

「……也就是說………？」

「只能認為是某人創造出來的魔法。」

只是到最後，因為找不到術者，就連在迪魯海德也無法斷定老蟲是魔法的產物。既然迪德里希沒能阻止這件事發生，老蟲就是在他與娜芙妲締結盟約之前就創造出來的吧。又或者是，兩千年前在迪魯海德創造老蟲的人，以及把老蟲帶到地底的人，說不定是同一個人物。

從娜芙妲的秩序看來，祂只能看到未來，應該連自己經歷過的過去都無法記住太久。儘管祂應該能看到我在這裡說出衰老病內情的未來，但就算祂知道真相，假如束手無策的話就無能為力。既然如此，先當作是短命種處理應該比較好。

「不論如何，這病有治療魔法。」

我向里卡多畫起魔法陣，施展治療衰老病的「衰老病治癒」的魔法。潛藏在他體內的老蟲瞬間消失，這樣衰老病就不會再繼續惡化下去了。

「治好了嗎……？」

「病是治好了。我要將你的身體時間調回老化之前，讓我稍微讀一下記憶吧。」

我畫起魔法陣，施展「意念領域」。

「……讀記憶……請問要怎麼做……？」

「沒什麼，只要適當回答我的話就好。也是呢，就問你希爾維亞的事吧。既然是子龍，那麼她就不是你的親生女兒了。」

里卡多點了點頭。

「子龍是王龍所產下的子嗣，不會有扶養他們的父母親，所以會由養父或養母收養。我與希爾維亞相遇是在十八年前。作為近衛騎士，奉劍帝之命肩負起扶養龍騎士的責任。」

里卡多當時的想法與記憶傳達過來。如果是十八年前，會成為很適當的起源吧。我在里卡多身上畫起魔法陣，施展「時間操作」局部性地讓時間倒轉。

也就是讓他恢復年輕了。

「結束了，你起身看看。」

里卡多照我的吩咐站起身來。在動動手腳後，他露出難以置信的表情。

「……簡直就像回到了從前。不對，甚至覺得身體比以前還要輕盈了一點。」

「因為你現在能運用以前被老蟲吸走的魔力了。這樣你就能跟普通龍人一樣生活，就算不當王龍的祭品，也只要憑自己的雙手守護國家就好。」

里卡多臉上滿是感激地說：

「我真的……小女的病情也是，真的不知道該怎樣報答您才好……只要是我能做到的事，不論是什麼，都請您儘管吩咐……」

里卡多向我深深低下頭。

「你無須在意，這只是舉手之勞。」

我解除「意念領域」——就在這之前，里卡多的心聲在我的腦海中響起。

這樣一來，我就能成為王龍的祭品了——

§5　【龍騎士團登場】

我沒有提及心聲地向里卡多問：

「話說回來，我能與迪德里希會面嗎？」

「當然可以。只不過，王說今天會迎接重要的客人，所以現在外出了。我想他會在傍晚之前回來，在他回來之前要先在這裡等候嗎？」

里卡多要成為祭品是在一個星期後，目前還有時間。就算要過問此事，也必須先了解這個國家的文化才行。

「那我晚上再來吧。我再問你一件事，王龍在阿蓋哈具有什麼樣的意思？」

在我詢問後，里卡多就以正經的表情回答：

「王龍是阿蓋哈的預言所流傳下來的教義之一。藉由將許多龍人作為祭品獻上，牠會將吞食的根源凝聚成一體，產下救國的英雄──子龍。」

「祭品聽起來很不安穩呢。」

里卡多就像同意似的點了點頭。

「就如您說得一樣。不過王龍的祭品是沒有未來之人的希望。像我這樣的短命者，或是罹患不治之症的病人，還有犯下罪不可赦犯行的罪人，才會得到成為王龍祭品的資格。而不是以王龍為優先，一味地奪取人們的性命。」

「你說子龍會成為救國的英雄，那麼她也是嗎？」

我看向在床上沉睡的希爾維亞。

「沒錯。阿蓋哈的龍騎士是支撐國家的絕對不斷之劍。據說在終將到來的災厄之日，他們會以那不屈的力量保衛國家。」

「既然說是阿蓋哈的預言，那麼這預言是迪德里希說的嗎？」

「不，是建立阿蓋哈國最初的劍帝所說的預言，並由我們代代流傳下來，成為我國人民、我等騎士規範的教義。」

里卡多緩緩走向床鋪，低頭看著沉睡中的女兒。

「既然英雄要守護國家，我等騎士就必須守護英雄。只要能做到這一點，阿蓋哈就安泰了吧。」

「災厄之日是指什麼？」

「這也是阿蓋哈的預言所流傳下來的內容。據說不是指特定的日子，而是泛指一切的國家危機。迪德里希王說不定能看到那一天，但我們並不知曉詳情。」

他握緊拳頭，以堅定的眼神看著我。

「只不過，因為不是太平盛世，我們阿蓋哈騎士才必須時時做好準備。不論什麼苦難襲向此身、襲向這個國家，都要命劍一願地挺身對抗。」

如此明確述說的里卡多全身散發出堅定的信念。

「作為騎士、作為國家的劍，我們要善盡自己該做的事。而我國的教義之一，就是王龍產下的阿蓋哈龍騎士。」

里卡多輕輕撫摸持續陷入沉睡的希爾維亞的頭。

「為此，我對小女說不定有點太過嚴厲了……這孩子在小時候也經常抱怨。或許，她並不想成為什麼英雄。」

就像猛然回神似的，里卡多低頭賠罪。

「……抱歉說了多餘的話，還請您別放在心上。」

「你後悔嗎？」

在思考了一會兒後，里卡多搖搖頭。

「將她培育成出色的騎士是我的職責。倘若不這麼做，我甚至無法成為這孩子的父親吧。我並不後悔，只是……」

他直直注視著女兒的臉龐脫口說：

「不知道小女是怎麼想的。」

「要是死了的話，就什麼也辦不到，你希望她變強而嚴厲教育的愛並沒有錯。假如有機會的話，就找個時間和她慢慢談心吧。」

「……是啊，您說得沒錯。假如有機會的話，我想這麼做……」

他以茫然的眼神注視著女兒，就像知道這個機會不會到來一樣。

「你病剛好，就別勉強自己，去休息吧。」

「是。真的由衷感謝您的幫助。」

我們轉身離開劍帝宮殿，沿著來時的道路返回，朝停龍場走去。

「在意？」

米夏窺看著我的臉龐這樣問。

「多少有點。我在解除『意念領域』之前，聽到了里卡多的心聲。他當時心想：『這樣一來，我就能成為王龍的祭品了。』」

「啥！」

莎夏驚叫出聲。

「可是，能成為王龍祭品的，不是說只有沒有未來的人嗎？衰老病明明治好了，他沒有成為祭品的必要吧？」

「說不定有什麼無法對外人說的事情。現在阿蓋哈有兩名龍騎士吧？也許能認為他們還需要一名龍騎士。」

在我這麼說後，亞露卡娜就接著說：

「說不定有了預言。」

「像是讓那個叫里卡多的人成為祭品，就能拯救其他更多的人這樣嗎？」

「沒錯。命劍一願，他會為了想要拯救的事物賭上性命。如果看得到這種未來，就有成為祭品的價值吧。」

米夏微歪著頭。

「劍帝也知道這件事？」

「應該知道吧。不過，迪德里希也說過，無法顛覆的預言是沒有意義的。」

犧牲少數，拯救多數。儘管這點就道理來說是正確的，然而他會不惜打破只會犧牲沒有未來之人的規定也要這麼做嗎？

「即使里卡多想成為祭品，迪德里希說不定也不會答應。」
假如是這樣，就根本不用我多管閒事。
「總覺得從阿諾斯的口氣聽起來，阿蓋哈的劍帝就像個正常人一樣呢。」
莎夏一臉疑惑地說。哎，亞希鐵誆騙亞傑希翁的王族，戈盧羅亞那意圖要消滅地上，她會對地底的龍人沒有好印象也是沒辦法的事。
「雖然我們只見過一次面，當時的他是位相當出色的王。」
「哦？既然你這麼說，那就是這樣了吧。里卡多的事有什麼內情嗎？」
「不清楚。我們對於關鍵的部分還一無所知，實際去問問看他應該比較快。」
等到晚上，迪德里希也會返回宮殿，沒必要急著做出結論。
「我想到一件事。」
亞露卡娜就像注意到什麼似的說：
「預言者很中意聖歌隊的孩子們。所謂重要的客人，說不定是指她們。」
「假如知道未來，應該能輕易知曉粉絲社的所在位置，但要是這樣的話，我想他會先來見阿諾斯喔。畢竟是一國之王，不會做這種有失禮儀的事情——什麼？」
米夏輕輕指著某處。莎夏轉向她所指的方向後，看到一個圓形舞臺。
來的時候記得沒有。
耳邊微微響起耳熟的音樂。
「喂……我有種不好的預感……」

這個伴奏是魔王讚美歌第六號〈鄰人〉。伴隨著莊嚴的旋律，魔王學院的學生們一齊登上舞臺。

「他……他們在做什麼啊……！」

道路上往來的龍人們好奇地朝舞臺看去。

「這是……什麼活動嗎？」

「在道路中央蓋這種礙事的東西……」

「音樂……也就是說，該不會是吉歐路達盧那些傢伙吧？」

「那些傢伙難道不知道這裡是哪裡嗎？倘若在阿蓋哈的首都進行吉歐路達盧的布教活動，宮殿的騎士可是會立刻趕來啊。」

到底太引人注目的樣子，阿蓋哈的民眾們一臉不快地瞪著舞臺上。

就在這時響起了龍鳴，從空中飛來約三十頭白色龍群，背上乘坐著身穿紅色騎士服與鎧甲的騎士們。

「說人人到呢。」

「太好了，是奈特大人率領的龍騎士團！要來狠狠教訓可惡的吉歐路達盧了！」

白色龍群一在道路上低空飛行，騎士們就從龍背上跳了下來。

總共三十人，隊列井然有序，就連腳步都整齊劃一。

「全隊止步！」

走在前頭的男人倏地抬手，龍騎士團的步伐就一齊戛然而止。

他就是奈特吧。頭髮整齊地往後梳，有著凌厲的眼神。

「魔力好強……」

「不如說，這個感覺是什麼……？明明離得很遠，卻像是被劍指著一樣呢……」

米夏與莎夏就像畏懼似的看著奈特。既然率領著龍騎士團，他就是另一名子龍，也就是龍騎士吧。

「今天有發出在街道上舉辦活動的許可嗎？」

「是！並沒有舉辦活動的許可！也沒有申請過的樣子！」

一名像是副官的男人回答奈特的質問。

「要立刻逮捕他們嗎？」

「別急。聖歌是吉歐路達盧的教義，假如他們是教團的人，不知道有何企圖。我們先靜觀其變，一面監視他們一面待命吧！仔細聆聽！不僅是歌曲，就連舉手投足都不准放過！」

「是！」

龍騎士團監視著魔王聖歌隊。她們渾然不知現場狀況，開始唱起歌來。

「啊～神啊♪我・從・不・知・道，竟有這樣的・世・界・啊～～♪♪♪」

「「「了・去了，了・去了，了・去了嗚嗚～♪」」」

奈特的眉毛跳動一下。

「請不要打開♪」「「嗚嗚～♪」」

配合著聖歌隊的歌聲，魔王學院的學生們整齊劃一地做出完美的舞蹈動作。

「請不要打開♪」「「嗚嗚～♪」」

他們充分發揮練習成果，陸續揮出充滿愛情的正拳。

「請不要打開，那是禁忌之門♪」

應該在警戒的龍騎士團全都露出彷彿嚇傻了眼的表情，被聖歌隊的歌曲與舞蹈動作奪走目光與耳朵。

「看上去感受不到魔力，只是一般的歌舞啊？看來這不是吉歐路達盧的布教活動，而是旅行藝人的樣子。既然如此，只要嚴重警告就好。」

奈特就像要暫時靜觀其變一樣地指示待命。這是堪稱完美的統率，隊列毫無紊亂，所有騎士都文風不動。

只不過，在迴蕩的歌聲中，這樣的他們出現了異變。

「你這傢伙……」

奈特轉身看向部下們。

「剛剛發聲的是誰？」

對於凌厲的詢問，沒有人開口承認。

「打算裝傻到底嗎？剛剛有人確實哼了『嗚嗚～♪』吧？身為騎士居然在『嗚嗚～♪』？這樣在有事之際，還有辦法守護國家嗎！」

奈特一臉憤怒地看向騎士們。

「要是擁有騎士的榮耀，就報上名來。」

說完，一名男人舉起手。他是方才的副官。

「是你嗎，戈多？」

「……真、真的非常抱歉，奈特團長。」

「你為什麼要做這種事？」

副官戈多沉默不語，猶豫著要不要回答。

「我在問你為何要哼『嗚嗚～♪』，回答啊。」

「我、我也不知道。總覺得身體不太對勁……一聽到那首歌，一聽到那個就像在快速推動身體的旋律，就自然而然地哼了起來。」

「愚蠢，說什麼就像在快速推動身體的旋律，騎士的榮譽都掃地了啊！」

「是！真的非常抱歉！」

奈特握緊拳頭。

「咬緊牙關，我要整肅你。」

「是！勞煩團長整肅！」

副官當場立正站好。正好就在這個時候——

「啊～神啊♪我・從・不・知・道，竟有這樣的・世・界・啊～～♪♪♪」

「「了・去了，了・去了，了・去了嗚嗚～♪」」

魔王學院的學生們與奈特同時揮出拳頭。那名龍騎士喊出一聲：

「喝！」

副官的臉頰被奈特的拳頭打中。被整肅的副官、整肅他的奈特，以及在場的騎士團眾人，全都露出難以置信的表情。

「團長，您剛剛……」

「喊了『喝！』嗎……？」

奈特的凶惡臉孔微微顫抖起來。

「怎麼可能……我到底是………」

奈特把手放到背後，擺出立正的姿勢。

「整肅我！」

「是！」

副官揍了奈特一拳。隨後，他立刻朝魔王聖歌隊的方向看去。

「為什麼……？」

奈特的身體忍不住顫抖起來。不對，不只是他。騎士團全員都維持不了立正不動的姿勢，忍不住地搖擺起身體。

「我可是龍騎士，要在災厄之日守護阿蓋哈的英雄啊！然而，這股湧起的衝動到底是什麼！這首歌究竟是什麼！越是想要自制，眼淚就越是停不下來……！」

奈特不知所以地感動落淚了。

「可惡！這群唱著奇怪歌曲的歌手！還以為不帶魔力，但這是要用來打擊我們騎士團士氣的惡魔之歌。要去逮捕那夥人了！我們騎士不能屈服於那種歌曲之下！」

龍騎士團全員步伐一致，筆直地走向舞臺。

「等、等等，那個不論怎麼想都很糟糕吧！要是不趕快制止她們並道歉，就不只會引起騷動了吧！」

莎夏慌張地打算衝出去，但是我伸手制止她。

「唔嗯，真是個猜不透的男人。」

「你說猜不透，是在說什麼啊……？與其說這個，要是不趕快制止她們！」

「這妳不用擔心，看著就好——」

我指著舞臺。配合著音樂，魔王聖歌隊一分成兩列，就有一個男人從她們之間颯爽地走出來。

那個人身穿深紅色的騎士服與鎧甲，留有長髮與修剪得整齊帥氣的鬍子。從他的站姿上，能感受到活過悠久歲月之人特有的穩重。

他打開雙腳、力灌丹田，以低沉的嗓音朗朗高歌：

「啊～神啊♪我・從・不・知・道，竟有這樣的・世・界・啊～～♪♪♪」

「「「了・去了，了・去了，了・去了嗚嗚～♪」」」

魔王聖歌隊與魔王學院的學生們喊著「了・去了」的間奏口號。

「他就是阿蓋哈的劍帝——」

那個男人突然揮出拳頭。

「請不要放進來♪」『『『喝！』』』

收回右拳，同時揮出左拳。響徹大地的正拳，伴隨著低沉歌聲一起揮出。

「請不要放進來♪」『『『喝！』』』

劍帝讓雙拳重疊，宛如咬住獵物不放的猛獸一般揮出。

「請不要放進來，那是禁忌的鑰匙♪」『『『喝、喝、喝！』』』

他咧開無畏的笑容，注視著民眾以及身為直屬部下的龍騎士團。

「——是預言者迪德里希・克雷岑・阿蓋哈。」

「這首歌還真是讓人受不了啊。」

迪德里希踏響地面，擺出強而有力的姿勢。

「……那個…………那個變態，真的是……那個……？」

面對以原創舞蹈動作熱情演唱的迪德里希，莎夏投以困惑的眼神，眼瞳還浮現理應澈底學會控制的「破滅魔眼」。她就是如此疑心，如此疑惑。

「那是迪德里希王……」

龍騎士奈特露出驚愕的眼神喃喃低語。

「真的耶……不會錯的，是迪德里希大人……」

「那麼，這是劍帝舉辦的活動嗎！」

「那位大人還真是壞心……跟我們說一聲不就好了……」

「可是，這到底有什麼意圖啊……？」

騎士們將腰際佩帶的劍連同劍鞘一起解下，就像要表示敬意似的當場低下頭。

「聽好！阿蓋哈的子民啊！」

在間奏中，迪德里希大膽無畏地喊道：

「這些人來自地上，是迪魯海德的魔王遵守與我的約定，派遣過來的聖歌隊。我就老實說吧。」

迪德里希向前跨出一大步，用拇指指著身後的聖歌隊。

「這首歌，還真是讓人受不了啊。」

魔王聖歌隊的歌聲響起，「那是惡魔之手♪」、「啊～♪那裡並不淨♪」等眾多歌詞在阿蓋羅菲歐納響徹開來。

然後配合著歌曲，迪德里希陸續揮出堪稱完美的正拳。其水準遠比魔王學院的學生們還要高上許多，毫無疑問有一面看著未來，一面累積相當的訓練。

「這樣啊……原來是這樣啊……」

奈特說：

「敵人的懷中才有活路！不要害怕歌曲，也不要被吞沒，而是要納為自己的力量。劍帝是要告訴我們這一點……」

龍騎士奈特的眼神突然銳利起來。

「那正是騎士的榮譽！真不愧是迪德里希劍帝，阿蓋哈真正的騎士啊！」

「……那、那個，奈特團長。真的是這樣嗎……」

副官戈多就像難以啟齒似的提出忠告。

「笨蛋！你在懷疑劍帝做的事嗎！既然劍帝是預言者，那麼他的一舉一動就不可能有一絲的白費！看不出真正的意圖，你打算讓我們的主君淪為區區的小丑嗎！」

「是、是……！真、真的非常抱歉……我居然……」

奈特大聲發出號令：

「全隊與我前進！迪德里希劍帝在此指示了道路，他正是真正的騎士，他的所作所為即為騎士道，關係到騎士的榮譽！跳吧，唱吧——！我們的騎士道就在這裡——！」

看到奈特一臉認真地衝向舞臺，部下們全都露出「真拿他沒辦法」的表情。

「……迪德里希王的惡作劇和奈特團長的死腦筋還真是讓人服了耶。不過，總不能只讓團長一人丟人現眼吧。」

「哈哈，說得沒錯。偶爾來一下這種騎士道也挺不錯的。」

「而且這跟吉歐路達盧的歌曲不同，不是只顧著向神祈禱，而是主動伸出雙手，要與鄰人互相理解的歌啊……」

「是啊，還真是動人心弦。從不知道竟然有這樣的世界。這就跟我們的教義一樣，不要只將預言當成真實，而是總有一天要跨越預言——是這樣的一首歌呢。」

「咯哈哈，假如要一言以蔽之，就跟迪德里希王說得一樣，這首歌還真是讓人受不了啊！對我們騎士來說，沒有比這更適合的歌曲與舞蹈動作了吧！」

龍騎士團團結一致，即興跳著舞蹈動作，陶醉在魔王聖歌隊的歌聲之中。

受到他們的歡聲所吸引，龍人們陸陸續續聚集在道路上。

「阿蓋哈的子民啊，今天就痛快狂歡吧！放下劍、握起拳，順從內心地揮拳、揮拳，不斷地揮拳吧！」

彷彿開戰的口號，很有騎士風範的「唔喔喔喔喔喔喔喔喔喔喔喔喔喔喔喔喔喔喔喔喔喔喔喔喔喔喔」的吶喊聲，在阿蓋羅菲歐納的天空響徹開來。

§6　【與劍帝的重逢】

不知道是第幾遍的安可，阿蓋哈的劍帝迪德里希聲嘶力竭地熱情高歌著。

「啊～神啊♪我．從．不．知．道，竟有這樣的．世．界．啊～～♪♪♪」

「「「了．去了，了．去了，了．去了嗚嗚～♪」」」

龍騎士團與阿蓋哈的民眾們，就像在說已經徹底熟習魔王讚美歌第六號〈鄰人〉一樣，配合著歌曲舞動著。

「「「劍帝！」」」「「「喔喔！」」」

響徹開來的劍帝呼聲還有充滿魄力的正拳，就連間奏的口號也喊得很完美。

「「「劍帝！」」」「「「喔喔！」」」

迪德里希走到舞臺最前方，朝天揮出拳頭。他露齒展現出強而有力的笑容。

「這還真是讓人受不了啊。」

「劍帝！」「劍帝！」——阿蓋哈的人民各個高呼著讚揚迪德里希的喊聲。從他們的表情與話語看來，這毫無疑問是發自內心、自然而然的呼喊。

「很受歡迎。」

米夏喃喃說道。

「是啊，真是相當了不起的領袖魅力，阿蓋哈的王非常受到人民愛戴。」

「雖然你們說阿蓋哈是騎士之國，但是不是跟變態國搞錯了啊……？畢竟那個死也不肯離開最前排的人……」

莎夏投以視線，龍騎士奈特正在不停轉動拳頭，同時尖叫起來。

「這正是騎士的榮譽——！將榮耀獻給迪德里希王！萬歲！迪德里希！萬歲！唔喔喔喔喔喔喔，萬歲——迪德里希！」

「那是會在災厄之日拯救國家的英雄吧……」

莎夏感到頭痛似的按著額頭。

「這大概是他的預言至今拯救過無數性命，守護了人民幸福的證明吧。阿蓋哈在無數未來之中，一直掌握到最好的結果。」

亞露卡娜說。

「這裡也可說是理想國度。」

「那個是理想嗎……？那個？」

即使莎夏指著奈特大喊，亞露卡娜還是冷靜地說：

「魔族之子，所作所為並不是問題。王受到愛戴，對於他做的事情，人民能一面享受一面跟隨，這可說是一種理想。」

「……說不定是這樣啦……但我很難接受耶……」

莎夏朝舞臺投以不服氣的眼神。

「真是讓人羨慕。相較某處只能靠暴力解決事情的魔王，人民也會過得非常輕鬆吧。」

米夏直眨著眼。

「要是來到迪魯海德，迪德里希王也肯定會這樣想。」

「是嗎？」

「嗯。」

她溫柔微笑著。看來讓她操心了。

「阿蓋哈的子民啊！」

歌曲結束，迪德里希大聲喊道：

「我要重新向大家介紹，遠從位在天蓋另一側的國家——迪魯海德，千里迢迢來到阿蓋哈的魔王聖歌隊，以及魔王學院的人們。」

迪德里希一舉起雙手，魔王聖歌隊與學生們就向民眾低頭致意。

「只不過，還真是讓人受不了啊。她們的歌出乎意料地打動我的心弦。」

算是出乎意料嗎？他應該是能看到無數未來的預言者。這個要是事實的話，他會喜歡上這首歌也是沒辦法的事——因為迪德里希知道幾乎所有會發生的事。

人要與未知相遇，才會感到雀躍不已，全都一清二楚的人生就跟早已結束一樣。因此，那個男人肯定過著窮極無聊的生活吧。

「這是甚至超越預言的歌吧。我想以阿蓋哈的劍帝之名，賜予她們魔王聖歌隊『龍之歌姬』的稱號。」

掌聲就像贊同似的響起。愛蓮她們儘管驚訝，還是誠惶誠恐地不斷低頭感謝。

「下次就唱著這首龍之歌，再度一同狂歡吧。」

背對著民眾，迪德里希一面舉手一面走下舞臺。

「任務完成，此處未有威脅。」

龍騎士奈特厲聲說道後調轉腳步。

「本騎士團從即刻起返回宮殿。」

龍騎士擺出嚴肅的神態，一絲不苟地收斂起表情，完美地統率著部下們。在抬起手後，白龍們就飛馳而來。他們跨上龍，朝著宮殿飛走了。

「走吧。」

我們邁開步伐，朝著走下舞臺的迪德里希與魔王聖歌隊走去。

周遭的喧囂尚未平息，道路上人滿為患。在撥開人群前進後，迪德里希就像在等著我們似的注視這一邊。他露齒一笑。

「喲，魔王。抱歉啦，我稍微去偷看了一下魔王聖歌隊的練習，但心情實在太興奮了，怎麼樣都按捺不住，就先稍微享受起來了。」

「沒什麼，你能滿足就好。這首歌本來就是要送給你的伴手禮。」

「這真是太好了。」

迪德里希豪放大笑。

「你是知道我們要來阿蓋羅菲歐納，所以特別過來迎接的嗎？」

「沒錯。此外還稍微有點私事，本來應該要在你來宮殿時過去迎接的。」

「不要緊。就算看得到未來，你也只有一個身體，不需要放在心上。」

說完，迪德里希朝我低頭道謝。

「你拯救了我的部下——龍騎士團的里卡多與希爾維亞的性命，我要由衷地感謝你。」

「無須客氣。那是我對里卡多的賠罪，以及一點舉手之勞。」

儘管看得見未來，也治不好欠龍病與衰老病。就算用娜芙妲的力量局限，恐怕也只能延遲症狀，難以讓病情痊癒。而且說到底，假如娜芙妲不在附近，那個權能大概就無法生效，總不能只將未來神用在病人的治療上。

「你已經知道了吧，迪德里希？我有事要來找阿蓋哈的預言者。」

「你最想知道的，是背理神耿奴杜奴布的事吧？」

迪德里希看向亞露卡娜。

「因為全能者之劍里拜因基魯瑪化為永久不滅神體的天蓋，為什麼無法恢復原狀——你為了解決這個問題，才會來到阿蓋哈。」

「不論這背後隱藏什麼樣的理由，我都會找出來。既然如此，只要預知未來，現在應該就能知道那個理由了吧。」

「你說得沒錯。不過，我現在還不能告訴你那個理由。」

「哦？」

縱然不是沒想過，但這個回答讓我有點意外。

「也就是說，我要是知道那個理由，就會發生不好的事嗎？」

「我不會說是對你不好的事。這是我的事情。」

也就是背理神亞露卡娜與阿蓋哈有關嗎？或是我今後的行動會左右這個國家的未來也說不定。

「關於你的記憶也一樣。儘管你難得來這一趟，但我現在還不能幫你預言。」

「無妨。假如只要我不知情就能抵達更好的未來，那就這麼做吧。到頭來就只是早晚的差別。」

「對你來說是不是更好的未來，還不得而知吧？」

我「咯哈哈」地對他的話一笑置之。

「不過就是我觸手可及範圍內的更好未來，不論發生什麼事，我都會掌握給你看。既然如此，你就選擇對阿蓋哈來說更好的未來吧。」

就像是滿意我的回答，迪德里希破顏露出笑容。

「魔王啊，即使我知道未來，你的回答也還是一樣讓人爽快。」

我以笑容回應這句話。

「讓我歡迎你吧。我已經在劍帝宮殿做了迎接客人的準備，你們就慢慢休息吧。」

「那我就恭敬不如從命了。不巧的是，我沒這麼多時間能慢慢休息。」

我與迪德里希用力握手。

「關於震雨的問題，我就先跟你說會在何時何地發生吧。目前大概還會在吉歐路達盧好幾處會降下。」

迪德里希將震雨發生的時間、地點與規模，以「意念通訊」傳達給我。

「這樣好嗎？吉歐路達盧是敵國吧？」

「不要緊，我無所謂。我們兩國終究只是信仰不同，但不至於想要讓他們毀滅喔。」

我將震雨的情報用「意念通訊」傳給留在吉歐路海澤的耶魯多梅朵。如果是那個男人，要讓教團學會對策並不需要多少時間。

迪德里希轉身邁開步伐。在我跟上、與他並肩後，他就用力抱住我的肩膀。

「喂，魔王。咱們彼此都是忙碌之人，我有一個跟你們加深交流的好提案。」

「哦？似乎很有趣呢。」

「我們設下酒宴，來喝一杯吧？」

我大膽無畏地笑道：

「先說好，我可是無底洞喔。」

迪德里希大大點了點頭。

「小事。酒量不大可是當不了劍帝。我的龍騎士團各個都是酒豪，我大致上也算是個酒鬼喔。」

「有意思。莎夏。」

我向走在我背後的她說：

「通知大家，接下來要去和阿蓋哈的騎士們喝一杯。」

「你說接下來，是等一下嗎？現在還是大白天耶……」

我朝著露出傻眼表情的莎夏滿不在乎地說：

「雖說是大白天，難道妳以為就不能喝酒嗎？」

§7 【宴會開始】

阿蓋羅菲歐納劍帝宮殿——

宴會場上採用立食餐會的形式，擺放著大量的酒與以龍肉為主的豪華料理。

參加酒宴的人有我們魔王學院的所有人、迪德里希，以及直屬劍帝的騎士們——阿蓋哈龍騎士團。

「讓我向你們介紹吧。」

迪德里希說：

「他們是統治位在天蓋另一側的迪魯海德國的偉大魔王與其部下們，也就是我們的教義

——阿蓋哈預言中的地上英雄們。」

在他這樣介紹後，龍騎士奈特彷彿發出低吟似的問：

「嗯……那麼，阻止吉歐路達盧的祈禱『神龍懷胎（pehéromu）』的人是？」

「沒錯，就是魔王阿諾斯與他的選定神亞露卡娜。他們擊退蓋迪希歐拉的幻名騎士團、擊潰吉歐路達盧的信徒，並且打破了教皇戈盧羅亞那的祈禱。」

這個回答讓他驚訝地反問：

「……幻名騎士團，是指那個紫電的惡魔……？」

他大概是在說賽里斯吧。迪德里希大大地點頭。

「這是何等勇猛……」

「雖說已經發病，就連希爾維亞副隊長都敵不過那個惡魔……」

騎士們忍不住讚嘆起來。

「然後，這些傢伙是我的心腹。他們各個都是守護阿蓋哈的英雄，只不過現在少了約三個人哪。」

當中的兩人是指里卡多與希爾維亞吧。

「算了，先不管這些小事了。大家彼此加深交流，今天就讓我們喝到天明吧。」

迪德里希舉起斟滿酒的酒杯。

「向地上英雄們的來訪！」

騎士們將持有酒杯的右手置於胸口中心。這是阿蓋哈式的敬禮。

「「「獻上我等劍之祝福！」」」

騎士們齊聲歡迎著我們，然後將斟滿酒杯的酒一口飲盡。大概因為是龍人吧，各個都一臉「這種程度不算什麼」的表情。

「唔嗯，真不愧是酒豪。」

我也一口飲盡手中酒杯裡的酒。

「嗯～這是非常烈的酒喔。是不是有四十度左右啊？」

艾蓮歐諾露一面說，一面立刻再添了一杯，「咕嘟咕嘟」地大口喝著酒。

「嘎哈哈，喜歡嗎？這是阿蓋哈流傳的龍牙酒，會狠狠地滲入五臟六腑之中喔。」

迪德里希一面說，一面將酒一飲而盡。

「狠狠地滲入，這完全不是用來形容美味的詞吧……」

莎夏直直瞪著倒在酒杯裡的龍牙酒。

「妳還是別喝會比較好吧？」

雷伊說。

「哈哈哈～也是呢。因為莎夏同學的酒量非常差嘛。」

「沒、沒問題啦！才這點程度的話。對吧，米夏？」

米夏眨了眨眼，微歪著頭。

「只用舔的話？」

莎夏不服氣地噘起嘴巴，直直瞪著他們。

「好啦，莎夏妹妹。這裡有水果水喔，水果水。」

艾蓮歐諾露將倒在酒杯裡的果汁遞給莎夏。

「……和潔西雅……一樣……」

「我受夠了，大家都在調侃我。我才不需要你們擔心呢。在那之後我的魔力也大幅提升，就連抗毒能力都變強了。我連魔法之毒都承受得住，才不可能會喝酒喝到醉呢。」

莎夏就像下定決心似的抬起頭後，隨即拿起酒杯將龍牙酒一飲而盡。米夏等人擔心地關注著她的樣子。

莎夏「叩」的一聲把酒杯放在桌面上，然後一副完全沒問題的樣子優雅微笑。

「哎呀，今晚的星空還真是美麗呢。簡直可以說是鑲滿點點星光的夜之河。」

現在是大白天。

「莎夏妹妹一秒就醉了喔！而且地底看不到星星！」

「哎呀？協害意喝也小斯。」

舌頭轉不過來了。

「她說別在意這點小事。」

米夏解說。她就像舔吮似的，用舌頭喝著龍牙酒。

「剛剛那句真虧妳聽得懂耶。」

米莎佩服地說。

「不過，完全不是小事喔！倒不如說，莎夏妹妹現在可是陷入大危機喔。」

艾蓮歐諾露倏地拿走莎夏自然拿起的龍牙酒，改將水果水遞給她。

「嗚~怎樣啦……把我當小孩子！」

「就、就算妳裝得這麼可愛，不行的事就是不行喔！」

艾蓮歐諾露豎起食指。

「我才沒有在裝可愛……」

才一杯就完全喝醉的莎夏露出犬牙說：

「我才沒有問題呢！因為我會用這雙能毀滅一切的『破滅魔眼』，把那個什麼酒精的消滅掉！」

「啊……莎夏妹妹，不行喔！」

莎夏趁艾蓮歐諾露一個不注意，抓住龍牙酒與水果水的瓶子。

「就讓妳見識一下破滅魔女的力量吧。」

她拿著龍牙酒的瓶子，接連在好幾個酒杯裡斟酒。等到酒瓶空了之後，莎夏把水果水用力倒了進去。

「怎樣？轉眼間，酒就搖身一變成了水果水，我把酒精消滅了喔。」

她只是把瓶子裡的東西換掉了而已。

「嗯嗯。那麼，莎夏妹妹就喝這個用『破滅魔眼』消滅掉的酒喔！」

側眼看著這一幕的迪德里希對我說：

「你擁有很愉快的部下，還真是讓人羨慕啊，魔王。」

「那傢伙怎麼看都不會膩。不過你那邊的英雄也挺有趣的呢。」

我將視線朝向一旁的座位，龍騎士奈特正坐在那裡一臉認真地喝著酒。要說到那個男人切換情緒的速度，就連雙重人格的詛王凱希萊姆都會嚇一跳。

「阿蓋哈流傳著這樣的傳說——」

迪德里希豪放笑著，同時開口說：

「某天，有一頭強大的龍襲擊國家。對上那頭任何武器都打不穿、任何魔法都傷不了的龍，阿蓋哈的騎士們陷入劣勢。判斷無法正面取勝的騎士們……來，你猜他們做了什麼？」

「那麼，是餵龍喝酒了嗎？」

「嘎哈哈，沒錯！豁出去的他們試著招待龍喝酒了喲。結果那頭龍意外地愛喝酒，於是騎士們打算把龍灌醉了之後再殺牠，因此展開了酒戰。」

「與龍酒戰嗎？這還真是有趣。」

迪德里希豪邁地放聲大笑。

「哎，實際上怎樣沒人知道。不過根據傳說，在與龍熱衷於酒戰到最後，居然是跟要打倒的敵人互相理解的樣子呢。」

「這還真是有趣。」

「對吧？此後阿蓋哈就出現被稱為『酒杯龍戰』的宴會禮儀。」

迪德里希將酒一口飲盡，讓酒杯空下來。我拿起龍牙酒的酒瓶為他斟酒。

「簡單來說就是比喝烈酒的活動。也就是要彼此對飲、較量酒量，讓雙方互相理解。」

當我把酒喝乾後，這次換成迪德里希拿起酒瓶在空下來的酒杯裡斟酒。

「難得來這一趟，嘗試一下阿蓋哈的文化也不壞吧？要跟我喝一杯嗎？」

我揚起笑容說：

「正合我意，我們就盡情地互相理解吧。」

迪德里希舉起手，隨後數名騎士就將好幾個酒桶搬到宴會場中央。那裡微微隆起，形成了簡易的舞臺。在將酒桶放到舞臺上後，騎士們就再次回到座位上。

「那就來痛快地比一場吧。你挑選要來挑戰酒戰的部下吧。」

「唔嗯。」

那麼，要選誰好呢？

「我這邊的話……也是呢，奈特．安米里翁。」

「是。」

在迪德里希的呼喚下，龍騎士奈特踏著毅然的腳步走上舞臺。

「他是我心腹中的心腹，龍騎士團的團長。不只是戰鬥，他就連酒量也是阿蓋哈騎士團中最好的。」

「哦？既然如此，那我這邊也得派出相應的人迎戰才行。」

說完，奈特就朝我低下頭。

「儘管惶恐，地上的魔王啊。倘若您允許，本人龍騎士奈特有個想要對飲的對象。」

「准，說吧。」

奈特伸手指向辛。

「毫無一絲破綻的舉止、充滿警戒的視線，在酒席上始終占據能守護您這位王的位置。他毫無疑問是迪魯海德第一的高手吧？外加上明明已經喝了七杯，卻毫無喝醉跡象的無底酒量。作為背負阿蓋哈的騎士，我想與他較量一場。」

原來如此。他看上辛了啊。

「不愧是會在災厄之日拯救阿蓋哈的英雄，魔眼相當不錯。這名男子是我的右臂──辛・雷谷利亞，被譽為魔族最強的劍士，酒量也是魔族第一。」

我在這麼說之後，朝他看了一眼。

「辛。」

「遵命。」

辛筆直地走上舞臺。那冰冷的表情，讓人強烈感受到他絕不會醉。

「既然如此，就先進行前哨戰吧。」

迪德里希說：

「規則很簡單。雙方交替喝酒直到醉倒或是再也喝不下去、投降的一方算輸，如何？」

「了解。」

奈特一臉認真地說，同時拿起放在舞臺上的酒杯。那只酒杯容量非常大，他用酒杯舀起酒桶裡的龍牙酒。

「我接受挑戰。」

辛也用酒杯舀起龍牙酒。

「我先說了。」

奈特朝辛說：

「這個龍牙酒是特製品，度數約是一般龍牙酒的三倍。你就做好覺悟吧。」

「居然特意捨棄自身的優勢，阿蓋哈的騎士道令人敬佩。」

辛冷靜回道。

「你喜歡先喝嗎？」

「請隨意。」

兩人的視線迸出火花。

「那麼就讓我先喝吧。」

兩人把酒杯拿近，「噹」的一聲發出乾杯聲。

「唔嗯，度數是三倍，也就是一百二十度啊？是挺烈的酒呢。」

「我還以為酒只有到一百度。」

來到身旁的米夏疑惑地說。

「魔法時代是這樣吧，但兩千年前可就不同了。」

奈特毫不遲疑地一口飲盡普通人喝下恐怕後果不堪設想的龍牙酒。

周遭立刻傳來讚嘆聲。

「真、真不愧是奈特團長……！喝法還是一樣驚人……」

「那酒有一百二十度吧？一百二十度！哪怕是龍人，喝了那種酒也無法平安無事……」

「而且好快，還不到十秒就瞬間喝完了……」

奈特喝完龍牙酒，把酒杯放在桌面上。

「好，這次輪到你了。」

「藉由特意喝快酒，打算不只是靠喝酒，還要施加沉重的壓力將我壓垮嗎？」

「我不懂你在說什麼。」

奈特以認真的語氣說：

「這是我平時的晚酌。」

在不到十秒內一口飲盡一百二十度的酒，這可是常人難以理解的豪飲。

「好，輪到你了。讓我見識一下地上戰士的喝法吧。」

奈特催促著辛喝酒。

「……團長人也真壞。展現出那種喝法，會讓人退縮吧……」

「就算是地上的猛將，也不一定能喝酒啊……」

「不不不，那個人這麼老實，是真心覺得對方很能喝吧？」

「就算你這麼說，看，對方絲毫沒有要喝的跡象耶。」

「到底是沒辦法吧？就連我也不想跟團長拚酒啊。」

「喂～地上的劍士！你不需要逞強喔！就算棄權也不要緊！這只是一場遊戲而已！」

就在一名騎士像這樣伸出援手的瞬間——

「真是非常抱歉，是有點太快了嗎？」

奈特露出凝重的表情。

「該、該不會……」

他猛然衝出，探頭看向擺在辛身旁的酒桶。

「我用酒桶喝了。」

裝滿龍牙酒的酒桶早就空了。

「什……！怎、怎麼可能……！」

「方才你有看到嗎！他瞬間就把酒桶裡的酒全部喝完了嗎……！」

「沒有……！我、我沒看到。不光酒量，這是何等肺活量！吸力簡直難以置信……！」

「就連傳說中的龍也沒這麼會喝啊……！他是多麼可怕的男人啊，辛．雷谷利亞！」

辛緩緩踏出步伐，輕鬆地拿起酒桶。

「因為是闊別許久的酒宴，還請您不要放在心上。每當您用那個酒杯喝上一杯，我就用這個酒桶回敬您一桶吧。」

§8 【酒杯龍戰】

「在賭上榮耀的酒戰之中要是讓人放水的話，可是有損騎士的名聲。連酒都喝不了的男人，不可能守護得了祖國！」

奈特抓起酒桶就向天高舉。他彷彿在兩軍交戰中，威風凜凜地說：

「龍騎士奈特．安米里翁要上了！」

奈特將打開蓋子的酒桶倒過來。儘管龍牙酒猛烈地淋在身上，卻一滴也沒有淋溼地面。因為奈特就像沐浴似的用全身在喝著酒。

「出、出現了！奈特團長的沐浴喝法……！」

「雖然是老樣子，但還真是超乎常軌……」

「可是，團長居然這麼快就打出底牌，那個叫辛的男人真是深不可測……」

還真是奇特的體質呢。因為是子龍嗎？他在淋上酒後，魔力提升了。不是因為魔法，是體內器官將酒轉換成魔力了吧。雖說如此，這樣還是會醉的樣子。

「還真是相當豪邁的喝法呢。」

辛用單手輕鬆拿起大桶，豪邁地往嘴邊一倒。等他「咚」的一聲把大桶放到地上後，桶中早已空無一物。

「儘管是第二桶了，他居然喝得這麼快……！」

「如果奈特團長的酒技是『剛』，辛大人就是『迅』了。」

「完全看不出這場勝負會鹿死誰手……！」

辛與奈特令視線筆直交錯。

「酒杯龍戰是阿蓋哈的拿手絕活，而我是被賜予救國英雄預言的龍騎士。以偉大的迪德里希王之名起誓，我絕對不會輸。」

「這點我也一樣。不論是什麼樣的比試，哪怕世界毀滅都不可能發生魔王敗北的情況。身為其右臂的我，絕不能在吾君面前露出不像樣的醜態。」

辛與奈特拿起酒桶，彼此之間迸發著忠義的火花。

「我要上了，龍技——」

奈特除了辛方才喝掉的一桶外，還額外追加了十桶，將總計十一個酒桶以魔力舉起，飄浮在半空中。這些酒桶與魔力的形狀彷彿是一頭龍。

「已、已經要用龍技了……！」

「阿蓋哈雖然廣大，但能施展龍技的就只有龍騎士。這是將沉睡在自己體內的龍之力，以最大限度解放出來的奧義——」

「團長這是闊別幾年施展龍技啊？也就是說，辛大人就是如此強大的對手嗎……」

騎士們就像在表達敬意似的看著辛。

隨後，他彷彿舉起看不見的劍一般，倏地動了動右手。

「鯨飲劍，祕奧之一——」

就在辛的手發出閃光的瞬間，酒桶飛上空中。

「那、那是……！」

「在辛大人手中疊起的酒桶，排成像是劍的形狀了！」

兩千年前是很嚴酷的世界，充滿著悲劇與不講理。當在酒宴上被要求「你來做點有趣的事吧」時，要是把場子搞冷的話，不論何時掉腦袋都不足為奇。因此，就連酒宴上的表演也與和平時代有著天壤之別。

辛的鯨飲劍本來是將酒瓶高高疊成劍的形狀，然後在劈下的同時把酒喝掉；然而現在居然能用酒桶使出這一招，大概是在我沒注意到的時候，磨練了相當的劍技吧。

「『酒亂一刀』！」

十個酒桶彷彿讓人誤以為是一把劍般地劈下，散落在地板上。不論是哪一個，發出「哐、哐啷」聲響滾動的酒桶都已經空了。

「小意思！『龍之暴飲（yoidore）』。」

大量的酒從倒過來的十一個酒桶之中澆淋在奈特頭上，被他用全身喝得一乾二淨。

勝負依舊不分軒輊，不過搬到舞臺上的酒全在方才那一回合中喝光了。

「酒，快拿酒來！」

奈特就像醉鬼似的大喊。

「是！這、這就去拿！」

騎士們立刻離開宴會場去拿酒。

「唔嗯，要暫時休戰啊。」

隨後，忽然有人緊貼在我的背上。回頭一看，原來是亞露卡娜。

「……哥哥……」

亞露卡娜緊緊抱住我，而且祂的臉居然還紅了。

「神會喝醉還真是難得。」

「嘿嘿嘿……」

亞露卡娜笑著。

「……那個啊……我照著哥哥的話做了喲……」

就連語調也和平時不同，簡直就像在夢中看過的亞露卡娜一樣。

「照我的話？」

「假如不懂軟弱的話，就無法拯救。所以我為了拯救醉鬼，知道了何謂酩酊喲！」

確實很像醉鬼會說的話。神是秩序，秩序本來不可能會醉，不過也有辦法用創造魔法醉倒吧？

「還真是熱衷學習。有明白什麼嗎？」

「……那個啊……」

亞露卡娜口齒不清地說：

「人家今天想跟哥哥一起睡……」

大概是完全掌握醉鬼的訣竅了吧，說話牛頭不對馬嘴的。

「真拿祢沒辦法。」

「哥哥……」

「怎麼了？」

「嘿嘿嘿，哥哥……」

亞露卡娜露出滿面笑容，緊緊地抱在我身上。

「……不會背叛喲……人家是哥哥的夥伴……絕對不會背叛喲……」

「是啊，我知道。」

我輕輕撫摸亞露卡娜的頭。祂完全喝醉了。

「人家想到了一個好主意喲！」

亞露卡娜笑吟吟地說：

「為了讓哥哥睡好覺，今天人家要幫哥哥施展魔法！」

話一說完，亞露卡娜就立刻不安地垂下眼簾。

「……不需要嗎……？」

「不，我很感謝。」

這時「噠」的一聲響起巨大的腳步聲。原來是莎夏突然踏上舞臺。

「接著是我來挑戰喔，酒杯龍戰！我要幫辛報仇！」

「我還沒輸……」

一聽到辛這樣說，莎夏就忽然微笑起來。

「雖說還沒輸，難道你以為就不能報仇嗎？」

辛瞇縫著眼，默不作聲。他理解到：不論提出什麼正論，現在的莎夏都聽不進去。

「魔王軍的目標是完全勝利喔！辛贏了比試，然後我再幫你報仇，這樣就一石三鳥了！就將我們蹂躪敵人的做法，展現給阿蓋哈的騎士們看吧！」

她已是完美到無可挑剔的醉鬼，讓亞露卡娜看起來就像沒醉一樣。

「迪德里希王，我是魔王的部下莎夏．涅庫羅，人稱破滅魔女。恕我僭越，這次可以由我方指名對手嗎？」

「這無所謂喔。妳想跟誰拚酒啊，魔女小姑娘？」

莎夏用食指用力指出。

「上臺吧，亞露卡娜！我要把祢喝倒！」

亞露卡娜是自己人啊。不過，被指著的祂在把眼前的龍牙酒大口飲盡後，就像是清醒過來似的這樣說：

「賜予她救贖的時刻到了。我僅是為了救贖的神，要幫她從酒醉中清醒過來。」

亞露卡娜搖搖晃晃地走上舞臺。

唔嗯，看似清醒過來了，其實越來越醉了啊。

「哈、哈、哈，這有點意思！魔王啊，你的部下和你的神都很懂得酒宴場合不是嗎？這正是醉鬼們一同爭霸，酒杯龍戰的樂趣所在啊！」

迪德里希開懷大笑，將酒一口飲盡。正好就在這時，騎士們回到宴會場，把酒桶陳列在舞臺上。在辛與奈特重啟酒戰的一旁，亞露卡娜與莎夏以惺忪醉眼茫然對視。

「嗚～……」

莎夏嗚咽起來，亞露卡娜筆直注視著她。

「……怎樣啦！」

「什麼怎樣……？」

「說什麼因為祢是阿諾斯的妹妹，就要一起睡，還、還施展魔法什麼的，這樣太狡猾了啦！只要我的眼睛還是魔法陣，就絕對不允許祢這麼做！大致上，妹妹終究是妹妹！聽好了嗎？要是我贏的話，祢就要把妹妹的位置讓給我！」

「啊～莎夏妹妹原來很羨慕啊。」

艾蓮歐諾露一面喝酒一面這樣吐槽。

「哥哥是我的哥哥！想當妹妹的話，當我的妹妹就好。」

亞露卡娜從正面向莎夏提議。

「就算當祢的妹妹也沒意義啦！我想要當阿諾斯的妹妹！」

「只要當我的妹妹，哥哥就會成為祢的哥哥。」

「……這樣——不錯耶。這就叫做間接哥哥嗎？」

「要說的話，是直接。」

米夏淡然地說。

「直接哥哥！」

莎夏滿臉通紅地大叫起來。

「好啊。既然如此，要是我贏的話，祢就要把妹妹的位置讓給我；要是我輸的話，就算要我當祢的妹妹也行喔。」

「不論如何，在經過這場酒戰後，魔族之子，妳都會獲得救贖。」

「誰知道，真的會這麼順利嗎？」

莎夏無畏地露出笑容，俯瞰著亞露卡娜。

「那麼就開始吧。」

莎夏拿起酒杯舀起一杯酒。亞露卡娜也同樣在酒杯裡舀滿酒。

「我有一個提案。」

「作為送祢上路的餞別禮，我就聽祢說吧。」

「先決定當妹妹時的叫法會比較好。」

「叫、叫法……」

莎夏滿臉通紅，害羞地垂下頭，然後以細微的聲音說：

「……那就……那個……哥、哥哥大人……」

「從魔王大人換成哥哥大人，這就是妳的夢想嗎？」

「相對地，要是我輸的話，我就叫祢姊姊大人吧！因為這樣可是會羞死人！」

「這點我也一樣。」

雖然是醉鬼之間的對話，卻不可思議地對上了。

「我的家人也會增加？」

米夏一面在旁邊一點一點地舔著龍牙酒，一面微歪著頭。假如莎夏多了姊姊或哥哥，米夏也必然會多出姊姊或哥哥吧。

「會變得很熱鬧喔。」

「要喝？」

米夏將酒瓶朝向我空下來的酒杯。

「好啊。」

她幫我斟酒，使得酒發出「咕嘟咕嘟」的聲響。

「誰會贏？」

「難說，雙方都像就要倒下一樣。硬要說的話，應該是亞露卡娜吧。」

「那我賭莎夏。」

我有點驚訝地看向米夏，發現她在微笑。

「妳喝醉了嗎？」

「阿諾斯在比試時，總是很快樂的樣子。」

哦？也就是她覺得我喜歡與人比試，所以要挑戰我嗎？哎，我確實不討厭啦。

「我跟了。妳要是贏的話，不論什麼獎賞我都給妳。」

「『契約（zekuto）』？」

「好啊。」

我畫起「契約」魔法陣，與米夏簽訂賭約。

緊接著，舞臺上的兩名少女動了。

「我就以破滅魔女的力量，為祢消滅所有酒精吧！」

莎夏眼看就要被酒精毀滅的樣子。

「神不會醉。我的勝利與對妳的救濟是早已注定的事。」

亞露卡娜早就已經醉了。

兩人交換著惺忪的眼神，一口氣灌下龍牙酒。那個液體被「咕嘟咕嘟」地逐漸喝乾，雙方的酒杯「叩」的一聲被放到桌子上。

莎夏突然腳軟倒下。亞露卡娜贏了——才剛這麼想，祂也向前倒去。儘管兩人都護住身體，卻也就這樣和樂融融地倒在地上。

看樣子似乎沒有要爬起來的跡象。

「唔嗯，是平手啊？說出妳要的獎賞吧。」

米夏困惑地歪著頭。

「……獎賞？」

「平手算是妳贏。與部下的賭博要是不展現這種氣度，可就不是我了。」

她直眨著眼。

「有什麼想要的東西嗎？」

「想要時間。」

她立刻回答，同時指著我。

「想要我的時間嗎？」

米夏點了點頭。

「我無所謂，何時？」

「今晚。等亞露卡娜睡著後，到我的房間來。」

她溫柔地微笑。

「到天亮為止，請給我阿諾斯的時間。」

§9 【討厭戀愛的女龍騎士】

艾蓮歐諾露走向舞臺，探頭看著兩名少女倒在地上的模樣。

「哇喔～兩人完全醉倒了喔！」

她豎起食指施展「水球床舖（ririaimu）」的魔法，將倒在舞臺上的莎夏與亞露卡娜放進去，讓她們睡在裡頭。

「好啦～那我也來比一場吧！想被我灌醉的人是誰啊？」

艾蓮歐諾露走到酒杯龍戰的舞臺上。一位龍騎士團的人就像回應她似的走了出來。

「……潔西雅……也要挑戰……！」

握緊雙拳，潔西雅也走到舞臺上。

「就用水果水……來比……！請給我……桶子……！」

龍騎士團的人就像在互相牽制似的面面相覷。

「……該輪到你上了不是嗎？你方才曾說想要比一場吧？」

「不不不，我認輸、我認輸。水果水的話，我完全提不起勁去喝啊！對手假如是這麼可愛的小姑娘，根本就沒得比。你才是如何？我記得你是甜食派吧？」

「你在說什麼蠢話……那終究是在說下酒菜。要有酒才有甜食。假如是喝果汁，我一杯就飽了……！」

龍騎士團全都裹足不前的樣子。

「……沒人想跟潔西雅……比試嗎……？」

潔西雅垂頭喪氣。

「笨蛋──！」

奈特一面像是沐浴般地喝酒，一面斥責部下：

「居然逃避上門的挑戰，你們這樣還算騎士嗎！只要是為了勝利，哪怕是水果水還是泥水都要照喝不誤，這才是我們阿蓋哈的騎士啊！你上，戈多！」

「是、是！」

被稱為戈多的騎士在回應後走上舞臺，裝有水果水的桶子也立刻就被搬了過來。

「……一較……高下……！」

「要是輸了的話，不知道會被團長說什麼。在下是龍騎士團副官戈多。雖說是以小孩子為對手，但這裡就請讓我全力以赴吧！」

在開始酒戰後，戈多與潔西雅就一口氣喝著水果水。

氣氛變得相當熱烈的樣子呢。

「雷伊同學不參加酒杯龍戰嗎？」

米莎一面在雷伊的酒杯裡倒入龍牙酒一面問。

「因為我想慢慢喝。」

他邊說邊朝米莎露出微笑。

「而且這邊的酒比較美味喔。」

「哈哈哈～記得那邊的酒說有一百二十度吧？那與其說是酒，不如說已經像是毒了呢……對吧……」

被雷伊直直注視，米莎露出困惑的表情。只見他默默搖了搖頭。

「呃……不是嗎……？」

「我很喜歡烈酒喔。如果是兩千年前的話。」

「……那個，這樣的話，那是為什麼呢？」

雷伊嘻嘻一笑，甜蜜地低語：

「不論味道如何，妳為我斟的酒都是最美味的喔。」

就像被這句話打動一樣，米莎滿臉通紅地回望雷伊。

「……想、想續杯的話，請隨時跟我說喔……」

「軟弱的男人。要是戰士的話，就自己斟酒喝！」

傳來像是斥責般的嚴厲聲音。雷伊與米莎轉頭看去，發現入口處站著一男一女。

其中一人是紅髮龍騎士希爾維亞．阿比夏斯。另一人則是她的養父，在荒野救助的騎士

里卡多・阿比夏斯。

本以為希爾維亞暫時還不會醒來，她的恢復力還挺驚人的。

「哦哦，是副團長！」

龍騎士團的一人大叫出聲後，所有人就喜形於色地衝到兩人身旁。

「希爾維亞副團長、里卡多大人，身體還好嗎？」

「沒問題。我想你們應該已經聽說了，阿諾斯大人治好了我的病。」

希爾維亞毅然地說。

「只不過，居然能治好欠龍病……哎呀，即使像這樣看到您健康的模樣，也還是難以置信呢。」

「是啊，真不愧是預言中的地上英雄呢！是更勝傳聞的魔法使用者啊。」

騎士們異口同聲地這麼說並朝我望來。

「不過……」

希爾維亞就像撥開騎士們似的朝雷伊走去。

她以避免音量被我聽到的大小說：

「那位大人的部下裡，看來有個會讓王的偉業黯然失色的軟弱者在。」

希爾維亞就像看著眼中釘似的瞪著雷伊。而他就連這種視線都毫不在乎，以一如往常的笑容回應：

「要是我有哪裡讓妳不高興的話，我道歉。這是難得的酒宴，讓我們好好相處吧。」

「你說『要是我有哪裡讓妳不高興的話』！」

希爾維亞越說越激動，伸手指向米莎。

「這個女人是什麼！」

「是我心愛的人喔。」

「心愛的人！」

希爾維亞怒目橫眉，一頭紅髮就像發怒似的顫抖起來，狠狠地瞪著雷伊。

「真虧你能接連說出這種肉麻的話！你這傢伙，這樣還算得上是守護王、守護國家的戰士嗎！」

希爾維亞直言不諱的同時，騎士們從後方趕來抓住她的手臂。

「副、副團長！您該不會已經開喝了吧？才剛大病初癒耶！」

「你們在做什麼，放開我！問我有沒有喝？不過才一杯兩杯三杯四杯的程度，根本算不上有喝！」

「妳這不是連自己喝了幾杯都不記得了嗎！」

看來她喝得相當醉。明明是中途參加，卻已經是莎夏等級的醉鬼。

「好了啦、好了啦，副團長！地上也有地上的文化，妳不需要這麼生氣。」

「你說什麼！」

被她狠狠一瞪，男子就像畏縮似的別開視線。

一名騎士向雷伊低聲說：

「真是不好意思，地上的客人。希爾維亞副團長有點喝醉的樣子。如你所見，她該說是討厭戀愛，還是說討厭情侶，稍微有點麻煩呢……因為太強了，所以沒有男人把她當成對戀愛象。該怎麼說好，那個──」

「人是一個人出生，一個人死去。不知何時會死的戰士不需要伴侶！夠了，放開我！你們這些傢伙。當我是猛獸嗎！我可是大病初癒喔！」

打算制止她的部下們，全都被希爾維亞輕易甩開。不愧是子龍，力量非比尋常。

「簡單來說，就是對獨身的悔恨……真的非常抱歉……」

「這我是無所謂啦。」

雷伊一臉笑盈盈。

「沒問題嗎？你們那裡的團長與副團長。」

對於雷伊的詢問，騎士只能露出苦澀的表情。

「哼！都挑釁到這種地步了，還不為所動，終究是被什麼戀啊愛的迷昏頭的膽小鬼。打情罵俏就這麼快樂嗎！」

「與其說快樂，不如說很幸福喔。」

「什麼……一點都不害臊地……」

希爾維亞狠狠地咬牙切齒。

「哼、哼！憑這種軟弱的想法，反正你沒辦法好好喝酒吧？會和這種男人調情的女人也沒什麼大不了的，看起來也感受不到什麼魔力！」

「這句話我就不能當作沒聽到了。」

雷伊溫和且明確地說：

「米莎是世上最棒的女性喔。」

「……唔……啊…………」

希爾維亞受到無比的動搖。

「我是雷伊．格蘭茲多利，要向龍騎士希爾維亞．阿比夏斯挑戰酒杯龍戰。假如我贏了，能請妳收回對她的侮辱嗎？」

儘管希爾維亞早就一臉敗北的表情，但不知是退無可退，還是激起戰意了，她就像在激勵自己似的點了點頭。

「唔……唔……我接受挑戰！假如我贏了，你就再也不准在我眼前調情！給我偷偷地做，偷偷地！」

「不好意思，我有著不能在意他人目光的理由呢。我們正在尋找真正的愛。」

「閉嘴，耳朵都要腐壞了！夠了，來分勝負吧！我要讓你再也說不出這種甜言蜜語！」

「就讓我來告訴妳愛的力量吧。」

兩人走到酒杯龍戰的舞臺上。朝酒瞥一眼後，希爾維亞說：

「這麼弱的酒是要比什麼啊，給我把獵龍用的傢伙拿出來！」

希爾維亞的話一說完，騎士的臉就僵住了。

「可是，那個是……」

「廢話少說，拿出來！」

「……是！喂，去拿逆鱗酒來！」

騎士們一度離去，然後扛著金色酒桶回來。打蓋桶蓋後，裡頭是閃耀著黃金光澤的酒。

「這叫逆鱗酒，本來是用來獵龍的。只要身體淋到這種酒，不論是什麼樣的巨龍都會在眨眼間酒醉，甚至喪失理性。假如要直接喝，根據飲用量可能會致人於死。」

希爾維亞用酒杯舀起逆鱗酒。

「這是沒有勇氣之人甚至無法走上舞臺，唯有真正的騎士才能挑戰的酒杯龍戰。如果你不只是個被女人迷昏頭的戰士，就向我證明吧！」

「我無所謂。」

雷伊毫不畏懼希爾維亞的威脅，也用酒杯舀起逆鱗酒。

「看你能貧嘴到什麼時候，就好好領教逆鱗酒的可怕吧。」

就像是開戰的訊號，希爾維亞「叩」的一聲讓酒杯相撞。

「就讓你見識吧，我為了騎士道殉身的勇氣！」

希爾維亞伸出舌頭舔了一口逆鱗酒，雷伊則用不知道該怎麼形容的表情看著她。

「好笑嗎？」

「是很可愛的勇氣呢。」

「想笑就笑吧。不過，你可別小看逆鱗酒啊。舔一口，這就是適量。要是舔兩口的話，就連要好好站著都很困難。不過──」

希爾維亞再度舔了一口逆鱗酒。

「這是讓步。喝慣逆鱗酒、身體已經有抗性的我要是跟你正常拚酒的話，根本就比不起來呢。你就看好了。」

一舔、兩舔、三舔，就像貓咪喝牛奶一樣，希爾維亞舔了十口左右的酒。突然間，她就像腳軟似的屈膝，一下子變得搖搖晃晃。

「……妳還好嗎？」

「哼，對於被什麼戀啊愛的迷昏頭的軟弱男來說，這種程度的讓步剛剛好。」

希爾維亞凜然說道，雙腳就像剛出生的小鹿一樣抖不停。

雷伊擔心地注視著她。

「咯咯咯，看來他已經上了我的當。哪怕是逆鱗酒，舔十口也不可能會醉——他會這麼想很有道理。這是事實沒錯。像這樣假裝喝醉，讓他以為我酒量很差。雷伊・格蘭茲多利，你一旦像這樣掉以輕心、普通地喝下逆鱗酒，就會在戀人面前暴露出不堪入目的醜態。會跳裸舞嗎？肯定會很精采吧。騎士的榮耀？在酒宴上誰還理這個啊。騎士道不是喝醉，就是被灌醉啊！」

希爾維亞嚴肅地斂起表情。

「好啦，就以騎士的榮耀起誓，讓我們堂堂正正地對決吧，雷伊・格蘭茲多利！」

雷伊一臉疑惑地開口說：

「……能請教一件事嗎？」

「什麼事？」

「妳會把心聲全說出來，難道不是已經醉了嗎？」

「……心聲？是在指什麼啊？我可聽不懂呢，雷伊．格蘭茲多利。」

「妳方才說了要假裝喝醉，讓我在女友面前暴露出醜態的作戰吧？」

說完，希爾維亞就驚訝得合不攏嘴。

「為什麼你會知道……！」

「是妳方才自己說的就是了。」

「……既然被你發現了，那就沒辦法了。我確實沒有醉，就像這樣。」

希爾維亞挺直搖晃的雙腳，倏地站起——不對，她站不起來。她沒有站起，中途就雙腿發軟，整個人往前倒下。

「啊唔！」

她勉強死守住酒杯裡的酒，用手撐著地板。希爾維亞狠狠地瞪向雷伊。

「所以說，就是這麼一回事。就連喝慣的我都會誤判酒量，暴露出這麼不堪入目的醜態。這就是逆鱗酒。」

龍騎士希爾維亞想設法維持住體面，以凜然的語調說。然而她的膝蓋抖個不停，早就連站都站不起來的樣子。

「你這個花花公子有暴露出醜態的覺悟嗎！就算忍辱偷生、啜飲泥水也要贏得勝利，這就是阿蓋哈的作風！是這個國家的騎士的生存之道！」

是氣勢。大概是認為只剩下氣勢了吧，希爾維亞有如怒濤般地放聲大喊。

「原來如此，阿蓋哈的騎士是什麼樣的存在，如今我也稍微明白了喔。」

不愧是雷伊。大概是因為希爾維亞露出無地自容的模樣吧，他適當地配合她的說法。居然沒讓對方臉上無光，這樣才稱得上是勇者啊。

只不過——

「我剛剛是不是很帥啊？」

只要希爾維亞把心聲全說出來，就算再怎麼幫她說話都沒用。

「啊……！」

看來這次注意到自己說了什麼嗎？

「沒錯，這副醜態就是逆鱗酒的可怕之處！」

已經看不下去了。作為最起碼的憐憫，就給她一個痛快吧，雷伊。

「妳挑錯對手了呢。我是不管多麼烈的酒，都絕對不會醉倒的體質。」

雷伊這麼說，一口氣灌下逆鱗酒。喉嚨響起「咕嘟咕嘟咕嘟」的聲音，雷伊眼看著就要把逆鱗酒喝完。希爾維亞當場臉色大變。

「笨……笨蛋……快住手！別說是醜態了！你再喝下去可是會死啊！」

雷伊毫不在意她制止的叫喊，繼續喝著酒。

「唔，這傢伙……！」

希爾維亞起身想打掉雷伊的酒杯——然而雙腳抖個不停，使得手不斷揮空。

「可惡……只要身體……！能好好聽話的話……！」

就在她這麼做時，雷伊就像斷了線的人偶般突然無力倒下。希爾維亞看到從他手中滑落的酒杯已空，露出絕望的表情。

滑落的酒杯掉在地面——就在這之前，酒杯被雷伊的腳溫柔地接住，向上彈了起來。

他用右手「啪」的一聲接住酒杯。飲盡逆鱗酒、讓人以為完全醉死的他，用雙腳直直地站著。

「……為……為……什麼…………？」

「我有七個根源呢。在把酒飲盡後我醉倒了。不過說特意醉倒，把一個根源喝到掛會比較正確吧。我切換根源，讓自己清醒過來了喔。」

「……你說什麼，這樣的話……」

雙腳搖搖晃晃，雙手抖個不停的希爾維亞說：

「你明明有戀人，卻這麼華麗地將逆鱗酒一飲而盡；但我不只暴露出不堪入目的醜態，而且還是孤家寡人嗎！做人沒有魅力的我不僅無法吸引異性喜歡，就連唯一作為心靈支柱的酒戰只不過是你的陪襯，終究只是個跟垃圾沒兩樣的女人嗎！」

「妳不需要這麼自卑吧？」

「住口！有戀人的傢伙不准幫我說話！」

全身顫抖不已的希爾維亞把酒杯遞到嘴邊。

「我想妳還是別喝會比較好喔。我的根源只要經歷一段時間就會復活，不論怎麼喝，我想都不會讓七個根源都醉倒喔。」

「閉嘴——！即使明知結果，也有些戰鬥絕對不能輸……！有戀人的你，怎麼可能明白我的心情……！」

傾倒酒杯，希爾維亞的喉嚨響起「咕嘟咕嘟咕嘟」的聲響。不過才喝到一半左右，她就突然停了下來。

「唔……哈啊——！……哈唔……！」

希爾維亞發出呻吟，露出悔恨的表情倒在地上。

§10 【災厄之日的預言】

「艾蓮歐諾露，能打擾一下嗎？」

經雷伊叫喚後，酒戰途中的艾蓮歐諾露轉過頭來。

「哇喔～！居然把剛見面的女孩子灌醉，你這樣不行喔！」

艾蓮歐諾露施展「水球床鋪」的魔法，準備好一張水床。雷伊讓昏倒的希爾維亞躺在裡頭後，「水球床鋪」就輕飄飄地飄下舞臺。

「『水球床鋪』與解毒魔法不同，能舒舒服服地讓人解酒，所以讓她暫時躺一下會比較好喔。」

「感激不盡。」

騎士們一臉過意不去地向艾蓮歐諾露低頭道謝。

「——好啦，接下來輪到潔西雅小妹妹嘍。」

舞臺上，比賽喝水果水的戈多大喊。

潔西雅注視倒在酒杯裡的水果水，一臉已經喝得胃脹的表情。

「到底是喝不下去了吧。唉呀，還真是棘手。這是一場相當精采的對決呢。」

「……潔西雅……不會輸……！我是……魔王的部下……」

她喝了一口水果水。

「……雖說已經喝得肚子飽飽的……難道你以為我就喝不下去了……嗎……」

她雖然這麼說，但果然已經喝到很撐的樣子，沒辦法喝下第二口。

她不甘心地泛出淚光。

「……嗚嗚……潔西雅……已經……嗚嗚……」

突然間，戈多跪倒在地。

「唔、啊啊啊啊……都比到這裡了，居然鬧肚子疼……」

語氣很假。

「我、我已經連一秒都撐不下去了。我、我要棄權！是我輸了！」

「……潔西雅……贏了嗎？」

「是啊。不對，潔西雅小妹妹很強喔。沒想到我竟會輸給妳這樣的小孩子……」

說完，她就開心地笑了起來。

「……雖說是小孩子，難道你以為我就不會喝酒……嗎……」

妳沒有喝酒啊——戈多臉上寫著這種表情。潔西雅疑惑地來回看著躺在「水球床鋪」裡的希爾維亞與戈多，一副想說他怎麼沒醉倒的樣子。

「唔，太遺憾了。」

戈多「啪」的一聲倒下。

「潔西雅贏了！需要『水球床鋪』。」

潔西雅開開心心地向艾蓮歐諾露報告。

「好乖、好乖，妳很了不起喔。」

艾蓮歐諾露施展「水球床鋪」的魔法，並在把戈多放進去時對他說：

「不好意思喔，讓你陪潔西雅玩，謝謝你。」

「小意思……要是不讓小孩子贏，會有損騎士的名譽，可是會被團長罵的……」

就算輸了也一樣會被罵，所以副官注定會遭到痛罵吧。

他被放進「水球床鋪」裡，感覺很舒服地打起瞌睡來。

「阿諾斯大人，實在非常抱歉，小女竟然對您的部下做了這麼失禮的行為……真不知該如何向您賠罪才好。」

里卡多帶著沉痛的表情前來向我低頭道歉。

「沒什麼，我看得相當開心喔。」

「您能這麼說，我也就放心了……」

話雖如此，里卡多的表情卻很黯然。

「只不過，感覺她相當痛恨男女情愛的樣子呢。」

「是的。小女因為是子龍，所以是由龍生下來的。代為撫養的我要是能教導她男女之情的話就好了……然而事情相反。我由於是短命種，所以至今都懷著為劍而生，將一切奉獻給騎士道的覺悟度日。」

因為短命種無論如何都會比他人早一步逝去吧。為了不讓被留下來的人悲傷，所以至今才過著不結交伴侶的生活嗎？

「其實小女曾經問過我：『是不是因為我，爸爸才結交不到戀人？』我當時回答：『我很重視騎士道，養育希爾維亞就是我的幸福。』不過看來讓她誤會了……」

「讓她覺得戀愛是微不足道的事嗎？」

「真是丟人。儘管我曾試著委婉地解開誤會，卻怎麼都不太順利。而且要述說戀愛的美好，也對至今為止只為騎士道而活的我來說負擔太重了。」

「人生之事，十之八九不如人意吧。不過，你今後應該就能無後顧之憂地結交伴侶了。因為你已經不是短命種了呢。」

里卡多儘管一副想說什麼的表情，最後還是點了點頭。

「……是啊。話雖如此，事到如今要我改變生活方式也很困難啊。哈哈。」

「魔王阿諾斯，雖是酒宴，但能稍微談一談正事嗎？」

迪德里希放下酒杯說。

「我離開？」

身旁的米夏問。

「別在意，妳也是深得魔王信賴的人，我都無所謂喔。」

迪德里希這樣說完，便立刻進入主題。

「你知道王龍祭品的事吧。」

唔嗯，他一副知道我也很在意這件事一樣的語氣哪。

「是指一個星期後，要將里卡多當作祭品獻上的儀式嗎？」

「這件事取消了。雖然還未公開，但這次我找到能代替他的祭品了。」

里卡多面不改色地問：

「請問是何人？」

「我把盜取王龍的吉歐路達盧前樞機主教亞希鐵給抓了回來。我將會在一星期後的祭品儀式上，將他獻給王龍。」

里卡多露出第一次聽到這件事的表情。這或許是因為，他為了取得靈藥，最近這陣子都在找尋巨頭龍的關係。

「里卡多，你克服衰老病，已經不再是短命種，因此我要剝奪你祭品騎士的資格。」

「遵命。」

里卡多當場跪下，向迪德里希深深低下頭。

「今後我將會作為近衛騎士，為了阿蓋哈，命劍一願地鞠躬盡瘁。」

「啊啊，我很期待你喔。要好好努力。」

「是！」

看來這件事圓滿收場了。至於亞希鐵就沒辦法了，那是他自作自受。

「喂，魔王。要稍微去醒醒酒嗎？」

他看起來不像喝醉的樣子，是想跟我兩人單獨談談吧。

「我就陪陪你吧。」

迪德里希邁步走出宴會場。我則跟在他身後，沿著通道前進。

推開莊嚴的玻璃門，我們來到寬廣的露臺上，這裡能一覽阿蓋羅菲歐納的街景。迪德里希走近欄杆，注視著遠方說：

「——亞希鐵會在祭品儀式上當作祭品獻上之前，遭到蓋迪希歐拉擄走。是幻名騎士團幹的。」

「唔嗯，這是預言嗎？」

「不會失誤。」

不太對勁哪。

「既然知道的話，阻止的手段是要多少有多少吧？這裡可是你的國家。」

迪德里希回以沉默。很難得能在他的眼神中看到像是放棄般的情感。

「原來如此，你不想阻止啊。」

他默默點了點頭。

「我需要進入蓋迪希歐拉的名目。他們跟阿蓋哈、吉歐路達盧，以及遵從這兩國教義的其他國家毫無交流。要入境蓋迪希歐拉的條件有兩種：看是要完全捨棄對神的信仰，或者強行闖入。」

「作為阿蓋哈的劍帝，不論哪一種都不能選吧？」

「可是我必須和蓋迪希歐拉的霸王談談。還有被他們擄走的戈盧羅亞那。」

「你打算跟他們談什麼？」

迪德里希以十分認真的表情回答：

「簡單來說，應該是關於地底世界的今後吧。吉歐路達盧、蓋迪希歐拉以及阿蓋哈，各自擁有只會讓王知曉的教義，而那分別是吉歐路達盧的教典、阿蓋哈的預言，以及蓋迪希歐拉的禁書。」

「我聽說吉歐路達盧的教典是以口述流傳下來的？」

「阿蓋哈與蓋迪希歐拉也一樣。總之，向他們問出這兩個教義是我的主要目的。」

有能看見未來的娜芙妲在，現在卻不知道這兩個教義的內容，也就是說，不存在今後有人說出這兩個教義的未來嗎？意思也就是說——

「吉歐路達盧與蓋迪希歐拉的教義會失傳嗎？」

「具體來說，事情應該會演變成這種狀況吧。」

教皇與霸王死去，或是記憶被消除了嗎？不論如何，代代流傳給王的教義失傳，是很嚴重的事態吧。

「在你問出來後，事情會變得怎麼樣？」

眺望著阿蓋哈街景的迪德里希，緩緩朝我看來。

「作為阿蓋哈的劍帝，我有一個無論如何都必須顛覆的預言。」

「哦？是什麼？」

「很抱歉，我沒辦法跟你說。因為要是說了，就會讓預言變得越來越確實吧。」

也就是我的行動，會影響那個預言嗎？

「既然如此，那就別說了。也就是不論如何，你都希望能以王的身分前往蓋迪希歐拉，與教皇和霸王進行對談嗎？」

「沒錯。假如毫無理由就闖進蓋迪希歐拉，會無法避免爭執。只要有將我方的罪人亞希鐵帶回去的名目在，霸王應該也會妥協吧。」

蓋迪希歐拉有蓋迪希歐拉的規矩。假如讓他國的王隨便打破，人民也不會坐視不管吧。不論霸王想不想要，有時也會因此發展成戰爭。

所以才要找藉口。而他要任由亞希鐵遭人擄走的理由就是這個。

「所以？既然你特意讓我們兩個單獨說話，就是你看到了更壞的預言吧？」

迪德里希一臉凝重地點了點頭。

「我會與龍騎士團潛入蓋迪希歐拉。到時我會和教皇、霸王對話，也能夠稍微逼近吉歐路達盧的教典與蓋迪希歐拉的禁書內容。儘管能達成目的，但是會造成一個犧牲。」

「什麼犧牲？」

「里卡多會喪命——為了成為王龍的祭品。」

原來如此，這就是他想說的事啊。

「為何不救他？」

「理由不只一個。王龍的祭品對阿蓋哈來說是不可或缺的，我的部下里卡多會作為憂國的騎士，自行下定決心要獻上生命。達成目的，並且拯救里卡多的性命，這種未來在我重複預知十萬次的結果中，只出現過一次。」

迪德里希眼中帶著堅定的決心說：

「我會對他見死不救吧。」

「既然十萬次之中有一次，那麼只要抓住那一次機會就好。」

「是儘管能看見未來，十萬次之中仍然只有一次。除了依靠意想不到的偶然之外，沒有其他辦法了吧。」

「就算這是事實，那個叫什麼子龍的，有必要不惜拿里卡多的性命交換嗎？」

迪德里希點了點頭。

「我方才說過有個必須顛覆的預言吧？為了顛覆這個預言，必須要有王龍所產下的子龍。不論是奈特、希爾維亞，還是我，全都是為了達成這項使命，在阿蓋哈這塊土地上呱呱墜地。」

「我就助你一臂之力吧。雖然不知道子龍有多大能耐，但我能做到十人份的工作吧。」

阿蓋哈的劍帝就像低吟似的吐氣，同時搖了搖頭。

「這還真是感謝，但要是借助你的力量就能達成，就一點問題也沒有了吧。因為這樣還是不夠，所以才要聚集力量。雖說是沒有未來的人，但我還是將子民獻為祭品，一路犧牲到現在。無論如何都還必須要有一名子龍。就連這件事，預言也不會顛覆。」

「對於能知曉一切未來的你，說這種話也無濟於事吧。」

迪德里希一臉認真地回看著我，就像在說他知道我要說什麼一樣。

「你以為我是為了讓他成為祭品，才幫助他的嗎？」

「……我很感謝你，所以才會告訴你這件事。」

「迪德里希，你曾經說過吧？無法顛覆的預言是沒有意義的。就連十萬分之一的可能性都抓不住的人，打算實現如此宏願嗎？」

「就因為是宏願啊。正因為要抓住不存在的未來、正因為要顛覆無法顛覆的預言，所以才必須走在最好的道路上。我就承認你的力量吧。哪怕舉阿蓋哈全國之力，也敵不過僅僅一人的魔王。只不過，就連你的那種力量，也全在預言的範疇中。」

預言的範疇中嗎？

「是叫做災厄之日吧，在阿蓋哈的預言中提到的。」

迪德里希一臉認真地注視著我。

「子龍會在那個時候，成為拯救阿蓋哈的英雄。既然你在追求另一名子龍，那麼你想改變的未來，就是那個災厄之日吧？」

「我不否認。」

「就連我也束手無策的災厄，到底會發生什麼事？」

「是啊，會是什麼事呢？」

迪德里希一副不能回答的樣子說。

「預言者說出預言時，那個預言就會變得容易顛覆。如果看到的未來是不好的，就只要做出不會讓預言成為現實的舉動就好。」

我筆直注視著迪德里希的臉說：

「會不說出預言，就只會是你無論如何都想讓那個未來成為現實。這不論對你來說，還是對娜芙妲來說都一樣。」

「既然你知道的話，事情就好辦了。直到最後要顛覆預言的那個瞬間，我都必須依循這個最好的未來前進，就連一步都不能偏離。」

所以才不能對我說啊。

「你真是這麼想的嗎？」

我繼續向他詢問：

「與未來神娜芙妲締結盟約的你能看到無數的未來，其數量龐大到超乎人的極限，數量多到讓人無從驗證。要在一次的人生中抵達除此之外的未來等同於不可能，所以你才會像這樣誤會了不是嗎？」

我朝預言者迪德里希抛出話語。

「——以為自己能看見所有未來。」

「是嗎？這要是誤會的話，不知該有多好。」

「我雖然看不見未來，還是能看出一件事喔。」

沉默片刻，迪德里希開口說：

「……你說說看。」

「你就仔細想想吧。你從娜芙妲那邊得到的神眼（眼睛）存在盲點，就連娜芙妲的神眼（眼睛）也一樣。我就引導你走向那個盲點——那個你所看不見的未來吧。」

就像不知道該怎麼回答似的，迪德里希陷入沉思。他大概看過這個未來吧，不過直到現在還無法下定決心。

「也帶我們去蓋迪希歐拉吧。我首先就不妨礙你的目的，拯救里卡多給你看吧。要顛覆預言，就等到這件事之後。」

迪德里希再度望著阿蓋羅菲歐納的街景。

「我有條件。」

「無妨。」

在我立刻回答後，迪德里希微微放鬆凝重的表情。

決定犧牲部下——對至今看過無數未來的這個男人來說，這只會是個苦澀的決定。在預言的支撐之下，阿蓋哈無限地接近理想，卻絕對無法達到最好以上的未來。

正因為是將預言視為絕對而繁榮的國家，有時才會面臨殘酷的未來。

然而，迪德里希不曾將絕望的預言告知人民。因為即使知道也不說出口，是抵達最好未來的唯一方法。他就像這樣不為人知地奮鬥，至今也沒能顛覆好幾個絕望的預言吧。最希望奇蹟發生的，就只會是將不好的未來背負於一身的這個男人。

「魔王阿諾斯，你就來挑戰本人迪德里希的預言吧。假如你贏的話，就能跟我一起前往蓋迪希歐拉。」

我必須打破他的預言。

§11 【希望的未來】

地底黯淡下來，也就是極夜之時——

在讓人備好的房間裡，亞露卡娜呼呼大睡。祂在酒宴過後曾一度醒來，但由於夜已深，所以我直接哄祂再次入睡。

挑戰迪德里希預言的日子是在明天。要戰勝他的預言、前往蓋迪希歐拉、拯救里卡多，然後顛覆災厄之日的預言。

要是能順便取回我與亞露卡娜的記憶的話，那就再好不過了。

「……哥……哥……」

我看向亞露卡娜，不過祂睡得很熟，應該只是在說夢話吧。我摸摸祂的頭後，祂就淺淺地微笑起來。

「祢還在忍受不習慣的酒醉吧。就好好睡吧。」

我起身離開房間，走在劍帝宮殿的走廊上，某扇門後傳來嘈雜聲響。那裡是宴會場。在我窺看裡頭的情況後，發現舞臺上站著辛與奈特。

他們還在喝啊？周圍的空酒桶堆得像一座小山。

「居然有男人能和我拚到這種程度，真是厲害。」

奈特一臉認真地說。

「你也相當能喝啊。」

辛不改冷靜的表情回看他。

「那麼，小試身手就到這裡為止，差不多要來認真拚酒了吧。」

「沒辦法，今晚就喝到天明吧。」

大概是經過酒戰，互相認可了吧，他們向彼此展露笑顏。阿蓋哈的騎士們就像嚇破膽似的退開。

「方、方才喝成那樣，是小試身手……」

「怪物啊……」

「……奈、奈特團長！抱歉在您喝、喝得正起勁時打斷，不過城內的酒好像都已經全部喝完了……」

一名騎士這樣告知後，奈特就蹙起眉頭。

「唔……明明才正要開始……」

「那裡不是有好酒嗎？」

辛朝著黃金酒桶看去。那是逆鱗酒。

「……可是逆鱗酒是獵龍用的酒……不能全部喝完……」

「無妨。」

奈特厲聲說道：

「招待客人時，酒不夠喝可說是龍騎士團的恥辱！龍只要用劍狩獵就好！夠了，快去把逆鱗酒統統拿來！」

「……是。」

我伸手制止要離開宴會場的騎士們。

「阿諾斯大人……真是失禮了。」

騎士們向我微微點頭，同時停下腳步。

「辛，喝到微醺就好，明天又要忙了。」

「遵命。」

辛在這樣回覆後，再度轉向奈特的方向。

「儘管還想再稍微跟你多喝幾杯，但今晚就到此為止了。」

「我知道了。哎呀，真是愉快的酒戰。辛·雷谷利亞，想不到地上有你這樣的男人。」

男人們交換和睦的眼神。看來他們建立了相當友好的關係。

「感激不盡，阿諾斯大人。」

一名騎士這樣向我低頭道謝。不會喝完逆鱗酒，似乎讓騎士們鬆了一口氣的樣子。

我離開宴會場後，在走廊上走了一會兒來到露臺。

由於是晚上，周圍昏暗不明。阿蓋哈的街景在下方擴展開來，家家戶戶的燈火看起來就像滿天星光。那裡有一名茫然眺望著景色的白金色頭髮少女，她把小手放在欄杆上，讓夜風吹拂秀髮。

「米夏。」

我出聲呼喚後，她緩緩轉過頭來。然後一看到我，她就開心地展露微笑。

「歡迎回來。」

我走到米夏身旁。

「亞露卡娜還好嗎？」

「是啊，祂睡得很熟。」

「太好了。」

她淡然卻溫柔地說。

「妳在做什麼？」

「醒酒。」

這麼說來，米夏也喝了不少。

「用魔法解毒也很無趣呢。」

「嗯。」

「要走了嗎？」

「再一會兒。」

或許是想在這裡待到酒醒吧。

「阿諾斯。」

像是注意到什麼，米夏呼喚我。

「什麼事？」

「那裡。」

米夏將身體微微探出欄杆，將魔眼（視線）朝下方看去。在讓視線穿過層層疊疊的樹葉隙縫後，發現未來神娜芙妲坐在一塊岩石上。

祂閉著雙眼，將臉朝向與我們相反的方向，面對著天蓋。大概是在思考著什麼吧，無法從表情上看出祂心中的想法。

「——偶爾在酒宴上露個面也好吧？」

響起低沉的聲音。來到這裡的人是迪德里希。

娜芙妲沒有回頭看他，而是繼續把臉朝向天空。

「娜芙妲要否定。不會醉的神就算待在酒席上，也只會有讓大家掃興的未來吧。」

迪德里希一面聽祂說的話，一面走到祂身旁。

「神並不是不會醉。祢看魔王的選定神就醉得很徹底呢。」

「無名神具有創造的秩序。經由不適任者獲得感情的祂，藉由此秩序得到了酒醉。那不是任何神都能辦到的奇蹟。預言者啊，這你應該早就知道了。」

「這我無法否定呢。」

迪德里希站在娜芙妲身旁，朝著和祂相同的方向望去。

「迪德里希，你為何要和娜芙妲搭話？」

「這是因為祢會回應我啊。」

就像思考似的沉默片刻後，祂再度說：

「娜芙妲締結了盟約。只要是選定者迪德里希的要求，不論是什麼都會答應。只不過，未來神與預言者之間本來不需要語言。」

娜芙妲就像在告知事實一樣地說：

「在迪德里希讓娜芙妲降臨於己身之際，已讓你看過未來神娜芙妲與預言者迪德里希之間所抵達的一切未來。迪德里希要是說了什麼話，娜芙妲就會怎麼回答，你早已心知肚明，而我也同樣一清二楚。。」

「對身為神的祢來說的未來，與對人來說的未來會有點不同吧。就因為我看過了、知道了，就不讓這件事成為事實的話，可不合我的個性啊。」

迪德里希露齒一笑。

「在無數預言中，我選擇與祢進行這段對話的未來。這對我倆來說，確實是很蠢的預定和諧吧。但是，我想讓這個未來成為過去，而不是有可能的未來之一。」

娜芙妲將臉龐轉向阿蓋哈的劍帝。

「娜芙妲要問你，這是為何？」

「我為了選定審判與祢締結盟約，至今已過了多少歲月啊？在首次見到祢的那一天，祢所說的話我仍然記得非常清楚。」

迪德里希一臉溫柔地說：

「假如未來是光，娜芙妲能看清未來的神眼就會在人心留下陰影。預言不是希望，而是絕望。預言者乃獨自懷抱黑暗，向人民注入光芒之人。汝，想與娜芙妲締結盟約嗎？」

「迪德里希對於這個詢問，做出肯定的回答。你拒絕盟約的未來一個都不存在。」

「祢這番話的意思，我現在非常明白了。」

就像在回憶過往的點點滴滴般，他深切地低聲說：

「這還真是讓人受不了啊……」

這是苦澀的坦白。

「娜芙妲思考著。這世上充滿秩序，人生充滿不可能。然而，正因為雙眼盲目，所以人們才會看見希望；正因為看見希望，人們才能活下去。就娜芙妲所見，人們全都被蒙蔽了雙眼。然而，正因為被蒙蔽了雙眼，人們才能看到一樣東西——那就是希望。那是即使閉上這雙眼，也絕不會映入娜芙妲神眼之中的事物。」

迪德里希一臉苦澀地回應：

「這是不會錯的吧？」

「歷代劍帝中，有半數沒有與娜芙妲締結盟約。另外半數則在締結盟約之後，自行捨棄了獲得的娜芙妲神眼。」

娜芙妲向他說：

「這是因為比起最好的未來，人們更想要有希望的未來吧。」

就假設因為天災，每年有一百個人民會死去吧。看過未來、不論採取什麼樣的對策，死一百個人就是最好的未來；要是不看未來的話，每年就會有五百個人民死去。儘管如此，人們想要的卻是總有一天說不定會無人死去的這種有希望的未來……祂大概想這麼說吧。

儘管明顯應該是前者比較好，然而感情是無法控制的事物。所謂無知的幸福，應該確實存在吧。

「然而，預言者迪德里希即使獲得娜芙妲的神眼，也仍然想用那雙眼看見希望。」

娜芙妲以靜謐的聲音詢問：

「這是為何？」

「我是阿蓋哈的王，為了這個國家的人民，我有注視未來的義務。而且，為了對這個國家盡心盡力的神，我必須讓祂看見希望才行。」

迪德里希平靜地說：

「娜芙妲，我想至少讓祢見識一次。即使是祢這雙神眼（眼睛），也一樣能看見希望。」

「迪德里希認為魔王所說的娜芙妲的盲點存在嗎？」

「天知道。或許我認為不存在。但要是不存在的話，就只能製造出來了吧。」

迪德里希朝著表情帶有一絲冰冷的娜芙妲露出開朗笑容。

「吶，娜芙妲。我確實有一點與歷代劍帝不同，這一點甚至模糊了祢的這雙神眼，讓我看見了希望吧。」

娜芙妲的表情上混雜些許困惑之色。迪德里希看到祂這樣，就「嘎哈哈」地豪邁大笑。

「是什麼蒙蔽了娜芙妲的神眼，這個理由就連祢也看不見。因為我早已決定，直到顛覆預言為止都不會說出來。」

娜芙妲看不到顛覆預言的未來。若要說的話，就跟迪德里希告訴祂那個理由的未來不存在一樣。

「在意嗎？」

低頭想了一會兒後，娜芙妲睜開眼睛。祂靜謐的神眼著眼未來，同時注視著迪德里希。

「娜芙妲很在意。」

他心滿意足地揚起笑容。

「還挺不賴的吧，所謂的未知。只不過，為王者不能為了希望捨棄最好，我就用祢的神眼看著最好，用我的眼睛看著希望吧。」

娜芙妲倏地起身，正對著迪德里希。祂莊嚴地，但是又帶有一點溫柔地說：

「最後的預言者，劍帝迪德里希。娜芙妲要感謝締結盟約的最後之王是你這件事。唯有與你共度的這個未來，對未來神娜芙妲來說曾是唯一盼望的救贖。」

「這真是太好了。」

就像要抓住天蓋一樣，迪德里希伸出手，緊緊地握住。

「就一起去抓住吧。在最好的盡頭——那個充滿希望的未來。」

§12 【觸及深淵的溫柔視線】

下方能看到阿蓋哈的劍帝與未來神的身影。

兩人在庭院談了一會兒後，就往城內離開了。

「唔嗯，堅強的男人。到底什麼是那個男人的希望啊？」

米夏直眨著眼朝我看來。

「想知道……？」

「哦？妳知道嗎？」

「大概，一點點。」

如果是米夏的魔眼（觀察力），確實能看穿迪德里希的內心吧。

「不過我可不能問呢。」

米夏「呵呵」一聲地輕輕笑了笑。

「因為會被娜芙妲知道。」

「未來神也想聽迪德里希親口跟祂說吧——在那個充滿希望的未來。」

從迪德里希與娜芙妲的對話看來，未來神只能看到映入祂肉眼與神眼之中的未來，無法窺看到思考與內心的樣子。

這或許會成為抵達希望未來的提示？話雖如此，不論內心怎麼改變，不採取行動的話就無法改變未來。而要是行動的話，就會映入娜芙妲的神眼(眼睛)吧。

「走嗎？」

「酒醒了嗎？」

「沒問題。」

米夏以微微發紅的臉蛋說。

「那就走吧。」

我們離開露臺。在走廊上走了一會兒後，米夏在某個房間前停下腳步。

「我的房間。」

「這麼說來，莎夏怎麼了？」

米夏指著隔壁房間。

「在房間休息。」

「就酒宴時的樣子看來，不到早上醒不來吧。」

米夏點了點頭，同時打開房門。我跟在她身後走進房間。

「所以？我照約定把時間給妳了，不過妳打算做什麼？」

米夏微歪著頭。

「不知道？」

「所以才問妳。」

「真的？」

米夏直直窺看著我的眼睛。做這種讓人猜不透的事——在我這麼想後，米夏就「呵呵」笑出聲，然後牽起我的手。

「過來。」

她一面牽著我的手，一面引導我來到床旁。

「躺下。」

她打算做什麼啊？算了，畢竟是約定，就照她的要求去做吧。我爬到床鋪上仰躺下來。

「這樣就行了嗎？」

米夏點點頭，把臉靠向我說：

「讓我看阿諾斯的一切。」

原來如此，居然是想看我的一切啊。這完全出乎我的意料。

沒想到她打著這種主意。

「明白意思嗎？」

米夏有點不安地詢問。

「我猜得到。不過，妳可以不用做這種事喔。」

「不行。」

米夏很難得地以強硬的態度說：

「因為這是獎賞，讓我看。」

「真拿妳沒辦法。居然會想要做這種事當作獎賞，真是奇特的傢伙。」

我邊說邊將纏繞在身上的反魔法幾乎完全解除掉。米夏一爬上床，就輕輕地正坐起來，用雙手溫柔地抬起我的頭，放在自己的大腿上。

然後在魔眼注入魔力，窺看起我全身的各個角落。

「阿諾斯很疲勞。」

「這沒什麼大不了的。注意到這點的，頂多就只有妳吧。」

畢竟來到地底之後，沒有多少時間可以休息嘛。連日以亞露卡娜的力量進入夢中世界、與未來神娜芙妲交戰，然後流下魔王之血。而「極獄界滅灰燼魔砲（egiru gurone angudoroa）」的消耗也非比尋常。

當中最讓我疲憊的，就是與痕跡神的戰鬥吧。靈神人劍是用來消滅我的聖劍，作為其祕奧的「天牙刃斷」雖然不及雷伊，但也充分具備傷害我根源的力量。

此外，我還特意用身體承受了「極獄界滅灰燼魔砲」。雖說是為了更加逼近力量的深淵，但也因此讓我一度瀕臨毀滅。這樣是絕不可能不讓根源受傷的。

我在這種狀態下使出「涅槃七步征服（giririamu nabuiemu）」，最後還施展「魔王城召喚（德魯佐蓋多）」，到底是我也會感到疲憊。

「讓我看更深的地方。」

「看那種地方想做什麼？」

「相信我。」

米夏以真摯的眼神注視著我。將身體的狀態與根源毫無保留地暴露出來，應該足以致命吧。即使是信賴的部下，這也不是能輕易展露出來的東西。

「反正在米夏眼前藏不住吧。」

她有一雙能看得很清楚的魔眼（眼睛），說不定早晚就連我處於萬全狀態，也能窺看到我根源的深淵。而且越是窺看深淵，魔眼就越能受到磨練。

既然如此，讓她看我的根源，也能促進她的成長吧。

「這樣就行了嗎？」

我將覆蓋在根源深層的反魔法幾乎解除，暴露在米夏眼前。

「如果是妳的魔眼（眼睛），應該能輕易看到。」

她直眨了眼後，將視線落在我的深淵上。

「……好可憐……」

米夏溫柔地摸著我的頭。

「根源亂七八糟的。」

「要克服『極獄界滅灰燼魔砲』，可不是辛苦就能解決的事呢。」

因為是正面承受了毀滅世界的魔法。

「在用魔力勉強維持著。」

居然能看出這點，真不愧是她呢。

「在我適應新的根源形狀之前吧。唯獨這件事是怎麼樣也沒辦法立刻辦到。」

米夏露出彷彿感到痛楚般的表情。明明就不是自己在痛。

「如果是在兩千年前，這是相當稀鬆平常的事。能以萬全狀態戰鬥的情況反而少見。」

「我稍微幫你修整形狀。」

米夏的眼瞳中浮現魔法陣。那是「創造魔眼」。在這座宮殿的上空，逐漸構築起模擬的德魯佐蓋多。

「妳或許辦得到，但還是別做比較好。」

「為什麼？」

「毀滅眼看著就要從我的根源中滲出，將世界破壞殆盡。如果是『創造魔眼』，應該有辦法用那股力量朝想要的方向修整根源，相對地會對妳造成沉重的負擔。換句話說，就像代為承受我的疲勞一樣。」

我對注視著我的米夏說：

「這是魔王的疲勞。常人的話，光是這樣就會死吧。」

米夏輕輕伸出手，碰觸著我的臉頰。

「沒問題。」

她溫柔地低喃：

「也稍微讓我背負。」

那雙溫柔的魔眼（眼睛）中，帶有堅定不移的決心。

即使說得再多，她也不會聽嗎？

「能讓我碰觸深處嗎？」

「隨妳高興吧。」

米夏的「創造魔眼」窺看著我的深淵。從指尖傳達到臉頰上的觸感，彷彿抵達根源一樣，她帶有魔力的視線溫柔撫摸著我的深處。

每當她這麼做，我的疲勞就一點一滴地緩和下來，扭曲得亂七八糟的根源形狀被漸漸修整回來。

「亞露卡娜曾是背理神。」

米夏一面用「創造魔眼」治療我一面問：

「那麼我與莎夏是什麼……？」

「不知道。」

賽里斯曾說「創滅魔眼」就是「背理魔眼」，而亞露卡娜也曾經看過「創滅魔眼」。這兩件事有什麼樣的關聯性？或者，這一切全都不過是謊言嗎？

現階段來說，一切都還不明朗。

「不過，妳是我無可取代的朋友與部下。只要知道這點，不論妳擁有什麼樣的過去，都沒有必要害怕。」

米夏溫柔地揚起微笑，像是在說她想聽的就是這句話一樣。

「阿諾斯很溫柔。」

少女如此低喃，魔力在眨眼間不斷消耗，因為她直視著擁有毀滅之力的我的根源以及其深淵。明明光是這樣就會伴隨著痛苦，她還打算將根源導向應有的模樣。

「這樣就好，我已經舒服很多了。」

我正要起身，米夏就用小手輕輕壓住我的頭。

「不行，乖乖躺著。」

她再度把我的頭放在膝蓋上，揚起微笑。然後她向我說：

「因為這是獎賞。」

「痛苦是獎勵？」

她左右搖起頭來。

「能幫上阿諾斯忙的機會，不怎麼多。」

「妳的忠義真是讓我服了，但我可沒弱到要部下幫我承擔痛苦喔。」

「不痛。」

就像在耳邊低喃似的，米夏對我說：

「因為能碰觸阿諾斯的深處。」

唔嗯，說著莫名其妙的事。

「我覺得這不成理由喔？」

她在眨了眨眼後低聲回答：

「這是只有我能做到的事。」

「……哎，我確實不曾讓人如此隨意碰觸過根源。」

就算想，如果不是米夏這種程度的魔眼與創造魔法使用者，不可能辦得到。

「阿諾斯讓我看了一切，允許我碰觸深處。」

米夏揚起微笑。她顧慮著我，就像一點也不痛苦似的虛張聲勢。

「就像將大家的魔王——」

她開心地說：

「一個人獨占一樣。」

唯獨現在，她補上這一句。

結果，米夏就這樣溫柔輕撫著我直到天明。

§ 13　【預言的審理】

隔天早上——

我與魔王學院的眾人在迪德里希的帶領下，走在劍帝宮殿的一樓。

「看來你昨晚有好好休息呢，表情更加精悍了。」

迪德里希露齒一笑後說。

「因為房間很舒適吧。」

「那真是太好了。話雖如此，還是比不上部下的侍奉吧。」

我以笑容回應迪德里希的話。

「……部下的侍奉，是在指什麼啊？昨天發生什麼事了嗎？」

身後的莎夏與米夏偷偷咬著耳朵。

「呵呵。」

米夏笑出聲，莎夏則露出有些疑惑的表情。

「那個……發生什麼事了啦？」

「祕密。」

米夏就像在思考什麼似的微歪著頭，然後揚起微笑。

或許是很意外她的回答吧，莎夏瞪圓了眼。

「到了。」

迪德里希停下腳步，朝眼前的門伸出手。

在浮現魔法陣後，門緩緩地打開。室內超乎尋常地寬廣，地底之光從挑空的屋頂灑落下來，照耀著刺在中央的一把劍。

那是帶有龍的造型、巨大得幾乎要突出城外的一把大劍。在這把大劍的對面、房間的深處，露出一雙猙獰大眼發光的，是一頭體型巨大的純白之龍。

「這裡是就連阿蓋哈都只有特定人員才可以進出的支柱之間，是天柱支劍貝雷畢姆與王龍坐鎮的場所。」

我大略環顧了一下，能在室內看到龍騎士團與娜芙妲的身影。應該是在等待我們的到來吧，騎士團身穿鎧甲，列隊待命著。

「你說的天柱支劍，是指那個嗎？」

我看向中央的大劍。

「沒錯。你知道秩序之柱吧？天柱支劍貝雷畢姆就是那個的支柱。地底的天蓋受到秩序之柱支撐，而秩序之柱則是由這把貝雷畢姆支撐著。自太古以來，神帶給這個地底的恩澤，就由我們阿蓋哈的騎士祭祀著。」

正因為地底的支柱是劍，所以祭祀支柱的阿蓋哈人民才會成為騎士，他們的王才會自稱劍帝啊？

「就靠這一把劍，支撐著秩序之柱嗎？」

「不管怎麼說，都沒有這麼強大的力量呢。這種秩序的支柱在地底有好幾根。」

迪德里希筆直走到天柱支劍前轉身說：

「這是攸關阿蓋哈未來的事，很適合在這個神聖場所進行吧。」

他露出嚴肅表情，朝著龍騎士團與魔王學院雙方看去。

「眾人聽好了。即刻起，地上的魔王要挑戰預言。他說要將無法改變的悲劇、無法顛覆的命運，以他所擁有的力量毀滅。阿蓋哈的劍帝要讚賞他們的勇氣，同時對他們的信念致上敬意。」

龍騎士團全員以整齊劃一的動作拔劍出鞘後，迪德里希就豪邁地大喊：

「向偉大魔族們的挑戰——」

騎士們將長劍豎起，舉到胸前敬禮。

「「「獻上我等劍之祝福！」」」

娜芙妲邁開步伐，走到迪德里希身旁與他並肩。祂將魔力注入「未來世水晶」坎達奎索魯提之中，並且睜開雙眼。

「未來神娜芙妲在此傳達。地上的魔王與其部下們啊，你們要挑戰的是十萬分之一的未來，將會在局限世界中受到審理吧。」

娜芙妲就像嚴格的審判官一般地說：

「對汝等處以預言的審理。」

坎達奎索魯提「啪里」一聲粉碎開來。閃閃發光的水晶碎片漫天飛舞，無數地增加數量。閃耀的沙暴將現場吞沒，下一瞬間，風景變了。

能看到巨大的鐘塔——水晶城市。我們被帶到娜芙妲的局限世界之中了。

「這個世界會協助阿蓋哈的騎士與魔族為敵。在受到局限的常理、受到局限的規則之中，魔族勝利的未來等同是十萬分之一。」

龍騎士團團長奈特與副團長副隊長忽地向前走來。奈特在畫出魔法陣後，從中取出兩個黃金酒桶放在地上。

「既然是預言的審理，就不能戰鬥到對方毀滅為止。審理會以酒杯龍戰的形式進行。規則是一面戰鬥，一面將對方持有的逆鱗酒先喝完即為勝利。」

要一面從敵人手中保護逆鱗酒，一面反過來搶走敵人的逆鱗酒喝完啊？而且不光只是要搶奪。逆鱗酒是毒，假如喝完的話，後果可是不堪設想。

「酒戰以二對二的形式進行。龍騎士團會派出我與希爾維亞副團長，你們也選出兩個人來吧。從這個選擇，審理就已經開始了。」

我方確實有兩個毫無勝算的人呢。

「娜芙妲要限制。地上的魔王啊，你不被認可挑戰這場審理。即使是在這個局限世界之中，也無法將你的勝利限制在十萬之一。」

這就好比是挑戰真正預言的模擬戰。究竟會有多麼嚴峻，要是能事前體驗的話，就有辦法擬定對策吧。唉，沒辦法。

「要派誰好啊？」

莎夏一面這麼問，一面發出「嗯……」的聲音陷入沉思。

「我覺得辛老師是個不錯的人選喔！劍很強，酒也很強。」

艾蓮歐諾露豎起食指提議。

「那另一個人呢？」

「果然要選跟辛老師配合度高的人不是嗎？」

艾蓮歐諾露這麼說後，莎夏再度露出沉思般的表情。

「要是耶魯多梅朵老師在的話就好了……」

熾死王還待在吉歐路達盧，目前正在教授教團關於震雨的對策。

「雷伊……酒很強……劍也很強……」

潔西雅這麼說後，艾蓮歐諾露與莎夏就面面相覷。

「雷伊與……」

「辛老師……」

兩人露出苦澀的表情。

「……配合度大概是最差的吧……」

「完全無法想像他們合作的樣子喔……」

即使對戰過，但不曾好好一起戰鬥過。如果只要打倒敵人也就算了，但這是必須一邊守護酒一邊喝酒的非常規戰鬥，最好還是選習慣一起戰鬥的人吧。

而且，我也想確認一件事。

「雷伊、米莎，就交給你們了。」

我這麼說後，雷伊就爽朗地露出微笑。

「如果只要戰鬥的話就好了呢。」

「這樣就構不成審理了吧？」

我們勝利的未來只有十萬分之一的機率，哪怕是局限世界，也必須設下限制吧。交戰對手不是娜芙妲也是限制之一。假如不能攻擊未來神，就難以擾亂這個局限世界的常理。

如果是靈神人劍的祕奧「天牙刃斷」，應該就能斬斷娜芙妲的宿命，強烈地干涉局限世界，可是這個辦法被封住了。話雖如此，但目的並非只是要獲勝吧。

要如何將未來神看到的未來——十萬分之一的可能性抓在自己手中，這或許能成為顛覆預言的提示。

「……不過，我沒問題嗎…………？」

米莎不安地說。

「要與雷伊一起戰鬥的話，妳是最習慣的人。」

「確實是這樣啦。」

「妳在吉歐路達盧時，已經進行過愛魔法的修練了吧？」

米莎點了點頭。

「可是，要說還不到阿諾斯大人期待的水準嗎……」

「戰鬥不會等人。機會正好，妳就和這場預言的審理一起挑戰吧。」

「……哈哈哈……門檻被不經意地提高了……」

米莎露出乾笑。

「就算在這場審理中輸了，也不會怎樣。只不過，之後等著我們的就不是一時性的局限世界，而是貨真價實的十萬分之一的未來。我們必須抓住那個未來。」

而在那之後等著的，是連十萬分之一的勝利都沒有的預言。

「不能在這種地方失敗，就超越給我看吧。」

「……我會努力……」

米莎帶著下定決心的表情點點頭。

雷伊與她並肩走到兩名龍騎士面前。

「就讓我重新自我介紹吧。我是雷伊．格蘭茲多利，她是米莎．雷谷利亞。為了挑戰並超越你們的王的預言，踏上這個戰鬥的舞臺。」

雷伊一伸出手，靈神人劍伊凡斯瑪那就伴隨著光芒出現。

「地上的戰士啊，我要向你的勇氣致上敬意。」

奈特拿起黃金酒桶拋了出去，雷伊輕輕接下酒桶。

「我們只要喝完你們持有的那個酒桶裡的逆鱗酒就算獲勝；相對地，你們只要喝完我持有的這桶逆鱗酒就算獲勝。在這個局限世界中，就算破壞酒桶，酒也不會灑出。此外，也不能喝掉敵人要喝的酒。」

雷伊點點頭，把酒桶置於身後。

「有什麼疑問嗎？」

「那我就問一件事。」

「宿醉還好嗎？」

雷伊朝希爾維亞輕輕微笑。

「目前正在進行審理，把酒宴的事給我忘了。」

希爾維亞厲聲說：

「我就已經忘了，而且再也不會回想起來。」

一副不想回想起來的樣子。

「娜芙妲宣布，即刻起開始預言的審理。」

在未來神說出開戰的口號後，雷伊就把手輕輕伸向米莎。

「逆鱗酒由我來喝，妳能為我保護好酒嗎？」

米莎將自己的手輕輕放在雷伊手上。

「……好的……」

就在這瞬間——

「已經在戰鬥中了，你們還在調什麼情啊。」

希爾維亞突然出現在米莎面前。該說真不愧是子龍吧，速度竟然快得目不暇給。

「喝……！」

魔力捲起漩渦，希爾維亞的拳頭打在米莎的腹部上。剎時間，被猛力轟飛的她撞破背後的牆壁。

「戰士不需要愛與戀。就因為把這種東西當成寶，妳才會這麼弱。」

「哎呀？連愛都不懂的戰士，還真是小孩子呢。」

希爾維亞瞪大眼睛轉頭看去。應該確實被轟飛的米莎突然出現在背後，而且容貌還與方才判若兩人。伸長後有如深海般的秀髮、身穿檳榔子黑的禮服，以及背上長著六片精靈的翅膀。最重要的是，她的魔力截然不同。

「甚至不用施展愛魔法呢。」

她刺出的指尖戳進希爾維亞的身體。也許是讓頑強的子龍皮膚感受到沉重的衝擊了吧，希爾維亞痛苦地扭曲著表情。

「……這副模樣是怎麼……這個女的魔力突然……！」

米莎將指尖甩開後，希爾維亞的身體就被轟飛了。響起「咚、砰、嘩啦——！」的吵雜聲響，這次是她撞破商店的牆壁。

米莎輕輕微笑一聲。

「假如說妳的理論正確，那麼沒有愛卻這麼弱的妳，未免就太可憐了不是嗎？」

§14 【騎士道對上愛】

希爾維亞被轟飛後，雷伊就立刻蹬地衝出。

「抱歉就像偷襲一樣，但因為是十萬分之一呢。」

米莎畫起魔法陣，將指尖朝向奈特。漆黑閃電聚集在她的右手上。

「就趁二打一的時候，讓我們結束審理吧！」

儘管舉著伊凡斯瑪那，雷伊還是在眨眼間逼近奈特。米莎從他背後施放起源魔法「魔黑雷帝（jirasudo）」。

「『龍鬥纏鱗（gaddezu）』。」

奈特的背後描繪出巨大魔法陣，並逐漸變化成靈峰一般的龍影，有如熱霾般搖曳。讓人感覺到超凡力量的那頭龍，被他納入自己體內。

突然間，龍騎士身上就像泉湧似的升起魔力粒子。那道魔力之光殘留著龍的形影，纏繞在奈特身上化為不定形的武裝。

他用「龍鬥纏鱗」的右手一把抓住筆直射出的漆黑雷電。

「唔啊！」

奈特充滿氣勢地大喝一聲，將「魔黑雷帝」用力砸在地面上。這道衝擊將大地劈開，顯示出符合子龍之名的力量。

「還真是厲害呢。不過，我的目標可不是你喔。」

雷鳴聲一響，奈特的四周就竄起「魔黑雷帝」。那是以直接射出的一擊作為誘餌，讓漆黑雷電有如籠子般圍住奈特四周。

米莎伸出蒼白的左手一抓，藉由「森羅萬掌（iguneasu）」使得放在奈特身旁的黃金酒桶穿過「魔黑雷帝」的牢籠，飛到雷伊身邊。

「你就暫時乖乖待在那裡吧。」

為了小心起見，米莎將「四界牆壁（beno iebun）」疊在「魔黑雷帝」的牢籠上，將奈特囚禁起來。

「喝！」

雷伊輕巧揮出靈神人劍，將酒桶蓋斬斷。他用一隻手輕輕抬起酒桶，大口灌下逆鱗酒。

黃金色液體流過他的喉嚨，而就在下一瞬間——

「唔……！」

雷伊的身體突然無力。即使單膝跪下，也還是要用伊凡斯瑪那勉強支撐住身體，才好不容易沒讓自己倒下。

「雷伊！」

「……一口就醉倒了四個根源啊……看來這似乎是局限世界的效果呢。好像會抵達我酩酊大醉的最糟未來……」

「沒錯。」

「龍鬥纏鱗」變成龍爪，刺在「魔黑雷帝」與「四界牆壁」的牢籠上。奈特抓住纏繞著黑雷的「四界牆壁」，就像要硬扯開來似的拉開雙手。

「唔啊……！」

雷伊緊盯著那名龍騎士，以跪著的狀態用劍支撐著身體。儘管如此，他也一副要揮出最快之劍的模樣，掌握住靈神人劍的根源。

「靈神人劍，祕奧之一——」

在奈特逃出魔法牢籠之後，就像看準這一刻似的，伊凡斯瑪那發出無數劍光。

「『天牙刃斷』！」

在喘息之間同時發出三十連擊的這一劍，被奈特以「龍鬥纏鱗」為盾統統擋了下來。雷伊起身以靈神人劍追擊。

「呼……！」

「喝啊！」

龍爪與聖劍激烈衝突。奈特即使以驚人的臂力將伊凡斯瑪那打掉，雷伊仍將這股力道完全抵消，同時劈下劍刃。

雷伊每次交鋒都會成長的第二劍，被奈特完全看穿並避開了。

「唉呀？看來你能看見未來的樣子呢。這也是局限世界的力量嗎？」

為了掩護雷伊，米莎畫起「魔黑雷帝」的魔法陣。

「沒錯。」

米莎的視野裡闖進有如疾風般衝來的人影——希爾維亞。

她身上纏繞著「龍鬥纏鱗」。魔力粒子形成長著四片翅膀的龍影，化為提高希爾維亞速度的不定形武裝。

「既然如此，打從一開始就窺看未來不就好了。」

她爆發開來的漆黑雷電射向希爾維亞。奔馳的雷光有一百道，就算再怎麼能看見未來，她都無處可逃。

「龍技——」

希爾維亞拔劍出鞘。

「『風龍真空斬(dasutoderute)』。」

她將「龍鬥纏鱗」纏繞在劍身上，經由斬擊發出風刃。這道看似巨龍展翅的疾風劍擊，將逼近她的「魔黑雷帝」斬斷，就這樣在米莎身上橫砍一劍。米莎儘管鮮血四濺也還是揚起微笑，同時接近希爾維亞。

「『根源死殺』。」

漆黑指尖逼近希爾維亞。她就像事前知道這必殺的一擊會攻擊哪裡一樣地避開，並且揮劍砍向米莎的脖子。

米莎將「四界牆壁」纏繞在左手上擋住橫揮過來的劍。

「龍技——」

希爾維亞再次讓「龍鬥纏鱗」纏繞在劍上，風刃激烈颳起。

「『風龍真空斬』。」

就像要將米莎大卸八塊似的，風之劍擊撕裂著她的全身。

「『獄炎殲滅砲（jio gureizu）』。」

這道魔法陣就在希爾維亞腳下。米莎趁她施展龍技的同時畫在死角上。

然而零距離射出的漆黑太陽被她用一副「這也早就知道」的樣子跳開、躲過，然後就這樣逼向正在與奈特交戰的雷伊。

「『風龍真空斬』。」

正好是雷伊為了避開奈特揮出的「龍鬥纏鱗」之爪，扭動身體的時候——

不偏不倚的疾風之刃撕裂著他的身軀。

「……唔……！」

一個根源被毀滅，於是雷伊稍微拉開距離。

那兩個子龍很強，外加上局限世界是敵方的主場，如果只是戰鬥的話還很難說，但必須喝完逆鱗酒的規則，即使是雷伊與米莎也會有點不利。

「這次就由我們進攻嘍。」

攻守交換。希爾維亞為了防衛酒桶對上雷伊，奈特從他身旁穿過，筆直衝向米莎守護的酒桶。

「『獄炎鎖縛魔法陣』。」

無數的獄炎鎖為了綁住奈特，從四面八方襲來。不過他以最低限度的動作避開鎖鍊，逼近到米莎身前。

「龍技——」

奈特拔出掛在腰際的劍，將劍尖朝向米莎。

「『靈峰龍壓壞劍』。」

「龍鬥纏鱗」聚集在奈特的劍上，使得那把劍在這一瞬間看起來彷彿靈峰般巨大。將「魔黑雷帝」疊在「四界牆壁」上做出防壁的米莎，舉起「根源死殺」的雙手。

她打算撐過這一擊，以即使能看到未來也一樣無法避開的距離貫穿敵人吧。

「太天真了。」

奈特刺出劍。剎時間，米莎瞪大雙眼，立刻往一旁跳開。

「轟隆」一聲巨響。「靈峰龍壓壞劍」的突刺輕易貫穿「四界牆壁」、破壞掉酒桶，然後將位在後方的水晶城市整個削掉。

不論住家、商店還是樹木，就連位在後方的山，都被挖出一個巨大圓洞。

「喝吧，『龍鬥纏鱗』。」

被打爛的酒桶裡的酒，輕飄飄地飄浮在空中。在局限世界的秩序作用下，酒不論如何都不會灑出來。而原本纏繞在奈特身上的魔力之龍，就衝進飄在空中的逆鱗酒中，像在沐浴般地喝著。

有別於雷伊，奈特的魔力越喝越強，身上纏繞的「龍鬥纏鱗」巨大地爆發開來。

「我就訂正一下吧。你們相當地強。」

希爾維亞說：

「然而贏不了將一切奉獻給騎士之劍的我們。愛就是軟弱。只要不承認這點，你們就無法戰勝預言吧。」

飄浮在空中的逆鱗酒眼看著被奈特不斷喝掉。儘管不到瞬間喝完的樣子，但要喝完也用不了多少時間。

「換句話說，打情罵俏的軟弱就是你們的敗因。」

雷伊朝著洋洋得意的希爾維亞吟吟笑了笑。

「妳知道這是什麼嗎？」

雷伊將握住的手張開給她看，上頭有一粒水珠。突然間，希爾維亞的表情凝重起來。

「……逆鱗酒……該不會……是什麼時候……？」

那是希爾維亞他們要喝的逆鱗酒。酒桶被砸爛時，有些許飛沫飛到了雷伊身邊。

「我在發出『天牙刃斷』時，也砍了你們要喝的酒桶裡的逆鱗酒。在這個局限世界裡，那個逆鱗酒被你們喝掉的未來幾乎是注定的，所以我斬斷了那個宿命喔。」

然而，即使用上靈神人劍的力量，能防止娜芙妲局限的就只有那一點飛來的飛沫。

「足以干涉未來神力量的神劍……具有掌管因果宿命的神的秩序呢……」

大概是察覺到威脅了吧，希爾維亞慎重地舉起劍，並且瞪著靈神人劍。

「如果是娜芙妲，應該也能看到這種未來吧。看樣子分給你們的神眼是模擬性的。也就是說，即使在這個局限世界裡，你們也並不能看到一切的未來。」

雷伊將伊凡斯瑪那高高舉起。

「靈神人劍——祕奧之一。」

「沒用的。」

希爾維亞將「龍鬥纏鱗」聚集在劍上，可是眨眼間便散去了。

「別想得逞。」

米莎以「破滅魔眼」凝視那把劍，毀滅著聚集起來的魔力；然而希爾維亞沒有退縮。

「很遺憾，我可是看到了這個未來喔。」

「那真的是正確的未來嗎？」

雷伊準備將劍劈下，把靈神人劍伊凡斯瑪那擲向希爾維亞。

「『天牙刃斷』！」

「唔……！」

儘管受到「破滅魔眼」干涉，希爾維亞還是拚命地聚集魔力，以全力打掉投擲過來的伊凡斯瑪那。

「『風龍真空斬』！」

無數風刃聚集在投擲過來的伊凡斯瑪那上，將其打飛了。就在這時，雷伊拔出一意劍，用另一隻手牽起米莎。

「『聖愛劍爆裂』。」

劈下的一意劍使得雷伊他們要喝的酒桶爆炸開來，溢出的逆鱗酒飄浮在空中，化為一顆水球。

「我想妳剛剛看到的未來是正確的喔。」

雷伊爽朗地微笑。

「不過因為方才的情況，讓妳認定這個未來不會實現——心想著靈神人劍是不是又斬斷了什麼宿命呢。」

希爾維亞為了不讓最好未來的宿命被斬斷，採取了不同的行動。然而「天牙刃斷」沒有發動，造成她單純只是採取錯誤行動的結果。

「……也就是我完全上了你的當啊？」

希爾維亞以苦澀的表情瞪著雷伊。

雷伊將嘴靠向飄在空中的逆鱗酒，隨後身體突然晃動一下，於是米莎攙扶著他。

「只不過，看來就到此為止了呢。」

希爾維亞沒有立刻撲向雷伊。不論如何，他都沒辦法喝完逆鱗酒。既然如此，那就等奈特喝完逆鱗酒後，以二對二的形式交戰會比較好——她應該是這樣判斷的吧。

「妳是這麼想的嗎？」

「誰會上同一個當啊？我已經看見未來了。方才你的根源又醉倒了一個，憑著最後一個根源，你打算怎麼喝完逆鱗酒？只要喝上一口，你就連站都站不起來了。」

雷伊爽朗地展露微笑。

「米莎，妳願意相信我嗎？」

他將一意劍席格謝斯塔遞給米莎。米莎在接過劍後點了點頭。

「當然。」

雷伊輕輕把手伸到米莎的肩膀與膝蓋底下，無比溫柔地將她抱了起來。

儘管這很稀鬆平常，以某方面來說卻是異常的姿勢。

「什麼……！」

在這個審理場合、交戰的戰場上，出乎了希爾維亞的意料。這是在這個魔法時代被人稱之為公主抱的姿勢。

「妳沒看到這種未來嗎？」

「……我們確實無法看見一切未來。特別是沒必要看的行動會被剔除在外。」

希爾維亞努力保持冷靜，分析著雷伊的行動。

「不過，讓靈神人劍斬斷宿命的未來就只有方才那一次。你這就只是在虛張聲勢！」

為了以希爾維亞沒看到的未來進行擾亂而做出公主抱——她大概是這樣判斷的吧。

雷伊噗哧笑了笑。

「妳是這麼想的嗎？難道不是你們的模擬神眼也看不到十萬分之一的未來，也就是我們勝利的未來嗎？」

「天知道呢。要真是這樣，那又如何？」

希爾維亞以警戒的眼神瞪著微笑的雷伊。

「這說不定就是引導我們勝利的未來喔。」

「怎麼可能啊！做出這種愚蠢的行為會引導勝利？我甚至不需要預知未來就知道不可能！本來還因為你的劍術與挑戰預言審理的氣魄，讓我稍微對你刮目相看了，沒想到你居然這麼蠢！以那種雙手不能用的狀態，究竟打算如何贏得勝利啊！」

「當然是這樣了。」

米莎朝雷伊畫起魔法陣。隨後，逆鱗酒突然被吸進他的體內。

與奈特一樣，宛如沐浴般地喝著酒。

「……什麼……？你們這是做了什麼！」

「這是『酒吸收（deroru）』的魔法喲。我參考你們的方式，創造了用全身喝酒的魔法。」

「……創造了魔法？……就在剛剛嗎？」

希爾維亞一臉疑惑，以凶狠的眼神看著兩人，一副難以理解的樣子。

「不對……就算用身體喝，逆鱗酒也一樣會讓人酒醉。就算想施展解毒魔法，在這個局限世界裡也是白費功夫……我的神眼（眼睛）已經看到你酩酊大醉的未來……但為什麼……！」

相較於四個根源醉倒的時候，儘管雷伊用身體持續喝著更多的逆鱗酒，還是若無其事地站得好好的。

「為什麼你就連抱著一個女人都還能站得這麼穩！照理說應該早就已經醉倒了啊！」

「不論喝多少酒，酒都不會讓我醉倒。」

雷伊將米莎溫柔地抱在懷中，毫不諱言地明確說：

「如今的我，早已陶醉於愛之中。是這份愛讓我站起來的喔。」

「你太棒了，雷伊。」

光芒四溢。新的愛魔法之光，如今就要在兩人之間悄悄萌發。

「不是就連抱著她，我都還能站得這麼穩。而是正因為我抱著愛，所以才不能倒下。」

§ 15　【兩人世界】

雷伊將米莎溫柔地抱在懷中，以雙腳英勇地昂首挺立。在「酒吸收」影響之下的逆鱗酒散成霧狀，微微散發光芒，倏地被吸進雷伊身體裡。那彷彿是在祝福他們的香檳浴一樣。

「……什麼叫……」

希爾維亞流露怒意喃喃低語。她狠狠地瞪向雷伊。

「什麼叫陶醉於愛之中啊！玩笑話也給我差不多一點！憑藉那個什麼經由愛的魔法，確實讓你不會酩酊。但是，酒可是確實地侵蝕著你的身體喔！」

希爾維亞將劍尖指向雷伊。

「證據就是，你喝酒的速度很慢。因為要是一口氣喝完的話，你就會醉倒。」

「妳還真是不懂呢。」

米莎輕輕微笑起來。她那從容的表情，讓希爾維亞提高警戒。

「妳說什麼？我哪裡不懂了啊？」

「兩人難得一起為愛舉杯慶祝，大口豪飲未免就太浪費了。這樣簡直就像是發情期的狗不是嗎？」

「什麼……豪飲……是……妳、妳說我的想法，是發情期的狗嗎……！」

希爾維亞瞬間大受打擊，不過隨即像是改變想法似的搖搖頭，同時瞪著米莎。

「龍騎士希爾維亞，妳的劍很美，而且快得驚人。正因為如此，妳應該明白吧？快劍未必能斬殺敵人，緩慢有時也能成為武器。愛之劍就是這個的極致。互相確認愛情的行為，是越慢越好喔。」

「……真是個巧言令色的男人。我就認同你吧。你那攻擊他人精神的技術！但是，不論你怎麼攻擊我的心，都無法傷害到我的騎士之身！」

她就像在激勵自己似的大喊：

「在雙手不能用的狀態下，你拿不起劍。而那個女人是使劍的外行人這點，光從她持劍的姿勢就知道了。再加上，在被人抱入懷中的狀態下不但無法使力，動作應該也會受到限制，這樣是不可能好好戰鬥的！」

希爾維亞微微屈膝，將劍拉到身後擺出架勢，一副立刻就要衝過去的模樣。

「只要我衝過去，一秒就結束了。別以為我會等你把酒統統喝完。」

「既然如此，那妳為什麼沒有衝過來？」

雷伊的指摘讓希爾維亞無言以對。

「要是一秒就能結束，我和米莎應該早就被砍倒在地，剩下的逆鱗酒也會被搶走喔。」

希爾維亞維持凝重的表情，依然沒有衝過去。

「奈特團長也是。明明早就喝完酒桶裡的逆鱗酒，卻只是在一旁觀望情況。」

雷伊朝奈特的方向看去。他只是將魔眼（視線）朝向兩人，沒有任何動作。

「在這個局限世界裡，你們受到娜芙妲的恩惠，具備能看到未來的模擬性神眼。由於看得並不完全，所以會遺漏對我們來說勝率很低的未來。不過現在這個狀況，怎麼樣都不覺得我們的勝率會低。」

就算是擁有七個根源的雷伊，要在這個局限世界裡喝完逆鱗酒也近乎不可能。

然而，目前雷伊持續喝著逆鱗酒，而希爾維亞他們必須喝的最後一滴酒，則握在米莎的手中。

「也就是說，這是你們的神眼（眼睛）所看不到的另一個未來。」

希爾維亞一面露出凝重的表情，一面將魔力注入神眼（眼睛）中。

「越是用神眼（眼睛）凝視，就越是看不到喔。」

米莎輕輕地展露微笑。

「應該是因為這樣吧？由於我們的愛太過耀眼，才會使得並不完全的娜芙妲神眼被閃得看不清楚。」

「這就是我們十萬分之一的未來——你們神眼的盲點，以及會成為顛覆預言楔子的愛的一劍！」

突然，希爾維亞動了。

「笑話！愛就是軟弱！只是因為你們竭盡全力也贏不過我們，所以才看不到罷了！這麼愚蠢的事，誰會承認啊！」

「龍鬥纏鱗」的翅膀同時展開四片。剎時間，希爾維亞的踏步超越人的領域，宛如神風般颳起狂風。

「龍技——」

希爾維亞低語。而遠比她的話語更早、更快的神風之刃劈下了。

「『龍翼神風斬（demesudoenesu）』。」

這一劍宛如龍捲風般颳起旋風，將米莎與雷伊兩人的身體席捲進去。這是極限的速度，精鍊的劍光風暴。在無從迴避的必殺龍技之前，敵人會連慘叫都沒有地死去吧。

可是——

「太慢了。」

「什……什麼……！」

雷伊他們就站在那裡。看穿「龍翼神風斬」的攻擊，以最低限度的動作避開了那道劍光風暴。

「為什麼……？」

就像無法理解似的，希爾維亞將神眼朝向兩人。

「……為什麼你喝了這麼多逆鱗酒，最後還抱著一個人，卻能動得比『龍翼神風斬』還要快！就連在我看過的任何未來中，你都不曾動得這麼快速啊！」

「哎呀，妳竟然不知道嗎？」

米莎無畏地笑著並說出答案。

「與相愛之人共度的時間——」

「——可是快得讓人難以置信喔。」

「誰．知．道．啊啊啊……！」

伴隨著怒火，希爾維亞的魔力急遽增加，並藉此再度使出龍技。

「『龍翼神風斬』。」

神風的劍光有如暴風般猛烈颳起。令人無路可逃的風之劍擊狂亂翻騰，從雷伊與米莎的前後左右襲擊而去。剎時間，希爾維亞瞪大了眼。

將速度磨練到極限的這一劍，雷伊竟以緩慢的步伐避開了。

就彷彿不論颳著什麼樣的暴風都不以為意的戀人一樣，始終掛著笑容的他們在「龍翼神風斬」中漫步走著。

「好慢……不對，但是很快……！這是什麼！到底發生了什麼事！」

無法理解映入自己魔眼中的景象究竟是怎麼回事，希爾維亞困惑地扭曲表情。

「身為騎士不要大驚小怪的。」

對於奈特的厲聲指責，希爾維亞繃緊神經。

「是時間。他們兩人之間的時間以驚人的速度流逝著。正因為如此，儘管他們本身的速度很慢，我們看起來卻覺得很快，讓又慢又快的矛盾得以成立。」

「……怎麼會，在掌管未來的娜芙妲的局限世界裡，只會讓自己等人先行抵達之後的未來才對……即使是時間守護神猶格．拉．拉比阿茲，應該也不可能在這裡操作時間……！」

看樣子，他們又更加沉入愛的深淵了啊。

「那是什麼……？是沒見過的魔法反應耶……」

「兩人身上的光芒變成粉紅色了喔！我還是第一次看到那樣的『聖愛域』！」

莎夏說。

艾蓮歐諾露驚叫出聲。

「唔嗯，那不是『聖愛域』呢。那個愛魔法，早已超越『聖愛域』的層級了。看吧。」

米莎與雷伊身上的愛魔法之光產生變化，在他們背後浮現出粉紅色的秋櫻，只不過魔法陣漸漸變成奇怪的形狀。沒錯，就跟他們滿溢而出的心一樣。

「用頭腦思考的術式不會變成那樣。就連魔法陣的構築，都是交給兩人的愛啊？而且，這是——」

我忍不住發自內心「咯」的一聲大笑起來。

「咯咯咯、咯哈哈哈哈！真是沒想到啊。哎呀哎呀，我非常驚訝喔。居然不是用頭腦，而是用愛來開發魔法，還真是個沒常識的男人呢。這才稱得上是勇者啊，雷伊。」

他停下腳步，抱著米莎說：

「『愛世界（raburu asuku）』這個魔法會創造出既小又微弱——但是比任何事物都還要強大，專屬於我們的世界。」

「我們愛的速度，妳跟得上來嗎？」

希爾維亞狠狠地咬牙切齒。

然後，從我背後傳來遠比她還要大聲的切齒聲。

「別小看人了——！你以為能靠這種爛花跟我的龍打嗎！」

「龍鬥纏鱗」的翅膀從四片增加到八片。驚人的魔力噴出，其濃密的力量讓視野幾乎變得扭曲。

「『龍翼神風斬』！」

希爾維亞化為神風逼近雷伊他們。他們雖然以「愛世界」在移動，但希爾維亞還是緊緊跟上了。

「喝啊啊啊啊啊啊啊啊啊！」

她發出暴風般的連擊，不過被雷伊抱在懷中的米莎以纏繞「愛世界」的一意劍席格謝斯塔打掉攻擊。雙方的速度不分軒輊，在雷伊與米莎可怕的愛魔法之前，希爾維亞以甚至會削滅根源的「龍鬥纏鱗」加以對抗。

那是削減壽命，轉換成魔力的捨身攻擊。即使如此，她還是傷不到雷伊與米莎。

「為什麼……！」

儘管不斷發出劍擊，儘管使出高速連擊，希爾維亞還是咆哮著。

「為什麼啊啊啊啊！那種不穩定的姿勢、那種拙劣的架勢，為什麼能與我的劍打得不相上下！」

「我應該說過了喔。『愛世界』是我們的世界。」

「我與雷伊可是一心同體喲。這劍揉合了我的力量與雷伊的技術，兩個人會比一個人強是理所當然的吧？」

兩人宏大的愛扭曲了常理，甚至擾亂了秩序。被人抱在懷中、理應不穩定的劍擊顯得快速又沉重。在他們所纏繞的那個秋櫻世界裡，愛才是秩序。

既然如此，那公主抱的劍，就絕無可能會輸給孤家寡人的劍。

這就是「愛世界」——專屬於兩人的世界。

「開什麼玩笑啊啊啊！不可能靠愛來戰鬥！只要打情罵俏就能變強，天底下哪有這麼好的事啊啊啊！」

「這就是地上人類的戰鬥方式。力不如人的我們，只能靠愛來戰鬥。想把這鄙視成是在打情罵俏的話，就請自便。不過，就讓我說一句吧。我們是在認真相愛。」

粉紅色秋櫻的世界再度擴大。

「會嘲笑他人戀愛的傢伙，能掌握什麼未來啊！」

「閉嘴——！我們要是認同愛的話，就沒辦法變強啊！什麼叫我們的世界啊！這種開滿花田的世界，就讓我用這把龍之劍斬斷！」

無數的劍擊當場亂舞，米莎的劍與希爾維亞的劍相互對砍。超過一百的魔力火花迸散，最後激烈地撞擊在一起。

彼此灌注全身的力道，雙方以劍鍔互相推擠。這是雷伊引導出來的局面吧。速度是竭盡魔力的希爾維亞略占上風；不過劍與劍的衝突是一心同體、能使用兩人份力量的雷伊他們有利。希爾維亞被微微壓制，使得膝蓋屈下。

「呵……」

她露出無畏的笑容。

「結束了。你們的動作停下來嘍。」

「做得好，副團長。」

奈特從希爾維亞的背後衝了過來。

「龍技——」

奈特的背後浮現有如山脈般的「龍鬥纏鱗」。那是超乎常理巨大的靈峰之龍，並將那股魔力集中在他的劍尖上。

「『靈峰龍壓壞劍』。」

這道足以將局限世界的城市削掉的突刺，以漂亮的技術穿過希爾維亞身旁，刺向還在持續以劍鍔推擠的米莎的「愛世界」之劍——

轉瞬間，秋櫻之花撩亂飛舞。

「什……什麼…………！」

「靈峰龍壓壞劍」的威力越是增強，「愛世界」的反抗就越是強大，粉紅色秋櫻的世界將奈特與希爾維亞吞沒。

「……怎、怎麼可能……竟然會被這種爛花……！吞沒掉——唔哇啊啊啊啊啊啊啊啊啊啊啊啊！」

「怎麼會……如此強大的力量，到底是保留在哪裡……」

在攻擊裡集中「龍鬥纏鱗」的兩人，澈底吃下秋櫻怒放的「愛世界」反擊。雷伊與米莎相互對望，就像在傾訴愛意一般地齊聲說：

「「『愛世界反爆炎花光砲（raburu toraiazedda）』。」」

秋櫻完全覆蓋住兩名騎士。剎時間，那花引發粉紅色的巨大爆炸，將奈特與希爾維亞轟飛出去。

「唔、唔喔喔喔喔喔喔喔喔喔喔喔喔喔喔喔喔喔喔喔喔喔喔喔喔喔喔喔喔喔喔喔喔喔喔喔喔喔……！」

「唔啊啊！」

瞬間纏繞在身上的「龍鬥纏鱗」在被爆炸吞沒之後散去，兩人被拋到了半空中。在猛烈撞上鐘塔後，就這樣墜落下來。

「愛世界反爆炎花光砲」是特意接下敵人的攻擊，讓相應的「愛世界」力量瞬間提高，然後施放出去的反擊魔法嗎？這也是利用了充滿愛秩序常理的魔法吧。

也就是說──

「障礙越是強大，愛火就會燒得越烈──」

「──你們難道不知道嗎？」

兩人互相對望，幸福地笑著。不論是誰看到，都毫不在意的自然體。

「雷伊，請喝吧。」

飄在空中的逆鱗酒已經幾乎被雷伊喝完。米莎用指尖拂過微微剩下的那一滴酒，就像在撫摸雷伊的嘴唇似的餵他喝下。

「啊……討厭，你在做什麼啦？」

指尖被輕輕舔了一口，米莎就像斥責一般地說。雷伊爽朗地笑了笑，同時對她說：

「妳被酒沾溼的指尖很漂亮。」

「你真是個壞男人呢。」

米莎將指尖輕輕放在雷伊的嘴唇上。

他們用魔法創造出來的那片秋櫻空間，儼然就是兩人世界──

§16 【希望的未來是絕望的嗎？】

先喝完逆鱗酒的是雷伊與米莎。在他們確定勝利後，騎士們就響起一片譁然。

「……這個局限世界，就等同是我們阿蓋哈龍騎士團的主場。」

「想不到竟然有人能在這裡打倒奈特團長與希爾維亞副團長。」

「就挑戰預言的名目上，他們也是有勝算的……」

「不，就算是這樣，那也是十萬分之一的勝算。居然能夠掌握住等同於微乎其微的希望之道……」

「擊退團長他們的魔法關鍵，是那個叫雷伊的男人。身為劍士卻放棄持劍，有著能澈底相信自身夥伴的覺悟、在這之上的深刻愛情，以及何等的勇敢啊。」

「我們做得到嗎？捨棄手中劍，澈底相信夥伴。這可沒有嘴巴上說得這麼簡單啊。」

「在窮極劍術之後放開劍——那個男人，已達到無劍的境界了嗎……」

「可是——」

在騎士們發出的讚賞聲中，就彷彿是他們的同伴一樣，在我身後的男人接著說：

「既然是專屬於兩人的愛的世界，那麼在被撕裂之後才是重點吧？」

辛冷冷看去後，雷伊就像感到殺氣似的露出苦笑。

「有機會的話，你就試試看吧。那兩人應該還會變得更強。」

辛的魔眼(眼睛)透著凶光說：

「謹遵諭令。」

我走到迪德里希與娜芙妲面前。

「我沒意見了。」

說完，迪德里希就露出豪邁的笑容。

「到底是地上的勇者，亞傑希翁的英雄啊。真不愧是曾在兩千年前，和魔王對抗過的人呢。他們向預言的審理發起挑戰，並漂亮地戰勝預言，我要讚賞他們。」

騎士團眾人端正姿勢，將持劍的右手舉到胸前敬禮。

「就像方才雷伊與米莎所展現得一樣，我們能掌握住十萬分之一的未來。既然如此，那就沒有必要放棄，你應該走上拯救一切的道路。」

迪德里希垮下笑容，一臉嚴肅地回答：

「這種未來通常不會到來呢。不過，是為什麼呢？」

他疑惑地說：

「要是你的話，就能抵達這種未來——我強烈地有這種預感。」

迪德里希緩緩走到我身前。

「我很樂意帶你們到蓋迪希歐拉。不過，我想請你跟我保證一件事。」

「哦？」

「我想要你放棄選定審判的終結。」

真是意外的要求。

「我就聽聽理由吧。你看起來也不像是個想成為神的代行者的人。」

「當然，我才不適合當那種身分呢。」

他就像自嘲似的一笑置之。

「不過，雖說不適合，但我也有不得不去做的事。理由有兩點，第一點是力量。只要成為神的代行者，就能得到足以和秩序對抗的力量，也能得到足以顛覆預言的權能。」

「我不這麼認為。」

我立刻否定了迪德里希的意見。

「神是秩序，代行者也是相同的存在吧？未來神娜芙妲看到的無數未來，是由祂的秩序所構成，不論擁有多麼強大的力量，作為秩序的神，都無法顛覆已是秩序的未來。」

秩序會為了守護秩序、使其成立而作用。我的見解是：假如成為了代行者，就反而會變得無法顛覆預言。

「我也懂你的意思。不過，這是得以顛覆預言的最好未來。」

「這是因為你說的什麼另一個理由嗎？」

迪德里希大大地點了點頭。

「即使是未來神娜芙妲，也有一個看不到結果的未來。」

阿蓋哈的劍帝一臉凝重地開口說：

「不是你所說的盲點，而是黑暗的未來。那正是選定審判的終結。在終結的開始之後，將會迎來娜芙妲的神眼也看不到的未來。」

「簡單來說，就是在選定審判毀滅的未來之中，預言會不管用嗎？」

「要說得明確一點的話，就是這麼一回事吧。」

「既然如此，要對答案還太早了。我打算終止選定審判。既然你的預言裡沒有能拯救一切的未來，那麼希望就在看不見的那個選定審判的終結之中吧。」

聽到我這麼說，迪德里希依舊一臉凝重。當然，這對他來說只不過是早已知道的未來。

「選定審判的終結，只會是絕望的未來。我們騎士要賭上性命守護那個審判——這是我國代代流傳下來，屬於阿蓋哈的預言。」

「這道預言是誰傳下來的？」

「是首任劍帝。他在與娜芙妲締結盟約後，為阿蓋哈留下這道預言。」

「也就是說，過去的娜芙妲曾用祂的神眼（眼睛）看過選定審判的終結。一度看過的未來，為何現在變得看不到了？」

對於我的詢問，娜芙妲回答：

「娜芙妲要傳達。未來神的秩序，是從未來獲得力量。正因為未來會延續，所以才能看見。雖然受到複雜的秩序所致，但簡單來說，就是遙遠的未來會比接近的未來看得更清楚。迎來選定審判終結的未來，如今已十分接近。在那個未來裡，娜芙妲的神眼所保留下來的力量，並不足以看見終結的黑暗吧。」

那尊神冷靜地向我說：

「也就是說，選定審判的終結，是這個世界終結的開端。正因為世界消失，不再延續下去，所以娜芙妲才無法看到導致這種情況的未來。」

「原來如此，世界達到終結，未來就會崩潰。越是接近未來崩潰的黑暗，未來神的神眼就越難看見未來啊？」

「沒錯。」

首任劍帝創建阿蓋哈國，約是在兩千年前啊？當時的話，距離選定審判的終結還有兩千年份的未來。只要有這麼長久的未來、只要是這麼遙遠的未來，哪怕是世界的終結，娜芙妲的神眼也曾發揮作用吧。

而在最終得知娜芙妲也看不見世界的終結後，首任劍帝就留下阿蓋哈的預言──絕不能讓選定審判結束的預言。

「祢告知首任劍帝時的未來，祢不記得了吧？」

「娜芙妲是未來的秩序，看不見過去，會在眨眼之間遺忘。」

「就是這麼一回事，魔王阿諾斯。我打從心底拜託你了，能放棄選定審判的事嗎？」

「雖說選定審判的終結是世界的終結，但那毫無疑問是娜芙妲所看不見的未來。」

「我懂你的意思。」

迪德里希一臉苦澀地點點頭。

「雖說是世界的終結，難道你以為那裡就沒有希望嗎？」

對於我的話，迪德里希閉上眼，左右搖了搖頭。他深深地，就像呻吟似的吁了口氣。

「這還很難講吧？」

「希望應該就在看不見的未來之中。」

「或許是這樣吧。不過，那就只是現在看不見。我們有阿蓋哈的預言，首任劍帝確實窺看到那片黑暗的內容，並得知世界會毀滅，於是告訴我們絕不能讓選定審判結束。」

「首任劍帝真的看到了終結嗎？這點並沒有人確認過。」

「你說得沒錯。不過，因為看不見不可能，人們才會看到希望，也不知道路的盡頭將會是絕望。」

「如果是看不見未來的道路，迪德里希，這就沒有預言者的事了。哪怕無數的絕望、無限的悲劇襲來，都讓我盡數毀滅吧。」

正面回看著我的臉，迪德里希威風凜凜地述說：

「真正的希望，應該就在持續選擇最好的道路之後。明明世界的終結就阻擋在未來之上，卻視為希望地衝過去，這就只是愚蠢吧？」

「是嗎？這對我來說是常有的事。就只是因為你和娜芙妲都擁有能看得清楚的神眼（眼睛），才會對僅僅一次看不見的不安感到害怕不是嗎？」

「當然會怕。我可是背負著國家，就連這個世界的命運也寄託在一道預言上。王的職責無非就是從恐懼、害怕、戰慄與威脅中守護人民。就算在戰鬥以外的事情上展現勇猛，也無法守護人民吧。」

他說得確實很有道理。可是這樣的話，就會有無法拯救的人。

「在阿蓋哈的預言中，這會是世界的終結。在你相信著希望、衝向的未來存在絕望時，你打算怎麼做？」

「預言只要顛覆就好。就像方才，我的好友雷伊做給你們看得一樣。」

「他就只是贏得了十萬分之一的勝利，並不是顛覆預言。雖然奈特與希爾維亞的模擬神眼看不見，但那是娜芙妲的神眼所能看見的未來。」

「就連我的力量也全在預言的範圍之中——雖然你之前這樣說過，不過迪德里希，真的是這樣嗎？」

我向他提出質問，同時繼續說：

「在這個局限世界裡，娜芙妲說出口的都是假想的預言。作為假想的預言者而受到安排的是奈特與希爾維亞；然後作為無法納入其預言框架中的假想不適任者而受到安排的是雷伊與米莎。」

娜芙妲與迪德里希露出認真的表情傾聽著我的話語。即使他們曾一度看過未來，聽過這段說明也一樣。

「奈特與希爾維亞所看不見的道路，正是十萬分之一的未來。儘管他們因為娜芙妲的說明得知米莎與雷伊也有勝算，但是完全看不到通往這條道路的過程。既然如此，假如沒有娜芙妲的說明會怎麼樣？他們應該會預言米莎與雷伊不存在獲勝的未來。」

迪德里希沒有反駁，因為他認同這個說法是對的。

「如果奈特與希爾維亞是預言者，那麼米莎與雷伊就確實顛覆了他們的預言。也就是說，娜芙妲的模擬神眼存在著盲點。當然，未來神娜芙妲的神眼能看到這個盲點。不過，要是假定有個能比娜芙妲看到更多未來的存在，應該就會發生和方才相同的情況才對。」

米莎與雷伊所做到的事情，就只不過是程度的問題。也就是說，這是預言能夠被顛覆的證明。

「這是假設你的假定如果是正確的話。」

「娜芙妲要傳達真實。此身是掌管未來的秩序，沒有比娜芙妲能看到更多未來的存在，此神眼能看清一切的未來吧。」

對於娜芙妲的回答，迪德里希接著說：

「娜芙妲存在盲點的說法毫無根據。哪怕是你，也不一定能顛覆未來吧？假如魔王無所不能，應該就不會喪失記憶了。」

「換句話說，這就是根據啊，迪德里希。」

我將理所當然的事，就只是理所當然地說出來。

「就連我也會喪失記憶。既然如此，當然會有未來神看不見的未來吧？這世上不可能有完美的存在。」

迪德里希維持沉重的表情沉默片刻。

「……娜芙妲的神眼如果是附身在你身上就好了呢……」

在他如此喃喃自語的瞬間——

震耳欲聾的爆炸聲響起。刺耳的雷鳴聲響徹開來，局限世界劇烈搖晃。緊接著立刻響起「意念通訊」的聲音。

『敵襲……！敵襲……！有人闖進宮殿裡了！』

「來了啊……」

迪德里希一臉凝重地說完，娜芙妲就舉手畫起魔法陣。水晶構成的街道漸漸化為沙暴，使我們回到原本的場所。局限世界被解除了。

在劍帝宮殿劇烈震動之中，迪德里希說：

「襲擊者是蓋迪希歐拉幻名騎士團的紫電惡魔賽里斯。」

§ 17 【覆蓋國家的魔壁】

雷鳴再度響徹，使得劍帝宮殿大幅搖晃。

「娜芙妲要預言。侵入的紫電惡魔會在一分十二秒後與囚禁在地下監獄的亞希鐵接觸，藉由『紫電雷光(gabuesuto)』開道後將他帶走。」

「這真是太好了。賽里斯逃離宮殿後，我與龍騎士團就追著那傢伙進入蓋迪希歐拉。」

迪德里希冷靜地說。大概是事情一如預期吧。

「準備出征。」

在我的眼角餘光中，奈特向龍騎士團這樣說，希爾維亞也看起來若無其事地站在他身旁待命。儘管迎面吃下「愛世界反爆炎花光砲」，不過傷勢已經痊癒了啊？雖說身處局限世界

也是原因之一，但還真是驚人的恢復力。

如果不是比喝酒的話，和雷伊他們的對決就還有得打吧。

「魔王啊。」

迪德里希說：

「只要你發誓不會結束選定審判，我們就一塊兒前往蓋迪希歐拉吧。」

「要是我說不會發誓呢？」

「很遺憾，那我就無法與你合作了。雖然雙方都是以和平為目標，不過會走上不同的道路吧。根據迎來的未來，說不定還會演變成要戰鬥的局面。」

「假如與我為敵，你知道會有什麼樣的下場吧？」

迪德里希點點頭。

「我們阿蓋哈會堂堂正正地挑戰魔王，然後一敗塗地吧。這是絕對不會出錯的預言。正因為如此，我們會以騎士的榮耀起誓，戰到最後的一兵一卒為止。我就拿起這把護國之劍，開拓未來給你看吧。」

龍騎士團列隊待命，人人都帶著做好覺悟的表情看著王。

「但要是能實現的話，真想與你再度對酌。」

他已經做好覺悟了啊？他是背負著國家的男人，無法只靠話語打動。

「迪德里希。」

我向他說：

「假如你要阻擋我的去路，那就絕無寬貸。我等魔王軍會堂堂正正地迎擊阿蓋哈的劍帝，盡全力粉碎阻擋在前的士兵吧。」

要是真到了那個時候，我會正面回應他們騎士的氣魄。我在此表明了這個誓言。

「倘若彼此平安歸來，這次就帶你們到我的國家吧。我會招待你們喝迪魯海德的酒。」

迪德里希爽朗地笑了笑。

「這是個好主意呢。」

究竟他的神眼(眼睛)，有沒有看到這樣的未來呢？——無法從他的表情看出端倪。

過了一會兒，吵雜的雷鳴再度響徹。劍帝宮殿劇烈搖晃，最後靜止了下來。

「意念通訊」的聲音響起。

『報告！襲擊者在擄走亞希鐵後逃了。未確認到長相。就從使用的魔法看來，推測是幻名騎士團。如今已離開劍帝宮殿，往蓋迪希歐拉的方向逃去了。』

迪德里希一看向奈特，他就點了點頭向部下們高聲大喊：

「龍騎士團出征！敵人是幻名騎士團，目標是蓋迪希歐拉。我們的目的不是戰鬥，要儘量避免交戰。」

「「「遵命！」」」

龍鳴聲響徹開來後，白龍們就從挑空的天花板降落下來，騎士們紛紛跨上白龍飛離。

「娜芙妲要將坎達奎索魯提的翅膀具體化，向預言者迪德里希獻上未來的祝福。」

祂手中的「未來世水晶」坎達奎索魯提扭曲變形，變化成水晶之龍。娜芙妲與迪德里希跨坐上那頭水晶龍。

「再會了，魔王。我會祈禱你不會來的。」

迪德里希在留下這句話後，起飛離去。

我朝部下們看去。

「前往蓋迪希歐拉吧。」

「好快！你不稍微想一下嗎？」

莎夏驚叫出聲。

「就算去想，也只會耽擱相應的時間。」

「雖然是這樣，但迪德里希能看見未來，提的意見也沒什麼不對吧？要怎麼做？如果就和迪德里希看到得一樣，變成不好的未來呢？」

「要是聽從迪德里希的意見，就只會迎來他所看到的未來，而當中並沒有能讓所有人都認同的結果。所以只能行動了。」

莎夏發出「嗯——」的聲音陷入沉思。

「亞露卡娜，準備八人乘坐的龍。」

亞露卡娜在伸出手後，雪月花就從祂的掌心中溢出。

「雪花飄落，化為翅膀。」

雪月花在空中飛舞，化為可供八人乘坐的巨大雪龍。

「粉絲社坐上去。妳們就跟我一起前往蓋迪希歐拉吧。」

「咦……！是、是的！我知道了！」

愛蓮儘管露出驚訝的表情，還是應聲答應了。粉絲社的少女們彼此面面相覷，然後跨坐到雪龍背上。

「其他人就在這個國家等待。雖然覺得沒有威脅，但你們就小心地讓自己活下去吧。」

魔王學院的學生們突然慘白著一張臉。

「……不會吧………」

「話說，我們說不定會跟龍騎士團起爭執吧……」

「被拋棄在說不定會成為敵地的國家裡……」

「……這豈不就像人質一樣嗎？」

「能、能不能至少讓辛老師留下來啊……？」

我向吐露不安的學生們說：

「別擔心，耶魯多梅朵很快就會過來了吧。而且，能夠輕易對付龍人與龍的人就在你們之中，你們難道忘了嗎？」

學生們露出恍然大悟的表情。

「這樣啊。這麼說來，還有阿諾蘇在嘛。」

「是啊，如果是那傢伙的話，就連龍也能一擊解決呢。」

「由於施展了隱藏身影的魔法，讓我完全忘了他的存在。」

「也就是即使遭到襲擊，我們也能讓看不見的阿諾蘇幫忙對付嗎？」

學生們安心地鬆了一口氣。

「阿諾蘇，你要極力隱藏自己的存在。假如其他人能拚死度過難關，你就繼續潛伏下去，不要出手。」

我朝著虛空這樣說。這樣一來，只要阿諾蘇沒有出手，學生們就會認為能靠自己的力量度過難關吧。

只要覺得自己有辦法做到，就意外地真的有辦法做到。

「魔鬼啊……」

莎夏小聲低語。

「走吧。」

我們在施展「飛行」起飛後，就從挑空的天花板飛離劍帝宮殿，然後就這樣飛在空中，姑且朝著龍騎士團離開的方向前進。

「亞露卡娜，這裡是往蓋迪希歐拉的方向嗎？」

「有點不同。我認為幻名騎士團為了逃走，特意繞了遠路。」

根據迪德里希的預言，幻名騎士團不論怎麼東逃西竄，最終都會回到蓋迪希歐拉吧。

「那麼，就前往蓋迪希歐拉吧。我想比迪德里希他們先一步入國。」

「就依你說的。」

亞露卡娜來到前頭帶路，稍微變更行進方向。

「嗯～？途中不用『轉移』過去嗎？」

對於艾蓮歐諾露的疑問，亞露卡娜說：

「蓋迪希歐拉附近有許多龍巢響著龍鳴，還時常張設著『轉移』的反魔法，用飛的會比較快。」

「沒問題，我們會比在玩捉迷藏的幻名騎士團與龍騎士團還要早抵達。」

亞露卡娜以雪龍能勉強跟上的速度在前頭帶路。

米夏稍微落隊了。

「米夏？還好嗎？」

莎夏擔心地放慢速度。

「……嗯……」

她雖然這樣回答，卻顯得很痛苦的樣子。大概是因為昨晚太過施展「創造魔眼」了吧。她的魔力所剩不多，最重要的是，身體與根源都累積了不少疲勞。

「啊，對了！這頭龍還能再多坐一個人不是嗎？」

愛蓮一說，潔西卡就點點頭。

「也是呢！只要擠一擠，感覺米夏妹妹也坐得下去，畢竟她很小一隻呢。」

「那麼大家就擠一擠吧。擠一擠、擠一擠！」

粉絲社緊緊地擠成一團。看到她們擠成這樣，莎夏就傻眼地說：

「這是什麼擠法啊……感覺都能再坐三個人了。」

「很感謝妳們的好意，但用不著這麼做。」

我暫時退到後方後，就牽起米夏的手。

「我會帶她過去。」

我牽著米夏的手，再度回到前頭的位置。

「……對不起……」

「妳在說什麼。多虧米夏，讓我的身體變得非常輕鬆，這種程度是小事一樁。」

米夏有點害羞地說：

「……太好了……」

「不過，他們的目的是什麼啊？」

大概是之前就一直在思考吧，雷伊一臉無法理解似的提問：

「擄走吉歐路達盧的教皇這點還可以理解，不過擄走亞希鐵，蓋迪希歐拉究竟打算做什麼呢？」

「想搶走王龍的祭品？」

米夏這樣回答後，莎夏接著詢問：

「意思是說，他們不想讓阿蓋哈誕生出新的子龍？」

「因為子龍很強。」

「……要是像希爾維亞或奈特那樣的人增加，戰爭確實是會變得不利吧。」

我們一面討論這件事，一面暫時飛在地底的天空中。

周圍響徹著龍鳴，漆黑濃霧阻絕著視野。這片霧氣恐怕就是抑制「轉移」效果的反魔法吧。在朦朧的霧氣中衝了一陣子後，眼前就能看到龐大的魔力壁。

亞露卡娜指著那道魔力壁說：

「那就是蓋迪希歐拉的國境——阻絕行人，甚至能逼退神力的魔壁。」

「……那是……？」

莎夏驚訝地瞠圓了眼，米夏則說：

「『四界牆壁』？」

隔開國境的是一道漆黑極光。那毫無疑問是能對神族發揮出特效的「四界牆壁」。

「蓋迪希歐拉的魔壁過去曾覆蓋在天蓋上。在漫長的歲月裡，地底與地上就是藉此被分隔開來的。」

「……這是你創造的牆壁吧？在兩千年前？」

雷伊問。

「唔嗯，不會錯的。是注入魔力，讓牆壁維持到現在的吧。儘管很微弱，但那道『四界牆壁』上還殘留著我的魔力。」

雖然變質得很嚴重的樣子。

「覆蓋在天蓋上的牆壁，是從某個時期變成了蓋迪希歐拉的國境線嗎？」

「沒錯。經過了千年左右，天蓋的牆壁這次成為覆蓋住蓋迪希歐拉的防壁。」

幻名騎士團本來是迪魯海德的魔族。就連梅魯黑斯也曾儲藏過「四界牆壁」，如果是自稱我父親的那個男人，就算是在術式消滅的千年之後，也有辦法給予「四界牆壁」魔力，並且加以利用吧。

「要強行闖入嗎？」

米莎向我投來疑問。

「要這麼做也無所謂，但沒必要一下子就把事情鬧大。假如要循正式的管道入國，該怎麼做才好？」

亞露卡娜朝地上看去，能在以「四界牆壁」圍繞的城牆前看到一座高塔。

「那是管理國境的魔壁塔。據說只要發誓捨棄對神的信仰，遵守蓋迪希歐拉的法律，就能夠入國。」

「具體內容是什麼？」

「我不知道。儘管有人進去過，但是不曾有人出來。」

「……嗯～可以的話，真不想去喔……」

艾蓮歐諾露說完，潔西雅就盡全力握起拳頭。

「潔西雅也是……可以的話，真不想去……！」

因為蓋迪希歐拉與他國幾乎毫無關聯吧。

「不去看看，就沒辦法開始。沒什麼，必要時只要強行闖出來就好。」

我這麼說著，與米夏一起往魔壁塔降落。眾人跟在背後降落下來。

「我們並沒有信仰神，所以無所謂，但亞露卡娜要怎麼辦啊？」

米莎提出疑問後，艾蓮歐諾露就接著說：

「啊～對耶。亞露卡娜妹妹可是徹頭徹尾的神喔！」

「因為是不順從之神，所以沒關係？」

米夏困惑地微歪著頭後，亞露卡娜就說：

「我雖然是背理神，但是就跟沒有記憶一樣。即使是捨棄名字之身，也沒問題嗎？」

「沒什麼，妳們不用擔心。」

聽到我這麼說，莎夏就露出疑惑的表情。

「要我們不用擔心，那你打算怎麼做？在那座塔裡會發生什麼事，現在完全不得而知吧？也不知道他們會不會承認亞露卡娜是背理神……」

「我說過很多次了吧？」

我朝著愣住的莎夏笑了笑，並且說出答案。

「只要談過就會明白了。」

「我只有不好的預感啊！」

一降落到魔壁塔的屋頂上，我們就推開眼前的門走進塔內。

§ 18 【霸軍的禁兵】

魔壁塔內昏暗且陰森，潮溼的室內瀰漫著討厭的味道。

「嗯～空氣好潮溼，還有奇怪的味道喔。」

「……需要……打掃……」

艾蓮歐諾露與潔西雅一面這樣對談，一面走在我背後。我們走下階梯後，能在前方看到燈光。

「唔嗯，有一群奇特的人呢。」

儘管還有段距離，不過在走下階梯時，能看到一群武裝的士兵。對方長著龍角、尾巴與尖銳的爪子，手持著長槍，而且全員都是女的。

「身體的一部分是龍的樣子。」

「是蓋迪希歐拉霸軍的禁兵吧。」

亞露卡娜說。她們是守衛國境的士兵。

「禁兵是經由蓋迪希歐拉的禁書授予力量，擁有與神交戰之力的士兵。也有人說是她們讓龍人本來的力量覺醒了。」

「所以才會有著一半像是龍的模樣啊？」

「沒錯。不過，這終究只是吉歐路達盧與阿蓋哈的說法。」

一走下階梯，就在禁兵那邊發現到大型的固定魔法陣。周圍以結界圍繞，由好幾名禁兵守護著。我一走過去，當中的兩人就讓長槍交錯，擋住了去路。

「停下來。來到蓋迪希歐拉有何用？」

「我是來見霸王的。」

「能允許謁見碧雅芙蕾亞大人的人，只有蓋迪希歐拉的子民。只要你發誓捨棄對神的信仰、遵守蓋迪希歐拉的法律，就對你進行我國的入國審查。」

禁兵以事務性的語調說：

「在這後頭的魔法陣，是通往蓋迪希歐拉首都——蓋拉迪納古亞的唯一道路。雖有前往的魔法陣，但沒有歸來的魔法陣。只要一度入國，除非當上禁兵，否則就無法外出。」

「關於無法外出這件事，那往後的生活要怎麼辦？」

「入國者要在三天內前往霸王城，在那裡詳細詢問在蓋迪希歐拉的生活方式。應該會由霸王碧雅芙蕾亞大人賜予你今後的安身之道吧。」

「要是不小心忘記的話會怎麼樣？」

禁兵就像不耐煩似的咂嘴。

「別問無聊的問題，這在蓋迪希歐拉可是會死人的啊。」

「就只是有點在意罷了。來進行入國審查吧。」

禁兵不快地瞪著我的臉。

「先往前走。」

我轉身對米夏他們說：

「她說可以通過了。」

在我叫喚後，他們就走到我身邊。禁兵們不改嚴肅的表情，用魔眼朝他們逐一看去。就連亞露卡娜通過，禁兵也沒有特別說什麼。

最後是粉絲社她們一副緊張兮兮的模樣通過那裡，站到魔法陣上頭。身旁的莎夏鬆了一口氣。

「然後？那個叫什麼入國審查的，是要做什麼？」

「已經開始了。」

我們站上的固定魔法陣缺了一部分，切換成無法施展「轉移」魔法的狀態。

「祢到這裡來。」

禁兵抓住亞露卡娜的手，把祂帶到其他地方去。

「全員把收納魔法陣打開，要是持有盟珠的話就交出來。」

「唔嗯，為什麼？」

「蓋迪希歐拉是祭祀不順從之神的國家。盟珠與召喚神的待遇，須由碧雅芙蕾亞大人來決定。」

所以才把亞露卡娜帶到其他地方去啊？是因為知道祂是背理神嗎？也能認為我與亞露卡娜的情報沒有傳達到基層吧。要硬闖過去應該很簡單，不過我也想知道神在這個國家會受到什麼樣的待遇。

「盟珠只有我持有的這一個，如果要調查，就儘管調查吧。」

我一打開收納魔法陣，米夏他們也同樣地展開魔法陣。禁兵用魔眼朝裡頭看去。因為沒有必要，在吉歐路達盧的教會拿到的盟珠沒有放進他們的收納魔法陣裡。

我趁著禁兵在調查魔法陣內容的時候，向全員發出「意念通訊」。

『我們兵分兩路，亞露卡娜就這樣跟她們走，打探對方的目的。去確認她們的目的是背理神，還是單純是神都會受到相同的待遇。如果是前者，說不定就能知曉關於耿奴杜奴布的什麼情報。』

『就依哥哥說的吧。』

亞露卡娜這樣答覆。

『可是，要怎麼確認她們的目的是不是背理神啊？』

莎夏傳來疑問。

『再準備另一尊神。要是祂被帶往其他地方，應該就是有事要找背理神了。』

『假如耶魯多梅朵老師在場，就能召喚出守護神，但是要怎麼準備其他神啊？』

『讓雷伊去當。』

他不改臉上微笑地說：

『了解。』

一名禁兵站在我面前。

「已確認過收納魔法陣。把持有的盟珠交出來。」

我關上收納魔法陣，把盟珠戒指交給禁兵。不過那是用「創造建築」創造的精緻偽造品。我真正持有的畢竟是選定盟珠，因此已經事先用「幻影擬態」與「隱匿魔力」的魔法藏起來了。

「好吧。還有——」

禁兵看向雷伊。

「祢也是神吧？」

雷伊施展「根源偽裝」的魔法，將自己的根源偽裝成神的根源。儘管相當勉強，但如果是雷伊的根源魔法，除非是魔眼相當優秀的人，否則就無法識破。

「祢要跟我到這裡來。」

禁兵們將雷伊與亞露卡娜帶往同一個地方。雷伊十分自然地往我這邊瞥了一眼，就像在說「事情很順利」似的微笑著。

「其他還必須做什麼嗎？」

「入國審查就到此為止。你們就使用固定魔法陣轉移吧。就跟方才說明得一樣，一定要在三天內前往霸王城，在那裡詳細詢問今後的安身之道……等等……」

就在她要將魔法陣的術式恢復原狀時，有其他禁兵跑了過來。

她們交頭接耳地在說著什麼。往周圍看去，發現我們已被其他禁兵們團團圍住了。

「你們稍等一下，還有審查要做。」

「我還以為妳方才已經說到此為止，是發生什麼事了嗎？」

「我沒有義務回答你，給我老實待著。」

唔嗯，不肯回答啊。

「……風向是不是怪怪的啊？」

「才不是怪怪的程度喔。也許是大危機。」

莎夏低聲詢問後，艾蓮歐諾露就這樣回答她。

「別擔心，我們什麼壞事都沒做。只要表現得堂堂正正的，就會讓我們過去了。」

「……表現得堂堂正正……我很擅長……」

潔西雅挺起胸口，走到禁兵前面。儘管用眼神強力述說著「讓我過去」，還是被對方用手輕輕趕走，使得她垂頭喪氣地走回來。

「……不管……用……」

「嗯～才沒有這回事喔。潔西雅很努力了。就只差一步了喔。」

艾蓮歐諾露豎起食指朝我看來。

「對吧，阿諾斯弟弟？」

「是啊。假如再堂堂正正一點，她們就連霸王的腦袋都會樂意奉上吧。」

「沒人在說魔王的一步啦……」

莎夏半傻眼地這樣吐槽我。就在這時，位在遠處的魔法陣散發光芒，有五名士兵轉移過來。他們身穿讓人聯想到龍的全身甲冑，是在地下遺跡利嘉倫多羅路見過的蓋迪希歐拉幻名騎士團。

「想讓我們確認的事情是什麼？」

一名幻名騎士搭話詢問，然後禁兵就走近到他們身邊說：

「在那裡的一夥人，是今天的入國申請者。當中有人長得很像賽里斯大人指示過不准放行的那個叫阿諾斯．波魯迪戈烏多的男人，想請你們確認一下。」

「我知道了。」

五名幻名騎士朝這裡走來。

「……只能動手了吧……？」

米莎說。

「我不想把事情鬧得太大，就先試著跟他們談談吧。」

她露出一臉愕然的表情。

「……這點倒是無所謂，可是要怎麼做？」

「讓他們看看我的誠意。」

在我們這麼交談時，幻名騎士團的五人已來到身旁。他們不發一語地用魔眼朝我看來，窺看我的深淵。

「……不會錯的。」

周圍創造出將我們覆蓋住的魔法屏障與反魔法的牆壁。

「小心，這個男人是阿諾斯．波魯迪戈烏多！」

「你認錯人了。」

我堂堂正正地這樣說。身旁的莎夏遞來「這也太硬拗了吧」的眼神。

「你在說什麼蠢話啊，魔王阿諾斯？你以為我們會看錯你的根源……嗎——！」

就像猛然驚覺似的，五名幻名騎士全都把手伸向脖子。因為我輕易穿過他們的反魔法與魔法屏障，將「羈束項圈夢現」戴在那上頭。

「……怎麼會…………是什麼時候…………？」

由於施展了「幻影擬態」與「隱匿魔力」，所以只有戴上項圈的本人知道這件事。

「魔王阿諾斯啊？我也曾經聽說過他的事蹟哪。據說他不僅殘暴無情，還暴虐至極，會讓反抗者品嘗甚至讓人覺得生不如死的地獄。你們以為像這樣的男人，會出現在這種偏僻的場所嗎？」

在我這樣威脅之後，他們就倒抽一口氣。

假如是兩千年前的魔族，就很清楚我的傳聞吧。不過，要等到與我正面對峙、被我的魔力威嚇根源之後，他們才注意到——那些傳聞一點也沒有誇大其詞。

「你就再用魔眼(眼睛)好好凝視我的根源，是不是認錯人了啊？」

「……唔……啊……」

「……姆…………」

不論怎麼回答，等在前方的都是地獄。置身在這種恐怖之下，幻名騎士們的魔力大幅顫抖著。

「你們現在腦中所浮現的景象，想必很溫和吧？」

在沉默片刻之後，他們朝著在遠處守候的禁兵說：

「……這傢伙不是阿諾斯．波魯迪戈烏多……！」

「確定嗎？」

禁兵詢問後，幻名騎士回答：

「……沒錯，妳們認錯人了。放行吧……」

丟下這句話、解除魔法屏障與反魔法後，幻名騎士們就像落荒而逃似的離去。

「啊啊，對了。」

在我高喊後，幻名騎士們停下腳步。

「你們不覺得養狗就必須綁上項圈嗎？這樣就算稍微移開目光，只要綁著項圈，他們也不會犯下錯誤。」

能聽到他們「咕嘟」吞下口水的聲音。只要把我的事情洩露給其他人知道，就不知道他們身上會發生什麼事——這句話就是這個意思。

「別、別說蠢話了！」

這麼說著，幻名騎士們再度轉移離開了。

「你們可以走了。不過，今後在我們面前禁止私語。」

魔法陣的術式恢復原狀，禁兵也像解除警戒似的回到自己的崗位上。我對一臉傻眼看著我的莎夏回以笑容。

「看到了吧？我的誠意讓他們明白了。」

「……要是當中沒有魔族的話，你要怎麼辦啦……」

「那就必須進行更加深入的談話了呢。」

在將魔力注入固定魔法陣後，「轉移」的魔法就發動了。

視野瞬間變得純白一片，眼前出現在道路上往來的人們。這附近是市區，各式各樣的商店櫛比鱗次，人潮洶湧，十分熱鬧。

「蓋拉迪納古亞？」

米夏微歪著頭。

「應該是吧。」

「意外地能輕易入國呢。而且除了幻名騎士團之外，好像沒什麼人知道我們的情報。」

米莎說。

「亞露卡娜與雷伊被帶走了，他們不要緊吧？」

莎夏露出擔心的表情。

我試著將魔眼朝向以魔法線連接的亞露卡娜與雷伊的視野。

「——目前沒有動作的樣子。禁軍讓他們在方才的塔裡等待。」

「那麼，總之我們要先去拯救戈盧羅亞那與亞希鐵吧？雖然我不太想救就是了。」

「這件事也很重要呢。不過在迪德里希抵達這裡之前，應該還有一段時間。問題在於，要是照著他的預言行動，里卡多會無法得救的可能性很高。假如想要救他，就必須做出迪德里希意想不到的事。」

「……呃，這個道理我是明白啦，但是迪德里希能看見未來，所以要怎樣做出讓他意想不到的事啊？」

我向困惑的莎夏說：

「為此才需要魔王聖歌隊。」

「……所以……？」

「首先，要在蓋迪希歐拉這裡推廣地上的歌。」

「你是笨蛋嗎！」

莎夏犀利地投來吐槽。

「他曾經說過吧？魔王聖歌隊的歌出乎意料地打動他的心弦。儘管應該不足以顛覆預言，但是她們的歌微微撼動了未來。」

「與娜芙妲的盲點有關？」

米夏對我提出疑問。

「或許呢。這有值得一試的價值在。不管怎麼說，里卡多這件事就算無法找出娜芙妲的盲點，也只要抵達十萬分之一的未來就好。」

「呃，也就是說……？」

莎夏一臉頭痛的表情。

「要利用魔王聖歌隊的歌，撼動蓋迪希歐拉人們的感情。然後以此作為楔子拯救里卡多的性命，會是最好的形式。」

「雖然聽不懂你在說什麼，不過……要怎麼做……？我覺得唱歌與幫助里卡多一點關係都沒有耶……」

「沒什麼，有志者事竟成。」

我朝著在一旁茫然聽著的粉絲社們問：

「辦得到嗎？」

「……呃、呃……這麼浩大的事情，我不知道我們能不能做到耶……」

「妳們就跟平時一樣唱歌，為我打動這個國家人民的心弦就好。」

愛蓮她們互看著彼此，同時點了點頭。

「要、要是這樣的話，我們會努力！對吧！」

「嗯！畢竟我們也只能做到這種事了！」

「我們會盡全力做給阿諾斯大人看！」

隨後，艾蓮歐諾露倏地舉起手來。

「可是，就算是愛蓮妹妹她們的歌，要是不好好聽的話，我想也沒辦法打動人心喔？在吉歐路達盧是因為來聖奉歌，阿蓋哈則是因為有劍帝在才行得通吧？」

「這點我也考慮到了。天氣也正好適合呢。」

我對一臉疑惑看來的她們說：

「這次的主題是奇蹟。就用歌曲救濟這個不信神的國家吧。」

§ 19　【奇蹟之歌】

我們走在蓋迪希歐拉的首都蓋拉迪納古亞中。

這裡沒有像吉歐路達盧那樣的教會，也沒有像阿蓋哈那樣的騎士。就連禁兵的身影，也沒有出現在城內的樣子。為了掌握人們的生活方式，我讓魔眼飛馳到各式各樣的場所。

「嗯～蓋迪希歐拉明明是地底的三大國，國土卻非常小呢？」

艾蓮歐諾露以悠哉的語氣說。

「是啊。假如『四界牆壁』的內部是國家領土，那個就是能看得到的範圍吧？」

莎夏指著國境線上的「四界牆壁」。

「雖然首都相當廣大，不過除此之外還有其他城市嗎？總覺得這樣會塞不進『四界牆壁』裡頭。」

米夏點了點頭。

「我覺得沒有其他城市。」

「在地底信仰不順從之神的人們，果然沒這麼多嗎？」

莎夏一面環顧城市，一面浮現出這種疑問。

在地底要不依靠神生活，是非常困難的事。因為要貫徹這種生活方式，所以會到這裡來的人，都擁有相應的內情吧。

「可是，這裡並非最近才建立的國家。儘管外部入國的人應該很少，但他們也無法離開這個國家，人口應該也有相應地增加吧？」

在道路上往來的行人數量，看起來比阿蓋哈和吉歐路達盧還多。

「土地似乎也沒有不足。假如順其自然，城市就會增加才對。」

米夏歪著頭說：

「無法擴大『四界牆壁』？」

「難說。這裡有賽里斯、冥王伊杰司，還有詛王凱希萊姆。就算是治理這個國家的霸王，也擁有相當的魔力吧。所以我也覺得他們是特意將國土保留在這種規模的大小上。」

如果一味地擴張領土，要維持「四界牆壁」就會變得相對困難吧。

「我明白國家不是只要擴大領土就好的道理。」

辛一面以殺氣騰騰的視線警戒周圍一面向我說：

「但為何蓋迪希歐拉的人民，除了禁兵與幻名騎士之外都無法離開這個國家？儘管『四界牆壁』能有效隔絕神族，但他們也不是處於一出國就會遭到敵人襲擊的環境吧？」

「因為有那個禁兵與幻名騎士團在，所以對於各國的震懾力似乎也十分充足。」

米莎這麼說之後，艾蓮歐諾露就像認同似的大叫出聲：

「啊～這樣啊。就連鄰國的阿蓋哈，也不像是會突然襲擊蓋迪希歐拉人民的人，就算稍微出國一下，似乎也沒問題喔！」

「既然如此，那為什麼要禁止出國？」

莎夏發出「嗯——」的聲音歪頭不解。

「我……知道了……！」

潔西雅一臉得意地說。

「好厲害喔！潔西雅，妳是天才！」

艾蓮歐諾露一稱讚，潔西雅就瞪著她。

「我……什麼都還沒說……這樣……不行……」

看到一臉不服的潔西雅，讓艾蓮歐諾露「嘻嘻」笑了起來。

「好乖、好乖，潔西雅很聰明呢。那麼，霸王想要做什麼呢？」

「……想把大家……關起來……」

「關起來要做什麼啦……」

大概是不吐不快吧，莎夏很不成熟地脫口說出這句話。

「……想要大家……陪在身邊……！」

「又不是怕寂寞的人。」

「……潔西雅……很寂寞……！霸王也……很寂寞……！」

潔西雅握緊雙拳向莎夏述說。

「或、或許是這樣吧……」

「還想到……另外一個理由。」

潔西雅突然逼近莎夏。

「什麼？」

「這塊土地……很厲害……」

「呃……是哪裡很厲害？」

「總之……很厲害……！」

潔西雅打算靠氣勢強辯過去。

「這、這樣啊……所以很厲害會怎樣？」

「因為很厲害……所以關起來了……！」

「聽不懂妳在說什麼啦……」

莎夏傷腦筋地嘟囔。

「除了人民無法出國之外，還有其他不自然的地方。」

「有嗎？」

莎夏浮現疑問，米夏則說：

「沒有賣食物的店家。」

我們在這座城市裡逛了一陣子，蓋迪希歐拉的街道和吉歐路達盧、阿蓋哈相比絲毫不會遜色，店內日用品之類的商品種類豐富；但不知為何，這裡唯獨沒有賣食物的店面。

「大家全都是自給自足嗎？」

艾蓮歐諾露豎起食指。

「在地底的環境下，無法輕易栽種作物、飼養牲畜。就算這座城市施行自給自足，不足的部分還是必須從國外進口吧？不讓人民出國這點，果然讓人難以理解。」

如果土地狹小、人口密集，離開國家應該也會比較容易取得食物。

還是說，他們靠魔法想辦法解決了嗎？

「要是無法擴大領土，就算假設他們想把人民關起來以增加人口，也還是會留下疑問。

人口越是增加，這座城市就遲早會變得越來越狹窄吧。」

說到底，與他國沒有交流的可疑國家，很少有人會從國外進來吧。讓人能自由進出，造訪這裡的人也會增加。這樣一來，人民也應該就會增加。

「那麼就是那個了。因為要前往他國，就表示那個人相信神，所以才不准人民離開這個國家。這個答案怎麼樣啊？」

艾蓮歐諾露用食指輕輕指向我後，潔西雅就氣勢十足地說：

「妳是……天才……！」

「喂，潔西雅！妳在報剛剛的仇吧！」

兩人就像在互相追逐似的嘻鬧起來。

「只要會回來的話，就算出國也沒有問題。或許是認為，人民一旦離開這個國家，就不會以自己的意志回來吧。」

「這樣的話，就像在說蓋迪希歐拉是個有問題的國家不是嗎……」

莎夏露出厭煩的表情。

「只能希望並非如此了。也說不定是因為有什麼意想不到的內情。」

「咦？那裡是不是破了一個很大的洞啊？」

愛蓮說。城市正中央有個巨大坑洞，其中心破了一個深邃的洞穴。

「真的耶。這是什麼，非常深耶！」

「是不是看不到底啊？」

「讓我看、讓我看！」

諾諾與潔西卡等人興高采烈地跑過去，探頭看著坑洞中心的洞穴。

「一如預言呢。」

「震雨？」

米夏問。

「是啊。這是昨天剛下過的痕跡。」

震雨發生的日期與地點，我已經從迪德里希那邊得知了。雖說「四界牆壁」也覆蓋住天空，但掉落下來的岩石經由全能者之劍的力量化為永久不滅。只要降下的速度夠快，就沒有東西能夠抵抗。

「就利用這個。」

莎夏投來疑惑的眼神。

「利用這個，是在說……震雨？」

就在我點頭回應時，身後傳來了叫喚聲。

「喂，站在那邊的人！」

回頭望去，便發現身後出現一群穿著長袍的人。他們是蓋迪希歐拉的人民。

「雖然沒見過你們，不過這裡是禁止進入的場所。如果是剛入國的話，就趕快去霸王城報到。」

像是領導人的男人這樣說。

「來得正好，你們是來調查震雨的人嗎？」

男人一臉疑惑地回答：

「這怎麼了嗎？」

「天空的結界突然無法擋住震雨，讓你們很傷腦筋吧？我想助你們一臂之力。」

穿長袍的男人露出些許驚訝說：

「……你知道發生了什麼事嗎？」

「直截了當地說，就是背理神耿奴杜奴布所造成的。那個天蓋還有震雨，現今已經化為絕對不會毀壞，永久不滅的岩塊了。而且再過不久，這座城市就會再度降下震雨。」

「……你這麼說有什麼根據——」

天上傳來足以蓋掉男人發言的地鳴聲。是震天。當我將魔眼朝向「四界牆壁」的另一側後，就看到天蓋一面微微震動，一面漸漸地低降下來。

一部分的天蓋就像要滑落似的凸出大岩石，合計有十三塊。

「這次的震雨數量很多喔。」

「快、快去預測震雨的掉落位置，發出避難勸告！如果是驅神魔壁，儘管支撐不了多久，還是能挺過一段時間！就趁這段時間，讓大家往安全的場所避難！」

男人大喊。可是，有一塊大岩石越來越凸出天蓋了。

「不、不行啊！不管怎麼樣，都來不及逃過那塊岩石！」

「總、總之快逃！要盡可能遠離震雨！」

我無視驚慌失措的蓋迪希歐拉民眾，倏地舉起手。愛蓮她們一看到動作，就像察覺到我的意圖似的畫起魔法陣。

「音樂演奏（shiniaru）」發動。播放出來的伴奏，是魔王讚美歌第六號〈鄰人〉。

「喂、喂！妳們幾個在做什麼啊！現在不是做這種事的時候！快到這裡來！總之先一塊兒逃吧！」

「假如逃走，你們的城市就會毀掉吧。別擔心，她們那首歌應該會將震雨消滅掉。」

「你說什麼——」

天空響徹起劇烈的聲響，巨大的震雨朝這塊土地掉落下來。剎時間，我取出全能者之劍里拜因基魯瑪，施展「波身蓋然顯現」，將魔眼（視線）朝向天空。

眼看著不斷加速的震雨達到無法阻止的速度，撞上覆蓋城市的「四界牆壁」。

「轟隆隆隆隆隆龍龍」的刺耳聲響起，震雨同時陷入「四界牆壁」之中。儘管稍微減緩了速度，但下半部分早已貫穿那道魔法屏障。

要是變成這樣的話，掉落下來也只是時間早晚的題吧。

不過——

「啊～神啊♪我・從・不・知・道，竟有這樣的・世・界・啊～～♪♪♪」

「「了・去了，了・去了，了・去了嗚嗚～♪」」

在那道歌聲響徹開來的瞬間，震雨突然消失無蹤。

「什麼……！」

「咦……」

「震雨消失……了……？」

是我施展「波身蓋然顯現」，用可能性的里拜因基魯瑪斬斷化為永久不滅的大岩石，使其化為烏有了。

男人們因為這一幕露出驚愕的表情，紛紛倒抽一口氣。

「……什……………什麼，剛剛的，到底是……？」

「就跟你看到，還有聽到得一樣。她們的歌驅散了震雨。」

他們一臉不敢置信的表情，將視線朝向魔王聖歌隊。

「怎麼可能……」

「居然將那個連驅神魔壁都能輕易穿透，貫穿這個地底的震雨……？」

「用歌驅散了……這是有可能的事嗎……！」

「……不可能……應該是不可能的……可是……」

「才剛聽到那首歌，震雨就在眼前突然消失可是事實……」

里拜因基魯瑪是不出鞘就揮出之劍，所以不會映入他們的眼中。

蓋迪希歐拉的民眾們茫然地佇立在原地。

「你們在做什麼？」

「……咦？」

面對一臉困惑的男子，我舉手指著天空給他看。

「看啊，震雨還沒結束，馬上就要降落到這塊土地上了吧？光靠她們的力量，歌聲的氣勢不足。要將蓋迪希歐拉的人民聚集到這裡來，讓大家一起唱歌！」

「可是，這種歌對我們來說……」

「只要會說『了．去了，了．去了，了．去了嗚嗚～』就好。之後就由我們這邊將歌聲轉換成力量吧。」

他們思考了一會兒後說：

「……如果是這樣的話……」

「是、是啊，我們也辦得到……」

穿長袍的男人們面面相覷。

「……不過，能相信他嗎？」

「現在不是說這種話的時候了！必須先擋住震雨才行！想守護城市的心情，應該大家都是一樣的！」

「確實是……這樣呢……」

他們發出「嗯」的回應點了點頭。

「去召集人手吧！」

「我是迪亞斯，迪亞斯．亞隆德。請教教我們吧。也請教我們唱那首歌！讓我們同心協力，一起度過這場震雨吧！」

迪亞斯向我伸出手。我與他握手，同時對他說：

「我是阿諾斯・波魯迪戈烏多。請多指教了。」

天蓋大幅搖晃，能再度看到震雨的徵兆。魔王聖歌隊大聲高歌，唱出「請不要打開♪」的歌詞。

廣場上陸續聚集起蓋迪希歐拉的民眾，穿長袍的男人們一臉認真地說明唱歌驅散震雨的事。不久後，不知從哪裡傳出練唱「了・去了」的聲音。這些練習聲不斷增加數量，漸漸形成巨大的吼聲。

繼吉歐路達盧與阿蓋哈之後，如今在這塊土地上，禁忌之門也即將開啟。

§ 20 【蓋迪希歐拉的憎恨】

『——哥哥，似乎有動靜了——』

當魔王聖歌隊的歌聲迴蕩在蓋拉迪納古亞時，我聽到呼喚我的聲音。

我將視野移到亞露卡娜的魔眼上。祂位在魔壁塔裡，身旁有雷伊在。禁兵們將兩人的周圍團團圍住。

總覺得她們的眼神莫名地陰沉。我無法像米夏那樣看出他人的微妙感情，儘管如此，這也讓我清楚到不能再清楚了。那是看向憎恨對象的鄙視眼神。

「祢是什麼神？」

一名禁兵事務性地這樣詢問，看起來像在壓抑感情的樣子。

「我是無名神亞露卡娜。」

這種回答讓詢問的女性顯得煩躁。

「祢在開我玩笑嗎？」

「龍子啊，我沒有說謊。神也有捨棄名字的情況。如果想知道過去的名字，那我就告訴妳吧。我是不順從之神——背理神耿奴杜奴布。」

「別開玩笑了。」

那道聲音低沉且參雜著憤怒。

「要小聰明的神，以為搬出背理神的名字，我們就會崇拜祢嗎？外頭的人好像都說蓋迪希歐拉信仰不順從之神的樣子，但內容可不是祢們所想像得那樣。對我們來說，不論是神還是不順從之神，都是一樣的。」

「這是什麼意思？」

「如果祢真的是背理神，就不可能不知道。不論是神還是不順從之神，祂們都不會拯救人們的教訓。不是別人，就是背叛與謊言之神——耿奴杜奴布帶給蓋迪希歐拉的！」

禁兵凌厲且就像唾棄似的說：

「絕對不要相信神，這是刻劃在我們每一個人身上的痛，是對於祢們的反信仰。我們蓋迪希歐拉人民要立於神之上，支配著神。」

「我理解妳們的教義了。龍子啊，但我曾是背理神之事，還有現在捨棄那個名字之事，也全是事實。我沒有要騙妳的意思。」

亞露卡娜以靜謐的聲音說：

「這世上存在各式各樣的神。神不會拯救人們的說法是正確，而且同時也是錯誤的吧。但我發誓，此身乃要給予人們救濟的秩序形體。」

禁兵將手中的長槍舉到亞露卡娜眼前。

「如果神會給予救濟，那麼為何沒有拯救他？」

那名女性怒氣沖沖地質問：

「我祈禱過了。向神祈求，而且貢獻了一切！然而，明明我獻出了全部，我的孩子卻沒有得救。為什麼那個孩子會生為短命種？為什麼甚至被稱為神的存在，就連一條性命都無法拯救！」

亞露卡娜悲傷地回看那名女性。她應該被困在過去的悲劇之中這點，任誰看了都一目了然。向神獻上祈禱、祈求奇蹟，然後沒有實現。不論地上還是地底，這都是司空見慣的事。

「我就只是想要他能以常人的壽命活下去，會是這麼奢侈的願望嗎！甚至到了最後，神父還這樣說了——妳的信仰不足，妳的祈禱不夠。誰能接受這麼愚蠢的事啊！」

握住長槍的雙手氣憤地顫抖著。

「不論是吉歐路達盧的教義還是阿蓋哈的教義，全都是謊言。不論怎麼祈禱、不論獻上什麼事物，神不會拯救任何人。既然如此，一開始就老實說啊。說神並不存在！」

地底是信仰虔誠的世界，所以遭到神背叛時的憤怒也同樣很大吧。

「龍子啊，我會給予救濟的話語並非謊言。只不過此身並非全知全能，會有無法拯救的性命與心靈並非是妳的祈禱不足，就只是神的力量不夠。」

禁兵狠狠地咬牙切齒，在手上使力。

「……別……開玩……」

這是混雜著憎恨與憤怒的低喃。

「別開玩笑了——！」

忘我一般刺出的長槍並沒有刺穿亞露卡娜。因為那個槍尖早已被人斬斷——經由靈神人劍伊凡斯瑪那。

「我雖然明白妳想拯救孩子的心情……」

雷伊說：

「既然妳已經注意到神並不是特別的存在，那也應該明白：即使是神，也跟妳們沒有多大的差別吧？」

「……閉嘴。事到如今，神才說這種話嗎？儘管大肆宣揚『神是秩序，是掌管一切的「全能煌輝」之手』，一旦情勢不對，就說跟我們一樣？」

「如此宣揚的神不是我，也並非祂。雖然我不太清楚妳的情況，不過要是連與我們無關的事情都怪罪到我們身上來，那可就傷腦筋了。」

禁兵瞪著雷伊，就像在控訴「這聽起來只像在逃避責任」一樣。

「……神都一樣。只會說什麼秩序、什麼常理，一點也不會考慮人們的心情！」

這樣的神確實充滿這個世界，甚至到了讓人厭煩的程度。

「我不否認有許多神欠缺心。縱然如此，也不能斷定所有神都是如此。實際上，在許多人信奉神的這個地底之中，妳們就沒有信奉神。」

「聽祢胡扯！」

禁兵從魔法陣中取出新的長槍，再度刺向雷伊。而這一槍被他輕易斬斷了。

記得她們應該說過，神的待遇在蓋迪希歐拉是由霸王碧雅芙蕾亞來決定的。既然如此，這個行動很明顯就只是私怨。明明如此，周圍的禁兵們卻沒有要制止她的意思。她們全都帶著相同的眼神，就只是在一旁看著雷伊與亞露卡娜。

也就是一丘之貉啊。

「祢這個說話簡直就像人類一樣的神！報上名來！祢是什麼神？」

被這樣詢問後，雷伊一副理所當然地回答：

「我是勇氣神雷伊古蘭茲。」

「……勇氣神？」

她一副從未聽過的樣子。這是當然的吧。因為這是雷伊方才隨便想出來的神嘛。

「妳所不足的，是承認自身錯誤的勇氣。妳的悲傷與憎恨並不是任何人能否定的。不過，並不是所有神都對妳釋出惡意。根絕神，並不會讓妳的孩子復活。」

對於雷伊像在訓誡的話語，禁兵從正面反駁：

「祢們這些神都只會說對自己有利的事！神的存在本身就是禍害，火焰的秩序會燒死人；劍刃的秩序會斬殺人；生命的秩序奪走了我孩子的性命！而祢則是以名為勇氣的秩序，甚至踐踏了我復仇的榮耀！」

「妳只看到事物不好的一面。假如無法生火，人們就會凍死；倘若無法斬切，人們也無法料理。而要是沒有勇氣，人們就無法向前邁進。」

「我們不會繼續被神的話語所蒙騙。就算沒有秩序，世界也會運作。就算沒有神，我們也能活下去！我們為此才建立蓋迪希歐拉，為此而有霸龍！」

禁兵在長槍上注入魔力後，槍尖突然燃燒起來，在槍刃上纏繞起火焰。

「我等蓋迪希歐拉的禁兵全是遭神背叛之人。有人是被再生守護神，有人是被福音神，還有人是被輝光神奪走了人生。所以我們發過誓——要向神復仇。我們要團結起來消滅眾神，經由我們的手奪回真正的秩序與和平！」

火焰堵住雷伊的退路，長槍的槍尖刺向他的心臟。

「呼……！」

劍光一閃。雷伊一揮出靈神人劍，其劍壓就消除了火焰，同時把長槍打飛出去。

「我明白妳的憎恨。」

雷伊用伊凡斯瑪那指著禁兵的喉嚨緊盯著她。

「然而僅是消滅眾神，也不會讓世界變得和平喔。」

「……祢說什麼？」

「復仇會結束嗎？會將個人怨恨投注在神族這個種族之上的復仇，真的會因為只是消滅了眾神就結束嗎？」

她以憎恨的眼神回瞪雷伊平靜的視線。

「我深深覺得，扭曲的復仇只會產生扭曲的結果喔。只要妳們抱持永無止境的怨恨與憎恨活下去，就只會再度塑造出一個新的敵人不是嗎？說不定直到消滅一切、萬物消失殆盡為止，這場戰鬥都不會結束。」

「祢懂什麼！」

「要是懂妳的心情，就無法糾正妳的錯誤。」

面對激動地橫眉怒目的她，雷伊露出無法如願的表情。

「我知道，不論是妳的憎恨，還是妳的怨恨……妳們如今正站在岔路上面臨選擇。是只想要一直報仇雪恨下去，還是說想要和平呢？」

「唰」的一聲響起腳步聲。

為了不讓雷伊他們逃走而將周圍團團圍住的禁兵們，將憎恨與長槍指向他。

「這樣好嗎？我還以為在蓋迪希歐拉，神的待遇是由霸王決定的。要是做出這種事情來，會害妳們遭到懲罰不是嗎？」

「饒舌的神，這不是祢要擔心的事！動手！」

禁兵們將長槍刺在地板上。紫色火焰奔馳於地面，在雷伊他們腳邊畫出魔法陣。

「『霸炎封食（suijiniasu）』。」

魔法陣升起火星。

突然間，亞露卡娜的表情變得扭曲，無力地單膝跪地。

「……封印神力的結界……」

「沒錯。在『霸炎封食』中，祢們這些神就連要隨意行動都辦不到！這就是消滅神之秩序，我等睿智的結晶！」

被伊凡斯瑪那指著的禁兵跳開，把手伸向被打飛的長槍──

「呃啊──！」

在握住長槍之前，她就被雷伊打中要害，當場倒下。

「怎麼……了？」

趴在地上的她看向周遭。構築「霸炎封食」的禁兵們，手中的長槍悉數遭到斬斷，全員都跪在地上露出痛苦的表情。

「……怎、怎麼可能……這到底是怎麼回事……？」

「在『霸炎封食』中，為什麼……」

因為長槍遭到斬斷，「霸炎封食」的魔法陣消去，使得束縛住亞露卡娜的結界消失了。

「知道了嗎？即使是能封住神的鎖鍊，也無法束縛住名為勇氣的秩序。因為所謂的勇氣啊，就是為了讓人從各種枷鎖中獲得解放而存在的事物。」

亞露卡娜的表情微微黯淡下來。他的臺詞是為了不讓她們察覺自己不是神的方便；儘管如此，亞露卡娜也還是想說，這是因為雷伊不是神。

「束縛住祢們的憎恨鎖鍊也只要胸懷勇氣，就能悉數斬斷，這就是這個世界的秩序喔。」

所以──」

雷伊扮演著勇氣神向趴在地上的禁兵說：

「要是妳們真的想要和平，就不要帶著憎恨，而是應該胸懷勇氣戰鬥。」

§21 【被囚禁的神】

「……祢們這些神，看來非常喜歡觸怒我們的樣子呢……」

就像在鞭策倒下的身體，禁兵竭盡全身魔力，其他人也跟她一樣。她們拔出新的長槍，支撐身體站起來，眼神中充滿對神的憎恨。

「勇氣這種東西，我們早就耗盡了。」

那名女性緩緩地站了起來。

「因為被祢們奪走了。這個世界與秩序，將我的孩子與重要的人們逼上絕路踐踏，不講理地殺掉了。如果是為了拯救那孩子，哪怕是地獄的業火中，我也會飛奔進去啊！說這是世界的意志擺出事不關己的嘴臉見死不救的，分明就是祢們吧！」

就像受到女性的話語鼓舞，其他人也開始充滿魔力。

「某尊神讓人見識到地獄，某尊神再去拯救世人。原來如此，這還真是不得了的自導自演。既然神要帶給人們救濟，為什麼不一開始就創造正常的世界！」

雷伊沒有回答，只是傾聽那名禁兵的話語。

「就只是好聽的神的話語、信徒的說法等，我們早就聽膩了！」

能看得出她抱持必死的覺悟。懷著就算會同歸於盡也要殺掉雷伊的氣魄，她們一齊蹬地衝出。

「——住手！」

聲音嚴厲地響徹開來，使得她們的動作戛然而止。

此時出現的，是穿著深綠色全身甲冑的兩名士兵。他們是幻名騎士團。從他們沒有戴上「羈束項圈夢現」看來，似乎跟方才趕走的人不同。

他們一走向前來，禁兵就像要讓道似的退開了。

「妳們忘記我等的夙願了嗎？在這裡與渺小的神同歸於盡，究竟有何意義？」

面對幻名騎士的質問，禁兵們露出尷尬的表情。

「那份憎恨被看上，妳們才會被提拔為禁兵。不過，可別以為霸王會一直容忍妳們。」

儘管露出不服的表情，禁兵們還是當場離去了。

「站上去。」

被幻名騎士命令後，雷伊與亞露卡娜就互看一眼，然後老實地站到魔法陣上頭。

「要帶我們去哪裡？」

「霸王城。」

幻名騎士一發動魔法陣，雷伊他們就轉移離開了。映入視野裡的是監獄。紫色火焰在周圍的牆壁、天花板以及地板上畫著魔法陣，發動著「霸炎封食」的魔法。

這是用來囚禁神的牢籠。亞露卡娜露出難受的表情。

「沒有效呢。」

幻名騎士用魔眼注視雷伊。雖然他們似乎無法看穿他的「根源偽裝」，但完全不受「霸炎封食」的影響，到底還是讓對方起了疑心吧。

「我是勇氣神。這世上不存在能束縛勇氣的鎖鍊，此乃秩序喔。」

雷伊爽朗地露出微笑，幻名騎士則蹙起眉頭。

「我聽說神的待遇是由霸王碧雅芙蕾亞來決定，如果這是真的，我就暫時在這裡安分等著吧。因為我有想知道的事呢。」

「……祢真的是神嗎？」

幻名騎士將視線落在雷伊持有的聖劍上。

「靈神人劍伊凡斯瑪那——在兩千年前的地上，勇者加隆持有的聖劍。」

幻名騎士是兩千年前的魔族，會知道這件事可說是理所當然。

「你很清楚呢。沒錯，這是勇氣神雷伊古蘭茲在祝福後，賜與他的聖劍喔。因為他死了，所以回到我手裡了。」

不愧是曾經扮演過暴虐魔王的人，理直氣壯地說著謊話。

「過來。」

幻名騎士推著雷伊的背。就像要遠離亞露卡娜一樣，他被帶到牆邊。

「就來確認一下吧。假如祢是神，待遇就由碧雅芙蕾亞大人來決定；假如不是，我就在這裡取了祢的性命吧。」

幻名騎士把手伸向雷伊的脖子。只見他的手突然染黑，魔力急遽上升。

「快避開。那個魔族之子身上潛藏霸龍。」

亞露卡娜喊道。

「不用擔心。霸龍能在啜飲血液後，分辨出對象是否為神。祢如果是神，就算被咬上一口也不會毀滅；但如果不是的話，就當作會直接死去吧。」

幻名騎士的手由黑變紫，指甲尖銳地伸長，刺向了雷伊的喉嚨。

就算想避開，背後也是牆壁。假如被霸龍咬到，到底無法繼續隱瞞身分吧。

雷伊吐氣，瞬間屏息。

「呼……！」

伊凡斯瑪那劍光一閃，幻名騎士的手臂「啪答」一聲掉落在地面上。紫色龍頭從那道傷口中出現，露出了尖牙。

「祢果然不是神吧？」

「要是被這樣認定的你毀滅，我也很傷腦筋呢。」

「祢說了蠢話。要是抵抗的話，會被懷疑是當然的吧！」

潛藏在體內的龍頭從手臂中滑溜溜地爬出，就像要吃掉雷伊似的襲擊過來。他以靈神人劍將這顆龍頭一刀兩斷；然而被劈成兩半的霸龍卻扭曲變形，然後變成了兩顆龍頭。

『通告全隊──』

儘管不斷從手臂中送出霸龍，幻名騎士還是發送「意念通訊」。為了不讓他這麼做，雷伊蹬地衝出。

「靈神人劍──祕奧之一──」

聚集在伊凡斯瑪那上的光芒化為無數劍擊，將兩顆龍頭與幻名騎士斬成碎塊。

「『天牙刃斷』！」

騎士一下子變得七零八落。可是這一片片的肉塊改變形狀，這次變成三十頭霸龍。

『報告。已經逮捕兩尊與八神選定者之一的不適任者阿諾斯．波魯迪戈烏多締結了盟約的神──』

「意念通訊」仍然響著。三十頭霸龍中，究竟哪個才是本體？還是說，牠們全都是本體？雷伊就像迷惘似的環視周圍。

『當中的一人──』

並不是神──搶在他說完之前，三十頭霸龍全部被紅槍刺穿了。

「……呃啊……你……」

霸龍的視線落在另一名幻名騎士身上。穿著深綠色全身甲冑的那個人，刺出沒有槍尖的深紅長槍──紅血魔槍迪西多亞提姆。

「──『次元衝』。」

三十頭霸龍全都被刺出窟窿。龍隨即被吸進那個窟窿之中，猛然地消滅掉了。

『通告全隊。逮住了兩尊神。被殺掉了一個人，但不成妨礙。』

男人一重新發出「意念通訊」，就在自己身上畫起魔法陣。全身甲冑忽地消失之後，露出戴著大型眼罩的獨眼臉孔。

「魔王的做法還是一如往常強硬啊。而配合他的你，與其說具有勇氣，不如說太過無謀了喔。」

那個人是四邪王族之一的冥王伊杰司。

儘管被耶魯多梅朵殺掉，看來在那之後復活了呢。

「……為什麼要幫助我們？」

雷伊收起靈神人劍向他問道。

「就只是彼此目的一致罷了。你也就算了，但余不能讓背理神耿奴杜奴布稱了那個男人的意。」

「這是在說賽里斯嗎？」

「我就警告你吧。」

沒有回答雷伊的提問，伊杰司說：

「霸龍是吞食神、吞食秩序的龍。是將霸王碧雅芙蕾亞選為八神選定者，暴食神蓋魯巴多利翁的末路。」

「你說霸龍是神嗎，魔族之子啊？」

亞露卡娜提出疑問，並在「霸炎封食」中緩緩走向伊杰司。

「正確來說，是曾經是神喔。如今就只是會吞食神的瘋狂龍。」

「為什麼會變成這樣？」

雷伊詢問。

「是霸王做的喔。為愛痴狂到最後，憎恨著神、憎恨著秩序，憎恨著信奉神的信徒們的霸王碧雅芙蕾亞，渴望能破壞世界秩序的方法。而教唆她只要扭曲暴食神蓋魯巴多利翁的秩序，將祂變成食神龍就好的，就是那個叫做賽里斯・波魯迪戈烏多的男人。」

「扭曲秩序，讓神成為其他存在嗎？這可不是半吊子的魔法呢。」

「霸龍會吞食神、吞食人，將他們的根源納為己有。那頭龍是眾多根源的群體。其數量會越吃越多，直到牠所有的根源都毀滅為止，不論斬殺還是燒燬都會不停地增殖下去。」

所以伊杰司才把牠轟飛到次元的另一頭去啊？

「吞食了神的根源的霸龍，會具備扭曲的秩序。方才的個體由於未曾吞食過神，所以沒什麼大不了，但吞食了痕跡神與福音神的霸龍力量相當驚人。牠們是以神之力，吞食神的禁忌之龍喔。」

「禁兵會有一半龍的外貌，還能施展封神的魔法，也是因為遭到霸龍寄生的關係嗎？」

雷伊問道。

「要是只有禁兵就好了。這個蓋迪希歐拉的人民幾乎全都被霸龍寄生了。必要時，他們全都會照著術者霸王的意思行動，變成她的操線人偶吧。」

「霸王的目的是什麼？」

「這還用說嗎？碧雅芙蕾亞想要復仇雪恨。想將凌虐自己所愛之人的神，還有那些神的信徒們，一個不留地毀滅殆盡。」

雷伊輕輕嘆了口氣。

「不覺得她的精神正常呢。」

「她是個蠢女人喔。不過是個太過可悲的女人。與慫恿她的男人相比，她那樣已經很可愛嘍。」

伊杰司將迪西多亞提姆收進魔法陣中轉過身去。

「幻名騎士團與龍騎士團仍處於小規模衝突當中，但被擄走的亞希鐵已經被關進下一層的監獄裡了。想救他的話，警備薄弱的現在正是機會吧。」

「你為何會在幻名騎士團裡？」

「因為有應該要做的事。余必須償還兩千年前欠下的人情。去幫我跟魔王轉達，這次絕對不准阻撓我。」

這麼說著，伊杰司邁步離去，可是中途又停下腳步。

「勇者加隆。」

冥王頭也不回地說：

「你的師兄還活著喔。」

對於他這句話，雷伊難掩驚訝。

「卡希姆……？」

「他轉生成龍人，如今就在這座城裡。他是個直覺敏銳的傢伙，應該很快就會注意到你了吧。」

留下這句話，伊杰司離開了。儘管雷伊瞬間露出凝重的表情，就像要重振精神似的搖了搖頭。接著，他向亞露卡娜說：

「……我們走吧。雖然想知道霸王會怎麼處置祢，當務之急是要救出亞希鐵。」

「白雪飄落，普照大地。」

雪月花在亞露卡娜的周圍飄落，其光芒讓「霸炎封食」的效果衰減。

亞露卡娜以靜謐的眼神望向雷伊。

「你就去做你該做的事吧。」

於是，雷伊看起來不好意思地微笑。

「現在不是執著於過去的時候。況且，卡希姆大概會逃避我吧。」

亞露卡娜緩緩地搖了搖頭。

「我不清楚內情。不過，你現在抱持著身為勇者加隆的痛苦吧？此身想作為賜予救贖的秩序，亞希鐵就由我來設法救出。要是身為人子的你的救贖在那裡的話，你就去吧。」

雷伊低垂著頭。尋思片刻之後，他向亞露卡娜說：

「謝謝祢。」

一離開這座監獄，雷伊與亞露卡娜就兵分兩路。

§ 22 【霸王的目的】

蓋迪希歐拉的首都蓋拉迪納古亞降下震雨。化為永久不滅的岩石之雨輕易地突破守護城市的驅神魔壁「四界牆壁」，朝著民家與商店墜落。

「「啊～♪那裡並不淨♪」」『『『喝！』』』

魔王聖歌隊還有蓋迪希歐拉的民眾，一齊合唱著魔王讚美歌第六號〈鄰人〉，或是搭配間奏揮出正拳。

「「無人知曉♪」」『『『喝！』』』

藉此破壞降下的岩石之雨，使其消散。

「「那裡並不淨♪」」『『『喝！』』』

在降下的震雨中，他們拚命學習這首歌與舞蹈動作。他們並不像吉歐路達盧的人民那樣慣於唱歌，也不像阿蓋哈的人民那樣有在鍛鍊身體。歌唱得很拙劣，舞蹈動作也有待加強，不過充滿了想要守護城市、守護鄰人的心情。

「「請不要進去♪」」

「「說什麼不可能進得去，可～是不行不行喲♪」」『『『喝！』』』

又一顆震雨在空中粉碎。想當然耳，這是我配合歌曲，用里拜因基魯瑪斬斷的；但對於不知曉此事的蓋迪希歐拉人民來說，看起來就宛如是這首歌帶有魔力，將那塊大岩石給破壞掉一樣吧。

「「讓我來教導你♪教典上沒～教的全部全部——♪」」

『『『喝啊喝啊喝啊喝啊！喝啊喝啊喝啊喝啊！』』』

他們唱著歌，揮出拳頭。為何唱歌能擋住震雨，就連思考這種事的餘裕都沒有，就只是渾然忘我地為了守護蓋拉迪納古亞而放聲高歌。

「「「了・去了，了・去了，了・去了嗚嗚～♪」」」

「「啊～神啊♪我・從・不・知・道，竟有這樣的・世・界・啊～～♪♪♪」」

『『喝！喝啊！喔耶耶耶耶耶耶耶耶耶耶耶耶耶耶！』』

最後的震雨一炸開，從上空傳來的地裂聲就漸漸變小。

數秒後，聲音停止，震天結束了。在流淌〈鄰人〉的後奏中，穿著長袍、氣喘吁吁的男人——迪亞斯他們半茫然地注視著天蓋。

不久後，察覺到震天不會再發生之後，他就說：

「……我們勉強度過了……嗎……？」

「…………好像是呢……雖然不知道這是什麼樣的魔法……」

「……哎…………是首好歌就是了……」

在有人說出這一句後，迪亞斯就笑了。

「我也這麼覺得。將不能打開的禁忌之門打開了，這是把我們蓋迪希歐拉人民的情況唱出來的歌呢。」

說完，聽到他這麼說的男人也破顏微笑。

「是啊，唱得真好。哪怕被說是禁忌、哪怕被說是不淨，也只相信著自己的雙手向前邁進。這就是至今以來，我們所做過的事啊。」

「說要教你神的教義所沒有的事這段，也唱得很好呢。把神的教義不是這世上的一切，講得就像理所當然一樣。」

「結尾也非常棒。啊～神啊，我從不知道竟有這樣的世界啊。這一句把抵達我們的樂園——排除神的人之國時的喜悅傳達過來了。諷刺神的感覺也很棒呢。」

「話說回來，魔王是指什麼啊？」

「是在指我們的心吧。向我們述說，比起相信神，更要去愛著鄰人。相對於神，用魔之王來表現這種心情，也讓人感到非常諷刺不是嗎！」

「喂，我曾經想過……蓋迪希歐拉還沒有國歌吧……？」

聽到這句話，所有人都沉默下來，深深地陷入煩惱。

「…………可是，不曉得碧雅芙蕾亞大人會說什麼……」

「那我們先練習一下，然後試著唱給她聽如何？她說不定會喜歡。」

迪亞斯說。

「贊成！」

「我也贊成！」

接連響起贊同的聲音。

也由於這是驅散震雨的歌，所以讓蓋迪希歐拉的人民能以坦率的心情去聆聽〈鄰人〉吧。而只要能坦率聆聽的話，她們的歌就有著足以打動人心的力量。不論是在吉歐路達盧，還是在阿蓋哈都是如此。

「喂，阿諾斯先生！」

迪亞斯朝我跑過來。

「我想把這首歌當作蓋迪希歐拉的國歌，能再更清楚地教導我們嗎？」

唔嗯，稍微有點好過頭了呢。想當作國歌的要求，到底出乎我的意料之外，不過就先答應他的請求吧。

「好啊。請務必這麼做。」

我看向愛蓮她們。

「就跟妳們聽到得一樣，先暫時去教他們怎麼唱歌吧。」

粉絲社的少女們點點頭，齊聲回答：

「「「遵命，阿諾斯大人！」」」

「那麼，能馬上拜託妳們嗎？首先要怎麼做？」

迪亞斯朝著粉絲社少女們跑去。為了擋住震雨而聚集在此處的蓋迪希歐拉民眾，以我們為中心圍成圓形。

忽然就看到在前排的孩子們，就像累了似的坐在地上。

「不習慣的唱歌跳舞，讓你累了嗎？」

我提出詢問後，他就微微搖了搖頭。

「……肚子餓了……」

小孩發出有氣無力的聲音。我一看向迪亞斯，他便說：

「抱歉喔。再等一會兒，碧雅芙蕾亞大人就會撥空幫我們準備食物了。」

「……嗯…………」

小孩們以微弱的聲音回答，蹲坐在地上。

「這個國家的食物狀況如何？就我所見，店裡並沒有賣任何食物？」

「喔，這是因為食物在蓋迪希歐拉採配給制，碧雅芙蕾亞大人會親自分配給我們。雖然很不方便，但也比打著神的名義，互相爭奪少量食物的其他國家來得好。」

原來如此，是這麼一回事啊？

「迪亞斯，你是在這個國家出生的嗎？」

「沒有，我是在幾年前入國的。我本來是吉歐路達盧出身的人，從吉歐路海澤來的。」

吉歐路海澤是座豐饒的城市，我不覺得有食物缺乏的問題。這樣一來，是記憶被扭曲了？還是受霸龍寄生的影響？既然無法出國，也就無從獲得情報。

「由於小孩挨不住餓，想至少讓他們填飽肚子，但現在到處都食物短缺呢。儘管如此，我們還是能平等地分配到食物，就像家人一樣呢。」

迪亞斯撫摸蹲坐在那裡的小孩子的頭。

光是把人用「四界牆壁」關起來還不滿足，甚至還削減他們出國的活力嗎？手法還真是低級啊，這個國家的王。

「——霸、霸王大人……！」

圍住我們的圓形一隅，傳來嘈雜般的聲響。

「是碧雅芙蕾亞大人……」

「碧雅芙蕾亞大人來了喔！」

人牆分成兩半，蓋迪希歐拉的民眾露出滿面笑容。在他們視線望向的前方，能看到一名慢步走來的女性。她一身華麗的禮服，穿戴著鎧甲，與禁兵們一樣長著龍角與尾巴。而她的一頭長髮，就彷彿是龍的鬃毛。

「碧雅芙蕾亞大人，是要用餐了嗎？」

「等很久了！」

「我們家族今日也能分配到食物，讓我深深感謝著。」

就像要制止蓋迪希歐拉的民眾發言一樣，碧雅芙蕾亞倏地把手舉起。她筆直走來，在我面前停下腳步。

「初次見面，不適任者阿諾斯·波魯迪戈烏多。我是蓋迪希歐拉的霸王碧雅芙蕾亞·威布斯·蓋迪希歐拉，是獲選定神選上、擁有捕食者稱號之人。」

果不其然，假如在這座城市引起這麼大的騷動，身分到底還是會曝光。

「我想跟你兩人單獨聊聊，方便嗎？」

想跟我兩人單獨聊聊——那麼，她有什麼目的呢？

「我無所謂，但不是就快到用餐時間了嗎？要是打擾到你們也很不好意思，我就先等你們用完餐吧。」

民眾紛紛朝著碧雅芙蕾亞看去，孩子們則露出渴望的眼神。

「不好意思，食物尚未取得呢。今天的用餐時間預定要延後了。」

孩子們露出就像很失望的表情，周遭的大人連忙將他們藏起來。

「哦？」

「我決定要先跟你聊聊。」

碧雅芙蕾亞面帶微笑，朝我伸出手。

「讓我們走吧？」

是要我牽起她的手吧。莎夏就像警戒似的瞪著她。我伸手環抱住她的頭，將她稍微帶離原地。

「等、等等，你在幹什麼啦，阿諾斯？現在不是開玩笑的時……」

「別這麼殺氣騰騰的。難得對方主動過來找我，假如不答應對話，會很失禮吧？」

莎夏微微低著頭說：

「話雖如此，但不知道她在打什麼鬼主意。」

「不過就是打著鬼主意，難道妳以為能把我怎麼了嗎？」

「……是不覺得。」

「既然如此，那就沒問題了。妳們就一起去練歌吧。還有烹飪也是。」

「烹飪……？」

一看到我的眼神，莎夏就像察覺到似的點了點頭。

「辛，這裡交給你了。就照你的判斷行動。」

「遵命。」

他簡短地如此回答。

「話說回來，我帶了伴手禮過來呢。」

我轉向碧雅芙蕾亞，在那裡畫起巨大的魔法陣。

「是嗎？是什麼啊？」

「沒什麼，一點小意思。」

在我注入魔力後，大量的食物就伴隨著光芒出現在那裡。肉品、鮮魚、蔬菜與水果就像要滿出來似的堆成一座小山。

「哇！」

「喂，快看！是食物耶！我還是第一次看到這麼多食物呢！」

孩子們高喊著。這是「食物生產」的魔法。要將魔力轉換成食物，就算說得再好聽，效率也稱不上好，而且魔法術式還非常難懂。這個魔法不論是要學習的必要，還是施展的機會，在現代都很罕見吧；但是兩千年前曾有過無論如何都無法取得食物的時候。

「……阿諾斯先生……這是……？」

「你們就儘管吃吧。假如不夠的話，我會再給你們。」
我留下這句話，朝碧雅芙蕾亞走去。
「沒關係吧？」
「當然，沒有問題優喲。各位就心懷感激地收下吧。」
聽到碧雅芙蕾亞這麼說，蓋迪希歐拉民眾的表情突然明亮起來。
就像在說他們沒有得到許可就沒辦法吃一樣。
「怎麼了嗎？」
「沒事。」
我牽起她重新伸出的手。隨即出現「轉移」的魔法陣，視野染成純白一片。我們轉移到的地方，是個寬廣的室內。地面與牆壁呈現一面漆黑，高聳的天花板則採用挑空的設計。然後刺在房間中心的，是帶有龍的造型的巨大大劍。看起來很眼熟，而且還是方才的事。
「這裡是霸王城的支柱之間，而那個是天柱支劍貝雷畢姆。」
「跟在阿蓋哈宮殿裡的一樣啊。」
迪德里希確實說過地底存在好幾根。
「天柱支劍連在蓋迪希歐拉這裡也有，很不可思議嗎？」
「天知道。我不太清楚地底的事呢。是有什麼理由嗎？」
「並不是什麼大不了的理由。就只是這個國家過去被人稱作阿蓋哈，所以才會留在這裡罷了。」

霸王碧雅芙蕾亞心不在焉地仰望天柱支劍貝雷畢姆。

「如今在蓋迪希歐拉的國境上，蓋迪希歐拉的幻名騎士團與阿蓋哈的龍騎士團正在相互爭戰。」

「好像是呢。」

「他們的氣魄相當驚人。可是，哪怕是龍騎士團，以及阿蓋哈的劍帝與未來神，都敵不過你的父親——賽里斯．波魯迪戈烏多。」

或許吧。那個男人的力量非比尋常。

「可是，迪德里希能看見未來呢。只要有些許勝算，他就會針對那裡下手吧。」

她移下視線，朝我望來。

「我想讓那個勝算降為零——為了這個國家。」

為了這個國家？我一點也不這麼覺得。

「我知道你的目的喲。」

她就像邀請似的說：

「阿諾斯，我們要不要結盟呢？我不會說要在一切事物上。」

霸王碧雅芙蕾亞一面透露隱藏在眼底深處的憎恨，一面優雅地伸出手來。

「目前就為了我們共同的目的——選定審判的終結合作吧。」

§ 23 【憎恨與一個謊言】

我瞥了一眼霸王碧雅芙蕾亞伸出的手。

「這樣好嗎？除此之外的意圖不一定一致喔。」

「在這裡大家皆是如此喲。」

「哦？」

「蓋迪希歐拉是自由的國家，也是家族的國家。這裡容許各式各樣的想法、各式各樣的種族，以及各式各樣的思想。不論是什麼樣的人，藉由同吃一鍋飯，我們能變得友好——因為是家人。」

這不是什麼比喻，她就像真的這麼相信一樣斷言。

「大家在這裡追求的事情只有一件，那就是讓世界不需要神喲。」

這裡是不再相信神的人們聚集起來建立的國家。這塊土地原本是阿蓋哈的，因此也有來自吉歐路達盧的人民吧。而騎士團是地上的魔族，說不定藉由將神視為敵人，讓擁有不同思想的人們攜手合作，形成能認同各式各樣想法的土壤吧。

「蓋迪希歐拉與阿蓋哈是敵對關係，儘管沒有一起行動，但我應該會站在那個國家那一邊。哪怕是這樣，妳也想跟我結盟嗎？」

「說得也是呢。我暫時無所謂喲。不過如果會危害到蓋迪希歐拉的民眾，那就不行了呢。但你什麼還都沒做，不論擁有多麼危險的思想，光是這樣是不會遭到迫害的。假如只有想的話，我承認這是個人的自由喲。」

「唔嗯，還真是寬容呢。」

禁兵會攻擊雷伊與亞露卡娜，也是因為這種寬宏大量嗎？

「因為你想想嘛，你說不定會在居留蓋迪希歐拉的期間改變主意呀。」

碧雅芙蕾亞笑了笑。她的笑容中，隱約帶著陰暗的感情。

「派那個男人——賽里斯前往地下遺跡利嘉倫多羅路的，是妳的命令嗎？」

「是呀，沒錯喲。為了防止吉歐路達盧的教義『神龍懷胎』。」

「就算地上消失，對蓋迪希歐拉也沒有害處。」

「那是以『神龍懷胎』讓天蓋消失，降下恩惠之雨吧？是神降下的雨吧？」

她的眼中潛藏著瘋狂。霸王殘虐地扭曲嘴角，展露出笑容。

「這種強加於人的幸福，我死也不要喲。」

「看來妳相當討厭神族呢。」

「哈哈，討厭？哈哈哈！居然說討厭，你在說什麼啊？呵呵、哈哈哈、哈哈哈哈哈！」

就像半瘋狂般地一笑置之後，她突然以陰沉的眼神注視著我。

「我是憎恨著神，憎恨著秩序啊。要將祂們一個也不留地從這個世上消滅掉。為此才有蓋迪希歐拉，就是為此我才當上霸王。」

帶著怨恨的聲音，碧雅芙蕾亞像這樣傾吐憎恨。

「吶，我們要不要來說段往事？是在這個地底發生，一齣無聊的喜劇喲。」

「我就洗耳恭聽吧。」

碧雅芙蕾亞轉身背對我邁出步伐。

「很久很久以前，阿蓋哈國誕生了一名龍人女孩，她的名字叫做蘇菲亞。就像阿蓋哈的人民一樣，她以劍為尊、勤加修練，是個普通的女孩子。要說她僅有一個悲劇的話，那就是壽命天生就很短暫。」

「是短命種嗎？」

「是啊。」

碧雅芙蕾亞隨口回答。短命種……也就是罹患了衰老病。

「她就像個常人一樣憎恨自己的境遇。然而，就算她再怎麼憎恨也於事無補。就算命劍一願，讓神附在自己身上，也無法顛覆注定的壽命。於是蘇菲亞決定遵照阿蓋哈的預言，成為王龍的祭品。」

碧雅芙蕾亞一面靜靜地發出腳步聲，一面走向天柱支劍。

「這是非常榮耀的事。自己沒有未來的性命，會成為在災厄之日守護國家的劍、成為基石。作為阿蓋哈騎士，那名女孩得到最高的名譽。這樣就沒有遺憾了——她曾經這麼想。」

她碰觸刺在地面上的巨大大劍。

「直到與那個人相遇為止。」

碧雅芙蕾亞直直注視著天柱支劍貝雷畢姆，劍身上倒映著她的臉孔。

「當時也進行了選定審判。蘇菲亞與造訪阿蓋哈的選定者之一——波魯迪諾斯偶然相識了。他是殺害背理神耿奴杜奴布的蓋迪希歐拉首任霸王。」

微微地，碧雅芙蕾亞的聲音中混雜溫柔的感情。

「霸王波魯迪諾斯一知曉蘇菲亞是祭品騎士的事，就拉起她的手，把人帶去自己治理的國家蓋迪希歐拉。儘管蘇菲亞很困惑，內心某處卻鬆了一口氣。其實她很害怕成為王龍的祭品。我覺得是她的恐懼，傳達給了波魯迪諾斯喲。他說：『妳能一直待在這裡。』」

她輕輕握起自己的手。

「蘇菲亞很自然地受到波魯迪諾斯所吸引，最後墜入愛河。這是她有生以來，一生僅有一次的戀愛。她的壽命即將走到盡頭。蘇菲亞向波魯迪諾斯傾訴愛意，然後打算返回阿蓋哈。她想在最後作為騎士死去。」

身影倒映在貝雷畢姆劍身上的碧雅芙蕾亞平靜地微笑著。

「波魯迪諾斯挽留了她，說能夠幫助她。就算無法治好短命，也能施展『轉生』的魔法讓她轉生。假如被王龍吞食，她的根源就會成為子龍的所有物。波魯迪諾斯與蘇菲亞定下約定，兩人約好要再次相遇，然後再次相戀。這句話讓她下定決心要轉生。」

碧雅芙蕾亞微微咬住唇瓣，同時垂下頭。

「可是，即使蘇菲亞完成了轉生，兩人也沒有再次相遇喲。」

「為什麼？」

「波魯迪諾斯在選定審判中戰勝到最後。他的目的，是據說會在勝者面前出現的神——調整神艾洛拉利艾姆。他要毀滅那尊神，將眾神的儀式——選定審判導向終結。」

調整神嗎？還是第一次聽到呢。

「正因為無人見過掌管選定審判的秩序，所以地底的人們才會認為這是在暗示『全能煌輝』艾庫艾斯存在不是嗎？」

「是無人知曉喲。這是只有記載在蓋迪希歐拉禁書上的事。其他知道的人，頂多只有阿蓋哈的劍帝與未來神娜芙妲吧？教皇到底知不知道呢？畢竟我也不清楚吉歐路達盧的教典裡頭寫了什麼。」

假如選定審判的終結近了，也就是世界的終結近了。既然存在著阿蓋哈的預言，那兩個人就不會洩露給他人知曉。就算寫在了吉歐路達盧的教典裡頭，通常應該不會洩露出去。

「總之，波魯迪諾斯向調整神發起挑戰。可是他沒能成功喲。他輸了，然後成為了神的代行者。」

「蓋迪希歐拉的禁書不是書籍，而是以口述流傳的吧？假如首任霸王波魯迪諾斯成為了神的代行者，那麼妳是向誰聽來禁書的內容的？」

碧雅芙蕾亞轉過身，筆直地朝我看來。

「當然是本人喲。」

她伸出指尖，高舉選定盟珠。畫在盟珠內部的是「使役召喚（riterude）」的魔法術式。魔力粒子聚集在那裡，出現一名在長袍上套著鎧甲的男人。

他以呆滯的眼神望著虛空。

「神不需要感情。神的代行者波魯迪諾斯失去心靈，成為只是維持秩序的存在。他將轉生後的蘇菲亞選為選定者，然後將一切告訴了她。」

「……蘇菲……亞……」

波魯迪諾斯生硬地說：

「……將神……毀滅……」

「是的，我知道。就快了喲。」

碧雅芙蕾亞悲傷地注視著那個人。

「這就是反抗神之人的末路，首任霸王波魯迪諾斯的下場。吶，這是天大的喜劇對吧？再會的蘇菲亞與波魯迪諾斯無法相戀——因為他沒有心。」

她突然斂起笑容，從全身湧出魔力。深不見底的憤怒充斥著她的雙眼。

「……這是在開什麼玩笑……是在開什麼玩笑啊……」

她以強大、足以滲出鮮血的力道，緊緊握住拳頭。

「不需要什麼秩序。我要毀滅神、毀滅秩序，從他身上將心取回。不論是選定審判還是什麼，我要將冠有神之名的一切導向終結。」

「即使消滅了神，也不知道那個男人能不能取回心靈。」

「只要有些許可能性，就算世界會毀滅我也毫不在乎喲。」

正因為成為代行者，他才會失去心靈。既然如此，只要代行者的秩序廢除，他就有可能取回心靈吧。

「我清楚了解事情的樣貌了。不論如何，我都會終結選定審判。假如妳的目的真是如此，就算要我配合也無所謂，但妳打算先怎麼做？」

「看在你的面子上，我會放過迪德里希與阿蓋哈。」

「還真是大方。」

「相對地，我會毀滅未來神娜芙妲。因為要將選定審判導向終結，那尊神將會是最大的阻礙。」

應該是這樣吧。選定審判的終結，在阿蓋哈的預言中是必須要避免的事。而只要有娜芙妲在，迪德里希就能輕易迴避這種未來。

「我不會要你動手，只要別來妨礙我們要做的事情就好。不論祂能看到多少未來，幻名騎士團都絕對會毀滅那尊神。」

假如是賽里斯、伊杰司與凱希萊姆，也能做到這種事嗎？想要毀滅娜芙妲，就只要將祂生存的未來一個也不留地毀掉就好。

「你有同情未來神娜芙妲的理由嗎？」

「我並不打算同情祂呢。」

碧雅芙蕾亞殘虐地笑了笑。

「我問妳一件事，那個代行者成為了什麼名字的神？」

「名字沒變，就叫波魯迪諾斯。代行者與神不同，名字並不代表秩序。」

「要我治好他嗎？」

碧雅芙蕾亞對我擺出警戒的表情。

「……能做得到這種事嗎？」

「我不會說能讓代行者恢復成人，但即使是神，也擁有心靈。就連天父神諾司加里亞，死前也會在我面前顯露恐懼喔。」

我緩緩走過去，把手抵在波魯迪諾斯的胸前。碧雅芙蕾亞一臉擔心地看過來。

「『根源死殺』。」

漆黑指尖貫穿他的胸口，刺進根源裡。在碧雅芙蕾亞瞪大眼睛的瞬間，我施展「獄炎殲滅砲」將他燃燒殆盡。接著，他就只剩下灰了。

「怎麼啦？」

事出突然，碧雅芙蕾亞看得目瞪口呆，連話都說不出來的樣子。

「最愛之人明明被毀滅了，妳還真是冷靜啊，霸王碧雅芙蕾亞？這種時候，不是要再稍微慌亂一點嗎？」

霸王的表情顯露出狼狽的神色。而這絕對不是因為失去了波魯迪諾斯。

「這也是當然的吧。這傢伙儘管像神，卻不具備秩序，就只是讓根源看起來像神一樣。假如是擁有神力的代行者，才不會這麼輕易就被消滅掉。」

冥王伊杰司說過，選擇碧雅芙蕾亞的選定神是暴食神蓋魯巴多利翁。

假如是這樣的話，就跟她的說明對不上，也就是有一方在說謊。

「這是非常精采的鬧劇喔，碧雅芙蕾亞。為了拯救所愛之人，所以要將選定審判導向終結啊？地底的人還真是懂得乞求我大發慈悲的方法──雖然不知道是誰在從旁指點。」

我就像在刺探她內心似的將魔眼望去，輕輕抬起染成漆黑的指尖。

「謊言曝光時的規矩，妳應該好好請教過了吧？」

§ 24 【扭曲的心】

碧雅芙蕾亞「哈哈！」一聲，不禁發出混著瘋狂的笑聲。

「還真是奇怪呢。是在哪裡露出馬腳的啊？男人這種生物，明明全都輕易就被騙了——除了波魯迪諾斯之外。」

「我不知道妳是不是想嘗試扮演壞女人，但今後還是別再做不習慣的事了。我的朋友裡有一個不惜轉生扮演魔王的名演員，要是沒有像他那樣的才能，男人是不會被騙的。」

正面承受著我的目光，她帶著憎恨回瞪著我。

「我想騙你是事實。剛剛的確實是冒牌貨，不過波魯迪諾斯的事可不是謊言。」

「哦？也就是確有其人啊？」

「沒錯。我本來不打算告訴你，既然你不願意被我騙，那就沒辦法了。他就是侍奉我的幻名騎士團團長。」

碧雅芙蕾亞以宛如小女孩的興奮聲調說：

「你的父親賽里斯．波魯迪戈烏多，他就是首任霸王波魯迪諾斯喲。」

這次是說賽里斯是首任霸王啊？哎，儘管這不是不可能的事。

「這又比方才更加可疑了。妳是想說那個男人在向什麼調整神的發起挑戰後敗北，然後成為了代行者嗎？」

「是啊。你跟他說過話吧？不覺得有哪裡很奇怪嗎？」

「抱歉，我喪失了他的記憶，覺得他是個腦袋有問題的男人呢。」

「沒錯，他壞掉了。波魯迪諾斯因為成為神的代行者，所以忘記了喲。忘記他曾愛著祖國的心，忘記他曾愛護子民的愛。」

因為成為代行者，所以喪失心靈嗎？他確實像是缺少重要事物的男人。不過，這聽起來也像是說得很好的藉口。

「可是，他並不是忘記一切，唯獨還記得些許對我的思念……」

碧雅芙蕾亞就像懷抱淡淡希望般地喃喃說：

「他以不帶真心的聲音向我低語，一而再再而三地說他愛我。」

她「哈哈！」一聲，不禁發出難以言喻的笑聲。悲傷、瘋狂與滿溢而出的憎恨，流露在她的表情上。

「吶，你懂嗎？你懂這種空虛嗎？」

她以陰沉的表情向我問道：

「我是不會原諒的。絕對不會原諒，將曾經那麼溫柔的他變成那副模樣的眾神、將他改變的選定審判。」

「所以要毀滅掉，並且取回來嗎？」

「是啊，沒錯喲。只要實現他的夙願，他就算無法恢復原樣，也理應會想起他的心。」

真是難以置信的話。只不過，既然不知道改變之前的他，我就無法斷定真假。

「也就是說，妳的選定神是賽里斯嗎？」

「這是騙人的呢。我的選定神是暴食神蓋魯巴多利翁。雖然祂已經不在了。」

這次老實說了啊——真是讓人搞不懂的女人呢。

「妳為何要說謊？」

「因為我想瞞著波魯迪諾斯喲。他吩咐過我，不准和你見面。他說你擁有可怕的力量，而且是不懂事的兒子。」

「……妳和我見面想做什麼？」

「哈哈！想做什麼？你問我想做什麼？你這句話還真奇怪呢。」

碧雅芙蕾亞一面讓喉嚨發出「咯咯」的笑聲，一面再度笑了起來。

「吶，阿諾斯。你是波魯迪諾斯的兒子喲。」

霸王以執拗的語調說。

「天知道，就只是那個男人擅自這麼說罷了。」

「不會錯的。因為波魯迪諾斯對我這麼說了。」

「他是個滿口謊言的男人，不值得相信。」

「不，他雖然是騙子，唯獨對我絕對不會說謊。所以你毫無疑問是那個人的兒子喲。」

碧雅芙蕾亞看起來很開心地「嘻嘻」竊笑起來。

「你是那個人與過去所愛女人之間的證明。雖然可恨到讓我想毀了你，不過那個女人已經不在了，我就原諒你吧——因為你會成為我的兒子。會想見你一面，不是當然的事嗎？」

「就這樣嗎？」

「是啊，沒錯喲。」

碧雅芙蕾亞露出「有什麼問題嗎？」的表情。

「無法理解呢。與我見面只會左右蓋迪希歐拉今後的命運。背負著國家的王，沒知會過部下就以私情行動嗎？」

「沒問題喲。我就只是來見兒子的，沒錯吧？」

儘管不覺得這是正常的理由，但也能說相對地真實。

「啊啊，不過也是呢。」

她「呵呵」笑了笑，發出執拗的話語。

「實際見到後，我改變主意了喲。假如能跟你打好關係，波魯迪諾斯肯定會很高興。這樣一來，說不定就能取回那個人的心。你不這麼覺得嗎，阿諾斯？」

她又說出相當離譜的發言。

「吶，我們還是一起去打倒未來神娜芙妲吧。這樣一來，那個人一定也會很高興。」

「雖然賽里斯也是個可疑的男人，但妳也相當誇張呢。那男人算不算我父親都很可疑，又從見都沒見過的伴侶口中聽聞這些話，妳就試著想想我會有何感受吧？」

「應該會很高興吧？」

這發言就像絲毫不懷疑自身善意一樣。

「只會覺得妳瘋了。」

「真是個不懂事的孩子呢。就跟那個人說得一樣。不過，你放心吧。我將會成為你的母親，所以會好好管教你。」

碧雅芙蕾亞伸出手。

「出來吧，我可愛的孩子。」

緊接著，從冒牌波魯迪諾斯的灰燼中，忽然出現紫色的翅膀。那是一頭就像從那裡爬出來的霸龍。

「阿諾斯，你不用擔心，媽媽會幫你和波魯迪諾斯打好關係，就把身體交給這頭龍吧。這樣一來，我們親子三人就能和樂融融地一塊兒生活了。」

碧雅芙蕾亞以陶醉般的表情這麼說。

「——我問妳一件事，妳瘋了嗎？」

「你才是瘋了嗎？波魯迪諾斯可是喪失了心靈，感到很寂寞喲。即使平時爭執不休，危機時也會互相幫助，這就是家族的羈絆喲。」

「如果真的是家族的話呢。」

「我剛剛證明給你看了吧？這是無庸置疑的喲。」

「所以就要將那頭龍寄生在我身上，強行跟我打好關係嗎？咯咯咯、咯哈哈哈。原來如此，還真是了不起的家族羈絆啊。」

碧雅芙蕾亞就像被激怒似的瞪著我。

「叛逆期的孩子要嚴格管教，這不是當然的嗎？」

她將指尖倏地指向我。

「好啦，我可愛的霸龍。去寄生在他身上吧。」

霸龍發出吼聲，鼓起肌肉襲向我。儘管牠以猙獰的尖牙咬來，卻被我輕鬆避開，以漆黑的指尖將牠大卸八塊。

「哈哈！沒用的喲。之前你也試過了吧？不論你怎麼斬殺，那孩子都只會增加數量。」

被撕裂的八塊龍肉片扭曲變形，變化成八個龍頭，並且同時朝我咬來。

「『魔黑雷帝』。」

我將漆黑雷電纏繞在右手上。儘管我響起雷鳴，膨脹開來的閃電卻一口氣迸發出去，將上下左右全部射穿，使得八頭龍在眨眼間化為焦炭。

「真是個不懂事的孩子呢。假如想當個好孩子，就要好好聽媽媽的話喲。聽到了嗎？我都說這樣沒用了。」

碧雅芙蕾亞就像要逼我承認似的勸說，同時揚起微笑。這次一塊焦炭中跑出十幾頭霸龍，合計大約有一百頭左右。

「理解了嗎？來吧，真是乖孩子呢。動手——」

命令才說到一半，碧雅芙蕾亞就忽然張口結舌。因為數量增加的一百頭霸龍，被漆黑雷牙緊緊咬住了。

「……這是什麼？」

「是『殲黑雷滅牙』。」

這是我以前曾經對緋碑王基里希利斯施展過的古文魔法。方才發出的「魔黑雷帝」瞄準的並不是霸龍，而是牆壁與地面。因為我在上頭以漆黑雷電畫起魔法陣，構成「殲黑雷滅牙」的術式。魔力效率優秀的這個魔法一旦咬住目標，不論根源分成兩塊還是三塊，都絕對不會放開。

一百頭霸龍被漆黑雷牙撕裂，於是化成灰燼。然後無數的霸龍從灰燼中現身，但是那一頭頭霸龍身上仍然咬著「殲黑雷滅牙」。

「由於霸龍的根源是群體，所以不論是斬殺還是燒燬，都會分裂的樣子；不過只要剁碎到無法分裂的程度，就終究還是會毀滅。」

霸龍眼看著不斷增加，然後被「殲黑雷滅牙」持續撕裂。

碧雅芙蕾亞的臉色變得慘白。

「……這是不可能的……我的霸龍……是不可能會毀滅的……！喂，我可愛的孩子！你在做什麼啊！給我甩開這種魔法啊！動作快！」

她拚命地呼喊，但霸龍發出淒厲的慘叫，一味地增加數量。因為牠們在轉眼間就被撕成碎塊了。

「居然下達這種不可能的命令，看來妳是老糊塗了呢。妳說要當我的母親，實在讓人難以聽從，不過我就在這裡稍微展現一下寬宏大量吧。只不過，為了符合魔王之母的身分，首先就讓我來增進妳的教養吧。」

在響起「滋滋滋滋滋、嘎嘎嘎嘎嘎」的激烈雷鳴後，增加到無數的霸龍就一頭也不剩地消滅了。

「老來要從子啊，碧雅芙蕾亞。」

§ 25 【寄生根源之龍】

霸龍的灰燼在那裡稀稀落落地降下。

根源毀滅，被撕裂成無法再度分裂的碎塊，並沒有復活。

「……啊啊……太可憐了……」

碧雅芙蕾亞一面悲痛喊道，一面伸出雙手。她接住些許那些灰燼，然後朝我瞪來。

「阿諾斯，你知道自己做了什麼嗎？」

「是指我輕輕拍了拍一頭沒家教的龍嗎？」

碧雅芙蕾亞緩緩地搖搖頭。

「你消滅了自己的弟弟啊。」

她又說出腦袋有問題的發言呢。

「我不懂妳在說什麼。」

「霸龍呢，是我的小孩，是我的孩子。」

就像要說給我聽似的，碧雅芙蕾亞開始說明：

「是波魯迪諾斯教我的喲。吞噬暴食神蓋魯巴多利翁，讓祂在我肚子裡轉生的魔法。於是，會吞食神的龍，這個國家的孩子們誕生了——我與波魯迪諾斯，我們兩人的孩子。」

碧雅芙蕾亞用指尖輕輕碰觸自己的腹部，而那裡頭也潛藏著霸龍吧。

「吶，阿諾斯。」

碧雅芙蕾亞以執拗的語調斥責我。

「你可是哥哥，不能欺負弟弟吧？」

「很抱歉。我雖然有妹妹，但不記得有過弟弟——這種連道理都不懂的怪物弟弟。」

「你這是在以貌取人呢。你弟弟才不是什麼怪物喔。你也曾經見過吧？你不是跟蓋迪希歐拉這裡的民眾一起唱過歌了？他們全都是我可愛的霸龍，是我的孩子們喲。」

沒想到她居然自己把這件事說出來了。

「妳讓霸龍寄生在蓋迪希歐拉的人民身上想要做什麼？」

「這麼做，大家全都會成為我的孩子不是嗎？成為我和波魯迪諾斯的孩子呢。我說過了吧？這個國家是自由的國家，以及家族的國家。」

彷彿這是理所當然的道理一樣，碧雅芙蕾亞回答。

「自由的國家，說得還真是好聽。一旦到了必要之時，被霸龍寄生的蓋迪希歐拉民眾就會變成操線人偶吧？就跟戈盧羅亞那一樣。」

「孩子聽父母的話是理所當然的事吧？而且，只要不違抗我，他們就很自由喲。」

「我就退讓百步，假設這是自由吧。那麼妳為什麼要把人民囚禁在『四界牆壁』的牢籠之中？」

「外頭的世界很危險喲。我可是在壞神與信奉祂們的壞大人手中保護我的孩子。」

碧雅芙蕾亞以十分認真的表情說。

「限制只要出國就能取得的食物，甚至不惜竄改人民的記憶，也要特意採用配給制是為了什麼？」

「家族就是要同吃一鍋飯吧？即使窮困也要分享食物，互相扶持地活下去。蓋迪希歐拉從以前就是這樣。波魯迪諾斯是父親，人民就像家族一樣喲。」

碧雅芙蕾亞開心地述說回憶。

「這個國家一直沒變，依舊和波魯迪諾斯建國的時候一樣。如果是為了將這一切一直守護下去，我願意做任何事。記憶不過就是一點小事喲。畢竟大家都很幸福的樣子吧？」

「傻眼到不知道該說什麼。反抗神的人們建立了國家，然而人心是會變的。也有在這個國家出生，有著嶄新心靈的人們吧？不可能所有人民都抱持相同的想法。」

我的話語似乎沒有傳達給碧雅芙蕾亞，她就只是心不在焉地注視著我。

「即使是不信神的孩子，長大後也不需要父母庇護。那些已經不再需要這個國家的人民，妳把他們怎麼了？」

「這裡是波魯迪諾斯建立的理想鄉。假如有人否定為信念捐軀的他的想法，不論理由為何，蓋迪希歐拉都不會原諒吧。不需要這個國家？」

碧雅芙蕾亞「哈哈！」一聲，殘虐地笑了笑。

「這是在開什麼玩笑啊？」

「首任霸王在建國之初時，他的理念並沒有錯吧。因為這裡確實聚集了不再相信神的人呢。會禁止出國是因為太過危險，採用配給制單純是因為缺乏食物不是嗎？國家周遭的情勢時時在變，在那裡生活的民心也一樣會變吧。」

我就像提出證據似的，向碧雅芙蕾亞喊道：

「妳以為到底經過了多少時間？淪為代行者的波魯迪諾斯要是想法依舊不變，最終人民將會離去。」

「不，直到他的心恢復原狀、直到那個人的時間再度運轉，我們都會以不變的姿態等待那個人喲。因為這裡是他的國家。」

「碧雅芙蕾亞。」

伴隨著聲音，我忍不住發出難以抑制的怒火。

「不是他的國家。這裡只有他們的國家。」

「是一樣的喲。這裡是他的，還有我們家族的國家。」

「真是愚蠢。」

我就像在唾棄碧雅芙蕾亞的思想一樣地說：

「儘管能入國，卻無法出國。在這裡出生的人，會過著一輩子都不知道外頭世界的生活吧。根源被埋進了龍，記憶被操弄，要是反抗就會被強迫聽從命令。王的眼中沒有人民，心中想的全是男人的事。讓人民飢餓，一面宣稱外頭很危險，一面就連震雨的對策都不願好好去做。」

今天才剛到，就明白了這麼多慘狀。然而就連這些，都只是冰山一角吧。

實際上有多麼悽慘，光是想像就讓我怒不可遏。

「這裡沒有自由，也沒有什麼家族。這個國家是牢籠，就只是一直等著不會歸來的男人的可悲女人所建立、強加於人的監獄。」

我畫起魔法陣，從中拔出全能者之劍里拜因基魯瑪。

「蓋迪希歐拉將在今日結束。不對，是早在很久以前就結束了。」

我舉起收在鞘裡的劍，握住了劍柄。

「由我來毀滅。」

她「唉」的一聲，慵懶地嘆了口氣。

「你明明是那個人的孩子，卻絲毫不去理解那個人的悲傷呢。」

碧雅芙蕾亞在地面上畫起魔法陣，長著霸龍翅膀的教皇戈盧羅亞那從中出現。是遭到寄生，早已喪失理智了嗎？他兩眼無神，就連話都說不出口。

「在他體內的，是吞食過最多神的霸龍喲。得到痕跡神與福音神的力量，那個根源變得比神還要強大，而且擁有近乎無限的數量。」

「這又怎麼了？」

「接下來，我要讓這孩子寄生在你的根源上。這樣一來，你就能跟我成為真正的親子，也肯定能夠理解這個國家有多麼美好吧。」

「簡單來說，就是要竄改我的記憶啊？」

碧雅芙蕾亞「哈哈！」一聲，殘虐地笑了笑。

「我知道你很強喲。因為是波魯迪諾斯的兒子嘛。即使如此，還是敵不過我與波魯迪諾斯的孩子——霸龍。你毀滅的只不過是一小部分，你以為這個國家裡有多少頭霸龍啊？等到必要時，這些孩子全都會成為你的敵人喲。」

而且——碧雅芙蕾亞說。

「阿諾斯是來拯救教皇與樞機主教的吧？」

「順便就是了。」

「要是這樣的話，你懂吧？寄生的霸龍，現在正咬在戈盧羅亞那的根源深處。假如強硬地扯下來，他的根源就會被消滅喔。」

原來如此，也就是人質啊？

「只要在霸龍毀滅戈盧羅亞那的根源之前，把牠扯下來就好。」

「所以說，亞希鐵可不在這裡。就算你辦得到這種事，他的根源也會毀滅。」

「妳辦得到嗎？妳有事找亞希鐵，所以才把人擄來的吧？」

「只要帶走他，就能把迪德里希與未來神引誘過來。他現在已經沒用處了。」

不論何時毀滅掉都無所謂嗎？假如亞希鐵毀滅了，王龍就會沒有祭品，會迎來里卡多自行獻上生命的未來吧。

「吶，相對地，阿諾斯。你就自行將霸龍收進你的根源裡吧。這樣一來，寄生在戈盧羅亞那根源上的龍，就會轉移到你身上，他能因此獲得解脫喔。」

碧雅芙蕾亞得意洋洋地笑著。

「還是說，就算是你，也沒有將霸龍收進根源後還能平安無事的自信呢？」

「咯哈哈，這還真是相當廉價的挑釁啊。好吧。」

我將全能者之劍里拜因基魯瑪收回魔法陣，佇立不動地暴露全身。

「我就如妳的意。不過，妳會後悔喔。假如寄生在我的根源上，後果可會不堪設想——因為妳將會親手殺害自己可愛的孩子。」

「真的是這樣嗎？」

碧雅芙蕾亞就像一如預期似的露出微笑。

「去寄生吧，我可愛的孩子。去幫哥哥成為我真正的孩子吧。」

霸王向霸龍發出命令。隨後，被寄生的戈盧羅亞那邁開步伐，把手朝我伸來。他的右手變成紫色龍頭，巨大龍頭就這樣滑溜溜地冒出，將尖牙咬在我的胸口上。

鮮血噴出，霸龍從咬出的傷口侵入我的體內；相對地，霸龍從戈盧羅亞那的手臂上絡繹不絕地竄了出來。

「哎呀？真能忍呢。這應該非常痛苦吧？」

「沒什麼，就癢癢的。」

「哈哈！不曉得你能嘴硬到什麼時候呢。」

霸龍全身收進到我的根源之中。緊接著，在我體內的龍就像在喊痛似的開始掙扎，而戈盧羅亞那的表情有些難受。

「是在著急什麼？我警告過了喔。侵入我的體內，而且還是根源之中這種行為就跟自殺一樣。會浸泡在魔王之血裡，在痛苦掙扎之後毀滅。」

「……是啊，我當然知道。你的毀滅根源很特別，就連霸龍也會在寄生之前毀滅。只不過，那孩子就連在霸龍之中也是特別的。」

戈盧羅亞那展現出右手背，讓選定盟珠閃閃發亮。

「霸王碧雅芙蕾亞下令：寄生神恩納特羅托遵循秩序，寄生在不適任者阿諾斯身上。」

伴隨著命令，我的根源充滿神的秩序。這甚至逼退魔王之血，轉眼間朝著我的深處侵蝕起來。緩緩地、緩緩地，霸龍充滿我的體內。

「瞧，你看看吧。我的孩子寄生在你的根源上喲。」

「……原來如此。也就是在派來寄生我的霸龍身上，再額外寄生什麼寄生神啊？」

「沒錯喲，阿諾斯。因為蓋迪希歐拉是信仰不順從之神的國家，所以誤以為我們不會使用神，是你犯下的錯誤。對我們來說，神是可以利用的工具。」

碧雅芙蕾亞一臉得意地笑著。

就像在說已經支配了身體一樣，我的頭上忽然長出霸龍的角。

「哎呀哎呀，怎麼了嗎？方才明明誇下這麼大的海口，但已經被寄生的樣子不是嗎？還真是丟臉呢！」

就算讓魔王之血充滿根源，也像是適應了一樣無法腐蝕霸龍。

「哈哈！不管你怎麼抵抗都沒用喲？只要一度侵入根源到這種程度，恩納特羅托就會遵循秩序，絕對會寄生在宿主上。想要阻止的話，就只能毀滅根源了喲。」

她高舉盟珠戒指。

「毀滅自身根源這種事，你做不到吧？」

碧雅芙蕾亞就像要給予最後一擊似的，朝盟珠注入魔力。受到寄生神恩納特羅托與霸龍寄生的根源不斷改造著我的身體，我身上長出龍尾巴，然後冒出了翅膀。

「哈哈哈！呵呵呵呵、哈哈哈哈哈哈！成功了，我成功了喲。波魯迪諾斯肯定也會稱讚我吧。」

碧雅芙蕾亞露出滿足的表情注視著我的模樣。然後，她走到我身旁嫣然一笑。

「來吧，阿諾斯。我可愛的孩子，來舔我的腳吧。我會讓你用身體記住，我是你母親這件事喔。」

「唔嗯，妳說的舔腳——」

我將手掌朝向碧雅芙蕾亞的腳。她笑得心滿意足的樣子。

「——是像這樣嗎？」

剎時間，我的手掌上畫起魔法陣，從中飛出的霸龍頭猛烈咬住碧雅芙蕾亞的腳。

「呀、呀啊啊啊啊啊啊啊啊啊啊啊啊啊啊啊啊啊啊啊啊啊啊啊！」

我的角、翅膀與尾巴全都縮回體內，取而代之從魔法陣中冒出一頭巨大的霸龍。那頭龍咬著碧雅芙蕾亞的下半身，大幅地甩著腦袋。

「……你、你在幹什麼！快放開我……！」

碧雅芙蕾亞張大嘴巴，噴出紫色龍息。超高溫的火焰燒著霸龍，使她勉強從龍嘴中逃出。她的背上長出龍翼，飛在半空中。

「呼……呼……為什麼……？應該確實寄生了才對啊……」

「妳沒聽波魯迪諾斯說過嗎，碧雅芙蕾亞？地上寄生蟲的種類非常多，但絕對不會寄生在魔族身上。」

她露出第一次聽聞的表情。

「妳知道這是為什麼嗎？」

碧雅芙蕾亞沒有回答，專心施展著恢復魔法治療傷勢。

「因為一旦寄生在魔族身上，那個寄生蟲就會因為免疫被反過來遭到支配。假如想寄生在擁有強大魔力與免疫力的魔族身上，不論是龍還是神，全都會變成這樣。」

「吼喔喔喔喔喔喔喔喔喔喔喔喔喔喔喔喔喔喔喔喔喔喔喔！」

霸龍發出吼叫，露出尖牙襲向碧雅芙蕾亞。她一面飛在空中，一面勉強迴避著不斷揮來的龍頭衝撞。

「……住手……我要你住手！我可愛的孩子……你知道自己在做什麼嗎？我是你的母

親！你是我忍著腹痛生下的孩子吧！我的孩子啊，你打算反抗我嗎！」

「別太瞧不起魔族啊，碧雅芙蕾亞。既然寄生在我身上，那就是我的一部分。」

碧雅芙蕾亞朝我狠狠瞪來。

「給我住手，阿諾斯！戈盧羅亞那怎麼樣都無所謂了嗎？」

「哦？我可不覺得現在的妳還有這種餘裕喔？」

「寄生在你身上的霸龍，就只有一半喲！戈盧羅亞那還寄生著剩下的霸龍喲！」

就像在佐證碧雅芙蕾亞的發言一樣，教皇戈盧羅亞那身上長出龍角、冒出了翅膀。

「那我把剩下的一半扯出來吧。」

「就算威脅我也沒用喲。我應該說過這麼做，戈盧羅亞那的根源會……毀滅……」

碧雅芙蕾亞一時之間張口結舌。

「……為……什麼……？」

她一臉驚訝地注視著教皇。儘管沒有發出任何命令，他的右手臂卻滑溜溜地冒出龍頭。

那頭龍才剛露出尖牙，就發出吼聲拍打起翅膀，就這樣朝碧雅芙蕾亞衝去。

「……什麼……呀！啊、啊啊啊啊啊啊啊啊啊啊啊啊啊啊啊啊啊啊啊……！」

被霸龍咬下翅膀，碧雅芙蕾亞墜落下來，撞擊在地面上。兩頭霸龍就像追擊似的撲過去，於是她張設魔法屏障，勉強擋下尖牙利爪。

「為……為什麼……！不可能，這是不可能的！留在戈盧羅亞那體內的霸龍，甚至沒有寄生在你身上啊……！」

「妳在說什麼啊？霸龍的根源是群體吧？是以複數作為一個根源的龍。也就是說，寄生在我身上的霸龍，與其他霸龍之間有根源上的連結。受到寄生攻擊的我得到免疫，其免疫會沿著這種連結做什麼事很顯而易見。」

就像注意到一樣，她的臉色變得慘白。

「魔王的免疫很凶暴。在將一切群體侵蝕殆盡之前絕對不會停止。」

「…………這是……這是不可能的……不可能的吧！甚至連戈盧羅亞那的霸龍……就連身體分離之後的霸龍根源，你也支配了嗎！」

「首先呢──」

「……首先…………？」

她施展恢復魔法治好翅膀，再度與兩頭霸龍拉開距離。

「這個國家的全體人民都遭到霸龍寄生。這些霸龍本來是從一個群體分裂出去的吧？」

就像在表示肯定一樣，她啞口無言。

「假如不趕快毀掉我的免疫，這個國家的人民全都會納入我的支配之下喔？」

碧雅芙蕾亞的表情充滿絕望。她緊緊咬牙，一面噙著淚水，一面向衝來的兩頭霸龍吟唱魔法。

「『自食自殺（berumasu）』。」

剎時間，霸龍的動作戛然而止，發出巨大的聲響倒在地上。牠們的根源被自己的根源啃食殆盡。這應該是霸龍不聽控制時使用的項圈──自殺魔法吧。

碧雅芙蕾亞伸手輕輕碰觸那頭龍，同時流下淚水。

「……我可愛的孩子……」

「只是殺掉群體的一部分，有讓妳這麼心痛嗎，碧雅芙蕾亞？」

她狠狠地瞪著我。

「……不會原諒你的……！阿諾斯……逼我親手殺掉我與波魯迪諾斯的孩子的你，我是絕對不會原諒你的！你可別以為尋常的懲罰就能了事！」

我用視線輕輕掃過儼然像悲劇女主角一般發怒的霸王。

「這是最後的問題，碧雅芙蕾亞。妳的那份慈悲，妳不打算分一點給民眾嗎？」

碧雅芙蕾亞沒有回答這個問題，只是以憤怒的表情瞪著我。

「我十分清楚了。用心聽好了，碧雅芙蕾亞。被有如寄生蟲般愚蠢的女人寄生，這個病入膏肓的國家有一帖藥可以治療。那就是——」

全能者之劍里拜因基魯瑪出現在我手上。緊接著，劍尖以「波身蓋然顯現」的魔法刺進她的胸口。

「呀啊啊啊啊啊啊啊啊啊啊啊啊啊啊啊啊啊啊啊啊啊啊啊！」

我用魔眼冷冷注視著發出慘叫的碧雅芙蕾亞，就這樣用可能性之刃將她釘在牆壁上。

「——霸王的死。」

§ 26 【震天的儀式】

就像掙扎似的，霸王碧雅芙蕾亞把手伸向里拜因基魯瑪的劍刃。她握住不可見的劍身想要拔起，然而血液只是不停從手上流下，完全移動不了。

「……你……你這是什麼意思？」

碧雅芙蕾亞一面痛苦地冒汗，一面向我詢問。

「什麼意思？」

「人質……可是不只有戈盧羅亞那啊……假如就這樣殺掉我，你應該知道亞希鐵會變成什麼樣吧……？」

「就算不奪走妳的性命，只要讓身為王的妳死去，這個國家就能獲救吧。」

「你要是再對我出手，我就會殺掉亞希鐵！」

「隨妳高興的。假如殺掉亞希鐵，我就痛苦地殺掉妳。不過，如果妳保證會救他，我就輕鬆地殺掉妳。」

我將里拜因基魯瑪的劍刃用力壓下去。

「唔！呀啊啊啊啊啊啊啊啊啊啊啊啊……！」

「怎麼了？不殺掉亞希鐵嗎？」

碧雅芙蕾亞的呼吸急促起來，一面顫抖著手一面說：

「你以為我辦不到嗎？」

「假如不是這樣，妳早就動手了。」

我將劍刃更加地壓進根源後，碧雅芙蕾亞的表情就充滿痛苦。她一面壓抑著聲音忍耐，一面叫道：

「你就後悔吧……！」

碧雅芙蕾亞舉起顫抖的右手畫起魔法陣。不過才剛要送出魔力，臉上就滿是困惑。她使勁驅動魔眼，在自己的城內到處巡視著。

「妳在找哪裡啊？如果是仰賴的人質，已經在這裡了喔。」

雪月花在我身旁翩翩飄落。在發出耀眼的光芒之後，兩道人影浮現在那裡。那分別是亞露卡娜與亞希鐵；亞希鐵則倒在地面上。

「依哥哥的吩咐，我救出亞希鐵．亞羅波．亞達齊了。他現在喪失了意識。」

「做得好。」

看到亞希鐵與亞露卡娜後，碧雅芙蕾亞再度朝我看來。

「在妳沉迷與我遊玩的時候，亞露卡娜突破了監獄。幻名騎士團在外頭忙著對付龍騎士團，警備也很敷衍了事喔。」

我這麼說著，把臉靠向她，以冰冷的眼神掃過她因恐懼而顫抖的臉孔。

「好啦，人質要是殺了就毫無意義。妳會下定決心殺掉人質，就表示還有其他用來向我求饒的底牌吧？」

碧雅芙蕾亞就像害怕似的身體輕顫一下。

「說吧。還是說，要我為妳施加再也見不到波魯迪諾斯的詛咒嗎？要我把妳變成他會避之唯恐不及的可怕模樣也行。」

碧雅芙蕾亞瞪大眼睛，微微地搖著頭。她以微弱的聲音不斷地說著「住手、住手，唯有這點」之類的話。

「那就讓妳在看到波魯迪諾斯時，會在眼中變成妳最為憎恨之人的模樣，這樣如何？」

她的眼裡掠過絕望。

「妳就選一個吧。」

碧雅芙蕾亞不斷張合著嘴巴，卻說不出話來。

「唔嗯，不知道要選什麼好嗎？既然如此，我就特別地三個都給妳吧。」

這句話大概最有效吧，我才剛畫起詛咒的魔法陣，碧雅芙蕾亞就開口說：

「我、我說……！我會說的……！」

「妳可要小心發言。接下來要是說出無益之事，妳的悲戀就會虛幻地破滅。」

「我、我會說出讓選定審判結束的方法！要將選定審判導向終結，就絕對不能成為審判的勝利者！這樣會稱了神的意，陷入得遵從秩序的下場！」

碧雅芙蕾亞就像嚇到似的一口氣把話說完。

不能成為選定審判的勝利者嗎？

「掌管選定審判秩序的，其實是調整神艾洛拉利艾姆吧？那尊神會出現在贏得選定審判的勝利者面前。想要毀滅祂，應該只能在選定審判中戰勝到最後吧？」

碧雅芙蕾亞依然帶著害怕的眼神說：

「這是事實喲。不過，在選定審判中戰勝到最後的選定者，會無法逃離調整神艾洛拉利艾姆的秩序！在遵循選定審判這個儀式時，就已經是在準備接受那尊神的權能了！」

也就是在選定審判中戰勝到最後，就好比是受到無法避免的詛咒一樣。

「也就是意圖打倒調整神的首任霸王波魯迪諾斯，也因此束手無策地被迫當上神的代行者嗎？」

「沒錯。即使是波魯迪諾斯的力量，在選定審判戰勝到最後也無法反抗調整神。」

賽里斯敗給了神嗎？那個男人的實力深不可測。老實說不論對上至今見過的哪一尊神都不覺得他會輸，選定審判的強制力有這麼強嗎？

「假如將選定審判的勝利讓給其他人，等祂現身時再從旁消滅的話，又會如何呢？」

「艾洛拉利艾洛姆只會出現在選定審判的勝者與他的選定神面前喲。就算有其他人在場，他們別說碰觸調整神，甚至連看都看不見。」

這就是掌管選定審判之神的名字幾乎無人知曉的理由啊？

「既然如此，要怎麼將選定審判導向終結？」

「有可以在選定審判中與艾洛拉利艾洛姆見面的方法。調整神的秩序只是沒有表面化，但祂確實存在於這個地底。」

她這個說法還真是奇怪。

「妳是說，應該要在選定審判中戰勝到最後才會出現的神，就在這附近到處亂跑嗎？」

「我方才說明的，是調整神的秩序還保持穩定時的情況；然而祂扭曲了。」

這並不是不可能的事。即使是破壞神阿貝魯猊攸，如今也變成了魔王城德魯佐蓋多。

「發生什麼事了？」

「在地底舉辦的最初選定審判中，當上最初代行者的龍人擾亂了艾洛拉利艾洛姆的秩序。選擇那個龍人作為選定者的是創造神米里狄亞，當時祂打算以自己的力量，將調整神艾洛拉利艾姆封印起來。」

眼角餘光的亞露卡娜垂下頭，像是在思考什麼事。

「原來如此。也就是儘管選定者與普通的神都無法對付調整神，如果是創造這個世界的米里狄亞，就有辦法對付。」

「可是，創造神的意圖以失敗告結了。就在祂即將封印調整神、讓選定審判結束時，被自己選上的龍人背叛了。米里狄亞死了喲。」

不是毀滅，而是死去了啊？

「死了之後怎麼了？」

「這我就不清楚了。說不定是轉生了，也說不定是連轉生也被妨礙了。我所知道的，就只有那名背叛祂的龍人，毀滅了艾洛拉利艾洛姆。」

調整神曾一度毀滅。儘管如此，如今卻像這樣舉行著選定審判。

「原來如此。由於米里狄亞在途中死去，使得被封印的調整神艾洛拉利艾姆的秩序再度運作。由於會被迫當上神的代行者，在選定審判中戰勝到最後的人無法毀滅調整神。要是儘管如此，也還是毀滅掉調整神的話會怎樣？」

我回想起選定審判的目的。

「所謂的代行者，本來就是為了彌補失去的秩序。」

從碧雅芙蕾亞至今說過的話來判斷，結論應該只有一個。

「最初的代行者為了彌補失去的秩序，讓艾洛拉利艾洛姆的秩序附著在自己身上。正因為如此，選定審判現在也仍然持續著。而那個最初的代行者就在這個地底之中，所以只要在選定審判戰勝到最後，那個人就會實行調整神的職責。」

她明確地點了點頭。

「沒錯。所以，只要在選定審判結束之前見到最初的代行者，就能將這場神的儀式導向終結。」

「那個人在哪裡？」

「要是知道就不用這麼辛苦了，我們也在找他。不過，有一條線索喲。那個最初的代行者憎恨著世界。」

居然是世界，規模還真是誇張。

「為什麼？」

「因為所有的一切都是敵人喲。那個龍人一直不斷受到迫害。出生在阿蓋哈的龍人，生來就被視為禁忌的存在。這是因為神的預言提到：迫害那名龍人，就能拯救眾多人民。龍人不論前往地底的何處都一直遭到人們凌虐，使得他累積著憎恨。」

也有過殘酷的預言啊？即使犧牲的龍人因此降到了最低限度，犧牲一名毫無罪過的人民並不合道理。

「結果那名龍人成為王龍的祭品。根源被吞食，龍人沒得到任何救贖地結束一生。然而他強烈的憎恨並沒有消失，留在了王龍胎內，讓所產下的子龍懷抱著劇烈的憎恨。」

在停頓了一下後，碧雅芙蕾亞繼續說明：

「阿蓋哈擁戴子龍，可是子龍懷著深不見底的憤怒，遭到不講理迫害的感情還留在他心中。很快地，被選為八神選定者的那名子龍，發誓要向這個地底的人民與他們信仰的神復仇，發誓要毀滅選定審判。事情的始末，就跟我方才說得一樣。」

「也就是說，最初的代行者最後並沒有達成目的嗎？」

「是啊……就只是任憑著憎恨行事的那名龍人，最後什麼事情都沒能辦到喔。」

也就是打算向人民與神復仇，結果自己卻成為了不想當的代行者啊？

「為何妳會這麼清楚最初代行者的事情？」

「……因為這是記載在流傳於蓋迪希歐拉禁書上的內容。是首任霸王，也就是波魯迪諾斯所留下的情報。」

如果留下禁書的是賽里斯，聽起來就相當可疑。那麼，要怎麼判斷才好呢？

「禁書上寫著要讓選定審判終結嗎？」

「……沒錯。雖然阿蓋哈的預言，據說好像是不能讓選定審判終結的樣子，不過迪德里希也有事情隱瞞著你喲。」

就像在說這是起死回生的一步似的，碧雅芙蕾亞淺淺地笑了笑。

「選定審判正是震天的原因。秩序之柱最終將會支撐不住，使得地底遭到天蓋壓毀——這就是阿蓋哈所流傳的災厄之日喲。」

§27 【聚集在預言之地的眾王】

「為什麼……？」

亞露卡娜喃喃低語。

「為什麼調整神要讓地底結束？」

「祢知道吧？神是這個世界的秩序。而選定審判是為了維持那個秩序，是為了讓被擾亂的秩序恢復原狀、取得調整的儀式。」

碧雅芙蕾亞露出討厭的笑容注視著我。

「兩千年前有個嚴重擾亂這個世界秩序的魔王，是他奪走的喲。奪走毀滅的秩序——破壞神阿貝魯猊攸。他讓秩序嚴重失衡，於是世間萬物都遠離毀滅。」

「也就是如今的選定審判，是為了要讓秩序恢復平衡而在運作嗎？」

「沒錯。不過，這已經不只是破壞神的問題了。自從你奪走破壞神阿貝魯猊攸之後，應該毀滅的事物沒有毀滅，讓世界維持著扭曲的模樣發展至今，這讓各式各樣的秩序扭曲了。

選定審判呢，就是為了要平衡這些扭曲喲。會讓選定者彼此鬥爭、讓神互相交戰，也是因為這個理由吧。」

基於選定審判的結構，如果想要獲勝，就難以避免與人鬥爭。只要擁有強大力量的選定者互相交戰，應該就會把國家也牽連進來。也就是說，會相對地毀滅人們。

「雖然不知道選定審判是從何時開始的，但也就是說，在地底舉辦之前的審判與現在不同，曾採用不需要競爭的規則嗎？」

「雖然我不清楚，不過應該是這樣吧。我們明確知道的，只有如今在地底進行的是這種規則。」

在我處置破壞神以前，秩序失常之類的情況說不定十分罕見。要是這樣的話，選定審判也不會是頻繁進行的儀式。就算千年進行一次，不對，就算萬年進行一次也不足為奇。

「總而言之，根據波魯迪諾斯的說法，你所扭曲的秩序不會完全恢復原狀。破壞神並沒有毀滅，就只是變成魔王城德魯佐蓋多而已，所以毀滅的秩序不會復活。換句話說，就是這麼一回事喲。」

霸王就像在譴責我似的說：

「由於魔王的緣故，讓地底有了注定毀滅的宿命。不斷重複選定審判、持續填補毀滅秩序的結果，就是迎來災厄之日。地底會毀滅，以平衡至今所倖存下來的生命。」

相對於因為破壞神阿貝魯猊攸消失所得救的生命，毀滅在地底誕生的根源嗎？

「唔嗯，總之我明白調整神的情況，但是不會讓祂輕易得逞。」

「這是當然的吧。你要找出最初的代行者，毀滅艾洛拉利艾洛姆的秩序，將選定審判導向終結。如此一來，這個地底就能獲救喲。」

碧雅芙蕾亞將手放在可能性之刃上。

「吶，能幫我拔出這把劍嗎？」

她一面淺笑一面說：

「畢竟是這麼回事吧？我們的目的應該一致才對喲。波魯迪諾斯的目的是要拯救地底，我想代替喪失心靈的他，繼承這個意志。雖然你說我是愚蠢的女人，但要是地底毀滅，這個國家的孩子們總歸也活不下去喲。」

「難不成事到如今妳才想說，自己光是為了不讓災厄之日到來而奮鬥著，就已經分身乏術了嗎？」

「不。因為我就只是在這裡等著波魯迪諾斯歸來，想要實現他的夙願之人。沒有一件事情會比這件事還要重要。」

碧雅芙蕾亞這樣明確地斷言。

「……即使如此，還是有讓我活下去的價值在吧？比起殺掉霸王，避免讓地底毀滅才是當務之急不是嗎？」

也就是說，她還知道其他事情啊？

「妳的求饒變得比方才要好上許多了。」

「即使協助阿蓋哈，他們也不會顛覆預言。天蓋會在災厄之日落下，將這個地底澈底毀滅——這是在開什麼玩笑啊！」

帶著對神的憎恨，她毫不諱言地這樣說。就在這時，響起了「喀答」的巨響。

轉頭看去，這個房間的大門被推開了。

「哈～妳這話說得還真是對自己有利啊，碧雅芙蕾亞。」

有兩個人走了進來。他們是阿蓋哈的劍帝迪德里希與未來神娜芙姐。

「……為什麼……？」

碧雅芙蕾亞對兩人投以無法理解的眼神。

「……你們應該正在和幻名騎士團交戰……波魯迪諾斯呢……？」

「那傢伙正在和龍騎士團玩捉迷藏吧。也就是他澈底被誘餌釣上了喔。畢竟要是正面交手的話，對我會有點不利呢。」

迪德里希露齒笑道：

「於是我就用預言和他交手了。」

是一面擾亂幻名騎士團，一面欺瞞了自己的行動啊？與能看見未來的迪德里希挑起情報戰，即使是賽里斯也不是他的對手吧。

「哎，姑且先不論這個。」

迪德里希慢步走來，站在我與碧雅芙蕾亞面前。

「選定審判會引起震天，最終讓天蓋落下是事實。」

他就像在佐證碧雅芙蕾亞方才的發言一樣說：

「可是，要說選定審判的終結能拯救地底，是在誇大其詞吧。這麼做豈止會讓地底毀滅，甚至會讓世界毀滅吧。」

「……娜芙妲看不到選定審判的終結吧？」

「會看不到未來，也就是在那之後沒有未來喲。說到底，就算看不到未來，只要想想看就會知道吧？選定審判是為了恢復秩序的混亂、取得調整，調整神艾洛拉利艾姆的權能。」

迪德里希發出低沉的聲音強而有力地說：

「既然如此，假如為了終結選定審判，毀滅調整神會發生什麼事？所有秩序都將變得無法調整，這可不是天蓋落下就結束的事情。」

就理論上來講會是這樣吧。假如維持秩序平衡的神消失，不論世界發生什麼樣的異變都不足為奇。

「蓋迪希歐拉原本屬於阿蓋哈，記載在蓋迪希歐拉禁書上的內容，是首任劍帝看到的一部分阿蓋哈預言不是嗎？」

「你這是在說什麼啊？」

碧雅芙蕾亞故作不知地反問。

「唔嗯，原來如此。就覺得蓋迪希歐拉囚禁人民的行為讓人無法理解，看來這不單只是因為這個女人的腦袋有問題啊。」

迪德里希從容不迫地點了點頭。

「阿蓋哈的預言應該有指示選定審判終結、世界崩潰時，唯一能平安倖存下來的地方吧。而那裡就是這個地方——蓋迪希歐拉。你們要藉由破壞世界，為了毀滅神、毀滅信奉神的他國信徒，並只讓自己等人倖存下來，才意圖要讓選定審判結束不是嗎？」

「這是你的想像吧？娜芙妲看到那種未來了嗎？」

「很不巧，娜芙妲唯獨完全看不到禁書的內容呢。妳說出口的禁書未來，就連一個都不存在。正因為如此，我才會為了知曉內容、顛覆預言而來到這裡。」

只要綜合迪德里希的發言與至今得知的情報，就能看出大致的情況。

「也就是阿蓋哈的預言、蓋迪希歐拉的禁書，還有吉歐路達盧的教典，內容全都與地底的終結有關啊？」

我向倒在地上的教皇戈盧羅亞那施展「總魔完全治癒」，治好了他的傷勢。

「打從我將霸龍扯下來時，你應該就恢復意識了。」

說完，戈盧羅亞那就稍微爬起身。

他朝著我、迪德里希，以及碧雅芙蕾亞看來。

「戈盧羅亞那，吉歐路達盧會意圖以『神龍懷胎』消除那個天蓋，是因為想要防止遲早會到來的天蓋落下嗎？」

教皇緩緩地握起雙手、向神獻上祈禱，然後靜靜地說：

「……說不定是如此呢。只不過，我們的教典上並沒有如此具體的傳承。知道的事情只有地上與地底以那個天蓋為界，地上那側會降下恩惠之雨，地底這側則會降下毀滅之雨。歷代教皇是為了消除這種不講理而開始祈禱。」

毀滅之雨就是震雨。這說不定是在暗示天蓋本身會落下。

「正好。」

我朝著三個王說：

「阿蓋哈的劍帝迪德里希、蓋迪希歐拉的霸王碧雅芙蕾亞與吉歐路達盧的教皇戈盧羅亞那，地底三大國的王就齊聚在此。」

碧雅芙蕾亞與戈盧羅亞那戒備起來，迪德里希則一臉認真地傾聽我的話語。

「阿蓋哈的劍帝為了顛覆預言，要維持選定審判；蓋迪希歐拉的霸王為了毀滅他國與神，希望選定審判終結；而吉歐路達盧的教皇要消除天蓋與地上，祈禱和平的世界——三者一直鬥爭到今日。」

霸王、劍帝與教皇剛好就像站在三角形的頂點，處於幾乎等距的位置上。他們就像在互相牽制似的，將視線朝向彼此。

「……會是哪一國勝利，現在正是一決雌雄的時候——你想這麼說嗎？」

碧雅芙蕾亞就像警戒似的瞪著迪德里希。教皇已經失去神，霸王則被釘在牆壁上。如果是在現狀下開打，劍帝應該會確實贏得勝利吧。

「不，現在正是要對話的時候。」

大概是沒料到我會這麼說吧，碧雅芙蕾亞蹙起眉頭。

「倘若繼續選定審判，天蓋就會落下；假如結束選定審判，世界就會迎來終結。不論結果如何，這個地底都有注定會毀滅的宿命。不過只要你們三人與我同心協力，就能迎來大家都能認同的結果吧。」

碧雅芙蕾亞陷入疑惑，而戈盧羅亞那就只是在專心祈禱。

「教典、預言與禁書，只要互相對照這三者的內容，說不定就能找出解決方法。你們就說說看吧。」

我揚言後等了一會兒，三人之中沒有任何一人願意開口。

「迪德里希。」

我向阿蓋哈的劍帝說：

「你就先說吧。」

「……我先說好嗎……可沒有我說出來後，他們就會開口的未來……」

迪德里希模稜兩可地回答。

「你應該是來這裡顛覆預言的才對。」

迪德里希正面承受我的視線。

「試著展現你的氣概吧。儘管在一直以來都在鬥爭的對手面前展現誠意，不一定能得到好回覆；不過要是因為膽怯，就連誠意都不敢展現的話，對方就絕對不會回應你。」

迪德里希露出凝重的表情握著拳頭，娜芙妲在他身旁等待主人的決斷。兩人都能看到不好的未來，然而持續迴避下去，最終也只會抵達災厄之日。如果想要顛覆預言，他必須憑藉自己的眼睛，而不是藉由能看見未來的神眼去判斷、決定事情的時刻遲早會到來。他必須闖進娜芙妲神眼裡並非最好的那個未來之中。那個時刻究竟是不是現在，迪德里希應該是在煩惱這點吧。

「——阿蓋哈的預言說——」

不久後，他發出粗獷的聲音。

「在蓋迪希歐拉城中，當地底之王三人齊聚時，阿蓋哈的劍帝會說出現在看不到的預言。如此一來，最初代行者的身姿就會浮現吧。」

迪德里希確實做出決斷，而異變也正巧就發生在同一時刻。

「嗚呀啊啊啊啊啊啊啊啊啊啊啊啊啊啊啊啊啊啊啊啊啊啊！」

亞希鐵發出充滿痛苦的慘叫，好幾顆龍頭就像咬破身體一樣從他體內竄出。

然後那些龍紛紛咬住就在一旁的亞露卡娜肩膀上——

§ 28　【無可救藥的過往錯誤】

亞露卡娜儘管微微蹙起眉頭，還是從手掌上施放出雪月花，將其變成神雪劍洛可洛諾特，斬斷咬住祂的霸龍頭。

「啊！啊啊啊！嗚啊啊啊啊啊啊啊啊啊啊啊啊啊啊啊！」

咬住亞露卡娜的龍頭還剩下三顆，祂揮下洛可洛諾特。

「……吾、吾神亞露卡娜！還請您大發慈悲……！」

亞希鐵的吶喊讓亞露卡娜的劍戛然而止。看來他沒有完全被霸龍支配意識的樣子。

「這個霸龍的頭，早已是我的根源本身。要是被斬斷的話，我就會毀滅……啊啊，神啊！救贖之神啊！亞露卡娜大人，還請您大發慈悲吧。我會洗心革面，今後走在救濟的道路上。還懇請您救我一命，請救我一命吧……！」

龍牙陷進亞露卡娜體內，打算吞食祂的秩序。亞希鐵當場就像趴在地上似的跪下，一個勁地懇求亞露卡娜。

「神託者亞希鐵，這是授予你最後的救贖。」

「……喔喔……喔喔，這是何等尊貴的話語。神啊，我感謝您。」

亞露卡娜將神雪劍洛可洛諾特變成雪月花，然後為了凍結亞希鐵，在他的周圍降下白雪。這一瞬間——他咧嘴一笑。

「動手，霸龍！」

咬住亞露卡娜的霸龍頭變得巨大，打算把祂整個人吞下去地張開大嘴。

「你依舊是個無可救藥的男人啊。」

我發出「殲黑雷滅牙」。漆黑雷牙咬住霸龍，將牠的根源逐漸撕裂成碎塊。就在消滅掉一兩顆龍頭、「殲黑雷滅牙」咬住第三顆龍頭的瞬間，紫電一閃。

霸龍體內溢出威力驚人的紫電，一下子就將「殲黑雷滅牙」消除掉。

霸龍就這樣把亞露卡娜整個人一口吞了下去。

我的魔眼捕捉到兩道眼熟的魔力。

「呵、呵呵呵……呵哈哈哈哈哈哈哈哈！」

亞希鐵就像打從一開始就沒在痛似的起身，耀武揚威地大笑起來。

「我奪回了！取回了我的神！上吧，就這樣吃光祂吧，霸龍！把那個小姑娘的力量、把神的秩序，一點也不剩地轉變成我的力量！」

那頭霸龍從亞希鐵背上滑溜溜地鑽了出來。尾巴與他的背相連在一起，全身散發「劈啪」作響的激烈紫電，一眼就能看出那是誰的魔力。

「也就是被帶離阿蓋哈時，你和賽里斯做了交易啊？」

巨大的霸龍大大展開翅膀，同時浮在半空中。其尾巴長長地伸出，依舊連接在亞希鐵的背上。

「是啊，你說得沒錯喔，不適任者。因為我和蓋迪希歐拉本來就是互助合作的關係。」

亞希鐵一看向碧雅芙蕾亞，她就殘虐地微笑起來。

「孩子是敵不過父母親的。看來你不論怎麼做，都在波魯迪諾斯手掌心的樣子呢。」

「妳這是在說什麼？」

「哎呀，你還沒注意到嗎？長年以來的地底鬥爭分出勝負了。就如你所見，方才調整神艾洛拉利艾姆的秩序被霸龍吃掉了喲。」

能聽到「咚、轟隆隆隆隆隆龍」的劇烈地鳴，霸王城撼動起來。在震動的是天蓋，震波攪拌著空氣，傳來足以搖晃城堡的力量。

「現在正是選定審判終結之時！終於，啊啊，終於呢！終於實現了喲。波魯迪諾斯的夙願……！他的愛回來了呢……！」

只要從挑空的天花板仰望天空，就會發現有如崩潰的積木般漸漸分裂開來的天蓋緩緩降了下來。碧雅芙蕾亞一臉恍惚地眺望著這一幕。

「所以，亞露卡娜就是讓調整神艾洛拉利艾姆的秩序附在自己身上的最初代行者嗎？」

我看著吞下亞露卡娜的霸龍說：

「祂是創造神米里狄亞的說法，只看祂的秩序的話是正確的。由於米里狄亞轉生了，因此失去的秩序由最初的代行者亞露卡娜補上。然而，由於補上的秩序無法完全恢復原狀，所以『創造之月』失去了原本的光輝。」

亞露卡娜作為神的代行者意圖反抗秩序，被世人稱為背理神耿奴杜奴布。

因為代行者擁有著神的秩序，所以也能成為選定神啊？

「沒錯。背理神耿奴杜奴布捨棄神名、捨棄記憶，甚至欺騙自己，成為了無名之神。祂順從自己的憎恨、欺騙周圍的一切，就為了實現自己的目的。」

碧雅芙蕾亞發出「哈哈！」一聲笑了笑。

「不過，波魯迪諾斯比祂更勝一籌。祂沒有回想起記憶，願望被打破，選定審判宣告終結。蓋迪希歐拉以外的一切全部毀滅，而他將會取回愛情！」

「呵、呵呵呵呵，呵哈哈哈哈哈哈哈！看到了吧，不適任者。是你輸了。然後，是我們勝利了啊！因為你被奪走神，只能像這樣咬著手指看著自己的國家慢慢毀滅的樣子啊！」

亞希鐵像在誇耀似的發出下流的笑聲。

「啊啊，真是太舒爽了！朝著相信自己是無敵的愚蠢男人指出他的敗北！當時你要是在那裡殺掉我，事情明明就不會變成這樣！你完全就是個笨蛋不是嗎！」

「你不僅無可救藥，就連眼睛也一樣瞎了啊，亞希鐵。」

「哈哈，還以為你想說什麼，就這麼不服輸──呀啊啊！」

霸龍的尾巴被斬斷，與亞希鐵分離開來。

「要我親手了結你也行，但要決定你的下場，有一個很適合的人吧。」

「……笨、笨蛋……就算你這麼做，也馬上就會恢復原──」

被切離開來的霸龍扭曲變形，變成神雪劍洛可洛諾特。

「……這、這是……該不會………………？」

看到貫穿反魔法、不由分說地將霸龍變成劍的力量，亞希鐵露出驚愕的神情。

「……背理……魔眼……這、這怎……怎麼可能……？」

我朝著那個方向說：

「處置這傢伙就交給祢了。不論是要救贖還是懲罰，都隨祢想要的做吧，亞露卡娜。」

一片雪月花飄落，亞露卡娜出現在那裡。魔法陣──與愛夏的「創滅魔眼」相同──浮現在祂眼中。

「……為什麼……？」

碧雅芙蕾亞就像害怕似的說：

「……波魯迪諾斯說過了喲。只要背理神的記憶沒有恢復，就無法使用破壞神阿貝魯猊攸的力量……光憑創造神的秩序，應該無法施展『背理魔眼』才對……」

亞露卡娜將祂的魔眼朝向碧雅芙蕾亞。

「……祢想起來了嗎……背理神……」

「妳肯定被騙了吧。」

亞露卡娜說著，拔起刺在地面上的神雪劍。

「我是謊言與背叛之神耿奴杜奴布。背理神說謊了。說要與賽里斯聯手；說在選定審判的勝者決定之前，記憶都不會恢復。妳與賽里斯利用這一點背叛了我。可是，我打從一開始就不相信任何人。欺騙著一切，即使卑鄙也只想要實現這個願望。」

祂回過頭悲傷地說：

「……哥哥……我找回名字了。」

「有找到祢所追求的事物嗎？」

亞露卡娜緩緩地左右搖頭。

「……一切全是為了這個瞬間，我一直說謊到現在。已經沒有時間傳達真相了。所以，我希望你能開口命令我，要我不要背叛你……」

迫切的感情在亞露卡娜心中縈繞。彷彿回想起來的記憶與感情，與祂至今以來的心情在互相鬥爭一樣。

亞露卡娜一送出魔力，選定盟珠就出現在我的手指上發出閃耀的光芒。

「我會遵守與你的盟約。」

「唔嗯，那麼就跟我方才說得一樣，亞希鐵是祢以前選上的選定者，他的處置就交給祢了。就對這個無可救藥的男人，給予祢的救贖——或者是懲罰吧。」

就像盟約成立一樣，盟珠上出現魔法陣，然後逐漸消散。

亞露卡娜瞪圓雙眼看著我。儘管祂一臉想問「為什麼」的表情，依舊沒有開口。

「盟約早就締結過了。我會相信祢。事到如今，我是不會違背約定的。」

我絕對不會懷疑祢的溫柔——我最初向亞露卡娜這樣發誓。

不需要第二次的盟約。

「……就依哥哥說的吧……」

亞露卡娜走向亞希鐵，停下腳步用劍指著他的喉嚨。

「吾……吾吾、吾神……亞露卡娜大人……」

亞希鐵一臉卑屈地笑著。

「我要向您懺悔。那、那頭霸龍寄生在我的根源上，讓我只能對蓋迪希歐拉的人言聽計從……我其實……我其實不想這麼做……」

亞希鐵淚眼盈眶，就像依靠似的懇求亞露卡娜，演技可說非常逼真。

「亞希鐵，把臉抬起來。我已經找到讓無可救藥的你獲得救贖的方法了。」

「喔喔、喔喔……！這話還真是讓我承受不起……如果能走在贖罪的道路上，我願意做任何事。」

「說得好。」

神雪劍洛可洛諾特貫穿亞希鐵的胸口。

「唔！嘎啊啊啊啊啊啊啊啊啊啊啊！神……神……啊……您在做什麼……！」

「你將會凍結，成為王龍的祭品吧。最後誕生的子龍，將會成為拯救阿蓋哈的英雄。你將會溫柔地脫胎換骨。」

「……咦，我不適合當什麼英雄啊！像我這種……像我這種品德敗壞的人，即使脫胎換骨，也不可能適合當英雄！」

「你方才說願意去做任何事的話語，難道是謊言嗎？」

「絕、絕不是謊言，可是……可是，這樣我並沒有獲得救贖！我希望不是以這種誇張的身分，而是保持渺小的我走完贖罪的道路！」

也就是說他不想死。

「亞希鐵，假如你真心信仰著我、悔改自身的罪過，洛可洛諾特就會恢復成原本的霸龍之姿。」

「我、我已經悔改了！我信仰著您！發自內心的信仰！」

哪怕亞希鐵有如慘叫般地叫喊，傷口還是凍結，眼看著逐漸擴大範圍。

「光靠話語是不夠的。倘若你沒有真心認為，信仰就沒有意義。」

亞希鐵的下半身完全凍住，甚至還波及到上半身，再來只剩下頸部以上了。

「……我、我知道了！我發誓！我信仰您！而這個就是證據！」

亞希鐵施展「契約」魔法，並且立刻在上頭簽字。內容是要將亞露卡娜作為神來信仰，假如違背的話，就得獻出生命的契約。

「亞希鐵，我就承認你的信仰吧。」

在他鬆了一口氣後，被洛可洛諾特刺傷的傷口就龜裂開來。那道龜裂眼看著遍及他的全身上下。

「什麼……！為什麼？這、這樣的話……再這樣下去……我會死——」

他環顧周圍，拚命想著有什麼能獲救的方法。

「……未、未來神，還有阿蓋哈的劍帝！我、我要是死了的話，你們應該會很困擾！沒錯吧！」

在亞希鐵大叫之際，娜芙妲早已將「未來世水晶」坎達奎索魯提變成長槍。

「背理神耿奴杜奴布啊，娜芙妲要提出異議。要是毀滅亞希鐵，成為王龍祭品的就會是里卡多。請將他以冰雕的狀態交出來。」

坎達奎索魯提之槍指向亞露卡娜。

「別插嘴我的神救濟，娜芙妲。的確，那麼做應該能拯救里卡多吧。不過亞露卡娜說了，也要給予這個無可救藥的男人慈悲。」

「坎達奎索魯提會對祂處以穿刺之刑。」

「那就試著睜開祢的神眼（眼睛）吧。長槍會傷到祂的未來，可是一個都沒有喔。」

娜芙妲正要將魔力注入「未來世水晶」時，迪德里希伸手制止了祂。

「這樣就好。」

他一開口，娜芙妲就將坎達奎索魯提再度恢復成水晶了。

「娜芙妲會遵從預言者。」

「這……這怎麼可能……！」

亞希鐵就像進退維谷似的喋喋不休說：

「……請、請等一下，吾神亞露卡娜！這是什麼意思！」

「你的救濟會以毀滅實現吧。你的根源會一度粉碎，遵從自然讓靈魂輪迴，轉生正是你唯一的救贖——不論是以什麼樣的形式。」

「這、這跟說好得不同啊！我不再是我，這算什麼救濟啊！我照您說的確實發誓了！不是說只要信仰您，就會恢復成原本的霸龍嗎！這樣的話……這樣的話，不論信仰不信仰，結果不都一樣嗎！您覺得神可以說這種謊話嗎！」

亞露卡娜一臉悲哀地注視亞希鐵。

「神託者亞希鐵，這不就是你至今強加在他人身上的事嗎？」

聽到祂這麼說，亞希鐵露出充滿絕望的表情。

「我就只是將你犯下的罪歸還於你。既然如此，我就以這把劍，將因果報應刻劃在你的靈魂上吧。和我一樣充滿背叛與謊言的你，唯有這條贖罪的道路會是悲傷的救贖吧。」

「……請、請住手……神啊！請您住手！我這次一定會洗心革面！這次是真的——」

雪月花飄落在他身上。每次落下，冷氣就會靜靜地在他身上擴散——一面散發著死亡的氣息。

「不要啊啊啊啊啊啊啊啊啊啊啊啊啊啊啊啊啊啊啊啊啊啊啊啊啊啊啊啊，我不想死……！我不想死啊啊啊啊啊啊啊！誰——！誰快來救救——」

亞希鐵的臉凍結起來。

「……誰……快……來——」

然後，他完全變成無法言語的冰雕。

「不去拯救萬物眾生，算什麼神？無法創造讓世人皆幸福的世界，算什麼神？」

亞露卡娜一面像是自蔑地說，一面朝無可救藥的男人投以憐憫的眼神。

「我甚至不是神，只是個代行者……對不起，我沒辦法好好地拯救你。」

亞希鐵冰雕上的龜裂擴大，使他粉碎地散落一地。

§ 29 【終結的開始】

天蓋就像波浪般蠢動，「轟隆隆」地發出令人惶惶不安的聲響。

地底的天空眼看就要支離破碎，散發要掉落下來的氣息，不過仍勉強保持奇妙的平衡，由秩序之柱支撐著。

「……娜芙妲要宣言。」

未來神有如宣讀判決的審判官一般莊嚴地說：

「未來已踏入選定審判的終結。最初的代行者亞露卡娜所擁有的艾洛拉利艾洛姆的秩序，有部分遭到霸龍吞食而衰滅。調整的秩序被打亂，長年維持的地底平衡崩潰。」

迪德里希接著說：

「要是置之不理，天蓋就會壓毀這個地底，將這裡毀滅吧。要防止經由全能者之劍的力量化為永久不滅的那塊天空落下，就算集結地底眾人與眾神的力量也辦不到吧。」

這正是迪德里希所擔憂、娜芙妲看不見的黑暗未來吧。可是，那個男人露出大膽無畏的笑容。

「這是終結的開始。沒有顯示在娜芙妲的神眼（眼睛）裡，也就是預言不管用的未來之一。阿蓋哈的劍帝迪德里希在這片黑暗中看到希望。」

他應該是做出選擇了吧。不是依靠娜芙妲的神眼，而是憑藉自己的雙眼與內心判斷。

「教皇戈盧羅亞那。」

迪德里希看向持續祈禱的戈盧羅亞那。

「霸王碧雅芙蕾亞。」

迪德里希呼喚一臉茫然的她。

「就是現在，讓我們一起談論這個地底的未來吧。就如魔王所說的，阿蓋哈的預言、吉歐路達盧的教典與蓋迪希歐拉的禁書，恐怕是為了逃離地底的終結而流傳下來的。只要集結當中的智慧，說不定就能從這場終結的開始逃離。」

迪德里希鬆開緊握的拳頭，以平穩的表情說：

「來吧，就讓我們結束吧。不論是吉歐路達盧的祈禱、蓋迪希歐拉的憎恨，還是我們阿蓋哈的榮耀，三者都是受到人們尊重，而且不是受到他人否定的事物。」

劍帝對著教皇與霸王說：

「我就賭上阿蓋哈的榮耀認同吧——希望救贖的吉歐路達盧的信仰以及傷痕累累的蓋迪希歐拉的憎恨。我們雖然擁有矛盾的教義，但是沒必要為此爭得你死我活吧？」

隨後，戈盧羅亞那開口說：

「你是要我們認同，宣稱神就在自身之中的不敬存在嗎？」

「就只是要你們認同這世上有像這樣自以為是的騎士之國存在，這並非做不到吧？又不是要你們去信仰。」

接著碧雅芙蕾亞說：

「神奪走了波魯迪諾斯的心，我不會原諒眾神，而蓋迪希歐拉的家人們也全都跟我一樣喲。這份憎恨不會消散，我會毀滅一切，直到波魯迪諾斯回到這裡為止。」

「我沒有要妳原諒神喔。你們遭受過欺壓是事實。可是，就這樣繼續鬥爭下去會怎樣？最後將是災厄之日來臨，只有大家和樂融融地一塊兒被那個天蓋壓死的未來。」

假如艾洛拉利艾洛姆的秩序沒有完全消失，天蓋就不會崩潰，而是直接落下。

霸王的目標是天蓋崩潰與世界毀滅，然而現況卻是亞露卡娜取回記憶，使得他們的意圖失敗了。蓋迪希歐拉是安全的預言說不定沒有成立。

「只要互相訴說怨言、主張彼此的教義就好。然而，即使我們拿起武器，也只是在互相傷害吧？我們所揮下的劍，就跟砍在自己人身上一樣吧？我們並不想做那種事。」

迪德里希的話語讓兩名王者瞬間沉默下來。

「就讓我們約法三章，絕不會侵害彼此的教義與信念如何？」

他的臉上充滿榮耀，心中刻劃著戰爭的傷痕。

「這是一場漫長的鬥爭，也經歷過大型戰事，應該已經不需要再流下更多血吧？如果要鬥爭，與其用劍，還不如用說的。如此一來，就有總有一天能抵達真正和平的可能性喔。」

他平穩地述說。然而說出來的話語卻強而有力，彷彿在指示道路一樣。

「是時候找出妥協點了吧。我們今後也會互相仇視、持續鬥爭下去吧。不過在我們死後，遙遠的後代子孫們笑談『祖先曾有這麼愚蠢的爭執啊』的日子總有一天會到來。」

他帶著希望說：

「我用這雙眼，注視著這樣的未來。」

寂靜籠罩現場。戈盧羅亞那與碧雅芙蕾亞皆不發一語，像在沉思似的看著迪德里希。

就在這時，響起了清脆的聲響。讓手拍在一起的「啪……啪……」拍手聲響起。

「真是太棒了呢。不愧是阿蓋哈的劍帝迪德里希，還真是看著美好的未來啊。」

帶有紫髮藍眼、穿著大衣的男人從敞開的大門出現。

「你果然是個當王的人才喲。」

那個人是蓋迪希歐拉的幻名騎士團團長賽里斯・波魯迪戈烏多。

「波魯迪諾斯……對不起……對不起……我……！」

賽里斯將手掌朝向被釘在牆壁上的碧雅芙蕾亞畫出魔法陣。藉由「飛行」的魔法，她被拉到賽里斯身旁。她被釘在牆壁上的身體，朝著可能性之刃深深刺了進去。

就在她的根源只剩下數毫米就會消滅的時候，我取消魔法，解放碧雅芙蕾亞。她就這樣飛到賽里斯身旁，「咚」的一聲落在地上。

「啊啊……波魯迪諾斯……！你來救我了呢……！」

碧雅芙蕾亞抱著賽里斯。

假如我沒拔劍，霸王已經毀滅了。他是判斷我不會這麼做嗎？還是說，她就算毀滅了也所謂呢？

「不過啊——」

賽里斯沒有理會碧雅芙蕾亞，靜靜地向前走去。

「不論是龍人、魔族，還是人類，所謂的人還真是麻煩，無法只靠漂亮的話語活下去。這世上存在看到他人沉進迴蕩著淒厲慘叫的血池中會感到幸福的傢伙。啊啊，他們要怎麼拯救啊，還真是傷腦筋呢。」

他帶著一副彷彿是個好人的笑容說：

「明明就認同信仰與憎恨，總不可能只因為個性扭曲就迫害他們吧？」

迪德里希就像不耐煩似的瞪著賽里斯。看過無數未來的預言者，說不定早就明白沒有跟這傢伙談話的價值。

「你這就只是在玩文字遊戲。」

「沒錯，就跟你的發言一樣呢。」

賽里斯一伸出右手，手上就溢出紫電，一把魔劍出現在那兒。那把魔劍帶有讓人聯想到雷電的鋸齒狀劍刃，只要窺看其深淵，魔劍就自行述說著萬雷劍高多迪門的劍名。

「你不知道我會來到這裡。這是因為，現在是選定審判終結的開始，娜芙妲的神眼所看不到的——」

賽里斯將萬雷劍高多迪門的劍刃抵在自己左肩上似的舉起，然後揮下。

「——黑暗之中。」

高多迪門的劍刃化為紫電伸長橫掃過來。伴隨著雷鳴，支柱之間的牆壁沿著劍光被劈了開來，不過在場人員都毫髮無傷。

娜芙妲與迪德里希局限住攻擊後避開；亞露卡娜用洛可洛諾特擋下劍擊；我則用里拜因基魯瑪守護住自己與教皇戈盧羅亞那。

「真不愧是你們呢。」

賽里斯就像在稱讚似的說：

「萬雷劍高多迪門會讓其劍刃留下的傷痕溢出萬雷，是把會將目標燒斷的魔劍。你們所有人都防止了傷痕——除了一樣東西之外。」

伴隨著「滋滋滋滋滋滋」的刺耳雷鳴，天柱支劍貝雷畢姆竄出紫電。

迪德里希恍然大悟。

「……你……該不會…………？」

「沒錯，我一直在等待這一刻喲。在調整神的秩序減弱的現在，只要支撐天蓋的支柱折斷一根，災厄之日說不定就會在今天降臨呢。」

刻劃在天柱支劍上的紫電在一口氣炸開後，那把巨大之劍就晃了一下倒塌，壓垮支柱之間的牆壁。同時上空再度響徹劇烈的地裂聲，天蓋開始落下。

照那個樣子看來，撐不到一個小時。雖然想立刻準備替代品，不過應該用什麼來支撐啊？不管怎麼說，都必須設法處理掉賽里斯才行。

『魔王啊。』

我收到迪德里希傳來的「意念通訊」。

『能把賽里斯與霸王交給你處理嗎？』

『你有支撐天蓋的方法嗎？』

『當然有。可是必須先把賽里斯趕出這裡，你辦得到嗎？』

我無畏地展露笑容，同時蹬地衝出。

「小事一樁喔。」

我將里拜因基魯瑪收在鞘裡衝出，向亞露卡娜發出「意念通訊」。

『去盯好霸王。雖然吞食過神的霸龍毀滅了，但她說不定還藏有什麼殺手鐧。』

『知道了。』

亞露卡娜伸出手，讓雪月花飛向霸王。

「雪花堆積，阻擋去路。」

雪月花就在那裡創造出囚禁霸王的雪結界。在碧雅芙蕾亞讓霸龍從體內出現的瞬間，亞露卡娜用「背理魔眼」將其變成了雪。

那個的魔眼更進一步地襲向霸王，從她體內湧出無數的霸龍成為盾牌。儘管霸龍接二連三被變成雪，但到底不愧是產下霸龍的母親，她體內應該存在無數霸龍吧。

不過照那個樣子，她無法動彈。

「居然說要把我趕出這裡？」

賽里斯一點也不在意碧雅芙蕾亞地朝我逼近，並且劈下萬雷劍；我以里拜因基魯瑪的劍鞘輕易擋下這一劍。

「唔嗯，你監聽了『意念通訊』嗎？」

「怎麼會，這就寫在你們臉上喲。」

萬雷劍「劈啪劈啪」地溢出紫電，在下一瞬間爆炸開來。我以「破滅魔眼」衰減威力，壓低身形避開這一波爆炸。賽里斯眼前刻劃出球體魔法陣，而他的左手指尖對準了我的臉。

「『紫電雷光』。」

紫電流竄，然而魔法沒有發動。因為可能性之刃在那之前就斬斷球體魔法陣。

「『波身蓋然顯現』。」

第二劍被賽里斯輕易避開。

「就算看不見可能性之刃，也能根據你的架勢與術式，看出劍會往哪裡揮去喲。」

賽里斯一面輕易避開連綿揮去的里拜因基魯瑪，一面踏進攻擊範圍內劈下萬雷劍。緊接著，他就像被什麼東西頂起來似的飛上天空。

「……唔……！」

「『波身蓋然顯現』能施展的對象，可不只有里拜因基魯瑪喔。」

由於賽里斯預期劍會揮來而壓低重心逼近，因此我用可能性之掌打在他的下頷上。我蹬地衝出，追向被用力打飛到挑空天花板上的他。

「好啦，是打擊還是劍擊，你就挑一個喜歡的可能性吧。」

我發動「波身蓋然顯現」，逼迫他在打擊與劍擊中二擇一。在姿勢不穩的現在，他要是避開我的打擊就會被砍中，要是避開我的劍擊就會被打中。

「呵。」

賽里斯笑了笑，施展某個魔法。是「波身蓋然顯現」。他可能性的身體抓住我可能性的身體，使得打擊與劍擊雙方的可能性都消失了。

「你以為我無法同時擋住嗎？」

在他這麼說之後，我施展「根源死殺」的指尖立刻貫穿賽里斯的胸口。

「……呃……！」

他的臉微微扭曲。

「雖然我要你挑一個可能性，難道你以為就沒有實體的攻擊嗎？」

我就像要舉起他被貫穿的身體一樣，順勢往上方飛去。

§30 【從預測之外】

我與賽里斯飛越挑空的天花板抵達空中。

伴隨著震耳欲聾的地裂聲，天蓋彷彿暴風雨的海面一樣激烈波動著。

「毀滅吧。」

我用指尖抓住賽里斯的根源，就在要捏爛的瞬間，從中溢出深紅色的閃電。

「唔嗯，了不起的防壁。」

施展「根源死殺」的右手竄來電流，想要將我的手撕碎地暴動著。我在那之前把手指拔出他的胸口，將閃電甩掉。右手微微燒焦了。

「這——緋電紅雷——也忘了嗎？這個雷電之血比你的魔王之血還要凶暴，而且不會危害目標以外的事物呢。」

賽里斯在自己眼前畫出球體魔法陣。

「跟不小心使用就會傷害世界的魔王之血不同，非常方便喲。」

「是嗎？就單純是你那個叫什麼緋電紅雷的，沒有足以毀滅世界的力量不是嗎？」

「要試試看嗎？」

賽里斯一面用右手舉起萬雷劍，一面用左手進行魔法瞄準。

「是啊，看你夠不夠格自稱我的父親呢。」

我舉起收在鞘裡的里拜因基魯瑪，以「破滅魔眼」瞪向球體魔法陣。我與他利用「飛行」飛在空中，朝彼此正面衝去，而且還同時說：

「「『波身蓋然顯現』。」」

剎那間的交錯，魔法陣的術式與我的姿勢持續地微微改變。這些動作讓未來的可能性接連不斷地變化，要求他進行預測。只要他的魔眼（眼睛）看錯我拔劍的手，就會被立刻斬殺。而緊接著從複數可能性之中揮出的那一劍，將會是必滅的一擊。

可能性的賽里斯活用萬雷劍劍身能自在變化的攻擊範圍，瞄準可能性的我要拔出里拜因基魯瑪的動作。高多迪門朝收在鞘裡的里拜因基魯瑪劍柄發出紫電，將「波身蓋然顯現」的我打飛。也就是說，他用可能性抵消可能性，消去里拜因基魯瑪拔出的可能性。

「這次是我完全預測到的樣子呢。在這種距離下，是無法用收在鞘裡的劍攻擊喲。」

賽里斯逼近到身前，將左手朝向我的臉。

「『紫電雷光』與萬雷劍，你就擋下覺得強的一方吧。」

他就像要還以顏色地說。那是要同時發出「紫電雷光」與萬雷劍的架勢，就算我一面以「破滅魔眼」消除魔法一面後退拔出里拜因基魯瑪，他的劍也會快我一步；就算我為了拉開距離刺出「根源死殺」，也會被緋電紅雷擋下來。既然無法在這種零距離下拔出里拜因基魯瑪，那我不論怎麼掙扎都會慢他一步，因此想要我選一招吃下去吧。

「時間到了喲。」

賽里斯發出「紫電雷光」，同時揮出萬雷劍。

「雖說是零距離，難道你以為我就拔不出劍嗎？」

球體魔法陣被斬斷，萬雷劍的劍身被劈成兩半。賽里斯不改笑臉，眼神卻凝重起來。

「……哦……這是方才的『波身蓋然顯現』……嗎…………？」

「真虧你能看穿。我在你不久前彈開的『波身蓋然顯現』上，又一次施展了『波身蓋然顯現』。」

賽里斯方才以可能性的萬雷劍將可能性的我打飛，防止了里拜因基魯瑪。也就是說，不同於我在這種零距離下的現實，被打飛的我在稍微遠離的位置上的可能性因此產生了。我在那個本來只會這樣消失的可能性的我身上再度施加「波身蓋然顯現」，讓它化為現實。然後趁著賽里斯認為我拔不出里拜因基魯瑪的思考破綻，同時斬斷了球體魔法陣與萬雷劍。

「哎呀哎呀，居然在『波身蓋然顯現』上施加『波身蓋然顯現』，做這種讓人難以置信的事呢。我很驚訝喲，真不愧是我兒子。」

他就像要逃離里拜因基魯瑪的攻擊範圍一樣朝我踢來。在我用手臂擋下後，賽里斯就依靠反作用力跳開了。

「驚訝？你的臉看起來就像在說這種程度是理所當然的一樣喔。」

我以蒼白的「森羅萬掌」之手抓住他的腳拉過來，同時以「波身蓋然顯現」揮出里拜因基魯瑪。必滅之劍就要直擊他的頭頂，就在這時——紫電炸開了。

萬雷劍高多迪門擋下里拜因基魯瑪，應該被斬斷的劍刃也完全恢復原狀。

「我沒有能正面擋下里拜因基魯瑪的手段——你是這麼想的吧？」

他以染成滅紫色的魔眼削弱里拜因基魯瑪的力量，將那把劍打掉了。

與此同時，他的指尖朝向我的臉。球體魔法陣沒有被重新構築。不對，賽里斯施展「波身蓋然顯現」，在那裡構築了可能性的球體魔法陣。

「『紫電雷光』。」

爆發開來的紫電宛如光線一般貫穿我。纏繞上來的電流正要燒燬根源，就立刻染成了漆黑色。「紫電雷光」破破爛爛地腐蝕、崩潰散去。

「你以為如果是雷，就不會被腐蝕嗎？」

我以「根源死殺」的指尖在賽里斯的肚子上開出一個洞。鮮血四濺，紅雷宛如血液一般溢出。

我抽回手臂，把纏繞在手上的緋電紅雷甩掉。

「哦？真不愧是你呢。」

賽里斯一面估算距離，一面以從容不迫的表情說：

「你瞄準跟方才留下的根源傷口分毫不差的位置。我明明也移動了根源的位置，還真是了不起的魔眼與魔法啊。」

「下次我會刺得更深。如果是根源的最深處，就算施放『極獄界滅灰燼魔砲』，緋電紅雷也會幫我擋下對外界的影響吧——世界不會毀滅。」

「這就是你的缺點喲。你確實很強，但是力量的控制完全不行——因為你沒辦法使出全力呢。不過，我能將威力過剩的毀滅魔法集中在一點上，你明白這是什麼意思嗎？」

賽里斯帶著從容的笑容說：

「也就是我能不破壞這個世界，只針對你的身體與根源施放世界崩潰級的魔法喲。」

「哦？這就像是想說你在我之上呢。」

「我是這麼打算的喲。」

我以一句「咯哈哈」，將他的話一笑置之。

「有意思。要是你有這種魔法，就讓我見識看看吧。不論這是不是事實，你的敗北都會在那一瞬間決定吧。」

賽里斯「噗哧」一聲笑了笑。

「我沒這麼小看你喲。只要我讓你見識到更高階的魔法，你說不定就會在那一瞬間學會。所以，如果我要展現全力，就只會在能確實毀滅你的時候吧。」

他還挺會說的。這究竟是事實，還是虛張聲勢？也就是不論如何，這段話都能讓我覺得他藏有殺手鐧，能夠讓我一直警戒這個殺手鐧。

將我沒有記憶這點，巧妙地作為優勢來運用。

「而且對付現在的你，也沒必要使出全力呢。」

賽里斯將萬雷劍舉到左肩附近，再度構築了球體魔法陣。

「天蓋馬上就要落下，你並不知道迪德里希與娜芙妲是怎麼支撐住那個天蓋。不過，你應該隱約察覺到了吧？」

這麼說之後，他又接著說：

「天柱支劍貝雷畢姆、災厄之日、王龍的祭品、據說會成為守護國家的劍，以及成為基石的阿蓋哈的英雄們。只要想一想就會知道了喲。這些全都指向一件事。」

賽里斯一面擺出好人般的表情，一面滔滔不絕地說：

「支撐這個地底的秩序支柱，是阿蓋哈子龍的末路。他們會一如字面意思，成為守護國家的劍、成為基石。就跟你約好得一樣，迪德里希會支撐住那個天蓋吧——以獻上自己的根源與子龍的根源，成為這個地底的柱子這個方式呢。」

他朝著下方看去。龍騎士團正在遠處讓龍低空飛行，朝著霸王城進軍。

「犧牲小我、拯救世界，他們是非常優秀的騎士喲。肯定無人能阻止高傲且偉大的他們吧。就連人稱暴虐魔王的你也一樣。」

也就是說，正因為迪德里希他們會變成天柱支劍貝雷畢姆，他才會在這裡把支柱斬斷啊？這樣一來，就能不費吹灰之力地將阿蓋哈的騎士一掃而空。

「原來如此啊。要是移開目光，就不知道你會搞出什麼事來；然而就算是這樣，現在也沒時間理會你。」

賽里斯沒有答覆，只是神態自如地面向我。

「不過——」

我降落在霸王城上，倏地把手舉起。就在方才，「意念通訊」傳了過來。

「很抱歉，我不是只有一個人喔。」

有一個物體從遙遠的另一端朝這裡筆直飛來。不對，那個是人。「咯——咯、咯、咯！」的笑聲越來越大地響徹開來。

「咯咯咯、咯、咯、咯，咯——咯、咯、咯——！衝鋒、衝鋒，再衝鋒啊——！」

熾死王耶魯多梅朵伴隨著二十把神劍羅德尤伊耶一頭撞來。大概是拜託了娜亞吧，他早已顯現出天父神的神體。

「這怎麼了嗎？」

就像要成為賽里斯的盾牌一樣，紫色火焰在那裡畫起魔法陣。那是封印神力的「霸炎封食」的魔法。就像觸網一樣撞進去的耶魯多梅朵與羅德尤伊耶，被賽里斯發出的「紫電雷光」直接擊中。

「……唔啊哈啊……！」

這時拍打著龍翼飛上天空的，是超過一百名的蓋迪希歐拉士兵——禁兵。她們手持長槍，以「霸炎封食」的魔法讓耶魯多梅朵的魔力衰減。

「你的部下我全都計算進去了喲。你叫多少人來啊？反正都來了，我就一起對付吧。」

「天知道，畢竟有個會擅作主張的傢伙在呢。」

我朝掛在「霸炎封食」網上的耶魯多梅朵看去。

「所以是多少人啊，耶魯多梅朵？」

熾死王的嘴角淌著血，一副奄奄一息的樣子說：

「咯咯咯……雖然有點不太可靠——」

遙遠的另一端發出耀眼的光芒。

「——大概有五千人左右不是嗎！」

賽里斯猛然轉頭，那裡捲起巨大的淨化之火。

「……唱炎？是吉歐路達盧教團嗎？」

賽里斯連忙迴避從遠距離像是要衝向天際般竄起的唱炎。趁著這個破綻，耶魯多梅朵擺脫掉「霸炎封食」，從背後架住他。

「沒錯！要用來對付你，這人數實在太少了，甚至會覺得不好意思不是嗎？對吧，賽里斯・波魯迪戈烏多。」

「是你把他們騙來的嗎？為了拯救讓一千五百年的祈禱落空的教皇，真虧教團肯空出國家出動呢。」

地底再度發出唱炎，連同耶魯多梅朵一起將賽里斯吞沒。禁兵們雖然散開，還是有一成左右的人被擊中。

「咯咯咯咯！說是騙來的還真難聽！我就只是擺出像是天父神的莊嚴態度，稍微向他們透露『你們認為說不定是「全能煌輝」的那位阿諾斯・波魯迪戈烏多，前去拯救被擄走的教皇了』而已不是嗎！」

接著第二發、第三發射出，耶魯多梅朵與賽里斯在唱炎的衝擊之下，眼看著被不斷往上推去。

「這個淨化之火，就讓神體的我與魔族的你，來比比看誰有抵抗力吧！」

第四發、第五發唱炎將兩人吞沒，然後讓他們眼看著越飛越高。等在那裡的，則是波動不止的天蓋。

「哎呀哎呀，你瘋了嗎？要是撞上那個，就連你也無法全身而退喲？」

「就因為無法全身而退才有趣啊。你如果真是魔王之敵，就絕對會活下來！要是想站在他面前，就給我輕鬆跨過本熾死王的屍體！」

耶魯多梅朵連同賽里斯一起在唱炎的推送下，朝著化為永久不滅的那道隔閡猛烈衝去。

「咯、咯、咯，壯烈犧牲、壯烈犧牲，要壯烈犧牲啦——！」

§ 31 【夢想著不確定的未來】

霸王城支柱之間——

亞露卡娜以「背理魔眼」讓霸龍變化，將碧雅芙蕾亞漸漸埋進雪結界中。要被完全封印起來，應該是時間的問題吧。她的視野裡倒映著兩個人的身影，他們分別是持續向神祈禱的教皇戈盧羅亞那與瞪著天空的劍帝迪德里希；一旁則佇立著未來神娜芙妲。

迪德里希將視線移下，注視天柱支劍貝雷畢姆。

「……喂，魔王……」

迪德里希喃喃說出這一句。大概是認為我聽得見吧。

「我相信在最好的盡頭會有希望，從未懷疑過。」

迪德里希一面朝著貝雷畢姆走去，一面悄悄地向我說：

「我曾想過，要是擁有所有人都能活下來的理想道路就好了；認為就算不是現在，要是能為了未來創造出這條道路就好了。」

一步一步，就像回想起至今的經歷一般，迪德里希緩慢但強而有力地踏出步伐。

「這是以娜芙妲的神眼（眼睛）預知未來，不斷累積下來的最好結果。然而要顛覆預言，就遲早必須挑戰自己的雙眼所看到的未來。」

現在會說出這些話，說不定是他領悟到自己將在此喪命的證據。

「這裡應該曾經存在希望。但到頭來，說不定就只是我一相情願地認為，在名為不可能的黑暗中存在希望。」

迪德里希停下腳步。那裡有折斷的天柱支劍。

「災厄之日到來，秩序的支柱折斷，天蓋落下。即使我們阿蓋哈的騎士要在這裡撐起那片天，也只是把問題往後延而已。到頭來，天蓋會再度落下，使得我們的子孫要在這塊土地上獻上祭品、犧牲生命吧。」

迪德里希緊緊握拳，同時咬緊牙關。能看出他對自身的無力感到氣憤不已的那種憤怒。

「這本該要結束的——這代子龍是最後的祭品。要為了支撐天蓋持續獻上生命的無情宿命，這種甚至是殘酷的命運，我不想留給阿蓋哈的子孫們。我本來想靠我們結束這一切。」

迪德里希臉上流露出壯志未酬的悲壯感。

「……沒能實現，就只能說遺憾了……」

他將拳頭用力敲在天柱支劍上。響起劇烈聲響，劍的碎片稀稀疏疏地掉落下來。

「抱歉了，魔王。一切的始末，是沒有選擇最好未來的我失態。如果是你看著未來，說不定就能改變這個結果。」

迪德里希一面流露遺憾一面說：

「我走錯了路，不適合擔任阿蓋哈的劍帝。」

他緊緊咬著牙關，就像要甩開過去似的筆直注視著前方。

「最後就讓我收拾這個善後死去吧。我會祈禱，但願你能顛覆我的預言喔。」

迪德里希以下定決心的表情向選擇自己的神說：

「娜芙妲，至今還真是難為祢陪我了。要顛覆未來神的預言這種愚昧男人的無謀挑戰，祢竟願意在一旁毫無怨言地守候，我不得不向祢道謝。」

未來神沒有回話，只是傾聽著他的話語。

「這是我最後的心願。」

語罷，迪德里希倒抽一口氣。忍住幾乎要灑落的擔憂，他作為王毅然地說：

「阿蓋哈就拜託祢了。」

無法看向娜芙妲陷入沉默的臉，迪德里希露出侷促不安的表情。

「抱歉了。結果，我也跟其他劍帝一樣的樣子。是個承受不住預言的沉重，對於不可能的未來夢想著希望的愚蠢預言者。」

「不。」

未來神開口說。祂聲音溫柔地否定迪德里希的話語。

「娜芙妲要斷言，你正是真正的預言者。直到最後都一直看著最好的結果，而且是以自身的肉眼，與娜芙妲看到相同未來的唯一之人。」

迪德里希緩緩回頭。娜芙妲睜開祂的神眼（雙眼）。

「這裡並不是不可能的黑暗，而是娜芙妲的神眼所能看到的最好未來。唯獨這個未來，娜芙妲沒有讓你看見。」

迪德里希倒抽一口氣，臉上充滿驚訝。

「……娜芙妲的神眼存在盲點……」

迪德里希一副戰戰兢兢的模樣說，而娜芙妲明確地點了點頭。

「就跟魔王說得一樣，賜予你的娜芙妲神眼存在盲點。」

儘管依舊難掩驚訝，迪德里希就像理解似的「啊啊」地叫了出來。

「……曾經有過這件事呢……魔王確實這樣說了……」

他就像回想起我在劍帝宮殿露臺上說過的話一般地說：

「假如預言者說出預言，那個預言就會變得容易顛覆。如果看到的未來是不好的，只要做出不會讓預言成為現實的舉動就好……」

為何娜芙妲唯獨沒有讓他看見這個未來，理由能輕易想像吧。

「之所以不說出預言，是因為無論如何都想讓那個未來成為現實。這不論對我來說，還是對娜芙妲來說都一樣嗎……」

假如娜芙妲有無論如何都不想被顛覆的預言，祂就不會把這個預言傳達給預言者。這就跟要是得知會有不好的未來到來，就不會把預言傳達給民眾知曉的迪德里希一樣。正因為信賴著祂，迪德里希才沒有注意到自己的神眼存在盲點。

「就跟魔王說得一樣，你就像這樣帶領娜芙妲來到這個盲點。假如是現在，應該就能抵達娜芙妲的神眼所看不見的未來吧。」

「……這句話的意思是……不只是我，就連祢的神眼也存在盲點嗎？」

娜芙妲明確地點了點頭。

「未來神的秩序是掌管未來的秩序，娜芙妲的存在本身維持著未來的秩序。因此，娜芙妲的神眼也存在盲點。娜芙妲看不見的現在，以及比那之前更早的娜芙妲，也無法作為未來被看見。」

娜芙妲莊嚴地說：

「也就是說，娜芙妲不存在的未來，與娜芙妲存在的未來會確實不同，而且不會顯示在這雙神眼上。」

娜芙妲的秩序會成為決定未來的原因之一。只要祂消失，走投無路的未來也會消去吧。

「娜芙妲想拜託你讓這雙神眼永遠閉上。然後娜芙妲將會代替你，成為支撐這個地底的支柱吧。」

「……是要支撐那個狂暴的天蓋。支柱的數量是越多越好吧……」

「唯有子龍才能化為天柱支劍貝雷畢姆。娜芙妲能做到的事情，只有接替選定者的未來。如此一來，你成為秩序支柱的未來就會消失吧。」

也就是說，不是迪德里希，就是娜芙妲，他們只有其中一方能成為秩序的支柱。

「請看。」

娜芙妲在天柱支劍上施展「遠隔透視（rimuneto）」。顯示在上頭的，是朝著霸王城進軍的龍騎士團。他們帶著視死如歸的表情，操控騎乘的龍持續不斷地前進。

「團長！前方有幻名騎士團！」

副官戈多說。

「無所謂！就這樣突破！」

「對方人多勢眾，要強行突破嗎……？」

「沒時間了。看啊！天蓋眼看就要落下來了！我們的劍帝應該就在那座城裡等著！必須儘快趕過去才行！」

繼奈特之後，副團長希爾維亞說：

「今天是相傳於阿蓋哈預言的災厄之日！倘若我們不趕去，地底就結束了！」

希爾維亞的父親里卡多說：

「命劍一願，現在正是顛覆預言之時！我們要相信劍帝！與我們騎士榮耀殉身相稱的舞臺，王已經為我們準備好了！死早已不足為懼！」

奈特大大點頭表示同意。

「說得好啊，里卡多。這才是阿蓋哈的騎士！」

在奈特高喊後，他所騎乘的白龍就身先士卒地衝了出去。

「持起劍，相信自身之中的神吧。即刻起我們要挑戰困難，讓這份榮耀與英勇在希望的未來響徹開來！」

騎士們齊聲喊道：

「「「遵命！」」」

「上吧——————！」

龍騎士團一面發出激昂吶喊，一面驅散眼前的敵人，朝著霸王城衝去。

在支柱之間，娜芙妲站在注視著這一幕的劍帝身旁。

「他們一定會抵達霸王城，然後賭上性命成為支撐天蓋的地底支柱吧。」

迪德里希看向娜芙妲的臉。

「娜芙妲也會與他們命運與共。最後不是作為告知預言者未來的神，而是想作為侍奉你的阿蓋哈騎士。這是在數千萬的未來之中，娜芙妲唯一想要抵達的未來。」

娜芙妲筆直注視著主人的臉說：

「娜芙妲想讓這個未來成為過去。」

「……這樣啊。」

迪德里希低聲說。

「迪德里希是真正的王。即使沒有預言，你還是以那雙高貴的眼睛注視前方，抵達了這個未來。命劍一願貫徹自我的你，劍上確實寄宿著神吧。」

娜芙妲向迪德里希說出他必須活下來的理由。

「在沒有娜芙妲的混沌未來裡，如果是劍帝迪德里希，應該能正確地帶領阿蓋哈的子民前進吧。」

這麼說著，娜芙妲淺淺微笑起來。

「大概一定能。」

這是知道一切的祂，一生只有一次能說出口的曖昧話語。

就像在說未來神想看到的，就是這種模稜兩可的未來一樣。

「預言或許無法說已經顛覆了。可是，迪德里希。你要跨越眾多死亡，在這條為王之道上一味地勇往直前。」

對於祂的要求，迪德里希確實地點了點頭。

「娜芙妲要懇求。」

「未來世水晶」坎達奎索魯提扭曲變形成一把劍。祂將這把劍拿在手中說：

「我的主君迪德里希，娜芙妲想請你活下去，去看看這雙神眼（眼睛）所無法看到的未來。」

他筆直注視著娜芙妲，再次點了點頭。

「我的騎士娜芙妲。」

就像要回應祂的心願，劍帝迪德里希作為高傲的王說：

「辛苦祢了。至今難為祢侍奉我這個不周到的王。祢的忠義與祢的貢獻，都讓我引以為傲喔。」

就像阿蓋哈的騎士們這樣做過得一樣，娜芙妲將坎達奎索魯提之劍舉到胸前敬禮。

「這是最後的預言。當龍騎士團穿過霸王城的正門時，阿蓋哈的英雄們會將己身化為劍，成為支撐這個地底的基石吧。這一次，肯定會是永久的。」

娜芙妲手上的坎達奎索魯提之劍粉碎，水晶碎片將這裡逐漸覆蓋起來。這些碎片吞沒整座霸王城，甚至擴散到了外頭。

「處以至高世界開庭。」

圍繞著「四界牆壁」的蓋迪希歐拉，幾乎全都被未來神的秩序覆蓋進去了。

§ 32 【繼承下來的意念】

龍騎士團低空飛行著，眼前是有如雨點般落下的漆黑太陽。面對幻名騎士團一齊發射「獄炎殲滅砲」，奈特衝到前頭展開「龍鬥纏鱗」。

他的魔力化為有如靈峰般的巨大龍影，擋住無數的「獄炎殲滅砲」。兩千年前的魔族集中砲火，哪怕是子龍也不可能毫髮無傷突破。奈特的「龍鬥纏鱗」眼看著被不斷焚燒削弱，但是他自希爾維亞以下的部下們沒有一人要從他背後逃離。大家信賴著他——團長奈特身先士卒，既然如此，不論經歷多麼大的困難，他都絕對會開出道路。

「唔、喔、喔喔喔喔喔喔喔喔喔喔喔喔喔喔喔喔喔喔喔喔喔喔喔！」

奈特沒有讓背後的部下們被擊中半發，同時逼近幻名騎士團。

「龍技——」

他乘著龍擺出突刺的姿勢，將「龍鬥纏鱗」不斷集中在劍尖上。

「——『靈峰龍壓壞劍』！」

那是宛如靈峰之龍的衝鋒。將阻擋在前的一切統統蹂躪的一刺，把在眼前布陣的數十名幻名騎士團轟飛了。

「全隊衝鋒！」

伴隨著奈特的號令，龍騎士團發出吶喊。

「奈特團長開出道路了。全體衝鋒，驅散敵人！」

副官戈多說。龍騎士團騎乘的白色異龍與奈特並排在一起，突破蓋迪希歐拉化成一塊的防線。

「『風龍真空斬』！」

希爾維亞的風刃颳起，將幻名騎士盡數斬殺。魔族之力儘管沒有弱到會被單方面壓制，但是沒能擋下視死如歸的衝鋒。龍騎士團強行突破鋪設在前方的敵方布陣，能在視野裡看到建於首都蓋拉迪納古亞的霸王城。

不過在那前方，數量龐大的士兵竟填滿了整片天空與地面。她們是長著龍翼、龍角與龍爪，並手持長槍的蓋迪希歐拉禁兵。兵力約為兩百，是龍騎士團的六倍以上。

「準備龍砲！」

「「「遵命！」」」

阿蓋哈的騎士們一齊將魔力注入自己騎乘的龍的韁繩上。白龍張開嘴巴，從中溢出紅色火焰。

「發射！」

白龍噴出的灼熱龍息，將鋪設防線的禁兵吞沒、燃燒。

「敵人右翼薄弱！就這樣突破過去！」

龍騎士團維持著整齊劃一的隊列飛行，衝向禁兵右翼破出的缺口。

突然間，出現了就像是聳立在他們面前一般的漆黑牆壁。不對，那是會讓人誤看成牆壁的無數霸龍。被燒死的禁兵們化為灰燼，那一粒一粒灰燼變化成霸龍的模樣。

數量竟然多達數千、數萬——或者更多。宛如籠罩絕望一般，寄生在蓋迪希歐拉的霸龍阻擋在他們前方。

「別怕！不需要殲滅！只要抵達霸王城，就是我們的勝利！」

就像方才的回禮一樣，天空與地面的霸龍一齊張嘴，紫色火焰宛如唾液般垂下，然後朝著逼近的龍騎士團一齊噴出紫色龍息。

一面發出「轟隆隆隆隆隆龍」的轟鳴，一面燃燒著奈特與希爾維亞展開的「龍鬥纏鱗」。就算是龍騎士，雖說是子龍，雙方數量實在相差太多。「龍鬥纏鱗」的盾牌脆弱粉碎，使得他們被火焰吞沒了。

「可惡……！竟在這種地方！壯志未酬就倒下的話，可是有損騎士名譽的啊！」

奈特將魔力全開，揮去龍息。他朝著蓋迪希歐拉軍的一隅看去。

黑暗忽然出現在那裡。有更多霸龍前來增援，準備朝龍騎士團掃射龍息。

如果就這樣衝過去，絕對必死無疑。即使是他們也還是停下腳步，不過就在這時——

『——阿蓋哈的英雄們啊，你們無須害怕。』

響起的聲音，是他們國家的神——娜芙妲的聲音。同時，無數的水晶碎片閃亮地覆蓋住整片荒野，彷彿在塗改世界一般。

『受到局限的未來，如今就在這塊蓋迪希歐拉的土地上顯現。』

無數的水晶碎片在奈特面前化為劍形，變成娜芙妲使用過的坎達奎索魯提之劍。而在阿蓋哈騎士的每一個人面前，都構築著那把劍。

『只要有一個不被焚燒的未來，就沒有會燒到你們的火焰。』

水晶碎片覆蓋住騎士們的鎧甲，未來神的加護附在上頭。

『只要有一個斬斷的未來，就沒有辦法避開你們的劍；只要你們有萬分之一的勝算，你們就不可能會輸。』

水晶碎片進到他們眼中化為模擬性的神眼。將局限世界的力量也能影響這個現實，為龍騎士團全員帶來這個恩惠。

『在這個對鬥爭局限的至高世界裡，我等龍騎士團全軍早已看見勝利的未來。這是為一同奔馳過戰場的你們所獻上的餞別，未來神娜芙妲的奇蹟。』

那尊神的聲音在荒野響起。

『娜芙妲要預言。阿蓋哈的英雄，你們將會勝利。』

緊接著，無數霸龍就朝著龍騎士團噴射出紫色龍息。足以覆蓋住整片荒野的龍炎燃燒一切，將萬物在眨眼間化為灰燼。

然而，他們與他們騎乘的白色異龍仍然健在。火焰彷彿在避開他們一樣，未來受到局限，沒有燒到他們。

就像要趁霸龍動搖之際攻其不備一樣，遠方傳來激烈的咆哮。

「吼喔喔喔喔喔喔喔喔喔喔喔喔喔喔喔喔喔喔喔喔喔喔喔喔！」

撞破「四界牆壁」的壁壘，一頭巨大異龍從遠方飛來。那是在阿蓋哈看過的王龍。

霸龍們即使朝衝來的那頭巨龍噴出龍息，那些火焰也受到局限，避開王龍的霸龍。相對地，王龍噴出白色火焰，將眼前的霸龍一掃而空。

因為至高世界而受到局限的未來干涉著霸龍的力量，甚至阻礙牠們增殖。王龍衝進布陣破出的缺口，一口氣降落在霸王城上。這所代表的意思，阿蓋哈的騎士想必非常清楚吧。

「奈特團長。」

里卡多說：

「看來我也能一同陪伴的樣子。」

也就是為了支撐天蓋的另一名子龍，如今就要在這裡產下的意思。

藉由向王龍獻上祭品。

「儘管對剛出生的子龍來說，這說不定是太過殘酷的責任……」

說完，副官戈多就說：

「下一個子龍擁有龍核。是我的哥哥梅狄斯。假如哥哥成為了真正的騎士，他應該會完美地達成使命吧。」

里卡多點了點頭，這次朝向希爾維亞的方向。

「父親大人……」

「我不會讓妳一人赴死。讓我們一起達成使命吧。」

「……是的。」

奈特將魔眼朝向遠方的霸王城之門，高高舉起坎達奎索魯提之劍。

「通告全隊。即刻起，阿蓋哈龍騎士團要前去赴死。之後將是退無可退的單行道，應該沒有人能活著歸來吧。」

奈特就像要擺脫死亡的恐懼般強而有力地說：

「我們是自願站上這個戰場！我們是自願在這個騎士之道上邁進至今！如今在這裡，存在我們所追求的榮譽！」

他們就只是向前進，專心一志地看著自己等人所追求的場所與那個終點。

「既然如此，那就賭上這份榮耀，一同笑著闖過去吧！」

就像要身先士卒一樣，奈特騎乘的龍飛了起來。龍騎士團追在他身後，所騎乘的龍陸續飛上天空。面對無數霸龍的攻擊，龍騎士團卻是打掉、迴避與架開。在至高世界的局限下，阿蓋哈的騎士們眨眼間就將霸龍斬殺、燒盡，打開了突破口。

「要上嘍————！」

他們貫穿霸龍的布陣，就像要朝著未來加速一樣，猛烈加快了速度。他們衝進蓋拉迪納古亞城內，一面低空飛行一面躲避霸龍的龍息。就像鑽縫似的在建築物之間穿梭飛行，最終能在視野裡看見霸王城。

「——你們的意念與信念很了不起呢。」

響起不知從何處傳來的聲音。

「不過，我不能再讓你們前進了。」

在龍騎士團的行進方向上，「四界牆壁」就像要守護霸王城一樣大大展開。而在內側擋住去路的人是米莎。

「龍技——」

奈特的「龍鬥纏鱗」集中在劍尖上。

「——『靈峰龍壓壞劍』！」

米莎向前伸出右手在「四界牆壁」上注入龐大的魔力，擋下龍騎士團全力使出的突刺。這次的衝突使得魔力粒子「劈啪」作響地激烈飛濺，周圍的建築物在巨響下崩塌。

「妳這是什麼意思，魔王的部下？我們要是不過去，就無法支撐那個天蓋！我們與你們的目的應該一樣啊！」

「目的雖然相同，但是方法不同。我們的魔王很傲慢，發出不准有犧牲的指示喔。」

奈特的劍微微刺進「四界牆壁」裡，米莎因此露出凝重的表情。

「而且要是不在這裡阻止你們，就會有人因此悲傷度日。」

阿蓋哈的騎士們從後方陸續追上，將劍刃刺在「四界牆壁」上。張設了十層的漆黑極光，一口氣被轟到剩一半以下。

最後是希爾維亞騎乘的龍飛來，朝著米莎刺出「龍鬥纏鱗」的劍。「四界牆壁」炸開，變得剩下兩層。

「已經夠了吧，讓開！」

希爾維亞朝米莎大喊。

「不，我是不會讓開的喔。」

「倘若沒有犧牲，地底就能得救，迪德里希王也不會感到心痛！那個天蓋只能靠秩序之柱支撐！就算集結地底龍人的全部力量，也沒辦法靠力量支撐起來！」

「我們有魔王在。」

「假如魔王有辦法處理，那個預言早就出現了！夠了，快讓開！」

「四界牆壁」被「啪嚓」一聲斬斷，現在就只剩下一層了。儘管如此，米莎還是不肯退開。水晶碎片在阿蓋哈的騎士們面前聚集起來，化為坎達奎索魯提之槍。他們拿起這把長槍，擺出投擲的姿勢。

「……拜託了，讓開吧。事到如今，我們已經不可能收手了……」

「別說喪氣話，去做妳該做的事吧。即使將你們的全力完全承受下來，也還是我們的勝利喔。」

希爾維亞朝米莎露出悲傷的眼神。

「投出！」

三十三把坎達奎索魯提之槍朝米莎投出，這些長槍在局限之下穿過「四界牆壁」。儘管要避開很容易，不過在那個瞬間，為了困住龍騎士團而持續對「四界牆壁」注入的魔力就會稍微減弱吧。米莎沒有避開。

於是，坎達奎索魯提之槍接二連三刺穿她的全身上下。

「……笨蛋……竟然做這種蠢事……！在這個至高世界裡，妳這麼做也只能爭取到數秒的時間，沒辦法阻止我們！妳應該知道這種程度的事才對！」

她一面流著血一面說：

「……我是不會退開的……」

儘管被坎達奎索魯提之槍貫穿全身，她還是站著不動，將魔力注入魔法屏障。

「……我們也是認真的。天蓋正要落下究竟是怎麼回事？不論是魔王還是他，我們沒有一個人放棄喔。不過就這點程度……」

奈特發出號令，用「龍鬥纏鱗」包覆住龍騎士團全體人員。

「……如果你們說要捨棄性命拯救地底，那我們就賭上性命，拯救一切給你們看……」

剎時間，龍騎士團看似一頭巨大的龍。在他們的衝鋒之前，最後的「四界牆壁」炸開。全隊向前衝鋒的力道毫無衰減，帶著龐大力量的「龍鬥纏鱗」碾過米莎，將她撞飛出去。然而，她笑了。

「…………只要爭取到數秒的時間，那就夠了……再來他會……」

米莎飛上天際的身體重重地摔在地面上。

「……笨蛋…………」

希爾維亞朝米莎看了一眼後甩了甩頭，接著面向前方。

他們抵達霸王城之門，騎士們就這樣毫不減速地跳下龍背。白色異龍們則像是在說要去阻止霸龍妨礙龍騎士團一樣，飛到上空鋪設起防衛線。

奈特立刻說：

「衝進去。」

他踏出一步。「喀當」一聲，霸王城的正門緩緩開啟。

龍騎士團就像警戒似的舉起劍。

一名男人從門後走了出來。

「——昨天的酒宴非常快樂。」

帶著憂傷的聲音靜靜地響起。

「你們和睦地喝著酒，看起來非常快樂。就像在細細品嘗平凡無奇的幸福一樣。」

原來出現在那裡的人是雷伊。他將靈神人劍拿在右手上。

「讓我覺得非常眼熟。」

他輕輕地坦承：

「是非常悲傷的一幕。」

希爾維亞與奈特本來打算一口氣衝過去，但是被他的眼神壓倒，沒辦法踏出步伐。

「兩千年前，我們也是這樣喔。在與魔族的戰爭中，不知何時會死的蓋拉帝提士兵們把今天當作最後，真的打從心底享受著酒宴，就像笨蛋一樣地吵鬧。」

雷伊以微微顫抖的聲音喃喃地說：

「……就像笨蛋一樣地享樂……」

他穿過正門站在龍騎士團之前。

「你們知道自己的死期就快到了。」

希爾維亞與他對峙，同時開口說：

「沒錯，這就是獲賜預言的阿蓋哈騎士。」

「所以妳才會變得討厭戀愛啊？就算戀愛，也要留下愛人死去。」

「事到如今就別阻止我們了。我們要守護祖國，以死成就這個地底的基石。這是從祖先那兒一代代傳承下來，我們阿蓋哈騎士的榮耀。」

「我十分明白你們的心情，我以前也曾經做過一樣的事喔。想要守護朋友、想要守護世界，相信這樣一切就能好轉，於是想要作為一名勇者死去。」

雷伊平靜地說：

「但是我錯了。哪裡會有不捨棄性命就無法守護的事物？哪裡會有這種沒有希望與悲傷的戰鬥？我從想要守護的朋友身上學到這件事。」

他筆直看著希爾維亞，發自內心地述說：

「從真正的勇者身上學到了。」

「讓開吧，雷伊。已經沒有時間了。你快看那個天蓋！它眼看著就要落下了。我們的王就在那座城裡等著。吶……我們是一同喝過酒、一起為了和平而戰的戰友吧？」

希爾維亞舉起劍。沒有時間對話了。就跟米莎那時一樣，他們打算強行闖過去吧。

「讓我們過去。為了守護阿蓋哈，守護這個地底。」

雷伊應該也很痛切地明白他們的想法吧。還有絕對無法靠話語阻止他們這件事。

他舉起聖劍，帶著堅定的決心向阿蓋哈的騎士們說：

「我不會讓你們過去的──為了守護你們的一切。」

§ 33 【看著未來的騎士，看著過去的勇者】

在折斷的天柱支劍上，顯示著與雷伊對峙的龍騎士團身影。

阿蓋哈的劍帝迪德里希說：

「這將會是一場死戰吧。阻擋在我們面前的，是前所未有的強敵。我們必須跨過這個難關，娜芙妲。」

他朝向未來神的方向。

「祢就先向他們展示騎士之道吧。只要妳成為天柱支劍貝雷畢姆，我們就退無可退，他們會振奮起來，絕對會擊退魔王的部下穿過那扇門。」

「娜芙妲要承諾。獻上此身之後，至高世界也依舊會留在此地。最後這將會包含在天柱支劍貝雷畢姆之中，為了一直支撐天蓋，下達永恆局限的判決吧——只會作為一直注視這個未來的秩序。」

祂看著迪德里希。他點了點頭，背後溢出魔力粒子。那是「龍鬥纏鱗」。形成龍影的光漸漸變得像是一把劍，他的身體被光包覆起來。

「娜芙妲會承受你的未來。」

娜芙妲將出現在手上的坎達奎索魯提之劍朝向迪德里希。

藉由把劍刺下去，他的未來會變成祂的吧。於是，沒有一絲遲疑的祂，將劍刺在自己的王身上。儘管水晶之劍貫穿腹部，但是沒有流下一滴血。

「永別了，娜芙妲。」

娜芙妲搖搖頭，說出告別的話語。

「娜芙妲會一直在你身旁，永恆地支撐著你的地底、你的國家。」

迪德里希的「龍鬥纏鱗」發出耀眼光芒。這道光經由坎達奎索魯提之劍，漸漸移到娜芙妲身上。祂的輪廓融入光中，逐漸變成閃耀的巨大之劍的形狀。在坎達奎索魯提之劍被拔出、天上傳來的地裂聲稍微減弱之後，緊接著發生更加巨大的震天。

包覆著未來神的光芒平息下來，祂以毫無改變的模樣站在那裡。

「……這是…………？」

「……未來神的秩序被阻止了…………」

娜芙妲喃喃說道。

「還真是可惜呢，迪德里希。」

兩人朝天上看去。我從天花板挑空處跳下來的身影，使得迪德里希與娜芙妲瞪大眼睛。

我一輕盈著地，就將染成滅紫色的魔眼朝向娜芙妲。

「不愧是在至高世界中的未來神權能，要毀滅殆盡是非常累人的事，但只要稍微擾亂秩序，祢就無法成為完全的替身。只要祢還在我眼前，就別想施展那個力量。」

娜芙妲現在也仍然為了要代為承受迪德里希的未來，施展著祂的權能；不過每當秩序要具體化時，我的魔眼就會一直毀滅那個秩序。

「魔王啊。」

迪德里希朝我踏出一步。

「看來我們是道不同，不相為謀的樣子呢。」

為何要阻擾他──事到如今，迪德里希已經不會再問這個問題。就算不問，他也知道我的目的吧。

「在出發之前，我就對你說過了。」

就像我知道他不會贊同我一樣，他也明白就算重複問答，我也不會回心轉意。既然如此，該怎麼做就很清楚了。

「我們阿蓋哈會堂堂正正地挑戰魔王，然後一敗塗地吧。這是絕對不會出錯的預言。」

他緊握拳頭，流露出要挑戰預言的覺悟。

「正因為如此，我們會以騎士的榮耀起誓，戰到最後的一兵一卒為止。我就拿起這把護國之劍，開拓未來給你看吧！」

「我也應該說過了。」

我就像是要迎擊充滿氣勢的劍帝一般，舉起里拜因基魯瑪。

「你要是阻擋我的去路，就絕無寬貸。我等魔王軍會堂堂正正地迎擊阿蓋哈的劍帝，盡全力粉碎阻擋在前的士兵吧。」

在支柱之間，阿蓋哈的劍帝和未來神在與我對峙；在霸王城之門前，龍騎士團在與雷伊互相注視。不論是他們還是我們，彼此都一樣輸不得。不過要是拖得太久，天蓋就會將地底壓毀，只能一口氣分出勝負了。

為了先發制人，娜芙妲與迪德里希用神眼（眼睛）看向我。或許是儘管渺小，仍然能看到勝算吧，即使面對我，娜芙妲也沒有自行崩壞。

空中響徹起「嘎、嘎嘎嘎嘎、咚咚咚咚、嘎嘎嘎嘎嘎」的吵雜地鳴聲。

娜芙妲與迪德里希仍然不為所動。我也注視著他們，泰然以對。

而最先展開動作的，是顯示在天柱支劍上、正門前的龍騎士團們。

「全隊衝鋒！」

「「「唔喔喔喔喔喔喔喔喔喔喔喔喔喔喔喔喔喔喔！」」」

在奈特的號令之下，除了希爾維亞、里卡多與戈多的阿蓋哈騎士們全員朝雷伊衝去。霸王城之門敞開著，雷伊沒有時間把門關上，他必須一個人阻止龍騎士團。既然如此，眾人就沒必要特意打倒雷伊。

二十多名騎士只要能讓雷伊的動作停下一瞬間，希爾維亞、奈特與里卡多就能趁著這個空隙穿過霸王城之門。只要進到城內，就一如娜芙妲的預言，希爾維亞與奈特會當場成為天柱支劍，里卡多則會將自己獻給王龍吧。

在覆蓋著至高世界的此處，只有一個人的雷伊無從阻止他們。因為擁有娜芙妲模擬神眼的他們這樣預知到了。

有如雪崩一般，阿蓋哈的騎士們舉起坎達奎索魯提之劍，紛紛撲向擋在前方的勇者。三把劍刺中雷伊，濺出了鮮血。

壓制住敵人了——大概是看到這樣的未來吧，奈特以下的四人為了筆直穿過大門而踏出一步，緊接著他們突然停止動作。

「「唔啊啊……」」

「什麼……嘎啊……！」

撲向雷伊的二十多名騎士，全員都被他的聖劍橫掃出去。其中有三名當場倒下，無法立刻起身的樣子。

「……明明很慢，卻很快……」

希爾維亞對方才雷伊揮出的劍瞪大了眼。

「……怎麼可能……你的王牌應該沒辦法一個人施展啊……！」

她忍不住回頭。毫無防備地受到超過三十支坎達奎索魯提之槍攻擊、吃下龍騎士團衝撞的米莎，目前已從真體變回一時性的姿態，並且依舊倒在那裡。

就連恢復魔法也無效，也無法再度變回真體吧。由於受到了重創，所以傷勢會經由至高世界被無限地局限在對她不利的狀況下。

這是讓人不敢直視的悽慘模樣。希爾維亞流露出擔憂的表情，不過下一瞬間就像要甩開這種感情似的甩了甩頭。

「……跟我前進！由我來對付他！」

希爾維亞率領龍騎士團，朝著雷伊衝了過去。「龍鬥纏鱗」化為八片龍翼展翅，她的身體加速。

「龍技——」

就像要進行波狀攻擊一樣，騎士們拉開間隔砍來。而希爾維亞宛如神風颳起一般，從他們之間衝了過去。

「『龍翼神風斬』！」

暴風之刃分裂成好幾層，意圖吞沒雷伊的身體。以模擬神眼看準未來的希爾維亞之劍，橫掃過他的身體、刺傷肩膀，並且撕裂胸口。

然而所有攻擊都不至於形成致命傷。雷伊在要受到致命傷之前，進到模擬神眼預知的盲點，避開了致命傷勢。然後在下一劍朝他心臟刺出的瞬間，他儘管在與旋風般的連擊對打，還是將同時進行波狀攻擊的騎士們砍倒、擊退回去了。

「……這樣好嗎？」

希爾維亞一面激烈過招一面問：

「這樣真的好嗎！要是在這個至高世界裡就這樣置之不理，米莎可是會死喔！」

雷伊沒有回答，只是以溫柔的眼神看著她。

「……我……」

就像不小心吐露真情一樣，她喃喃地說：

「……我其實很羨慕你們。你們很耀眼……」

每次開口，劍就變得更快，讓她的情緒越來越激昂。

「是啊，我其實憧憬你們到了可恨的地步！那是我絕對無法實現的事……所以！」

希爾維亞的劍撕裂雷伊的大腿。她咬緊下唇，就像懇求似的說：

「……所以，快去救她吧……這是所謂的戀人吧……」

攻擊仍然沒有止歇，希爾維亞的暴風之刃與雷伊的溫柔之刃不斷激烈地互相對砍。

「我們在這裡爭執、在這裡戰鬥，究竟有什麼意義啊！我不是來撕裂你們的愛！而是來守護的啊！」

希爾維亞的劍掃過雷伊的身體濺出鮮血。雷伊無懼地向前踏出一步。

「……喝……！」

在「龍翼神風斬」結束之際，靈神人劍刺向希爾維亞的左肩。

她沒辦法躲開，於是咬緊牙關。「鏗」的一聲，奈特的劍擋下這一擊。但是被雷伊的臂力擊退，使得他也不得不退開。

「……唔……」

希爾維亞在千鈞一髮之際跳開躲掉靈神人劍接著的追擊，將模擬神眼朝向雷伊。

又有三名阿蓋哈的騎士在那裡倒下。

「沒能阻止到。我曾經沒能阻止到。」

儘管全身鮮血淋漓，雷伊還是溫柔地舉起靈神人劍，仍然阻擋在龍騎士團面前。

「兩千年前，我曾經沒能阻止我的夥伴失控。」

光芒聚集在他背後。強烈魔力的閃爍，就像在呼應他的意念一樣畫起魔法陣。

「當時我沒有力量。沒有足以貫徹信念的力量，沒有足以展現正確的行為之所以正確的力量。」

他反抗著秩序。沒有被至高世界完全局限，從那個框架中踏出半步。

「所以，她給了我時間。拚上命爭取到用來補償的時間。」

米莎藉由在數秒內擋下龍騎士團，讓雷伊能夠趕上，阻擋在他們面前。

「想要我幫助她這種話，米莎不論何時都不會說喔。她會要我戰鬥，會說要與我一起戰鬥——這就是我們的愛。」

出現在雷伊背後的，是一朵大到足以覆蓋住巨大正門的秋櫻。

米莎倒下，眼看著似乎就要喪命。然而就算他們的手分開，心也比過去還要強韌地連結在一起──沉入愛的深淵，達到尊貴的境界。

「愛世界」的真正力量，確實在那裡開花結果了。

「到了最後，不論是妳還是你們，也會戀愛、擁抱愛情吧。會被他人嫉妒、光是看著就會感到噁心的和平也會降臨在你們身上。」

「你在說什麼蠢話……」

「肯定會降臨喔。」

他緩緩地將靈神人劍舉向前方說：

「我不會讓你們死。我會將你們高傲的劍全部承受下來，守住那個明天給你們看。」

§ 34 【不殺之劍】

激戰展開了。覺悟死亡也接受毀滅，騎士們手持坎達奎索魯提之劍朝著阻擋在前的勇者衝去。距離天蓋落下，已經沒剩多少時間。

「別害怕！阻擋在前的是魔王的部下。雖然是在這個至高世界裡就連我們的劍也能擊退、一騎當千的怪物，不過注視著未來的阿蓋哈騎士不會敗北！」

團長奈特喊道，強烈鼓舞著部下。

「我們偉大的劍帝也在那座霸王城裡戰鬥！就打倒這名強悍的勇者，將我等的驕傲、我等的榮耀，展現給王看吧！」

騎士們再度進行波狀攻擊。就算想要憑藉「愛世界」的力量高速行動，他們的模擬神眼能看見未來。對鬥爭局限的至高世界——娜芙妲這樣說過。也就是只要關於鬥爭，未來就會看得更清楚吧。雖說是模擬神眼，但只要龍騎士團全隊互相彌補死角，就不會遜於娜芙妲所擁有的神眼。

雷伊一面同時對付奈特與希爾維亞，一面與龍騎士團全隊打得勢均力敵。儘管如此，他被抓住無法避開的破綻，使得肩口、後頸、右手與左腳都被砍傷了。

他的根源消滅。被坎達奎索魯提之劍不斷地砍傷、局限，使得他的根源已經只剩下最後一個了。

「龍技——」

希爾維亞就像要追擊似的，將「龍鬥纏鱗」纏繞在自己的劍上。彷彿要迎擊一般，雷伊避開騎士們的攻擊，將根源發出的魔力化為虛無。

「靈神人劍，祕奧之一——」

「『龍翼神風斬』！」

「『天牙刃斷』！」

雷伊的劍刃與希爾維亞的劍刃在轉瞬間無數次地衝突。看準未來的神風之刃，竟是必中且必殺的啊。經過數次的激烈衝突、當劍尖碰觸到雷伊的心臟時，希爾維亞就像確信勝利一樣，眼中充滿悲傷。然而，靈神人劍從龍騎士團全隊所看到的未來死角揮出那一劍，將希爾維亞手中的坎達奎索魯提之劍打飛了。伊凡斯瑪那斬斷了宿命。

「結束了，雷伊・格蘭茲多利。」

奈特冷靜地看準「天牙刃斷」的破綻撲來。就算結果偏離了模擬神眼讓他們看到的未來，事到如今他們也不會膽怯。雷伊打算再度以「天牙刃斷」迎擊，身體被劍刃從左右兩側貫穿。

「唔……！」

揮劍的人是副官戈多與希爾維亞的父親里卡多。他們假定預知會失誤，懷著必死的覺悟衝了過來。

「……唔、喔喔喔喔喔喔喔喔喔喔喔喔喔喔喔喔喔喔喔！」

戈多再踏出一步，讓雷伊手上的伊凡斯瑪那刺進自己體內，封住了那把劍。

「團長——！幹掉他——！」

奈特已逼近到眼前，將「龍鬥纏鱗」集中在劍尖上。要是就這樣刺出龍技，戈多就會成為雷伊的盾；然而要是花時間繞過他，發動「愛世界」的雷伊就能輕易躲開這一擊吧。戈多與奈特都做好覺悟。

「龍技——」

奈特的劍尖連同戈多一起對準雷伊。

「——『靈峰龍壓壞劍』！」

有如要將一切壓壞的靈峰龍衝鋒突刺。就在這一劍要貫穿戈多背部的數瞬前，雷伊放開伊凡斯瑪那，推開他的身體。坎達奎索魯提之劍勉強從戈多的身旁穿過，刺向變得毫無防備的雷伊心臟。

轟隆隆隆隆隆隆！」魔力與魔力衝突的劇烈聲響，在他背後的秋櫻之花散落一半。

沙塵飛揚，霸王城之門崩塌。縱然剩下的根源只有一個，他仍然佇立在那兒。儘管遭到就連局限世界的城市都能破壞的「靈峰龍壓壞劍」貫穿、全身鮮血淋漓，雷伊依然阻擋在他們面前。

「…………為什麼……沒有倒下…………！」

奈特將劍拔出雷伊的腹部，以大上段姿勢高舉過頭。劈下來的那把劍被雷伊空手擋了下來。他的手掌裂開，溢出鮮血。

「……我要是倒下，你們就會死……」

雷伊緊緊握住奈特的劍按住不放。

「……所以我不能倒下……！」

就像呼應他的意念，秋櫻之花散發出強烈的光芒。「愛世界」——那個愛的秩序超越肉體，強行讓他站起來。傷勢沒有治好，毀滅的根源也沒有恢復，只要魔法解除，他馬上就會倒下吧。儘管如此，他依舊站著。

「只要我的心沒有屈服，我就絕對不會倒下。」

他畫起魔法陣，用左手拔出一意劍席格謝斯塔。「愛世界」聚集在劍身上，他將劍朝著奈特劈下。

「喝！」

奈特捨劍跳開。雷伊朝著衝來的騎士們，將奪來的坎達奎索魯提之劍投擲出去。有一人被劍貫穿腳，當場倒了下來。

奈特在伸出手後，飄浮在至高世界裡的水晶碎片就再度構築成劍。希爾維亞也再度構築坎達奎索魯提之劍，將其握在手中。

「我不得不承認呢。」

奈特說。之前倒下的阿蓋哈騎士們用劍支撐著身體，搖搖晃晃地站起來。

「他不惜捨棄聖劍，保護了戈多。我們明明是懷著捨命的想法挑戰他，那個男人卻懷著要讓我們活下去的想法戰鬥。本以為他是被理想蒙蔽了眼，無法澈底捨棄天真的想法，但還真是高傲的劍啊。」

希爾維亞舉起劍微微點頭。

「他不是一個人。」

「就是啊。」

奈特筆直走向前，再度與雷伊對峙。

「真是漂亮！亞傑希翁的勇者——雷伊・格蘭茲多利，還有其戀人米莎・雷谷利亞啊。你們二人的意念是貨真價實的。想要拯救我們、顛覆預言的信念毫無一絲的虛假！」

奈特坦蕩蕩地稱讚雷伊。

「在這最後的戰場上，能與像你們這樣高傲的勇者們交戰，是我等阿蓋哈龍騎士團出乎意料的榮譽！」

雷伊一面發出凌厲的眼神一面說：

「我不會讓這個鬥爭成為最後。」

奈特微微笑了笑。

「你們很強。如果是生死之鬥，輸的就會是我們吧。正因為如此，我們才不能輸，雷伊・格蘭茲多利。」

奈特提高氣勢，從根源使出全部的魔力。龐大的「龍鬥纏鱗」包覆住他的全身。

「你們兩人的愛，我們就用在這之上的榮耀擊敗，穿過那扇門給你們看吧！」

就像要激勵龍騎士團一樣，奈特大喊：

「全隊準備！必須在這一擊上傾注全力！要以我們的信念超越他們尊貴的意念，才是對無償憐憫我們的戰友們最起碼的回禮！就讓他們瞧瞧除非死亡，否則絕不會停止的阿蓋哈的進擊吧！」

他們擺出奈特站在前方、希爾維亞位於中央的陣形，全員一齊蹬地衝出。

「衝鋒！」

龍騎士團的氣勢大漲，溢出的魔力將部隊包覆起來。奈特的「龍鬥纏鱗」變得更加巨大，出現一頭將部隊全員包覆在內、有如靈峰一般巨龍。

「衝啊啊啊啊啊啊啊啊啊啊啊啊啊！」

伴隨著希爾維亞的吶喊，她的「龍鬥纏鱗」讓靈峰龍長出八片龍翼。在大大地展翅拍打後，龍騎士團的衝鋒就以目不暇給的速度加速了。就跟突破米莎的「四界牆壁」時一樣，這恐怕是以整齊劃一的統率構成，屬於他們的殺手鐧。

讓全隊化為一頭龍，在戰場上進擊的軍隊龍技──

「「「『神風靈峰龍突猛進』（agahaguraiagumento）！」」」

伴隨著吶喊奔馳的龍騎士團，是一頭巨大的龍，也是一把巨大的劍。

將全隊的魔力統統集中在這一劍上的進擊，不論是要架開還是擋下，大概都辦不到吧。

雖然避開才是正確的選擇，實際卻沒辦法這麼做。面對有如颳起神風一般逼近而來的騎士們，雷伊在時間流動不同於他人的自我世界裡，緩緩地舉起一意劍。

他們除非死亡，否則絕對不會停下來吧。儘管如此，雷伊還是在劍上注入不殺的意念。

「不會讓你們過去──」

雷伊將根源發出的魔力化為虛無，握起一意劍。可是這樣還不夠。

他一面以化為虛無的一個根源準備祕奧，一面將「愛世界」的光芒聚集在席格謝斯塔上。讓根源魔力化為虛無的祕奧，無法與運用魔力施展的魔法同時施展。

然而，他此時的愛魔法只靠意念就成立。

「──『愛世界反爆炎花光砲』。」

這是對方的攻擊越強，威力就越是增加的反擊魔法。他將這個魔法纏繞在一意劍上，讓席格謝斯塔發出胭脂色的光輝。

「「「唔喔喔喔喔喔喔喔喔喔喔喔喔喔喔喔喔喔喔喔喔喔喔喔喔喔喔喔喔喔喔喔喔喔！」」」

「一意劍，祕奧之一——」

在背後閃耀的秋櫻之花散落——逼近而來的龍騎士團化為一把劍。在「神風靈峰龍突猛進」的劍尖刺中雷伊的左胸、鮮血溢出的那一瞬間——

「——『想斷一閃』。」

無數的秋櫻花瓣飛舞，吞沒龍騎士團，使得他們的神眼瞬間目眩。

劍光一閃。一意劍揮出的這道劍光，將三十多名騎士使出的「神風靈峰龍突猛進」盡數斬斷。

「……………………………啊…………………………什麼…………」

應該不會停下的龍騎士團停下腳步。

「還……沒……結束……」

奈特就像突然渾身無力一樣跪在地上。

「……為……什麼……？我還……還……必須過去啊……！」

希爾維亞就算想用劍支撐身體站起，身體也像是完全不聽使喚的樣子。

其他騎士們也都一樣，當場倒地不起。

「……為什麼！我還能動啊！明明沒有被砍中……！快動啊！」

「『想斷一閃』是不斬而斬敵的不殺之劍。」

雷伊一面收起一意劍一面說：

「被砍中的對象不會痛也沒有傷口，只會受到被砍中時的傷害。你們被『愛世界反爆炎花光砲』斬斷，根源本來會消滅。在『想斷一閃』的效果消失之前，是站不起來的喔。」

只有「想斷一閃」的話，怎麼樣也無法對抗龍騎士團的進擊吧。雷伊藉由在足以消滅他們的「愛世界反爆炎花光砲」上覆蓋「想斷一閃」，以不殺的形式制止了龍騎士團。以不取性命的形式奪走生命。這招魔法與祕奧的合一，就連辛也做不到。

這是兩千年前沒能斬殺失控夥伴的他感到後悔，並為了跨越當年的悔恨，所終於抵達的境界吧。

「……該…………死…………」

希爾維亞當場倒下。她仰躺不動，注視著落下的天蓋咬緊牙關。她的遺憾伴隨著淚水一起流下。

「沒問題的喔。」

雷伊的發言讓希爾維亞微微朝他看去。

「那個不會落下，絕對不會。我們——」

雷伊注視著那塊激烈波動且逐漸逼近的天空說：

「——暴虐魔王不會讓它落下。」

§ 35

【至高世界的死戰】

在雷伊與龍騎士團爆發激烈衝突後——不等他們分出勝負，劍帝迪德里希就蹬地衝出。

「唔啊！」

深灰色磷光聚集在迪德里希高舉的拳頭上。纏繞上「龍之逆磷」的那記正拳一面颳起驚人風壓，一面朝著我的身體揮下。我將漆黑極光纏繞在左手上，正面擋下了這一擊。魔力與魔力、拳與掌的衝突使得周圍的地板龜裂，發出沉重的聲響裂開。

「唔嗯，就連『四界牆壁』也能吃嗎？」

迪德里希的「龍之逆磷」啃食「四界牆壁」，使得這道魔法屏障越來越薄。我持續施展「四界牆壁」，維持著這道屏障。

「別以為能把我的魔力吃光啊。」

我在右手染上「根源死殺」，筆直刺向迪德里希。縱然他纏繞著「龍之逆磷」的左手打算抓住攻擊，我的手卻猛然加速。他的神眼大概能看見未來，但速度差是怎麼樣也束手無策的事。我的漆黑指尖刺中迪德里希的腹部。

「娜芙妲要局限。」

右手感覺到強烈的抵抗，我刺中他腹部的指尖只到手指的第一關節。由於娜芙妲局限了未來，應該穿過去的迪德里希的左手抓住了我的右手。

「抓到你嘍，魔王！」

迪德里希背後激烈地升起魔力粒子，形成讓人聯想到劍、帶有銳利雙翼的龍影。那是「龍鬥纏鱗」的魔法。那道龍影發出「龍之逆磷」，以有如長劍的雙翼將我包覆起來。

「唔喔喔喔喔喔喔喔喔喔喔喔喔喔喔喔喔！」

迪德里希以不顧後果的全力緊握住我的右手腕推回。當我的指尖一拔出腹部，他就同時將右手使勁地揮過來。在我踏穩腳步後，整個人就「轟隆」一聲陷入地面，當場形成一個非常巨大的坑洞。

藉由並用「龍鬥纏鱗」與「龍之逆磷」，他吃著「根源死殺」、「四界牆壁」，甚至是反魔法與魔眼的力量，讓力量衰減。

「娜芙妲宣告，要對你處以斬首之刑。」

就像搶先抵達未來一樣，不知何時出現在我背後的娜芙妲將坎達奎索魯提之劍橫掃過來。這一劍切開我的脖子，同時被破破爛爛地腐蝕成黑色。就在坎達奎索魯提之劍被溢出的魔王之血完全腐蝕斷裂之前，她說：

「娜芙妲要局限。」

這把劍沒有被完全腐蝕，水平掃過我的脖子，然後把頭砍了下來。如果不是一定以上的攻擊，使用魔王之血就會對世界造成傷害。這種傷害要是累積下去，就會超過世界的恢復力，緩緩地導致世界崩潰吧。

然而太過弱小的攻擊，本來就連要傷到我的身體與根源都很困難。

迪德里希與娜芙妲利用他們能看到未來的神眼與能局限未來的權能，以我不會流出魔王之血的最大威力砍掉我的頭。

「——真是漂亮。」

只剩下頭部飛上天空的我泰然地說：

「憑藉強大傷不到我。知道這點，你們竟打算以弱小取下我的首級啊？不過——」

我施展「飛行」的魔法讓頭部飄在空中，以「破滅魔眼」瞪著娜芙妲。

「這樣就是二對二了喔。」

我的身體將壓制住我的迪德里希用力推開。就在他要抵抗力道、竭盡魔力在雙手上施力的瞬間，我用「根源死殺」的腳踢在他的肚子上。

「……唔……！」

迪德里希的表情痛苦地扭曲，沒有頭也一樣能動的我讓他的眼神凝重起來。看起來就像在說他即使曾在未來看過，依然覺得這一幕很蠢一樣。

「真是的，說到你這傢伙……身體還真是誇張啊……」

「對你處以大卸八塊之刑。」

有如朝未來加速一般，娜芙妲朝我的身體移動，用力揮出坎達奎索魯提之劍。

「祢的對手是頭部。」

我瞪著未來神，用視線畫著魔法陣。覆蓋住祂的「四界牆壁」牢籠讓神的秩序衰減，漆黑閃電朝祂奔馳而去。

「『魔黑雷帝』。」

從我的魔眼（眼睛）射出的黑雷貫穿娜芙妲。

「唔、喔、喔喔喔喔喔喔喔喔喔喔喔！」

迪德里希以渾身之力抓起我的腳，就這樣將稍微失去平衡的身體拋向天空。順著這股氣勢，那傢伙朝著我的頭部衝來，將我的魔眼射出的「魔黑雷帝」用深灰色磷光吃掉，然後把「龍鬥纏鱗」的右拳狠狠地往我的臉上揮來。

「太天真了。」

我伸長的頭髮纏繞住迪德里希的拳頭，架開了這一擊。

「『根源死殺』。」

黑髮染上更加漆黑的「根源死殺」，無數的魔王之髮有如生物般蠢動，將前端變得像針一樣尖銳，刺穿迪德里希的全身。

「……唔啊啊……！」

「雖說是頭部，難道你以為就不能互毆嗎？」

趁著迪德里希麻痺的瞬間破綻，我被拋出去的身體施展「飛行」轉向，拿著全能者之劍里拜因基魯瑪從正上方落下。

「『波身蓋然顯現』。」

可能性之刃要將迪德里希一刀兩斷地劈下。他的頭部濺出些許血花，但身體依然健在。

「……這還真是……讓人受不了啊……！」

在擋下迪德里希揮出的全力之拳後，我的身體被用力擊退，向後退開了好幾公尺。

「唔嗯，果然和『波身蓋然顯現』很不合。」

我抓住飄在空中的頭部，用力壓在身體上。伸長的頭髮翩翩掉落，恢復成原本的長度。

儘管在至高世界裡的恢復魔法缺乏效果，沒辦法完全接上，不過應該沒問題吧。

娜芙妲就像要守護迪德里希一樣，阻擋在我的面前。祂在以坎達奎索魯提之劍斬斷「四界牆壁」的牢籠逃出後，局限了「波身蓋然顯現」。在掌管未來的神之前，里拜因基魯瑪的劍刃被完全消除了拔出的可能性，無法好好地揮動。

「你也知道吧，娜芙妲即使睜開神眼（眼睛）也平安無事的理由？」

迪德里希喊道，同時舉起拳頭。

「無非就是我們正在接近那萬分之一的勝算。」

「很難說吧？以我為對手，你真的以為會有萬分之一嗎？」

他大口吐氣，一面調整呼吸一面在體內提煉魔力。

「你能使出全力的日子，就連萬分之一都沒有吧？不過和局限世界不同，至高世界與這個世界相連，不論是『極獄界滅灰燼魔砲』還是『涅槃七步征服』，你都不會施展。」

假如要施展，不用等天蓋崩潰落下，這個世界就會結束。就和砍掉我頭部的情況一樣，也就是打算不讓我使出全力地戰鬥。

「抱歉啦，娜芙妲和我可是要使出全力嘍。」

他握緊拳頭，將魔力注入選定盟珠中。

「『附身召喚（azeputo）』・『選定神（娜芙妲）』。」

娜芙妲豎起坎達奎索魯提之劍，舉到胸前敬禮。祂的神體才剛發出閃耀光芒，下一瞬間娜芙妲就留下劍，宛如水晶一般粉碎了。無數碎片在迪德里希周圍閃閃發光，使得他的魔力突然暴漲。

「就在那兒看著好嗎，魔王啊？」

迪德里希一面施展「附身召喚」一面說：

「這不是比賽，而是戰鬥。我封住你的力量在戰鬥。既然如此，你也在我使出全力之前打倒我吧。」

要是不讓他完成「附身召喚」，確實會很好對付吧。

「無妨。你就讓我充分見識吧。」

迪德里希大膽無畏地笑了笑。我不是一時興起，也不是手下留情。這是為了一個目的，而他也看穿了我的目的。

要將一切的未來，為了勝利而使用。

「這真是太好了！」

他的背後浮現長著劍翼的龍——那道「龍鬥纏鱗」被染成黃金色。飄在空中的坎達奎索魯提之劍變得越來越厚重、越來越巨大，成為一把造型酷似龍的大劍。

迪德里希伸手握住大劍的劍柄。

「這樣萬分之一的未來就變成千分之一了。」

迪德里希將坎達奎索魯提大劍高舉過頭，豪放地大喊：

「預言者迪德里希・克雷岑・阿蓋哈宣告，魔王阿諾斯・波魯迪戈烏多會在一分十一秒後被這把未來世大劍斬殺落敗吧。」

迪德里希流露出覺悟，發出預言。就連這句話，也是他要接近萬分之一未來的布局吧。

「那我就告訴你吧，迪德里希。」

我舉起全能者之劍里拜因基魯瑪說：

「不論是萬分之一還是千分之一都一樣。因為你的神眼（眼睛）所看到的唯一勝利，正是你一直在追求──娜芙妲的盲點啊。」

§ 36 【唯一勝利的未來】

迪德里希纏繞在身上的「龍鬥纏鱗」閃耀著黃金光芒，猛然踏出一步。飛越未來、出現在我面前的劍帝，將未來世大劍坎達奎索魯提以大上段的姿勢劈下。

「唔、喔、喔喔喔喔喔……！」

我對收在鞘裡的里拜因基魯瑪施展「波身蓋然顯現」，以可能性之刃迎擊。

『娜芙妲要局限。』

「龍鬥纏鱗」傳來未來神的聲音，消滅掉我拔出里拜因基魯瑪的可能性。娜芙妲雖說能局限未來，然而並不能完全支配我的行動。這是因為只要我決定踏出腳步，並實際走動起來，這就已經不是未來，而是現在與過去。這部分不會受到祂身為未來神的權能影響。

只不過，我以「波身蓋然顯現」揮出的里拜因基魯瑪，一直都只是可能性的存在。而且，既然只要這把劍沒有收在鞘裡，我的身體就會因為劍的力量從過去、現在與未來中毀滅，我就不可能真的拔劍。如果只是可能性的存在，不論再怎麼強大，應該都贏不了未來神的權能。只要一直將未來局限在我沒有拔劍的未來就好。

我以纏繞上「四界牆壁」的里拜因基魯瑪劍鞘，擋下猛然劈下的未來世大劍。

「這招大概不會成功吧！」

坎達奎索魯提與里拜因基魯瑪發起「鏗」的一聲，下一瞬間卻互相穿過，使得劍刃橫掃過我的身體。鮮血猛烈溢出，我感受到根源被切開的痛楚。

未來世大劍將未來局限在會穿過我防禦的未來，以不會發動魔王之血的最大威力砍了我一劍。

我以染成滅紫色的魔眼瞪著他，再度揮出里拜因基魯瑪的可能性之刃。

『娜芙妲要局限。』

「背理神的武器，在對付未來神時不管用！」

迪德里希將未來世大劍高舉過頭，豪邁地砍向我的腳邊。不論我要避開還是擋下，都會被局限住未來而被砍中吧。我特意不閃不躲，抬起右腳。

「唔喔喔喔喔喔喔喔喔喔喔！」

迪德里希使出渾身力道的一擊砍中我的左腳。我以比他砍斷腳更快的速度，狠狠地用右腳踩住大劍。

「……嘖……」

如果是在砍中我的途中，劍就不會穿過我。這是因為未來被局限在劍絕對會出現在那裡的狀態。

「預言者會說出預言是有其意義的。會想讓我以為里拜因基魯瑪不管用，是因為在我面前，哪怕是未來神也無法完全局限一切。」

就算迪德里希使出渾身力道想要將未來世大劍舉起，如果是力量與力量的對決，能局限未來的餘地就很少。我將踩住的大劍「砰」的一聲壓在地上。

必須持續局限我拔出里拜因基魯瑪的可能性，相對使他被奪走干涉其他未來的選擇權。

「你們以為奪走了我的未來，實際上卻是封住了自己的未來。」

我將手掌朝向他，畫出魔法陣。這些魔法陣化為一百座砲塔，統統對準了迪德里希。

「『獄炎殲滅砲』。」

一百發漆黑太陽朝著阿蓋哈的劍帝射出。他以「龍鬥纏鱗」為盾，讓「龍之逆磷」吃掉這些砲擊。

「凡事都有限度。」

我啟動在對付碧雅芙蕾亞時，以「魔黑雷帝」畫在牆壁與地面上的魔法陣。

「『殲黑雷滅牙』。」

漆黑雷牙咬住迪德里希的「龍鬥纏鱗」。磷光閃爍，「龍之逆磷」咬住雷牙，兩個魔法互相啃食著。磷光儘管吸收著雷牙，可是不論怎麼啃食都會無止盡地湧出，「殲黑雷滅牙」纏繞在迪德里希身上。

我以魔眼窺看深淵，將「根源死殺」的手指穿過「龍之逆磷」微微鑿出的缺口中。

「……呣唔……！」

即使貫穿迪德里希的胸口，也抓不到他的根源。大概是他將未來局限了吧。

「也就是說，這是一場削減未來的戰鬥。當你無法完全局限未來時，你將迎來敗北。」

無數火焰在天空奔馳，畫著魔法陣。

「『獄炎鎖縛魔法陣』。」

漆黑火焰化為鎖鍊，要綁住迪德里希的身體。

「龍技——」

在他背後浮現的黃金龍將有如長劍的雙翼合併，宛如化為一把大劍。

「龍鬥纏鱗」重疊在未來世大劍上。

「——『劍翼龍擊斬（daburomento）』！」

迪德里希一面散發魔力粒子，一面將陷入地板裡的未來世大劍盡全力往上揮。在我把腳移開、迴避這一擊後，劍壓掀起的衝擊波就將「獄炎鎖縛魔法陣」轟成粉碎。

支柱之間的牆壁自挑空的天花板到地板為止被劈成兩半，城堡發出「嘎啦嘎啦」的聲響坍塌下來。

「唔嗯，要是承受那一劍，到底連魔王之血都無法澈底擋下啊。」

我趁著他把劍往上揮的破綻，以里拜因基魯瑪揮出可能性之刃，並在被局限的瞬間，就這樣以里拜因基魯瑪的劍鞘刺中迪德里希。

「……唔呃呃……！」

朝著鑽進懷中的我，迪德里希毫不在意地將未來世大劍砍來。我要以「四界牆壁」的右手擋下這一劍，卻遭到了局限，根源傳來痛楚。未來世大劍的劍刃深深砍入右手骨裡，逐漸削減根源。

「那就這樣再擋一次看看吧。」

就像要覆蓋住迪德里希的周圍一樣，我在空中接二連三展開魔法陣。這些砲塔合計有六百六十六門，一齊發射出「獄炎殲滅砲」。然後從漆黑太陽之中溢出的熊熊火焰化為極炎鎖，綁住了迪德里希的身體。

「『根源死殺』。」

里拜因基魯瑪的劍鞘染成漆黑，貫穿迪德里希的根源。

「……咳咳…………」

他張嘴吐出鮮血，表情充滿痛苦。有稍微擊中的手感。即使遭到局限，「根源死殺」還是消滅了他的根源。

「看到你的極限嘍，迪德里希。」

「獄炎殲滅砲」接連命中，引發無數的激烈爆炸。儘管迪德里希以「龍鬥纏鱗」承受轟炸，以深灰色磷光吃著魔力，還是局限住未來，強行掙脫了炎鎖。

「這樣千分之一就變成百分之一了！魔王啊！距離預言時刻只剩下十秒嘍！」

他沒有停下攻擊，朝我的腹部踢來。我在用里拜因基魯瑪的劍鞘擋下這一擊後，身體就被踢飛，讓我與他之間的距離稍微拉開。這是揮動未來世大劍的絕佳距離。

紛紛落下的「獄炎殲滅砲」就像穿過迪德里希的身體一樣，在地面不斷重複著爆炸。

「唔、啊、啊啊啊啊啊啊！」

我在以最低限度的動作避開用力劈下的這一劍後，地板遭到破壞。我同時衝過去踩住劍刃，再度以「根源死殺」的劍鞘刺中迪德里希的胸口。

「……唔呃啊……！」

「結束了。」

我用左手拿著里拜因基魯瑪，在右手染上「根源死殺」並纏繞「殲黑雷滅牙」。

「……沒錯……！一如預言，剛好一分十一秒啊！」

在我刺出右手指尖的同時，他的「龍鬥纏鱗」集中在大劍上。就像與此連動一樣，從周圍射出的「獄炎殲滅砲」開始直接擊中迪德里希的身體。

「根源死殺」刺進體內的劍鞘，確實刺中了他的根源。

「『劍翼龍擊(daburomento)』——」

往上揮來的一擊劍翼。精準配合著我的攻擊、以同歸於盡的覺悟揮出的，是恐怕連魔王之血都能斬斷，劍翼之龍的展翅。

距離他的預言到現在，正好一分十一秒。他捨棄防禦，於此時此刻將未來神的力量盡數灌注這一劍。就像精準算好一樣的局限一擊掀起衝擊波，將位在劍刃前方的一切萬物輕易斬斷。可是——我在這之前避開了這一劍。

「——『雙破斬（aroiya）』！」

一分十二秒。往上揮出的劍就像反彈似的戛然而止。剎時間，被局限的這把未來世大劍搶在我動作之前，以遠高於我的速度抵達未來，一劍劈在地面上。

迪德里希的殺手鐧——「劍翼龍擊雙破斬（daburomentoaroiya）」直接擊中，我的身體浮現出這道劍光。

「……只要預言我會在一分十一秒時敗北，我就會在這瞬間維持最大限度的警戒。而你的目的，則是要引誘出我在這一秒之後的大意。」

「沒錯。縱然逞強，我的神眼（眼睛）還是能看出你的疲弱喔！」

就像要給我最後一擊似的，迪德里希將未來世大劍橫掃過來。

我用左手輕鬆接下這一劍。

「逞強？是在指什麼啊？」

我用手指把劍捏碎。

「預言者會說出預言是有其意義的。雖說我看不見未來，難道你以為我就無法預測到這一劍嗎？」

方才的一擊讓根源被斬開，使我瀕臨毀滅。我是特意被砍中的。瀕臨毀滅的根源，會為了克服毀滅增強光芒。我的魔力猛然暴漲，將在「根源死殺」上疊著「殲黑雷滅牙」的右手打在迪德里希的肚子上。

「……呃啊啊啊啊啊啊啊啊啊啊……！」

根源被刺穿、遭到漆黑雷牙啃食的痛苦，到底就連迪德里希也忍不住發出慘叫。這是無法完全局限的一擊。就在他要跪下膝蓋的那一瞬間，從我背後飛來的坎達奎索魯提之槍貫穿了我的胸口。

「……唔……！」

鮮血從我的胸口滲出。迪德里希奄奄一息地說：

「……這才是我真正的目的啊，魔王……」

迪德里希放開劍，僵硬地舉起顫抖的拳頭，將殘留的魔力聚集在上頭。

「……儘管是只要瀕臨毀滅，就會為了克服毀滅增強力量的根源，但是在那一瞬間，魔力會變得太過強大，讓你光是存在就會導致這個世界崩潰……」

我那瀕臨毀滅、扭曲得亂七八糟的根源，被刺在身上的坎達奎索魯提之槍持續局限在會變得更加混亂的未來上。

「為了阻止毀滅的控制極為困難。正因為就連這種事都能輕鬆辦到，你才會是魔王；但要是我竭盡未來神的權能局限住未來的話會怎麼樣！」

承受住所有「獄炎殲滅砲」、被「獄炎鎖縛魔法陣」束縛，儘管受到「根源死殺」與「殲黑雷滅牙」攻擊，但是他在現在這一瞬間沒有局限住這一切，只是為了擾亂我的根源而使用了未來神的秩序。

「你為了不傷害這個世界，會將這些洩漏出來的毀滅之力朝向自己吧。」

他知道毀滅根源的機制，知道我一直在壓抑這股力量。

我失控的根源之中溢出大量的漆黑粒子，那是甚至沒有施展魔法的純粹魔力塊。然而，這些魔力塊就像要將世界封閉在黑暗之中一樣，散發出黑暗光芒。

黑暗粒子升起、覆蓋住整個房間後，逐漸往天空升去。就像在遵從迪德里希的預言一樣，我強行壓抑這股力量，努力將它保留在自己內部。

「……唔……………」

我狂暴的根源逐漸將我自身導向崩毀。

「你如果寧可傷害世界也想贏過我，我就毫無勝算了吧。這就是我與娜芙妲用這雙神眼(眼睛)所看到——唯一勝利的未來。」

他讓拳頭纏繞上「龍之逆磷」。這是啃食根源的魔法，是要將我瀕臨毀滅的根源更加擾亂的一擊。

「——就暫時躺下吧，魔王。在我拯救世界之後，才會輪到你上場。」

深灰色的磷光激烈閃爍，迪德里希將「龍之逆磷」高高舉起。我不得不阻止根源失控，沒辦法好好反擊。比起迪德里希的拳頭，比起坎達奎索魯提之槍，我從自身內部發出的毀滅魔力要強得多。

能打倒魔王的只有魔王自己——他想出讓我攻擊自己的手段。而只要來到這個階段，自己的勝利就無可動搖。劍帝確實看到了那個未來吧。

萬分之一的勝利已經落在手中。就像要證實這個確信，迪德里希大大揮出拳頭。

我倏地把手伸出，握住連同劍鞘一起刺在他身上的里拜因基魯瑪劍柄。

「『波身蓋然顯現』。」

在我施展魔法的同時，可能性遭到局限，未來只剩下我依舊把劍收在鞘裡的可能性。

我在等待這一瞬間。剎那間過去，我將里拜因基魯瑪之劍從劍鞘裡拔出。即使白銀的劍身閃爍，我也沒有因為全能者之劍的力量消滅。

於是，我用這把劍斬斷迪德里希的神眼。

「……呃……唔啊…………………！」

鮮血飛濺，迪德里希失去光明。未來神就附在他身上，所以這一劍讓娜芙妲的神眼（眼睛）看漏了未來。

刺在我身上的坎達奎索魯提之槍被漆黑腐蝕，破破爛爛地斷裂、掉落。要是看不見未來，就沒辦法局限未來。

「……啊……」

他忍不住微微喊道：

「…………啊啊……原來如此…………」

迪德里希一面搖搖晃晃地踏出一步站穩，一面低聲說：

「……要是未來只剩下劍收在鞘裡的可能性，而且施展了『波身蓋然顯現』的話，就算拔劍也和沒拔劍一樣嗎……」

如果以「波身蓋然顯現」讓劍收在鞘裡，就算拔劍，里拜因基魯瑪會讓拔劍者的根源消滅的力量也不會發動。

「……但……是……為什麼……？」

迪德里希就像無法理解似的拋出疑問。

「為什麼娜芙妲的神眼看不到這個未來……？」

只要能看到，那個時間點只要不把未來局限在我沒拔劍的未來上就好。這樣一來，「波身蓋然顯現」就會失去效果，讓我被消滅掉吧。

「……娜芙妲的盲點，難道不是祂不存在的未來嗎……？」

「你要用魔眼好好凝視，窺看娜芙妲的深淵。娜芙妲所看不見的現在，在這以前的時間點上的娜芙妲，也無法作為未來被看到。」

這是她方才說過的話。

「在所抵達的這個未來裡，並沒有娜芙妲秩序的一部分——沒有祂的神眼。也就是說，這就是過去的娜芙妲所看不見的盲點。」

這是非常簡單的道理。只要毀掉神眼就看不到未來，就連過去都看不到。可是，因為擁有能看見未來的神眼，讓娜芙妲還有迪德里希都沒能想到這個事實。

「……這樣啊………」

迪德里希搖晃一下，仰倒在地上。從他身上溢出無數的水晶碎片，恢復成娜芙妲的模樣。迪德里希的眼睛恢復成肉眼取回光明，娜芙妲閉著那雙受創的神眼。

「……也就是我不論怎麼選擇最好的道路，打從一開始就毫無勝算啊……」

天上響起「轟、轟、轟隆隆」，令人惶惶不安的聲響。抬頭望去，天空的高度已經降到一半以下。

然後下一瞬間響起有如爆炸的地鳴，天蓋猛然加速落下——

§ 37 【天地之柱】

「……已經……沒有時間了……」

迪德里希拖著重傷的身體說，娜芙妲在一旁攙扶著他。

「……我不知道你打算做什麼，但拿走我這條命吧。只要我成為天柱支劍，就能再爭取一點時間……」

「我拒絕。敗者就要像個敗者一樣聽話。」

我將視線朝向雷伊的魔眼，在那裡的龍騎士團全都趴下了。

「你的部下也要全員活著回去。不過就是天塌下來，我不忍看見有人犧牲。」

「……雖然是你贏了，但是時間拖太久了……那個天蓋就只剩下落下的宿命！能支撐的就只有秩序之柱。就算是魔王，也沒辦法在這麼短的時間內創造出秩序之柱。」

「的確。」

我窺看折斷的天柱支劍貝雷畢姆的深淵。

「因為這好像是米里狄亞的秩序呢。」

是創造神的秩序構成這個地底的支柱——天柱支劍貝雷畢姆產生的常理。這個經由選定審判邁向滅亡的地底世界，光靠米里狄亞的力量恐怕無法支撐，還必須要有子龍當祭品。而光是這樣仍然難以支撐天蓋，地底毀滅是注定的宿命。

「破壞是我擅長的領域，但我無法施展創造神程度的創造魔法。」

天上響起「轟、轟、轟隆隆」，令人惶惶不安的聲響。抬頭仰望，天空已近在眼前。

「亞露卡娜。」

祂回過頭。碧雅芙蕾亞的周圍堆積著雪結界，將她囚禁在裡頭。

「碧雅芙蕾亞體內的霸龍已全部變成雪了。」

霸王瞪著亞露卡娜。

「沒用的喲。就算封住我，也不會有任何影響！因為這個國家的孩子們和波魯迪諾斯絕對會來救我……！」

「夢話就等睡著之後再說吧。」

我這樣隨口打發碧雅芙蕾亞，向移動過來的亞露卡娜說：

「祢作為代行者，擁有創造神的秩序，能創造天柱支劍貝雷畢姆嗎？」

「米里狄亞創造的只有秩序，即使是創造神也無法創造出貝雷畢姆本身，而我的力量比那個米里狄亞還要弱。」

「既然如此，要是和相同水準的創造魔法使用者合作的話，結果會如何？」

亞露卡娜思考一下。

「如果是模擬性的天柱支劍，說不定能創造。」

「我把愛夏叫來了，應該很快就會來到這裡。」

能在天上看到唱炎之光在閃耀，大概是正在與賽里斯交戰吧。他要是過來了，可能又會變成很棘手的事態。假如要採取對策，只能趁現在了。

『阿諾斯。』

米夏的「意念通訊」在腦海中響起。

『就快到支柱之間了。冥王與詛王阻擋在我們面前。』

我將視線移到米夏的視野上。她的位置在霸王城上方，通往支柱之間天花板挑空處的屋頂上。

在辛、愛夏、艾蓮歐諾露與潔西雅面前的，是冥王伊杰司與詛王凱希萊姆。

兩人就像要擋住去路一樣地瞪著他們。

「為什麼要妨礙我們啦！你們也是魔族吧？那個要是掉下來，就連迪魯海德都不知道會變成怎麼樣耶！」

莎夏的聲音響起。兩人沒有理會她，默默舉起魔槍與魔弓。

「……看來無法溝通呢…………」

『強行通過？』

辛倏地來到愛夏身前低聲說：

「不要浪費魔力。我會製造破綻，妳們就趁機過去吧。」

艾蓮歐諾露、愛夏與潔西雅點了點頭。辛畫出魔法陣，從中拔出掠奪劍基里翁諾傑司與斷絕劍提魯特洛茲，然後在城堡屋頂上筆直地走過去。

他朝著眼神變得凌厲的兩名四邪王族說：

「真是奇怪的架勢呢。你們兩個都是。看起來破綻百出喔？」

「那你就試試看吧，魔王的右臂。這是正確的架勢喔。」

伊杰司一放話，紅血魔槍迪西多亞提姆的槍尖就消失，出現在辛的眼前；與此同時，魔弓尼特羅奧布斯射出箭矢。長槍與箭貫穿了辛——看似如此，緊接著他的身體留下殘像，出現在伊杰司與凱希萊姆的眼前。

「單調的攻擊。」

辛劈下的掠奪劍被凱希萊姆用魔弓抵擋，持著斷絕劍的手則被伊杰司衝進懷中擋下。

「要上嘍！」『飛吧。』

趁辛壓制住兩人時，愛夏她們施展「飛行」飛起，從他們身旁通過。三人從天花板的挑空處一口氣降下來，出現在我的肉眼之中。

「阿諾斯！」『來了。』

莎夏與米夏說，艾蓮歐諾露與潔西雅擺出勝利手勢。

「勉強趕上了喔！」

「……我……很努力了……」

她們在折斷的貝雷畢姆旁邊著地。

「我該怎麼做？」

莎夏朝我投來疑問。

「『背理魔眼』據說就連神的秩序都曾經重造過。」

這是以前亞露卡娜說過的話。

「就跟把『創造之月』從新月重造成半月一樣，把這把折斷的天柱支劍，用愛夏的『創滅魔眼』與亞露卡娜的『背理魔眼』盡可能地恢復原狀。」

「……辦得到嗎？」

亞露卡娜一浮現疑問，莎夏就說：

「只能試試看了！天蓋都已經塌下來了！」

愛夏仰望天空，天蓋已逼近到眼前。

「艾蓮歐諾露創造出仿真根源，用來當作天柱支劍的材料。儘管效果應該不及子龍，但應該能成為替代品吧。」

「好喔！」

「潔西雅加入『勇者部隊（asura）』，將魔力轉讓給艾蓮歐諾露吧。」

「……我……知道了……！」

我畫起「魔王軍(gaizu)」的魔法陣，將部下們設定成能在創造魔法上獲得恩惠的築城主(Guardian)，為全員提供魔力。

「要上嘍！」

艾蓮歐諾露一畫出魔法陣，魔法文字就飄浮在她周圍，從中溢出聖水形成球狀。她經由「聖域(asuku)」增強魔力，朝著天柱支劍貝雷畢姆施放「根源母胎(艾蓮歐諾露)」的魔法。仿真根源發出淡淡光芒，逐漸纏繞起折斷的天柱支劍。

「愛夏，我會配合妳的呼吸。」

亞露卡娜看著愛夏，兩人點了點頭。

「要上了喲──」『──「創滅魔眼」。』

愛夏的眼中浮現魔法陣，將天柱支劍貝雷畢姆與仿真根源變成了光。那雙魔眼(眼睛)一眨眼，雙方就逐漸混合起來。

「秩序毀滅，轉為創造。我乃逆天背理的不順從之神。」

亞露卡娜眼中浮現「背理魔眼」，就像要協助愛夏的魔法一樣讓光芒擴大開來。一點一滴、一點一滴，那道閃光逐漸形成帶有龍造型的巨大大劍。

儘管很輕微，但我覺得天蓋的落下減速了。

「唔嗯，雖然比不上真的，但能作為暫時的支撐棒吧。」

模擬性的天柱支劍當場構築起來，就在即將完成之時，響起了「嘎吱」的不祥聲音。天柱支劍的劍身有一部分龜裂了。

「愛夏。」

亞露卡娜擔心地叫著她。這是因為「創滅魔眼」的控制不太順利。

「……沒問題的……」『對不起……』

由於魔力是我供給的，因此十分充足。之所以沒辦法控制，是因為米夏昨晚治療了我。米夏的根源上還留著代我承受疲勞的影響。要是再繼續這樣施展「創滅魔眼」，她說不定會無法完全控制住魔眼而自行崩壞。

「哈哈！哈哈哈哈哈、哈哈哈哈哈哈哈哈哈！甚至不需要等人來救我呢！」

就像看準時機似的，碧雅芙蕾亞大笑起來。

「吶，辦不到對吧？因為這可是波魯迪諾斯的計畫呢。你們是絕對敵不過的。我所愛的他比任何人都還要強大且聰明。那個天蓋絕對會落到這裡來喲。」

「天蓋要是落下，你們也會死喔！」

就算艾蓮歐諾露這麼說，碧雅芙蕾亞還是「呵」的一聲微笑起來。

「不會死喲。我不會死，我的家人們也不會死。因為波魯迪諾斯會來救我們。會被那個毀滅的，就只有我的家人以外的人喔！」

愛夏一面染上痛苦的表情，一面將她的魔眼（眼睛）筆直地望向天柱支劍。

「……不可能會毀滅吧……」『我們不會輸。』

莎夏與米夏說：

「那麼微不足道的一塊蓋子，妳以為我支撐不起來嗎！」『因為我想守護故鄉。』

「哎呀，這樣啊？還真逞強呢。既然如此——」

紫色火焰竄過支柱之間，就像要將我們與創造到一半的天柱支劍貝雷畢姆圍繞住一樣地畫著魔法陣。那是封印神力的「霸炎封食」魔法。

緊接著，手持長槍的禁兵們從空中陸續跳進來。

「來吧！來吧，我親愛的孩子們！動手吧！殺掉他們讓那個天蓋落下，殺死眾神喲！」

「愚蠢的女人。」

我發出「魔黑雷帝」射穿禁兵們，同時以那道黑雷畫出魔法陣，讓「殲黑雷滅牙」咬住從墜落的禁兵們體內滑溜溜地溢出來的霸龍。

「哈哈！你的部下正在衰弱，還能一面戰鬥一面創造貝雷畢姆嗎？我的孩子們可是還有很多很多喲！」

陸陸續續又有禁兵跳進支柱之間，我同樣以「魔黑雷帝」與「殲黑雷滅牙」迎擊。可是瞬間構築出來的「霸炎封食」削弱了亞露卡娜的力量，最重要的是還擾亂正要創造的貝雷畢姆的秩序。

天蓋響徹起「嘎嘎嘎嘎嘎」的地鳴後，天柱支劍就裂開巨大的龜裂。

「瞧，已經沒救了喲！」

「所……以說——」

愛夏咬緊牙關，在魔眼（眼睛）上竭盡所有魔力。

「要上嘍！愛夏妹妹！」

艾蓮歐諾露將所有仿真根源送到龜裂的劍身上。

「……這種程度的事，不可能會毀滅我們國家吧……！」

『絕對會守住。』

天柱支劍籠罩著光芒。藉由「創滅魔眼」與「背理魔眼」的力量，產生龜裂的劍身眼看著不斷再生。猛然迸開一道更加巨大的光芒，將支柱之間染成一片純白。

這道光緩慢又緩慢地減弱，最終消散了。出現在眼前的是帶有龍造型的巨大大劍，秩序支柱——貝雷畢姆在那裡重生了。

響起「喀答」的巨響。抬頭仰望，便發現天蓋停止落下，然後天空被緩緩地往上抬起。

愛夏露出滿足的表情，艾蓮歐諾露與潔西雅吟吟笑了笑。

就在這時，聽到「啪嚓」一聲劍斷裂的聲音。

「哈哈……！」

碧雅芙蕾亞的聲音讓人聽了生厭。剛完成的天柱支劍承受不住天蓋的速度與重量，脆弱地折斷了。一半的劍身在晃動後偏離原位，掉落在地板上發出巨響。

「愛夏妹妹……！」

艾蓮歐諾露大喊。突然癱軟跪倒的愛夏在被光芒籠罩的同時，分開成米夏與莎夏。兩人就像耗盡全力一樣手撐著地板，不停地大口喘氣。

特別是米夏的疲勞很顯著。

「哈哈哈哈！果然不行呢。落下到這種距離的天蓋，已經絕對阻止不了了！就連真正的天柱支劍都阻止不了，更何況是假的呢！」

天空「轟、轟轟、轟隆隆隆隆隆、嘎嘎、嘎嘎嘎嘎嘎嘎嘎」地響徹著目前為止能聽到的最大地鳴。

天蓋就像反彈似的猛烈落下，來到蓋迪希歐拉最高的霸王城天花板處，將城堡的屋頂壓垮。終結就近在眼前。

「永別了，神明大人。永別了，愚蠢的信徒們。你們所有人就統統都被壓死吧！除了我們以外的所有人！」

時間流逝得非常緩慢。在這個支柱之間裡，戈盧羅亞那獻上祈禱；迪德里希不甘心地低下頭，用力握緊拳頭。

碧雅芙蕾亞以滿心歡喜的表情閉上眼，沉浸在自己的勝利之中。

現場籠罩一片寂靜。沒錯，非常地安靜。就連落下的天蓋將地底壓毀的聲音都沒有。

碧雅芙蕾亞緩緩睜開眼——

「…………………咦…………？」

她就像不知道發生什麼事一樣茫然出神。不過掌握事態後，立刻露出驚愕的表情。

「……這種……事……怎……麼……可……………」

戈盧羅亞那甚至因為眼前的景象忘了祈禱。

就連迪德里希也只能發出宛如呻吟的聲音。

天蓋還沒落下，在比方才還要高的位置上戛然而止。支撐住天蓋的是一根頂住天空的漆黑魔力柱。這根魔力柱一路延伸到霸王城，而在柱子最下方的則是我。

是我把手伸到頭上，持續發出龐大的魔力把天蓋舉了起來。

「有什麼好驚訝的？因為支撐棒斷了，所以我只好用手撐住。」

我朝著一臉驚訝、就連話都還說不出來的他們說出理所當然的事實。

「雖說是會毀滅地底的天蓋，難道你們以為我就撐不起來嗎？」

§38【於是意念開始聚集】

我在以右手更加使勁地往上推之後，天蓋就發出「轟隆隆隆」的聲音響起，更加地往上升了。天空的高度約為平時的一半。

「……要、要是你能做到這種事，一開始就給我做啦……！」

莎夏說。她以傻眼一般的眼神，看著我與支撐天空的柱子。

「這就只是憑著蠻力舉起，與天柱支劍不同，對天蓋可不體貼啊。」

舉起天蓋的震動也會傳達到地上吧。儘管想盡可能降低受害，但是無可奈何。

「……就算是暴虐魔王，也不可能永遠舉下去……」

迪德里希說。他一面讓娜芙妲攙扶著，一面勉強站起破爛不堪的身體。

「必須趁現在準備柱子，用來代替你們所創造、天柱支劍的模擬性柱子。」

「方才那個就只是牛刀小試。現在知道能靠創造魔法的力量創造出天柱支劍了。」

「你有比那個更好的方法嗎，魔王啊？」

迪德里希臉上充滿覺悟。

「要是沒有，你只會說要由自己成為支柱吧。」

迪德里希沒有回答，直直地注視著我。

「我當然有方法。在這個地底裡可是多得滿坑滿谷。」

迪德里希露出疑惑的表情。我向他說：

「就是由在這個地底生活的所有人民來支撐。用每一個人的手、每一個人的意念撐起那塊天空。」

我在升起的黑柱上畫出巨大魔法陣，隨後就從上頭溢出漆黑光芒，擴散到整個地底。為了將這裡的對話傳達給整個地底，我將「意念通訊」的輸出開到最大。

「也就是要讓地底全體人民團結一心，施展愛魔法。這正是迴避災厄之日、顛覆預言的方法。是抵達娜芙妲盲點的希望之道。」

我向吐氣沉思的迪德里希說：

「我在阿蓋哈展示過了吧？米莎與雷伊在局限世界裡顛覆假想預言者所做出的預言——以愛魔法。只要把愛魔法的規模擴大就好。你當時以娜芙妲能看到一切的未來為由否定了，但我方才已經證明那雙神眼存在盲點。」

如今處於娜芙妲儘管存在，但沒有顯示在祂神眼之中的未來。

「迪德里希，知道未來卻還是能打動你心弦的東西是什麼？」

「……歌嗎？」

「沒錯，魔王聖歌隊的歌。她們滿溢而出的愛，打動了你的心與未來。神是秩序，不太清楚愛與溫柔。正因為如此，未來神的神眼才沒有清楚看到這個未來。」

魔王聖歌隊的「狂愛域（garudo asuku）」也對福音神很有效。

「對神族來說，愛與溫柔可說是弱點。既然如此，這世上所制定的一切秩序，就只能用愛與溫柔來顛覆了。」

我注視著天空說：

「就連那個天蓋也一樣。就將遵從秩序、為了帶來毀滅而落下的那塊天空，用你們深愛著這個地底的意念舉起給我看吧。」

「……將地底人民的力量集結起來…………」

迪德里希將視線朝向戈盧羅亞那與碧雅芙蕾亞。

他們一直爭鬥至今，恐怕從來沒有合作過吧。

「假如你覺得做不到，就犧牲自己成為天柱支劍吧。倘若你打從心底不相信，事到如今也沒人會阻止你。只要你心裡有迷惘，就無法支撐起天蓋。」

我向佇立不動的阿蓋哈劍帝說。

一切都已安排就緒。可是，最後必須由地底的人民親自選擇未來。

「假如你認為選擇確實的未來、最好的方法是正確無誤的，就為你的騎士榮耀殉身吧。

不過——」

儘管如此，我覺得自己好像知道這個一直在和預言奮戰的男人最後會做出什麼樣的選擇。即使看不見未來，也有確實的事。

「倘若遭到預言擺弄、一直被封鎖希望的你如今眼中仍然能看到那道希望之光，就把手伸向那塊天空吧。」

迪德里希看了娜芙妲一眼。他帶著做好覺悟的表情，緊握住祂的手再次朝我看來。

「我問你，阿蓋哈的劍帝啊。你要發誓絕不放棄嗎？」

「當然！我可是擁有想要在顛覆預言之後傳達出去的話語啊！」

阿蓋哈的劍帝滿懷決心，將他的意念在地底響徹開來。

「既然如此，我就給你希望吧。就在心裡祈禱，希望意念團結一致，以對這個地底的愛支撐起那塊天蓋吧。我就以自身聚集起這一切的意念，由魔王阿諾斯·波魯迪戈烏多將你們的意念變成這個世界的新支柱吧。」

迪德里希一握緊與娜芙妲牽起的手，祂就像是要回應他的意志一樣回握著他的手。兩人為了支撐天空，和我一樣把手伸出，身上溢出「聖愛域」的光芒。愛魔法本來是兩個人施展的魔法，但現在要以地底的全體人民來施展。這應該很簡單——只要愛著世界就好。

「聽到了嗎，阿蓋哈的子民，還有地底的人民啊。」

迪德里希說。這些話經由我的「意念通訊」在地底中響起。

「我是阿蓋哈的劍帝，獲未來神選上的預言者——迪德里希·克雷岑·阿蓋哈。如你們所見，地底現在正面臨前所未有的危機。那塊波動不止的天蓋會直接落下，將地底毀滅吧。這就是經由阿蓋哈的預言所流傳下來的災厄之日。」

迪德里希以低沉的聲音向人民發出訴求。

「然而還有希望。地上的英雄——魔王阿諾斯要將我們的意念轉為力量。阿蓋哈、吉歐路達盧、蓋迪希歐拉，還有從屬於這三國的地底眾國，我們一直仇視著彼此，不斷地爭執、流血與互相傷害著。事到如今，我不會要你們原諒。」

迪德里希向阿蓋哈的子民與地底的人民送出發自內心的話語。

「儘管如此，唯有現在，我要懇切地拜託你們，請助我一臂之力吧。不是為了幫助敵人，而是為了守護朋友、守護戀人、守護家人，以及守護所愛之人。請將你們的手朝向天空，讓我們一起支撐這個地底吧！」

迪德里希注入一切的情感說：

「然後，但願這會是終戰的開始！」

就像要呼應他響徹開來的訴求，「聖愛域」的光芒在地底各處滿溢出來。率先閃耀起來的光芒，出現在蓋迪希歐拉的霸王城正門前。

「願榮耀與迪德里希王同在！」

奈特說。

「願我們的榮耀！」

希爾維亞說。

「願我們的意念！」

「成為支撐這個地底的手。」

戈多與里卡多說。儘管他們倒在地上，還是舉起無法好好移動的手，讓意念閃耀發光。

「雷伊同學，我也……」

雷伊攙扶遍體鱗傷的米莎點了點頭。

「肯定能舉起來。」

兩人將手疊起，就像要支撐天蓋一樣地高高伸出。「聖愛域」的光芒升上天際，然後被導向現在撐起地底的漆黑魔力柱上。

在遠離此處的蓋迪希歐拉荒野上有五千名龍人，他們是吉歐路達盧教團的人。不知是因為耶魯多梅朵的信號中斷還是天蓋落下，現在已經顧不得這麼多，但他們沒有在構築為了施放唱炎所引發的音韻魔法陣，只是對著正要落下的天蓋還有支撐天蓋的黑柱奇蹟獻上祈禱。

「啊啊，神啊……『全能煌輝』艾庫艾斯啊……還請您務必拯救我們，拯救您虔誠的僕人吧……」

「吉歐路達盧的人民啊。」

「意念通訊」一響起我的聲音，米蘭主教就把頭抬起。

「別祈禱了。不論再怎麼祈禱，神也不會拯救你們，天蓋將會落下吧——藉由神的力量。他們說毀滅正是秩序；眾神說毀滅正是命運。那麼，你們要乾脆地毀滅嗎？遵從神的意志，為信仰殉身嗎？」

我向跪在地上不斷祈禱的教團信徒們說：

「不想守護地底嗎？不想守護同志嗎？不想守護所愛之人嗎？」

他們的想法肯定是一樣的。

「你們會得救。停止祈禱，支撐那塊天空吧。快把手伸向天空，我會將你們的意念、你們的愛與你們發自內心的祈禱轉變成奇蹟。」

就像下定決心一樣，一名主教站起身來。

「……米蘭主教……？」

「快站起來支撐天蓋吧。」

米蘭把手伸向天空。在這瞬間，他的身體被「聖愛域」的光芒所籠罩。

「哦、哦哦……」

「這是………？」

「那位大人說不定是從那塊天空的另一側前來告訴我們，我們至今相信的神是錯的——作為『全能煌輝』艾庫艾斯的化身。」

「可是，你說至今以來的教義是錯的……」

米蘭朝著困惑的信徒們毅然發聲：

「世界明明就要終結，卻仍然沒有賜予任何回應的『全能煌輝』，想相信的人就儘管去相信吧。」

米蘭主教筆直注視著從霸王城中心升起的黑柱。

「在崇拜不順從之神的蓋迪希歐拉城堡中央，就連阿蓋哈的劍帝也願意服從的他在支撐著天空啊。明明眼前就要發生奇蹟了，卻仍然想依靠偶像的人就儘管去依靠吧！」

米蘭身上溢出更耀眼的光芒。

「肯定就是他了。我們至今以來就是在等待他。至今以來的信仰，全是為了與他相遇的試煉！既然如此，就連教義是錯的也只會是教誨的一部分。來吧，站起來吧。我們的信仰之道一直延續到今天這一天！教典上所沒有的這個察覺正是最後的教義，最後的祈禱啊！」

就像要回應他的話語一樣站起來的是八歌賢人。他們一朝著天空舉起手，信徒們就一個接著一個地跟著站起身。接著，龐大的「聖愛域」團塊就朝著我所在的霸王城飛來。

然後，在稍微遠離城堡的位置，在首都蓋拉迪納古亞的廣場上，蓋迪希歐拉的人民們茫然地注視著天空。

「迪亞斯先生！」

就像在說好不容易才找到他一樣，愛蓮等魔王聖歌隊跑了過來。

「啊、啊啊……怎麼了……？」

「你聽到剛剛的『意念通訊』吧？快把去避難的人也叫回來，必須靠地底的全體人民來支撐天蓋才行！你能幫幫我們嗎？」

「……可是……方才的聲音是阿蓋哈的劍帝……阿蓋哈所說的話就是神說的話……所以對我們來說是……」

「明明再這樣下去就會被壓死，現在不是說這種事的時候了啦！」

迪亞斯垂下頭然後說：

「……這點我也明白，可是這裡是蓋迪希歐拉。即使我說了什麼，大家也……」

「那就唱歌吧！」

愛蓮不願放棄地說：

「就像消除震雨的時候一樣唱歌，支撐那塊天蓋吧。如此一來，就是方才也做過的事情吧？把舞蹈動作從揮拳換成支撐天空！」

愛蓮她們以認真的眼神注視著垂頭喪氣的迪亞斯。

「真是不可意思呢……」

迪亞斯微微露出笑容。

「在聽妳們說要唱歌後，就覺得好像有辦法辦到呢。」

愛蓮她們的表情瞬間變得明亮。

「我這就去做唱歌的準備！」

「就算途中有人陸續參加也沒關係，迪亞斯先生就去把這件事傳達給許多人知道！」

「我們絕對要撐起來！」

「不然的話，就會被間接壓死喔！」

「這樣好像也挺不錯的呢！」

「妳在說什麼啊？阿諾斯大人身上可是沒有失敗兩個字的喔！妳覺得會有他建起的柱子在途中折斷這種事嗎！」

粉絲社的少女們看著彼此的臉，露出與接下來要挑戰地底崩潰十分相稱的恐怖表情。

「「「絕無可能！」」」

魔王聖歌隊在廣場上排開，展開魔法陣。「音樂演奏」的魔法經由「魔王軍」的魔法線傳到霸王城的支柱之間。於是，音樂就在地底中傳開了——

§ 39 【舉起天空之歌】

魔王讚美歌第六號〈鄰人〉的前奏在地底的天空響徹開來。

「沒想到那個練習會在這裡派上用場呢。」

莎夏在支柱之間就像要支撐天蓋似的把手往頭上舉起。

「大家一起唱歌舉起。」

米夏儘管一副疲憊不堪的模樣，眼中還是帶著堅定的意志把手舉向天空。

「嗯嗯，今天要唱到聲嘶力竭喔！」

「……潔西雅……也到了拿出真本事的時候……！」

艾蓮歐諾露與潔西雅把手伸向天空。

「娜芙姐要歌唱。相信這雙什麼也看不見的神眼（眼睛）一定能看見希望。」

「能看到吧。這可是阿蓋哈、吉歐路達盧與蓋迪希歐拉，所有人民一起高唱的歌曲。」

迪德里希與娜芙妲更加使勁地把手伸向天蓋。然後，演奏到最高潮的〈鄰人〉前奏接近尾聲。音樂瞬間中斷，寂靜籠罩世界。

如今，左右地底未來的歌要開始了——

「啊～神啊♪我・從・不・知・道，竟有這樣的・世・界・啊～～♪♪」

「「「了・去了，了・去了，了・去了嗚嗚～♪」」」

簡直是足以撼動地底的大合唱。他們的歌聲被轉換成愛魔法，耀眼光芒開始自地底各處朝著支柱之間這裡聚集起來。

「「「請不要打開♪」」」『『『喝！』』』

團結一致的意念往天空聚集，地底人民的手伴隨著吶喊，大動作地往上撐起。就像在呼應他們的愛與意念，天蓋「轟隆隆」地上升了。

「「「請不要打開♪」」」『『『喝！』』』

隨著「轟隆隆」的聲響，天蓋被再度舉高，天空朝向原本的位置遠離。

藉由這首歌、藉由這份愛，人人支撐著自己的世界——

「「「請不要打開，那是禁忌之門♪」」」『『『喝、喝、喝——！』』』

霸王城的正門前，雷伊與米莎，還有阿蓋哈的騎士們在拚命高歌舉起天蓋。每當他們配合著呼吸「喝」的一聲大喊時，天空就「轟隆隆隆隆、轟隆隆隆隆」地響起。

「「「神啊，請告訴我♪」」」『『『喝！』』』

在蓋迪希歐拉的荒野上，八歌賢人就像在指揮五千名信徒的唱歌與舞蹈動作一樣，站在平緩的山丘上。

他們是精通歌唱到有辦法構築施放唱炎音韻魔法陣的吉歐路達盧教團。

「「「這玩意兒是什麼♪那玩意兒是什麼♪」」」『『『喝、喝！』』』

讓他人望塵莫及的精采歌唱力，還有要用雙手把天舉起的八歌賢人溫柔且激烈的舞蹈動作，他們的意念一個勁又一個勁地——

「「「要先敲敲門♪」」」

「轟隆隆隆隆、轟隆隆隆隆」地——

「「「說什麼要溫柔地敲，可～是不行不行喲♪」」」『『『喝啊喝啊喝啊喝啊！』』』

將天空澈底——

「「「了・去了，了・去了，了・去了嗚嗚～♪」」」

——但是確實地支撐起來，激烈地往上推送。於是他們經由「意念通訊」傳達出去的心情，甚至傳到遙遠的吉歐路達盧天空之中。那一天在來聖奉歌曾在吉歐路海澤聽過〈鄰人〉的人們，如今回到自己的城市裡。

他們也舉起手，就像要支撐天空一樣讓歌聲響徹國內。

要相信奇蹟——

「「「我是鄰人♪普・通的鄰人♪」」」

這點就連擁有高傲騎士們的阿蓋哈國也一樣。

「「「孤單一人♪和平生活著——明明應・該・如・此～♪」」」

迪德里希將魔王聖歌隊稱為龍之歌姬。不僅如此，他們的王如今還為了顛覆預言，在這首歌投入火熱的情感。

「「「卻在不知・不覺中伸出手，那玩意兒是什麼什麼♪」」」

「「「那是惡魔之手♪」」」『『『喝！』』』

既然如此，那就命劍一願。只能以騎士的榮耀起誓，盡情唱到聲嘶力竭為止。當然，作為客人留在劍帝宮殿的魔王學院學生們也一樣——

「「「你是什麼什麼♪」」」「「「他是魔王♪」」」『『『喝！』』』

打從魔王的聲音響起的瞬間，他們就像被什麼東西附身一樣，專心致志地舉起手，不顧一切地唱著歌。

不論是阿蓋哈——

還是吉歐路達盧——

甚至是蓋迪希歐拉——

「「「讓我來教導你♪教典上沒～教的全部全部——♪」」」

『『『喝啊喝啊喝啊喝啊！喝啊喝啊喝啊喝啊！』』』

教義不同的龍人們現在同唱著〈鄰人〉這首歌，漸漸讓意念團結一致。

「「「了・去了，了・去了，了・去了嗚嗚～♪」」」

想要守護地底，想要支撐那塊天空。

「啊～神啊♪我・從・不・知・道，竟有這樣的・世・界・啊～～♪♪」

地底的三大國為了同一個目的攜手合作，一如〈鄰人〉的歌詞。

就像在說「我從不知道竟有這樣的世界」，他們一個個都大動作地將手舉起——

更加龐大，然後陸陸續續，地底人民們的意念儘管被轉換成魔力支撐著地底的天空，還是聚集到位在霸王城的我身旁。就像要覆蓋住我從全身發出的漆黑魔力柱一樣，傳達過來的意念化為純白的魔力之光升起。

這化為黑白色的柱子，將落下的天蓋舉回原本的高度。

然而——

「喂，阿諾斯。這該怎麼做？雖然舉高到這裡了，但不可能一直唱下去吧？」

莎夏這樣詢問。

「別慌，我在想辦法了——不過，意念還不足呢。」

「你說不足，但還能怎麼做啊……？」

「吉歐路達盧的信徒？」

我點頭同意米夏的話語。

「沒有要靠自己的手支撐那塊天空，仍然一直在祈禱的人還很多。」

我看向跪在支柱之間角落的教皇戈盧羅亞那。

「就像那個男人一樣。」

只要教皇像阿蓋哈一樣高聲呼籲，吉歐路達盧剩下的信徒也會支撐天空吧。

「戈盧羅亞那。」

就在我這樣呼喚時——

「——人們的團結還真是美麗呢。我作夢都沒想到，那樣互相仇恨的地底三大國會團結一心到這種程度喲。」

眼角餘光的碧雅芙蕾亞開心地笑了笑。伴隨著聲音，賽里斯從天空緩緩降下。

比想像中還要快。不過我不覺得熾死王會這麼輕易就被解決掉。

「他死了喲。應該沒辦法復活吧。」

「如果要說謊，你也該挑像樣一點的謊說。你多半是以『霸炎封食』將熾死王的魔力降到無法從這裡偵測到的程度吧。」

賽里斯沒特別感覺到動搖地回答：

「真虧你知道呢。他正在對付幻名騎士團和禁兵喲。因為忙著支撐天蓋，使得唱炎的掩護中斷了呢。」

這應該只是隨口說說的吧。他擺出一臉若無其事的表情。

「話說回來，真是太棒了呢。」

賽里斯一降落到支柱之間，就看著支撐天蓋的我們露出笑容。

「襲向這個地底前所未有的危機，讓本來敵對的人們團結一心了。越是陷入困境，人們就越是會捨棄芥蒂，團結起來也說不定。越是接近終結，人心就會越為漂亮地閃耀。」

賽里斯緩緩將兩根手指對準一直在祈禱的教皇戈盧羅亞那。

「如果是這樣，想要看到更美麗的世界該怎麼做才好？」

紫電在他的指尖竄動，球體魔法陣早已構築在他身旁。

「只要試著更加破壞就好。這樣一來，就能接近人人都期望的世界。」

「紫電雷光」毫不留情地射出。在這一瞬間，戈盧羅亞那露出做好覺悟的表情。激烈紫電筆直逼向教皇，然後迸發開來。

「……呃唔唔唔……！」

教皇微微抬起頭，他虔誠的眼瞳中混入些許驚訝。擋在他前方的是迪德里希，他一面以「龍之逆鱗」吃著紫電，一面保護著戈盧羅亞那。

「你的身體已經到極限了喲，迪德里希。似乎被阿諾斯打得相當悽慘的樣子呢。倘若以這種千瘡百孔的根源吃掉『紫電雷光』，你知道會發生什麼事嗎？」

「……天知道，我才不管這種事……」

紫電突然膨脹開來，貫穿「龍之逆鱗」，射穿迪德里希的身體。

「……唔喔喔喔喔……！」

迪德里希遭到「紫電雷光」灼燒，向前倒了下去。

「可以依靠的魔王無法動彈。因為他現在要是動了，那個天蓋就會落下來，我們全部都會被壓死呢。他應該會得救吧。而我也不會死，說不定還能保護好幾名部下。」

賽里斯露出可疑的笑容看著我們說：

「不過，地底的人們全都會死。我可不想看到這麼悲傷的結果。」

賽里斯再次朝戈盧羅亞那與迪德里希看去。

「唔嗯，現在是玩的時候嗎？假如想殺我，現在可是千載難逢的機會喔。」

「你不懂呢。就算再怎麼不懂事，你都是我兒子。沒有父母親會因為小孩子的惡作劇真的生氣吧？我也是如此喲。」

賽里斯毫不遲疑地毅然說道。真懷疑他有多認真。

「而且，我可不會太小看你喲。就算繼續舉著天蓋，就算無法從那裡移動一步，你說不定也有辦法戰鬥。」

賽里斯拿著萬雷劍邁出步伐。

「不過，你的那份力量，並不適合用來守護喲。」

賽里斯朝著戈盧羅亞那他們的方向緩緩走去。

「你無法一面支撐天蓋，一面救助他們。」

「你真的這麼想嗎？」

雪月花在賽里斯眼前翩翩飄落下來，變成亞露卡娜的模樣。

祂一在手中創造出神雪劍洛可洛諾特，賽里斯就「呵」的一聲笑了。

「嗨，背理神。」

他將萬雷劍拋出手中。那把劍才剛被紫電籠罩，就突然響起雷鳴，一道雷電劈在亞露卡娜的腳邊，萬雷劍就刺在祂眼前。

亞露卡娜朝賽里斯投去疑惑的眼神。

「這樣一切就如祢所願了吧？最後祢會背叛我和魔王。祢為了這個目的，至今一直欺騙周遭的人。」

賽里斯朝著面不改色的亞露卡娜繼續說：

「八神選定者全員都在地底。現在要是天蓋落下，除了魔王與我之外將無人生還。我是獲賜愚者稱號的八神選定者之一。只要殺了我，選定審判的勝者就決定了。」

他臉上浮現彷彿是好人一般的笑容。

「就去實現祢真正的目的吧，亞露卡娜。」

§40 【不斷背叛的她最後——】

亞露卡娜瞥了一眼刺在腳邊的萬雷劍，再度注視起賽里斯。

「祢應該想起來了。祢將祢的選定神——創造神米里狄亞殺掉了。就用那把魔劍呢。」

亞露卡娜倒抽一口氣。總覺得祂缺乏感情的眼睛，瞬間流露出強烈的情緒。

「真懷念呢。祢還是一樣沒變，依舊抱持著最初相遇時的美麗怒火。」

賽里斯就像在敘舊似的述說：

「也告訴他們吧。祢至今的所作所為是為了什麼，還有祢被稱為背理神耿奴杜奴布的理由。如果是現在，他們已經無法阻止祢，沒必要再偽裝真心了喲。」

賽里斯揚起笑容。亞露卡娜就像在警戒他似的舉起神雪劍。

「也是呢。要是難以啟齒的話，就由我來說吧。」

他隨口說。讓人覺得不論是天蓋落下還是世界崩潰，賽里斯都完全不放在眼裡一樣。

亞露卡娜儘管投去凌厲的眼神，還是靜靜地開口說：

「我過去作為龍人在阿蓋哈出生。」

靜謐的聲音在支柱之間響起。

「過去即使是地底，也幾乎沒有龍核。龍會尋求能成為所生子嗣核心的根源，要是會被龍一直盯上的我留下來，就會被大量的龍襲擊，讓城市無法維持正常治安。當時的劍帝視我為禁忌之子，打算把我驅離阿蓋哈。」

在天空震動的聲響中，亞露卡娜的聲音莫名地清晰。

「他說，只要有人願意撫養父母雙亡的我，就不會把我驅離阿蓋哈。當時我還是個孩子，想要有人來救我、相信有人會來救我，而在城裡到處敲門。好冷、好不安、肚子好餓。我一面哭泣，一面在城裡走著，門卻沒有開。」

亞露卡娜咬緊牙關。

「沒有一個人願意為我開門。因為阿蓋哈的預言，被眾人視為禁忌之子的我，沒能得到救贖。」

沒有淚水，祂的眼中流露著憤怒。

「我被驅離阿蓋哈。儘管被龍追逐，還是在荒野中流浪。能吃的食物很少，也得不到救助。原以為會餓死、會凍死、會被龍吃掉而死。但要是能死的話，不知道會有多幸福。」

其狀況與亞露卡娜讓我作過的夢幾乎相同。最大的差異有兩點：其一是地點不在迪魯海德，然後其二是祂的身旁沒有我。

「我因為勉強只夠活下去的魔力，還有阿蓋哈的預言而被迫活了下來。劍帝對於被放逐的我暴屍荒野一事感到罪惡，於是選擇了我死亡可能性最低的未來。儘管迫害了我、放逐了我，他卻沒有勇氣讓我從活著的痛苦中解脫。害怕自己會背上這個罪過，所以強迫我活在痛苦之中。」

死亡有時會是救濟。就連想死也無法如願的少女，孤單地一面忍受飢餓，一面漫無目的地在荒野上一直流浪。

「過了一段時間後，阿蓋哈的使者來到我身邊。他們要我成為王龍的祭品，說這樣一來，我就能成為享有名譽的龍騎士，將不會再被龍盯上，還能回到阿蓋哈生活。」

亞露卡娜至今不曾展露過的陰暗情緒灑落出來。

「首任劍帝大概是害怕看到未來吧——因為會看到自己何時會死。他當初只會看非常接近的未來，因此沒有立刻發現到我是龍核，以為就只是會被龍盯上的存在。」

首任劍帝不知道世上存在會成為子龍之核的龍核嗎？或許是在當時看過未來，龍核的意義才廣為人知也說不定。

「他大概以為終於找到方法拯救自己下令放逐的我吧。能在城市裡生活，還能獲得最高的名譽，認為我會立刻答應下來。」

「可是妳拒絕了，這是為什麼呢？」

賽里斯就像在嘲笑劍帝的行為一樣地說。

「……事到如今……名譽算什麼啊……」

亞露卡娜的話語中流露著憤怒。

「當時誰也沒有開門，一個人也沒有。如此冷酷的人們所給予的名譽，到底算什麼啊？我想要狠狠地踐踏這種名譽。」

亞露卡娜的「背理魔眼」明顯流露著憎恨。那顆心讓人不覺得是祂的一樣，充滿純粹的憤怒。

「最初相遇時，妳也帶著這種眼神呢。」

賽里斯噗哧笑了笑，就像在向我們述說一樣地說：

「我偶然被吉歐路達盧的教團僱用了呢。我擄走了她，而吉歐路達盧的教皇則和亞露卡娜做了交易喲。他們約好，要是在選定審判之際協助吉歐路達盧，就會歡迎她呢。」

也就是要一面假裝是阿蓋哈的人，一面做出有利於吉歐路達盧的行為啊？

「妳答應了這項交易。締結『契約』成為本來那麼厭惡的王龍祭品，並在成為子龍之後締結幫助吉歐路達盧的盟約。這是為什麼？」

儘管有些遲疑，但祂還是回答：

「……我想要歸宿，想要普通地生活著。不論是在荒野還是森林裡流浪，都會一直被龍追逐。我已經受夠孤獨一人活下去的生活了。現在終於有人對我伸出援手……我產生了這種誤解……」

亞露卡娜咬緊下唇然後說：

「吉歐路達盧的信徒沒有接納曾是阿蓋哈子民、被選為王龍祭品的我。我被視為異教信徒，遭到歧視與迫害。他們說，唯有把異端者視為異端者對待，對異端者來說才是救贖。我從來就沒有以自己的意志遵守過阿蓋哈的教義。但是對吉歐路達盧的信徒來說，這種事一點關係也沒有。」

「沒錯，所以教皇提議了喲。」

賽里斯吟吟微笑地說：

「只要跳進審判篝火中，就會作為神聖之人被吉歐路達盧的信徒接納吧。亞露卡娜照他說的去做了。撐過難以承受的痛苦。好啦，這樣她應該總算能作為吉歐路達盧的子民普通地生活了才對。」

亞露卡娜就像在宣洩憎恨似的瞪向賽里斯，彷彿在吐露詛咒一般說：

「全都是謊言。他們說，不論我做什麼，我的過去都不會消失。教皇說，唯有民眾的心他無能為力。我大概被騙了吧。將在審判篝火中獲得力量的根源獻給王龍，靠著因此誕生的子龍在選定審判中戰勝到最後，就是教皇的目的。締結了『契約』的我甚至無法反抗，只能請求自己想要一個歸宿。」

「我也締結了『契約』呢。我是迫不得已，才把亞露卡娜丟進王龍嘴裡的喲——」一面扮演阿蓋哈的騎士。」

於是，亞露卡娜就作為子龍轉生了嗎？

「我想必很憎恨，想必憎恨得不能自已吧。有如詛咒一般的憤怒與憎恨離不開腦海，讓我什麼都無法原諒。無法原諒阿蓋哈、無法原諒吉歐路達盧，然而當時這兩個國家就是地底的一切，我除了怨恨之外無處可逃。」

「當時地底的一切全都是她的敵人，所以她只能報仇了喲。真是令人難過的故事呢。」

他看起來一點也不心痛地說。

「我被創造神米里狄亞選上，在選定審判中戰勝到最後。米里狄亞說，正因為我無可救藥，所以才選上我作為選定者。我不懂祂的意思，因此只有盟約將我和祂聯繫在一起。」

「也不是只有壞事喲。不久後阿蓋哈一名叫做波魯迪諾斯的男人，對這樣的亞露卡娜感到過意不去，為了替過去的行為贖罪而提議要幫助她。」

賽里斯指著萬雷劍。

「他將神也能毀滅的那把魔劍借給她。因為創造神米里狄亞打算暗中將選定審判導向終結呢。這是為了地底，也是為了龍人們。然而這對亞露卡娜來說，卻是無法原諒的背叛。」

「波魯迪諾斯和我說了。」

亞露卡娜就像回想起過去的憤怒一樣地說：

「他說，我如果想忘掉那份憎恨，就只能成為神的代行者。神沒有心，所以能忘卻感情，成為只是心平氣和一直拯救人們的存在。這是我所剩下的最後救贖。捨棄人心，成為不會憎恨任何人的存在，然而米里狄亞想奪走我的救贖。」

「我想你也知道吧？很可悲地，波魯迪諾斯欺騙了她喲。」

波魯迪諾斯欺騙了她——這種說法讓我感到不太對勁。為什麼不說是自己騙了她？

「我殺掉米里狄亞，接著只要這樣等待，我就能成為神的代行者。可是，我大概無論如何都無法原諒吧。雖然選定審判的勝利正是我的救贖，但要是沒有選定審判，我也不會被憎恨吞噬到這種地步。」

祂淡然地說：

「我將調整神殺掉一半，想說至少要奪走祂、奪走那個秩序，將阿蓋哈與吉歐路達盧所執著的選定審判納為自己的東西。這是成神之前的我，在最後犯下的小小報復。」

亞露卡娜垂著頭，以陰沉的眼神注視著地板。我知道，只要看到現在的亞露卡娜，就會知道祂並沒有成為自己想要成為的神。

「我成為了神的代行者，成為沒有人心的神的替代品。喜悅、悲傷與快樂，統統都消失了。可是，我還是無法原諒。」

祂的「背理魔眼」中湧出大量怨恨。

「唯獨憎恨，唯獨我的憤怒不願消失。我只留下了憎恨，就只有痛苦留了下來。明明應該希望不用再憎恨任何人才對，等我注意到時，卻已經成為只有憎恨的神的代行者。」

這就是波魯迪諾斯對亞露卡娜說的謊嗎？

「我沒有辦法阻止我自己。能夠阻止的心消失，只有憎恨驅使著我行動。成為代行者、將勝利帶回的我先是背叛吉歐路達盧，接著再背叛阿蓋哈，建立了蓋迪希歐拉。然後，我向他們與眾神宣戰。可是愚蠢的我這時還未發現波魯迪諾斯其實欺騙了我。」

「我沒想到憎恨竟然不會消失——因為波魯迪諾斯這樣說了呢。」

賽里斯輕佻地說。

「終於發現波魯迪諾斯是敵人的我，背叛了蓋迪希歐拉。結果與一切為敵的我，最後被波魯迪諾斯擊敗了。」

亞露卡娜就像在吐露憎恨與詛咒似的說：

「我是背叛一切的背理神。而事實確實是如此吧。可是，先背叛我的是信仰神的地底人民。打著神的名義欺騙我、迫害我。」

不講理的狀況不停向祂襲來，於是讓祂那份憎恨無止盡地膨脹了。

「轉生後過了一段時間，亞露卡娜跑來找我。祂說想要和我聯手呢。當時的祂有一雙好眼神喲，意圖反抗命運的漂亮眼神。祂大概迫不及待地想要背叛我吧。」

賽里斯看起來很高興的樣子。

「在互相交換情報之後，我們就分開了。亞露卡娜為了抵達所希望的目標，用『創造之月』封印住自己的記憶與憎恨，對自己的行動施加了各種限制。你說不定覺得要是能消除掉憎恨的話就沒事了，但那只是一時性的事情，更重要的是，那是表面上的事情。祂的行動根基，總是受到那份憎恨所支持。」

他說：

「亞露卡娜依循那份漆黑的感情，現在才會站在這裡。」

賽里斯就像很歡迎這件事一樣地敞開雙手。

「你們覺得祂的願望，真的是要拯救眾人嗎？」

他朝著在場所有人還有我問：

「被背叛、被虐待、被隨意使喚的亞露卡娜，被迫擔任了這個職責，但祂其實一點也不想當什麼祂所憎恨的神的代行者喲。祂追求的事情有兩件。」

賽里斯豎起兩根手指說：

「第一件事，要向背叛自己的吉歐路達盧、阿蓋哈，還有蓋迪希歐拉復仇。」

屈起一根手指，他繼續說：

「第二件事，要擺脫神強加於身上的職責，不再擔任代行者。」

再度屈起手指，賽里斯把手放下。

「當選定者在選定審判中戰勝到最後、成為最後一人時，選定神的秩序就會基於調整神艾洛拉利艾姆的秩序變成選定者的所有物。因此獲得神力的代行者會彌補失去的秩序，是根據這種結構呢。」

至今持續吞噬著神的選定神之力，全都會成為代行者的力量嗎？

「也就是說，阿諾斯。只要你在選定審判中戰勝到最後，亞露卡娜所擁有的秩序將會全歸於你，讓祂能結束代行者的職責，恢復成原本的龍人。」

那個天蓋要是落下的話，就能將吉歐路達盧、阿蓋哈與蓋迪希歐拉一掃而空吧。這樣亞露卡娜的復仇就結束了。

「要結束選定審判——雖然你好像曾向亞露卡娜這樣發過誓的樣子，但這沒什麼大不了的喲。因為你打從一開始就被騙了，阿諾斯。」

賽里斯一副好人般的表情向我說：

「證據就是，祂明明恢復記憶了，卻依然沒有把里拜因基魯瑪變回理滅劍。因為那塊天蓋如果是永久不滅的神體，就能確實毀滅地底的一切喲。」

他轉向亞露卡娜。

「希望救贖的亞露卡娜為何會殺掉亞希鐵呢？是因為憎恨啊。因為祂克制不住心中那份憎恨。他太像了。像吉歐路達盧那些背叛過祂的民眾後裔。」

亞露卡娜與賽里斯互瞪著對方。祂問道：

「……你的目的是什麼？」

「不拔劍嗎？」

亞露卡娜沉默片刻後說：

「這次不會再讓你背叛我了。如果你真的想幫我實現目的，就不展開反魔法地走到這裡來吧。我想同時結束掉一切。」

「這樣似乎確實不會受到多餘的阻撓呢。」

亞露卡娜瞥了一眼一直在背後祈禱的戈盧羅亞那。

「當年背叛我、迫害我的教皇，我完全沒有理由要保護他的子孫，還有他的教義吧。假如他死了，支撐的人手就會不足，那塊天蓋就會確實落下。」

「那我就照祢說得去做吧。」

賽里斯慢步走去，隔著刺在地上的萬雷劍與亞露卡娜對峙。

「我不會阻止你殺害戈盧羅亞那。不過我會趁你動手的破綻殺掉你。」

「這我無所謂喲。」

賽里斯拔起萬雷劍高多迪門。劍身迸發紫電，他集中起龐大魔力，將高多迪門的劍尖朝向戈盧羅亞那。

「給我等等啦……！不可能讓你這麼做吧……！」

在莎夏以「破滅魔眼」瞪向賽里斯的同時，潔西雅、艾蓮歐諾露和米夏也動了。剎時間，「紫電雷光」擊出，朝著她們劈下落雷。

盡全力展開反魔法的莎夏等人儘管撐過這一擊，萬雷劍高多迪門的劍光還是浮現在她們胸前。緊接著，紫電爆炸將她們轟飛。

「……呀、啊啊啊啊阿…………！」

「魔力已經所剩不多了吧？就別勉強自己了喲。」

賽里斯邊說邊將那把魔劍朝向戈盧羅亞那。

「啊啊，世界是這麼地虛無縹緲。竟然就跟人們的信賴一樣，脆弱地崩潰了呢。」

他猛力刺出高多迪門。紫電奔馳，鮮血飛濺。

「……哦…………？」

亞露卡娜讓萬雷劍高多迪門貫穿自己的手掌，擋下那道紫電。而祂手中的神雪劍洛可洛諾特，則刺進賽里斯的腹部。

大概是為了確實逮住他，才把人叫到身旁來的吧。

「全部就如你所說的，沒有一樣是謊言。」

亞露卡娜一面以雪月花凍住萬雷劍，一面以「背理魔眼」瞪著賽里斯的身體。

「……我憎恨著，肯定不會有原諒他們的一天吧……我在成為代行者後，一次也沒有感到幸福過……我才不想進行什麼救贖……」

祂在還是亞希鐵的選定神時曾經問過我。

——為什麼人這麼想要成為神？

「我才不想當什麼代行者。我沒能獲得的救贖，為什麼要賜予他人啊？我為什麼不得不去拯救當年沒有拯救我的人們、拯救他們的子孫啊？為什麼我都這麼憎恨了，還要不得不為了他們一直維持秩序啊？」

——我身為神，一次也沒有感受到幸福過。

「為什麼？為什麼？為什麼？應該要回答我的神的替代品，卻是我自己。」

就算沒有記憶也確實擁有的這份感情，肯定就是祂的心聲吧。

「所有人都背叛了我。所有人。不論是吉歐路達盧、阿蓋哈，還是蓋迪希歐拉。所以，我要背叛曾經背叛過我的一切，也包括你在內。我不會讓你稱心如意。」

亞露卡娜用被魔劍刺穿的手緊抓住迸發的紫電，連同自己的手臂一起凍結起來。

「可是——」

祂充滿憎恨的眼睛潸然落下淚水。

「魔王卻相信我。就連現在，哪怕是我說出要背叛的這一瞬間，他都相信著我。」

賽里斯將指尖朝向亞露卡娜。在紫電奔馳的瞬間，祂以「背理魔眼」將球體魔法陣變成雪月花。他的雙腳逐漸凍結起來。

「哥哥從未背叛過我。」

§ 41 【將軍】

亞露卡娜的「背理魔眼」射穿賽里斯，他的身體從腳到上半身逐漸凍結起來。由於無法將纏繞著強大反魔法的賽里斯直接變成雪，因此將他的反魔法變成冰。

「也就是魔王的信賴，拯救了充滿憎恨的祢啊？」

賽里斯一面發出「吱吱嘎嘎」的沉重聲響，一面強行移動凍住的右手，將萬雷劍從亞露卡娜的手中拔出。

「真是美麗呢。」

與舉起神雪劍、防備著賽里斯反擊的亞露卡娜的預想相反，他將那把劍轉了一圈，貫穿自己的胸口。緋電紅雷，雷電之血溢出，將凍結的冰還有亞露卡娜轟飛出去。

退開的祂用「背理魔眼」將雷電變成雪月花抵禦攻擊。

祂就站在一直在祈禱的戈盧羅亞那與跪在那裡的迪德里希身前。

「快逃。」

亞露卡娜一開口，教皇就回答：

「祢要我逃到哪裡去呢？天蓋落下乃地底終結。我為了不讓天蓋落下、為了我國，不能停下祈禱。」

戈盧羅亞那睜開眼睛靜靜地唸道。為了讓兩人從前來的賽里斯面前退開，音韻魔法陣發動，所產生的衝擊將迪德里希與亞露卡娜震飛開來。

「我是教皇，直到最後都要為了吉歐路達盧的教義殉身。不過，阿蓋哈的劍帝啊。你用不著為了我的祈禱喪命。」

儘管祈禱著，戈盧羅亞那還是將殘存的魔力朝向賽里斯。

「哦？」

賽里斯感到很有趣地笑了笑，在眼前構築球體魔法陣。

「亞露卡娜。」

小小的唱炎在戈盧羅亞那面前升起。他應該也非常清楚，憑藉這種唱炎，無論如何都無法與之對抗。

「祢曾經是謊言與背叛之神——背理神耿奴杜奴布；如今則已然不是。受到過去束縛的我們，一廂情願地認定祢一直都會是不順從之神，今後也不會改變。」

賽里斯將兩根手指朝向教皇。

「我知曉了讓祢成為背理神的祖先之罪。這是絕對不會改變之事，以及他們以死懺悔且不被原諒──是由於祢乃不順從之神。」

就像在向神懺悔似的，教皇垂下頭。

「可是，祢憑藉直到最後都還堅持相信祢的一名男子的信仰，脫離了不順從之神。」

就像在說這是難以置信的事一樣，戈盧羅亞那的臉上滿是後悔。

「──啊啊，神啊。讓祢成為不順從之神的，竟然是因為我們沒有信仰。還請祢收下愚蠢的我，不信神的愚蠢信徒的贖罪吧。」

熊熊燃燒的唱炎襲向賽里斯，然而纏繞在他身上的反魔法輕易地將火焰消除了。

「『紫電雷光』。」

紫電奔馳而出。就在擊中之前，亞露卡娜用「背理魔眼」將球體魔法陣變成雪。賽里斯將萬雷劍的劍刃化為紫電伸長，橫掃過去。亞露卡娜的神雪劍擋下紫電之刃，紫電與雪月花激烈地撞擊在一起。

「……龍子啊。如果你說要贖罪，我希望你不要死。希望你不要向神祈禱，用那雙手與鄰人攜手合作。我已經改變了。你也……」

鮮血從亞露卡娜的口中溢出，萬雷劍高多迪門刺進了她的腹部。

可是亞露卡娜沒有退縮，用雪月花連同自己一起將那把劍的劍身凍結起來。

『阿諾斯大人──』

在死鬥當中，我收到愛蓮傳來的「意念通訊」。

『請您施展「狂愛域」，我們會在短時間內支撐天蓋。』
雖說如果是愛魔法，應該會有效吧——
『半吊子的意念可是背負不起來的喔？』
『我想將新歌傳達給大家，傳達給地底的人們。』
隨後，「意念通訊」的對面就嘈雜起來。
『啊，新歌是指剛剛想到的那個？還是唱第四號會比較好吧？』
『沒問題啦。再說即興表演已經是家常便飯了。』
『沒錯、沒錯！就讓愛蓮用現在的心情去唱吧！』
『我相信她，所以拜託妳了，潔西卡。』
出現瞬間的空白，然後響起做好覺悟的聲音。
『……我知道了啦……真拿妳們沒辦法……』
居然沒練過就直接唱，真是出乎意料。這才算是魔王的部下啊。
『那就做給我看吧。如果是妳們，應該能辦到吧。』
『『『遵命！阿諾斯大人！』』』
我在目前施展的愛魔法上，追加發動將魔王聖歌隊的愛轉換成魔力柱的「狂愛域」。
紫電「滋滋滋滋滋，轟隆隆隆！」地爆炸開來，亞露卡娜創造出來的冰被震碎。
就在她踏出一步站穩身體、為了不讓高多迪門從身上拔出而空手抓住劍身的瞬間，賽里斯再度畫出球體魔法陣，把手刺了進去。

紫色閃電充滿室內，朝著周圍「劈啪劈啪」地灑出雷光。

「還差一點，沒錯，只要地底人民再稍微團結意念，說不定就能完全支撐那個天蓋。」

賽里斯一用力握拳，魔法陣就在他的掌心裡壓縮起來。他的左手聚集起凝縮過的紫電。

「只不過——」

壓倒性的破壞之力。那個魔法附著在他的左手上。

「——深愛故鄉的意念減少的可能性，你們有考慮過嗎？」

他將那隻手高舉向天。紫電畫出的魔法陣有十道，並從中奔馳出更多紫電，將魔法陣與魔法陣連結起來，構築成一個巨大的魔法陣。

「『灰燼紫滅雷火電界（rabuia gigu gabueriizudo）』。」

連結起來的紫電魔法陣將支柱之間的外牆震飛，筆直朝著天空飛了過去。這道魔法陣一貼在遠方的天蓋上，就竄出狂暴的龐大紫電。天空染成紫色，比地上白晝更加明亮的光芒照亮地底。雷鳴響徹天空，伴隨著那道彷彿世界末日一般的不安聲響，遠方的天蓋因為毀滅之雷焚燒起來。

儘管因為是永久不滅的神體而維持著原形，但支撐天蓋的秩序之柱全都化為灰燼，一顆顆岩石開始獨立落下。

「就算能撐住天蓋，人手也不夠擋下無數的震雨。」

天蓋移位，看起來就像那裡長著無數的冰柱。原因是大量的震雨眼看就要落到地上，而且還是廣範圍的。

「那下頭是阿蓋哈國喲。震雨落下，數千數萬的人民毀滅。好啦，就來試試看吧。他們是否能在毀滅之後，仍然保有對故鄉的愛，持續支撐那塊天蓋呢？」

「——你這傢伙……！」

迪德里希以幾乎耗盡魔力的身體撲去，可是臉部卻吃了賽里斯的一記反手拳，被誇張地打飛了。

「你搞不清楚狀況呢。現在才阻止我已經太遲了。」

他從自己炸開的牆壁缺口，朝著阿蓋哈的天空望去。

「我用方才那一步將軍了喲。」

賽里斯以宛如下棋獲勝般的輕佻態度說。他正要將指尖朝向迪德里希，就微微歪頭納悶起來。

微弱的音樂演奏起來。代替不知何時結束的〈鄰人〉，溫柔的音色經由我的「意念通訊」覆蓋地底。

能聽得到歌聲。溫柔的歌聲。

——要是這世上只剩下你和我，

——在廝殺之前想請你回答一件事。

——當你死去時的埋葬方法。

——我一定會將你送往你的神跟前。

——要是我死的話，就將遺骨歸還於天空，

——希望你將我送往我的神跟前。

——締結誓言的我們同時揮出神刃。

——其實已經知道了。

——爭執的理由已在方才消失。

——揮下的劍難道無法停止嗎？

——我的神不會拯救你。

——這個祈禱要獻給你信奉的神。

——還請您拯救這名虔誠的男人。

某人的心確實被打動了。受到刺激、就像被激烈的衝動所驅使一樣，一名龍人在那裡站了起來。

「……人民啊……」

遲疑與迷惘浮現在他臉上。不過就像受到歌曲鼓舞，那個人拋開恐懼確實地大聲呼喊：

「吉歐路達盧的人民啊……！」

教皇戈盧羅亞那大聲呼喊。他緩緩解開總是一直在為吉歐路達盧、為國家祈禱的雙手，筆直地朝頭上伸出——為了支撐天蓋。

「我乃教皇戈盧羅亞那・德羅・吉歐路達盧。請停止祈禱，把手伸向天空，用你們的意念支撐天蓋吧！」

教皇身上聚集起愛魔法之光。

「如今震雨就要落在阿蓋哈上。『全能煌輝』艾庫艾斯說了，要對汝之鄰人慈悲為懷。這個祈禱是為了不久後將面臨災厄的阿蓋哈。但願他們的神能拯救他們，就遵從他們所信奉的教義，為他們獻上祈禱吧。以我等神的名義起誓，賜予汝等偉大的慈悲。」

一面發出刺耳的地鳴聲，無數的震雨一面朝著阿蓋哈猛烈落下。那是永久不滅的岩石之雨，將會貫穿一切，就連根源都會毀滅吧。朝著持續在支撐天蓋的阿蓋哈民眾，震雨毫不留情地襲擊而去。

足以澈底蹂躪城市的震雨，壓毀城堡、貫穿鐘塔、撞毀瞭望臺，朝著民家、商店還有阿蓋哈的人們落下；然而就在短短數瞬之前——

純白的光芒將岩石一顆顆包覆起來。是「聖愛域」之光。在戈盧羅亞那的請求下，一齊讓意念團結一致的吉歐路達盧的人們，將落下的震雨毫無遺漏地接住，然後向上舉起。震雨眼看著返回天空，然後與天蓋合而為一。

「啊啊，非常感人呢。不過你們並沒有趕上。」

賽里斯將萬雷劍壓進亞露卡娜的腹部。鮮血「咕嘟咕嘟」地溢出，祂的手被紫電灼燒。

剎時間，他將高多迪門從亞露卡娜的腹部拔出，朝祂揮去。精疲力盡的祂，已經連避開的力氣都不剩。

「我應該說過將軍了喲。」

高多迪門斬斷亞露卡娜的「背理魔眼」。

「不論怎麼聚集意念與魔力，那都不是支撐天蓋的秩序。阿諾斯，你的目的是要在最後以『背理魔眼』將這些意念變成天柱支劍。為了測試這個方法可行不可行，所以最初才會創造出假的天柱支劍呢。」

他轉過身來說：

「在天蓋落下之前，你能治好那雙魔眼(眼睛)的傷嗎？就憑你那只能毀滅的力量。」

「那就不要治了。」

在出聲的同時，亞露卡娜的身影化為一陣霧散去。那是妖精蒂蒂的力量。至於真正的祂，則由神隱精靈隱狼杰奴盧藏到異空間裡了。

「真是遺憾呢，賽里斯。」

辛伴隨著瀰漫的霧氣一起出現在他背後。

「……什麼……冥王與詛王應該在阻擋你——」

辛毫不留情地劈下掠奪劍與斷絕劍。

「——你以為我會這麼說嗎？」

紫電溢出球體魔法陣，集中在賽里斯左手上化為紫電的戰斧。他以「迅雷剛斧(garubuedoru)」迎擊斷絕劍，用萬雷劍高多迪門與掠奪劍對砍在一起。

「那兩個人放辛・雷谷利亞通過是預料中的事喲。因為想守護故鄉吧。」

斷絕劍燒焦，被「迅雷剛斧」斬斷。賽里斯再度從球體魔法陣中溢出紫電。

「咯咯咯！那麼這也在你的預料之中嗎，賽里斯・波魯迪戈烏多？」

無數的神劍羅德尤伊耶從天而降，刺在賽里斯身上。同時落下來的人是耶魯多梅朵。

「當然，就想說你差不多要來了喲。」

他發出「紫電雷光」，耶魯多梅朵遭到迎擊。在這剎那間，接過神劍羅德尤伊耶的辛刺穿賽里斯的左手，緋電紅雷沿著劍身纏繞上辛。

「你們難道以為兩個人一起上就能贏過我嗎？」

「一個人就夠了哪。但不好意思，我沒空陪你玩。」

「狂愛域」──也就是魔王聖歌隊的歌在支撐著天蓋。獲得自由的我接近賽里斯。正面是辛，空中是耶魯多梅朵，然後背後是我逼近過來。賽里斯把手刺進球體魔法陣中用力握緊拳頭。剎時間，他的左手被斬斷，在天空飛舞著。

「斷絕劍，祕奧之二──『斬』。」

燒焦的斷絕劍變得更加破爛碎裂。他往上揮出的萬雷劍，被耶魯多梅朵用神劍打掉，可能性的里拜因基魯瑪橫掃過他的雙腳。

他在晃了一下後，身體就失去平衡地向前倒在地面上，我從背後朝著他的根源刺下里拜因基魯瑪。紅雷「劈啪劈啪」地溢出，甚至要吞沒掉全能者之劍。

「無法被里拜因基魯瑪一擊毀滅掉，還真是了不起。」

「毀滅離我很遙遠喲。或許能說是我的憧憬呢。」

我臉上露出殘虐的笑容。

「那我就送你吧。」

賽里斯正要抬起的頭，被我用右腳狠狠踩住。

「壓住他。」

辛用掠奪劍砍斷賽里斯的雙腳，耶魯多梅朵用羅德尤伊耶釘住了他的雙手。

「兩千年前的魔族存在許多怎麼樣都毀滅不了的人呢。所以有必要開發出處刑魔法。當然，要把人逮住確實很辛苦——」

我繼續用腳踩住賽里斯的腦袋畫出魔法陣。

「『斬首刎滅極刑執行』。」

漆黑的拘束器覆蓋住他的脖子，出現一座漆黑的斷頭臺。

「我只准你說一句話。想求饒的話，就慎選話語。」

「奪走你記憶的人是米里狄亞喲。」

斷頭臺的刀刃閃耀著無情光澤。我將指尖由上往下滑落。

「你不想知道轉生之後的祂怎麼——」

「執行。」

斷頭臺的刀刃「喀答」落下，砍掉了賽里斯的腦袋。

§ 42 【儘管如此也直到永遠】

伴隨著血花飛走的賽里斯腦袋，在地板彈跳了兩次後滾開。「斬首刎滅極刑執行」的斷頭臺化為漆黑粒子升起，倏地當場消失了。

「……呵呵……哈哈哈……就算你這麼做也沒用。」

碧雅芙蕾亞說。由於亞露卡娜已精疲力盡，使得覆蓋住她的雪有一半開始融化，結界也減弱了。

「波魯迪諾斯就算被砍頭也不會死。你也是這樣對吧？」

我冷冷看著得意說道的霸王。

「被『斬首刎滅極刑執行』砍頭的人是無法得救的。斷頭臺的刀刃會遵照斬首刑的儀式，將破滅的種子植入根源深處。」

「你在說什麼啊？波魯迪諾斯才不會被這種魔法殺死呢。看吧。」

碧雅芙蕾亞帶著充滿信賴的表情注視著賽里斯的遺體。然而，無論是他的腦袋還是身體，都完全沒有要動起來的跡象。不論怎麼用魔眼窺看深淵，他的根源都迎來死亡了。

「…………波魯迪諾斯……？」

她呼喚著，但對方沒有回應。

「……騙人……的吧……喂，波魯迪諾斯？」

碧雅芙蕾亞再度呼喚著。當然，所得到的回覆是一片寂靜。

「……可是我……明明……一直在等待著……等待著你回來……」

就算想前往賽里斯的身邊，她也被結界阻擋，前進不得。

「我一直在這裡等著……喂，波魯迪諾斯！快回答我！你在裝死吧？你會立刻站起來，幫我解決掉他們吧！」

她撲簌簌地落淚說：

「……喂……拜託……波魯迪諾斯！快回答我——」

碧雅芙蕾亞以悲痛的表情哭喊：

「回答我啊啊啊啊啊啊啊啊啊啊啊啊啊啊啊啊啊啊啊啊啊啊啊啊啊啊啊……！」

聲嘶力竭的叫喊，漸漸消失在遠方的天空之中。沒有回應。一句也沒有。而這正意味著賽里斯的毀滅。

「不要啊啊啊啊啊啊啊啊啊啊啊啊啊啊啊啊啊啊啊啊啊啊啊啊啊啊啊啊！」

碧雅芙蕾亞伴隨著慘叫從全身釋放出魔力，竭盡生命地將雙手敲在雪月花的結界上。激烈的魔力發出「劈啪劈啪」的衝突聲響，將她的雙手傷得破爛不堪。她毫不在乎地就像要把全身砸上去一樣，打破結界衝了出去，一來到賽里斯的腦袋旁就跪下，輕輕伸出顫抖的手。淚珠滑落，她將那顆腦袋抱在胸前。

「……絕不原諒………」

碧雅芙蕾亞一面流著淚，一面以充滿憎恨的眼神瞪著我。

「……我可愛的孩子們，你們不用支撐什麼天蓋了……那裡有正在唱歌的魔族吧！去殺了她們！現在立刻！」

她畫起魔法陣發出命令，朝著在蓋拉迪納古亞的城市裡唱歌的蓋迪希歐拉人民，朝著潛藏在他們體內的霸龍說：

「去毀滅吧……這種世界……！這種沒有波魯迪諾斯的世界……！」

她就像為愛瘋狂似的叫喊：

「喂，孩子們！去幫爸爸，去幫波魯迪諾斯報仇吧。去把殺掉波魯迪諾斯的這些傢伙們統統一起踩死吧！」

碧雅芙蕾亞緊緊抱住賽里斯的腦袋。

「好啦，快動手！快快快！」

在這樣尖叫後，她露出一副難以置信的表情。

「……為什麼……？」

她茫然地喃喃自語。大概是因為得不到霸龍的回應吧。

「還真是遺憾呢，碧雅芙蕾亞。」

我緩緩朝她走去。霸王就像要守護賽里斯一樣，將他抱在胸前警戒著。

「我的免疫已經遍及霸龍全體了。雖是以民眾為優先，不過就連禁兵的霸龍都早已在我的支配之下。」

「……騙人……你騙人……因為我在免疫轉移之前就……」

「在妳殺掉霸龍時，我的免疫早就已經轉移到其他霸龍身上了。」

在我將指尖朝向碧雅芙蕾亞後，黑線就纏繞住她的脖子，變化成不祥的項圈。

「這是什——」

「『羈束項圈夢現』。」

碧雅芙蕾亞被困於夢中，茫然站著不動。儘管如此，她依然沒有放開賽里斯的腦袋。

「就如冥王所說的，是個可悲的女人。妳的處置就交給地底諸王來決定吧。」

我轉身背對碧雅芙蕾亞，回到折斷的天柱支劍旁邊。跟著米夏他們一起，迪德里希、娜芙妲，還有戈盧羅亞那都在那裡。亞露卡娜也緩緩地朝我走來。

「竟然無法讓地底人民、地底諸王的步調一致。儘管誇下了海口，但所謂的理想還真是遙遠啊。」

我話一說完，迪德里希就豪邁地笑了笑。

「魔王啊，你這理想是不是有點太高了啊？」

戈盧羅亞那在一旁靜靜地說：

「或許總有一天能夠抵達呢。只要我們在你所指出的這條道路上行進。」

我們互看一眼，然後點了點頭。

「那就來做最後的工作吧。」

我為了支撐那塊天空，把手伸向頭上。亞露卡娜、戈盧羅亞那，以及迪德里希也跟著我這麼做。

只要豎起耳朵，魔王聖歌隊的歌聲就再度從遠方傳來。

——要是可恨的你的神淪為罪人，

——希望能讓我以我的神的名義起誓。

——要在那個處刑臺上下達劍的審判。

——我所不容許的你的神的教典。

——我必定會賭上這條命守護到底，

——要送到一直在祈禱的你手上。

——走在不同道路上的仇敵啊，我們不同的就只有一個神名。

阿蓋哈、吉歐路達盧，以及蓋迪希歐拉，地底人民的意念結晶朝著支柱之間聚集而來。

我以全身承受深愛地底的這份意念，集中在此。然後將覆蓋世界的愛魔法從我的右手中釋放出來。

「『想司總愛(ra senshia)』。」

我所發出的漆黑之愛與從地底各處聚集過來的純白之愛在這裡立起黑白色的柱子，確實支撐著落下的天空。現在就算讓天蓋從永久不滅的神體恢復成原狀，也不會立刻崩塌下來。

「亞露卡娜。」

我將里拜因基魯瑪交給祂。亞露卡娜就像要用雙手捧著似的接過神劍，微微屈下膝蓋。雪月花在祂周圍發光。

「明月升起，長劍落下，等待下次的審判之時。」

全能者之劍里拜因基魯瑪閃耀發光。白銀光芒照亮四周，分裂成理滅劍貝努茲多諾亞與「創造之月」亞蒂艾路托諾亞。上弦月在天蓋上閃爍著。

「將這個『想司總愛』的柱子變成天柱支劍貝雷畢姆吧。」

亞露卡娜點了點頭，以「背理魔眼」瞪向柱子。黑白色的光芒漸漸變成劍的形狀。

「……………唔……」

亞露卡娜伴隨著痛苦呻吟，眼球溢出鮮血。儘管藉助蒂蒂與杰奴盧的力量，但祂仍然沒有完全避開賽里斯的攻擊吧。祂突然癱跪在地上。

「……………沒事………的…………」

儘管都跪倒了，祂還是為了要將「背理魔眼」朝向黑白色的柱子把頭抬起來。

有人伸出了手。有兩隻。那分別是戈盧羅亞那與迪德里希伸出的手。

「就以痕跡書讓亞蒂艾路托諾亞恢復成過往的模樣吧。只要『創造之月』取回原本的光輝，應該就能減輕祢的負擔。」

戈盧羅亞那從魔法陣中取出純白的書籍。

「然而，由於痕跡神已不在世上，所以無法確實恢復就是了。」

「這沒什麼，就用坎達奎索魯提局限住未來吧。雖然我這邊也因為娜芙妲無法使用神眼，所以有點不太可靠呢。」

兩人筆直看向亞露卡娜。戈盧羅亞那看起來過意不去地說：

「……我不會懺悔，也不會請求祢的原諒。吉歐路達盧確實一直背叛著祢……」

「……這絕對不是能補償的事，但這是阿蓋哈過去的所作所為。就讓我作為王，為此贖罪吧……」

亞露卡娜以溢出鮮血的魔眼瞪著兩人。

瞪著過去背叛自己、將自己推落到地獄深淵的吉歐路達盧與阿蓋哈的子孫。

「我……」

祂瞬間看了我一眼。我十分明白祂的心情。

「我現在還是無法原諒。不論是阿蓋哈、歐路達盧，還是你們的教義。儘管如此──」

這麼說的祂溫柔握住兩人的手。

「我來治療吧。如果是『背理魔眼』，也能讓娜芙妲的神眼之力恢復一點吧。」

──其實已經知道。

──我就只是憎恨，不需要獲得更多。

──揮下的劍難道無法停止嗎？

──我的神不會拯救你。

——這個祈禱要獻給你信奉的神。

——儘管如此，我祈求你那可恨的教義能永遠傳承下去。

亞露卡娜將魔眼朝向娜芙妲。受創的神眼被重造，傷勢稍微恢復。

「迪德里希，坎達奎索魯提就交給你了。」

「好。」

娜芙妲以祂受創的神眼注視未來，迪德里希朝著戈盧羅亞那拿在手上的痕跡書，高舉著坎達奎索魯提之劍。未來不斷地遭到局限。

「痕跡書第一樂章〈遺物再臨（zeguneru）〉。」

翻開的痕跡書與戈盧羅亞那唱出的聖歌經由坎達奎索魯提局限未來後，光芒自亞露卡娜身上溢出。抬頭望去之後，能發現曾是上弦月的「創造之月」變成了滿月，將黑白色的柱子照耀成白銀色。祂將「背理魔眼」望過去。溫柔舉起天空的「想司總愛」之柱變得更加穩定，就連秩序也開始支撐著這根柱子。

一直微弱響著的天空地鳴戛然而止，「想司總愛」之柱被「創造之月」與「背理魔眼」重新創造，漸漸變成黑白色的天柱支劍貝雷畢姆。

如今就在這一刻，地底建起了新的柱子。

一直相爭不斷的三大國——阿蓋哈、吉歐路達盧與蓋迪希歐拉。胸懷榮耀而活的迪德里希、為祈禱獻出一切的戈盧羅亞那，然後是一直憎恨著一切的亞露卡娜。

他們將這種地底諸國的意念交織在一起，牽起彼此的手——

能聽到他們羈絆的象徵，聽到歌聲。

——宣告新世界開始的歌。

——要是可恨的你的神淪為罪人，

——希望能讓我以我的神的名義起誓。

——要在那個處刑臺上下達劍的審判。

——我所不容許的你的神的教典。

——我必定會賭上這條命守護到底，

——要送到一直在祈禱的你手上。

——走在不同道路上的仇敵啊，我們不同的就只有一個神名。

——其實已經知道。

——我就只是憎恨，不需要獲得更多。

——揮下的劍難道無法停止嗎？

——我的神不會拯救你。

——這個祈禱要獻給你信奉的神。

——儘管如此，我祈求你那可恨的教義能永遠傳承下去。

§ 43 【和平的宗教戰爭】

一個月後——

德魯佐蓋多魔王城王座之間。

「阿諾斯大人，小的自王龍國阿蓋哈，將迪德里希大人與龍騎士團一行人帶來了！」

這樣向我宣告的人，是治理密德海斯的魔皇艾里奧。今天是依照我與劍帝的約定，邀請阿蓋哈的騎士們前來迪魯海德召開酒宴的日子。

天蓋差一點朝地底落下一事，讓地上也發生了激烈的地震。由於亞露卡娜讓大地成為不滅的神體，儘管搖晃得很厲害，地裂等現象造成的損害仍被控制在最低限度。這一個月都在確認、復興損害狀況，以及救濟受災戶。而最主要的工作，則是忙著準備與地底諸國展開新的邦交。

今後地底人民來到地上的情況也會增加，必須建立接納他們的體制才行。而艾里奧在我百忙之中自願前往地底，帶領迪德里希前來迪魯海德。

迪德里希是地底三大國的王，是這次的主賓之一。艾里奧雖然身為魔皇，還是以必須盡到禮儀為由，幫我擔任了帶路人的職責。

「辛苦你了，艾里奧。我總是受到你的幫助。」

「……是！小的愧不敢當……！」

艾里奧低頭後轉身離去。在他所看著的方向上，我發現迪德里希與娜芙妲已經到來。兩人與艾里奧交換，朝著這裡走來。

「魔王啊，這是很盛大的宴會不是嗎？不僅是劍帝宮殿，就連我的子民都願意招待，你還真是闊氣啊。就讓我向你道謝吧。」

我一離開王座，就朝著兩人走去。

「你無須道謝。畢竟我也想讓地底的人民來看看地上的情況。」

不論是誰都害怕未知。這種恐懼總有一天會成為火種，發展成鬥爭。就算王表現得再怎麼賢明，民眾的情緒都促使國家行動。既然如此，我們必須先從互相認識開始。為此我不只招待迪德里希，還招待了阿蓋哈的人民。

「先讓我帶領兩位前去宴會間，我已經準備好歌曲和酒了。」

「這真是太好了。」

我看向娜芙妲，祂閉著那雙神眼（眼睛）。

「傷勢如何？」

「……這個嘛……」

迪德里希難以啟齒地說。

「娜芙妲要回答。變得能稍微看到未來了。只不過，現在還是無法將神眼的秩序賜予締結盟約的預言者。」

也就是尚未痊癒啊？

畢竟是里拜因基魯瑪的劍刃斬傷的嘛。雖說已經用「背理魔眼」做過急救，但隨後立刻看向未來，也是傷勢無法痊癒的主要原因嗎？

「能設法治好嗎？」

迪德里希就像懇求似的看來。

「亞露卡娜。」

在我呼喚後，雪月花就當場翩翩飄落，化為少女的模樣。

「能治好未來神的神眼(眼睛)嗎？」

「我試試看。」

亞露卡娜站在娜芙妲面前，讓雪月花從掌中飛舞而出，並在飄落到祂的眼瞼上後，那雙神眼(眼睛)就緩緩睜開了。亞露卡娜讓「背理魔眼」發出光芒。

「反叛魔眼，治療秩序，我乃逆天背理的不順從之神。」

魔力從「背理魔眼」中溢出，那道光芒覆蓋住娜芙妲的神眼。在注視了十秒左右後，亞露卡娜閉上眼睛。

「如何？」

娜芙妲將祂的神眼朝向迪德里希後，靜靜地左右搖頭。

「就我看來，神眼像是無傷的樣子。也讓米夏與莎夏來幫忙吧。假如加上『創滅魔眼』的力量，也許就能治好。」

「……不……娜芙妲說不定明白了。」

「神眼（眼睛）治不好的理由嗎？」

娜芙妲點頭說：

「娜芙妲推測，這雙神眼（眼睛）無法恢復光明，是身為未來神的此身所得到的奇蹟與救贖。」

亞露卡娜就像在思考似的低頭。

「這是什麼意思？」

「未來神的神眼（眼睛）看不見未來，也就是未來持續在變化。遭到封閉的未來消去，此身說不定能成為肩負希望未來的秩序。」

唔嗯，這並不是不可能。

「也能認為就只是變得看不見了吧？」

「娜芙妲推測，這雙神眼（眼睛）現在所看到的，並非不可能的黑暗。」

娜芙妲筆直注視著我。雖然看不見未來，但是那雙眼睛變得比以前還要堅強。

「原來如此。你對自身發生的變化有頭緒了啊？」

娜芙妲淺淺地微笑說：

「一定是的。」

祂笑得很開心。哎，既然本人不辛苦的話，那就好吧。

「那麼，祢今天就好好享受宴會吧。倘若是看不見未來的那雙神眼（眼睛），應該就能充分享受了吧。」

我邁步走出。迪德里希走在我身旁，娜芙妲與亞露卡娜跟在我們後頭。

「讓我帶你們到宴會間吧。另一名主賓也已經在享受了。」

「是指戈盧羅亞那那傢伙嗎？」

這句話讓人感到有點帶刺。

「怎麼了嗎？」

「沒什麼怎麼了。」

迪德里希語帶嘆息地說：

「雖然讓阿蓋哈與吉歐路達盧有機會進行會談很好，但那傢伙居然如此獅子大開口，要我把現在阿蓋哈支配的狩獵場交出去一半。」

在地底雖然能召喚龍，但盟珠與魔力都有限，所以各方面上還是狩獵在荒野繁殖的龍會比較有效率。

「作為回報，他說要教我們音韻魔法陣。簡單來說，就是打著要布教聖歌，增加吉歐路達盧信徒的主意。這樣哪有道理啊？」

「我不覺得這種無理的要求會通過。」

「所以我才不得不頭疼啊。他還提出在對兩國間盟約進行交涉時禁止預言的條件，甚至要阿蓋哈歸還從吉歐路達盧奪走的盟珠。儘管禁止預言，自己卻提出過去靠痕跡神的力量調查到的千年以上的事情出來。」

迪德里希就像嘆氣似的吁了口氣。

這樣也難怪他會想治好娜芙妲的神眼（眼睛）了。

「真是的，在知道不會開戰之後，就立刻變得這麼死不要臉。」

「咯哈哈！」

我忍不住笑了笑。

「你似乎很開心呢，迪德里希。」

在露出一瞬被攻其不備的表情後，劍帝豪邁大笑。

「是啊。和平就只會讓人傷透腦筋啊。」

就像在說即使如此，也還是比干戈相見來得好一樣。

走了一會兒後，我們抵達宴會間前方。我招待了吉歐路達盧、阿蓋哈，還有蓋迪希歐拉的人民。今天德魯佐蓋多到處都在舉辦宴會，而這裡是作為中心的宴會場地。

「要我教你與戈盧羅亞那的交涉變得有利的方法嗎？」

「假如有這種方法，想請你務必傳授我呢。」

我「呵」的一聲笑著說：

「就是酒。」

我推開雙開門。

「請不要打開♪」「「嗚嗚～♪」」

「請不要打開♪」「「嗚嗚～♪」」

「請不要打開，那是禁忌之門♪」

在中央的舞臺上，魔王聖歌隊邊跳邊唱著魔王讚美歌第六號〈鄰人〉。

「喔喔，愛蓮啊。是妳的歌聲治癒了我吧。」

有個儘管死賴在最前排的位置上，仍然在幫她們炒熱氣氛的人。在兩瓶酒瓶上點燃的是嚴肅的唱炎。

「那、那是……？」

迪德里希不禁傻眼地問。

應該總是在為了國家持續祈禱的雙手不知放到哪裡去、讓點燃唱炎的兩瓶酒瓶在頭上不停轉動的那個人，名字正是吉歐路達盧的教皇——戈盧羅亞那．德羅．吉歐路達盧。

「喔喔，當時愛蓮對我說：『吉歐路達盧的復興請加油喲。』也就是說，我人生中最棒的一天來臨。信徒書第一樂章〈信徒感激〉。」

「……那個人……是誰啊……………？」

迪德里希忍不住一面蹙眉，一面看著那個人。然而不論他怎麼揉著眼睛去看，那個人都是教皇戈盧羅亞那本人。

「為了國家一直在祈禱的教皇不知酒味。也就是持續壓抑造成反彈了吧。」

「……希爾維亞級啊……這還真是驚訝……」

戈盧羅亞那會成為魔王聖歌隊的信徒是有理由的。我們在地底建起的新天柱支劍貝雷畢姆，目前穩定地持續支撐著天蓋。那把劍是以意念之力、對地底的愛在支撐天空，但說不定總有一天，地底的人民會遺忘過去的災厄之日。因此，必須傳承下去——那塊天空是靠每一個人在支撐的。作為傳承的象徵，採用了地底三大國都能接受的魔王聖歌隊的歌曲。在這一個月內，魔王聖歌隊巡迴各國，伴隨著這首歌宣傳不能遺忘的教義。

當然，假如宣揚這是阿蓋哈或吉歐路達盧的傳承，就會讓雙方產生摩擦，所以藉由讓地底停止鬥爭的魔王來當作傳承。只要能奠定將這個傳承流傳到遙遠未來的地基，應該就能建立穩定的和平。作為這件事的副產物，魔王聖歌隊如今在地底大受歡迎，產生許多隱藏信徒

——事情就是這麼一回事。

「只要設下阿蓋哈擅長的酒宴，交涉也能順利談成不是嗎？」

迪德里希面帶苦笑。

「沒錯。不過在這之前，有件事我必須先去跟他說清楚。」

「哦？」

迪德里希看準音樂結束的時機，走到戈盧羅亞那身旁。

「啊啊，愛蓮。打從我一見到妳，胸口的鼓動就伴隨著信仰不停響起，在不知不覺中巨大地響徹開來。今晚我十分感謝能來到妳所誕生的這塊聖地。」

「哈～戈盧羅亞那啊。沒想到你居然這麼迷戀魔王聖歌隊的小姑娘，就連祈禱的雙手都停下來了。我看你相當沉迷的樣子不是嗎？」

迪德里希一這樣搭話，戈盧羅亞那就猛然回頭。

「這不是阿蓋哈的劍帝嗎？還以為你要說什麼，居然說我停下祈禱的雙手？你的話還是一樣愚昧呢。」

教皇將點燃唱炎的酒瓶，像沙鈴一樣有節奏地搖起。

「在這塊聖地上，這樣才是祈禱啊。」

迪德里希冷眼看著有節奏地搖著酒瓶的戈盧羅亞那。

「哎～這我是無所謂啦。但有件事我一定要先跟你說清楚。」

迪德里希說到一半，在將手中的酒瓶一口氣灌下後，堂而皇之地大喊：

「沒錯，在魔王聖歌隊裡，愛蓮是隊長吧。但是，面對愛蓮的強人所難，帶著『真拿妳沒辦法啊』的表情回應的潔西卡，她的貢獻才是我等阿蓋哈的王道，騎士的氣魄。也就是說，潔西卡才是理想的少女。」

阿蓋哈的劍帝理直氣壯地說：

「這點我是不會讓步的！」

「還以為你要說什麼，這很像野蠻的阿蓋哈會有的想法呢。」

戈盧羅亞那對他嗤之以鼻。

「潔西卡那充滿母性的模樣，確實有如聖母一般美好。不過那也要先有天真爛漫、自由奔放的愛蓮在，她才能綻放光芒。最重要的是，平時那麼可愛的愛蓮不時展露的慈愛之心，這種反差正是救贖，打動了我等吉歐路達盧信徒的心。換句話說，愛蓮才是最棒的少女。」

「也就是說，可以當你是這個意思吧？吉歐路達盧是愛蓮粉？」

「你能這麼想就好。」

兩人迸出火花互瞪。就在這時——

「不，這還很難說吧？」

吉歐路達盧的米蘭主教前來，身後還跟著好幾名教團的神父們。

「我也跟迪德里希王一樣，覺得潔西卡才是正統派呢。」

「……什麼……」

戈盧羅亞那露出就像看到信徒打破戒律般的表情。

「……你說什麼……？你們難道是潔西卡粉……？」

對於教皇的詢問，神父微微點頭。

「我的天啊。居然得到跟阿蓋哈一樣的結論……」

「不，這可不一定喔。」

「你是哪一位？」

龍騎士奈特與他的部下里卡多前來，還有十名阿蓋哈的騎士。

「我們是愛蓮粉。儘管身為隊長力有未逮，還是拚命帶領其他人前進的堅強心靈，那正是騎士的榮耀。」

奈特光明正大地說。

「就如奈特團長說的。雖然我一度捨棄過這條命，不過要我將剩下的人生全部貢獻給她的歌，說不定也沒問題呢。」

里卡多立下騎士的誓言，而且還是終生不娶的宣言。

這次輪到迪德里希露出像是看到騎士們讓榮譽蒙羞一般的表情。

「……㖿、㖿唔唔……………」

「……奈特、里卡多，你們原來不是潔西卡粉嗎……」

「迪德里希王，我要作為忠臣向你提議，阿蓋哈應該要成為愛蓮粉。」

這很像是迪德里希的部下會有的毅然發言。假如覺得王有錯，懷著懲罰覺悟進言才算是部下。真不愧是迪德里希所選上的騎士們。

「米蘭主教，你也重新考慮比較好吧？吉歐路達盧是愛蓮粉。」

「不，要重新考慮的是你們兩位。」

新的聲音讓眾人一齊回頭，吉歐路達盧的信徒們出現。原來是八歌賢人與數十名民眾。

「我們八歌賢人以下六十四名是麥雅粉。乍看之下很樸素，彷彿隨處可見的村姑一樣，是個不起眼的孩子。在大舞臺上拚命努力的模樣，那才是神啊。」

一大勢力的登場，嚇倒了米蘭主教與教皇戈盧羅亞那。儘管如此，教皇還是說：

「我也明白你們的心情。不論是潔西卡還是麥雅，她們都很可愛且優秀。可是，我是教皇。我要以教皇的身分表示，吉歐路達盧教是愛蓮粉，這正是神的教義。要是違背的話，說不定會被開除教籍喔？」

醉得太過分的戈盧羅亞那發動強權。不過，不服輸的八歌賢人們也醉了。

「既然如此，那好吧。從今以後就分道揚鑣，讓我們自稱是吉歐路達盧教麥雅派吧！」

接在毅然說道的一名八歌賢人之後，米蘭主教大聲說：

「這樣的話，我們就自稱是吉歐路達盧教潔西卡派吧。」

「……這是何等愚蠢啊。吉歐路達盧教愛蓮派才是基於教皇名義的正道。即使像這樣建立分派，信徒也不可能會跟隨你們吧。」

對於戈盧羅亞那的發言，八歌賢人毅然反駁：

「既然您這麼說，那麼就算捨棄我們也沒問題不是嗎？」

米蘭主教也接著說：

「是啊。如果真是這樣，對神的教義也不會有任何不妥吧？」

戈盧羅亞那瞪著這兩大勢力。

「不管誰說什麼，吉歐路達盧教愛蓮派才是主流。我不會讓你們建立什麼分派。」

以在這場酒宴上發生的事件為契機，爾後吉歐路達盧教真的分裂成愛蓮派、潔西卡派與麥雅派——了嗎？結果還不明。

§ 44 【高傲騎士之戀】

關於魔王聖歌隊裡誰最好的爭論，持續在宴會間展開。

「……真是受不了。父親大人和奈特團長還真是讓人傷腦筋。雖說災厄之日已經過去，但偏偏迷上什麼聖歌隊，難道一點也不覺得害臊嗎！」

一面冷眼看著熱情述說的男人們，龍騎士團副團長希爾維亞一面喝著酒，碎碎唸著醉話。她雖然也醉得很厲害，但今天還保留了幾分理智。

「我果然不需要什麼男人……！」

「那妳喜歡什麼樣的人呢？」

雷伊一面在希爾維亞身旁喝著酒，一面順口詢問。

「我……我、我我我我我……」

「……是公雞……耶……！」

潔西雅很開心地靠近希爾維亞。

「誰是公雞啊！」

潔西雅失望地垂下肩膀。

「沒有……公雞啊……」

「啊……啊啊，不是這樣的……妳、妳瞧，是公雞先生喔。喔～喔喔喔喔喔。」

「公雞騎士……竟然存在……！」

「……公雞騎士……」

潔西雅的雙眼滿懷期待地炯炯發光。希爾維亞就像在說沒辦法似的說：

「……沒、沒錯，我就是公雞騎士！就讓妳見識見識吧。公雞劍法——喔喔喔雞冠之舞！將戀愛中的男人們一刀兩斷！」

希爾維亞用手刀砍向雷伊。

「喔～喔、喔喔喔喔！」

隨後，潔西雅表情一亮，同樣用手刀砍向雷伊的腳邊。

「喔～喔、喔喔喔喔！」

雷伊儘管苦笑起來，還是甘願承受她們的攻擊。

「公雞騎士潔西雅……要踏上冒險的旅途……！」

大概是發現下一個目標了吧，潔西雅開開心心地離開了。

「所以呢？」

「……什麼所以啊？我可不會再用什麼公雞劍法了喔！丟臉死了！」

「我是在問妳喜歡什麼樣的人喔。」

「我、我我我我我……！」

「是公雞劍法嗎？」

「才不是！問我喜歡怎樣的人！這、這麼不知羞恥的事，誰說得出來啊……！」

希爾維亞滿臉通紅，將酒杯裡的酒一口飲盡。

「就只是聊聊喜歡什麼樣的人，很普通喔～這樣不是很好嗎？就說給我們聽聽啦～」

米莎一副很開心的樣子靠向希爾維亞。

「那個，可是……我身為騎士……有著騎士的榮耀……」

「有什麼關係嘛。再說阿蓋哈的龍騎士已經沒有要成為天柱支劍的使命了。希爾維亞小姐也說過妳其實很憧憬吧？」

「那、那是……是啦……」

米莎呵呵微笑起來，同時靠向希爾維亞。

「那妳就只告訴我一個人吧。我不會和其他人說。」

「……真、真的嗎？真的不會和其他人說吧？」

「真的，我向妳保證。」

「……我喜歡的人啊……」

希爾維亞帶著猶豫偏開視線，就像要幫自己鼓起勇氣一樣地拿起酒瓶，然後一口氣灌下去。她的喉嚨發出「咕嘟咕嘟」的聲響，全部喝完後說：

「我果然還是不喜歡會被什麼戀愛沖昏頭的男人，最好是完全不把什麼戀愛放在眼裡的那種高傲且強悍的男人呢。這是我的理想。」

儘管她說過只會告訴米莎一個人，不過大概是因為醉了吧，她說得很大聲。

「很有希爾維亞小姐的風格呢～不過，會很那個不是嗎？要是愛上不把戀愛放在眼裡的人，似乎會非常辛苦呢……」

「是這樣嗎？唉，反正這種人並不可能存在呢。就連父親大人與奈特團長在卸下重責後都變成那樣了。我理想的王子大人，終究只是妄想吧。」

她露出疲憊的微笑，再度灌了一口酒。

「那個！阿諾斯大人！」

穿著禮服的魔族女子過來向我搭話。今晚的宴會也兼作地底與地上的交流會，所以也招待了許多來自迪魯海德的賓客。

「感謝您今日的招待。請問您還記得我嗎？我是魔皇波羅斯的妹妹，名叫莉薩。」

魔皇波羅斯是治理邊境赫爾捷德的人。我確實見過她呢。

「是那個罹患罕見疾病的女孩嗎？」

「是的！」

我一這麼回答，莉薩就像花朵盛開似的展露笑顏。在魔王再臨典禮之後，我謁見許多迪魯海德的人民，其中包括魔皇波羅斯。他的妹妹莉薩在當時罹患這個時代的醫療魔法治不好的奇病，於是我便幫她治好了。

「拜您所賜，我現在完全康復了。今日是……那個，我想說要是能報答您的救命之恩就好了。」

莉薩將身體朝我靠來。

「從那一刻起，那個……我就覺得您是很棒的人……」

「這樣啊。」

「我今天是……那個，住在名叫『星塵之泉』的旅館裡。」

那是密德海斯為了招待來賓的高級旅館，一般人沒辦法住宿。

「……這是我房間的鑰匙……」

莉薩牽起我的手，把鑰匙遞給了我。仔細一看，便發現她滿臉通紅。

「像、像我這樣的人說出這種話來……那個，您說不定會感到很困擾……不過，因為只限今晚……」

「妳不用全說出來。我不會讓來賓感到丟臉喔。」

在我開口後，她就笑了。然後低著頭，害羞地說：

「……我、我會等著您……」

莉薩跑著離去了。

「艾里奧。」

我立刻向治理密德海斯的魔皇艾里奧說：

「你認識魔皇波羅斯的妹妹莉薩吧？」

「是的。」

「她把鑰匙還回來，看來對房間有所不滿的樣子。儘管裝潢確實很華麗，不過『星塵之泉』的反魔法有點弱，應該有人還是會不安得難以入眠吧。把她的房間換成德魯佐蓋多的客房，並幫她安排警衛。」

「小的遵命。」

我一把鑰匙交給艾里奧，他就離開了。

隨後，有三人以別有含意的眼神朝我看來。他們分別是雷伊、米莎，還有希爾維亞。

「……我迷上他了……」

「咦咦！」

對於希爾維亞這句話，米莎嚇一跳似的轉過頭去。

「……那個完全不把什麼戀愛放在眼裡的毅然態度……是我的理想……沒想到會在這種地方……是會這麼突然發生的事嗎……」

「呃、呃……妳喝醉了嗎？」

希爾維亞用力抓住米莎的雙肩。

「請教教我！」

「要……要教什麼啊～？」

「我該怎麼做才好！該怎麼做，那個……才、才能談戀愛………？」

米莎就像求助似的看向雷伊。

「因為阿諾斯就跟妳看到得一樣呢。就只能明確地跟他說了不是嗎？」

「我知道了。我這就去。」

「咦！現、現在嗎？我覺得再稍微循序漸進一點比較好……」

「事不宜遲！不懂戀愛的我要小聰明是要怎樣？先下手為強，唯有全力以赴！」

「……就算妳說得就像戰鬥一樣，那個……」

希爾維亞從露出苦笑的米莎身旁走過，堂堂正正地朝我走來。

「阿諾斯王。」

她在筆直看向我後，就像害怕似的微微壓低視線。

「……那個……」

希爾維亞握緊顫抖的拳頭，就像使勁下定決心一樣把頭抬起。

「我愛上你了，請成為我的戀人！」

「咯哈哈！妳這話真有意思。」

「不行嗎？」

「假如妳是認真的，就等酒醒時再來挑戰。把醉話當真，可對不起妳的戀情。」

我一調轉腳步，希爾維亞就發出「啊嗚嗚……！」的一聲，彷彿腳步不穩地當場倒下。

「妳、妳還好嗎……？」

雷伊與米莎擔心地趕到她身旁。

「嗚……嗚嗚……」

「那個啊，因、因為妳喝了酒，所以我想阿諾斯大人也沒有認真看待這件事喔。所以，妳不需要這麼沮喪……」

「……好、好帥……」

「啥？」

「我被不當作一回事地一口回絕了。他的態度是多麼地無情啊。好冷淡，心好痛，啊啊，可是……這是多麼地尊貴啊。這就是……這就是戀愛嗎！」

雷伊與米莎面面相覷。

「……那、那個……該怎麼說好呢……？」

「……好、好帥……」

我在身旁聽到跟希爾維亞很類似的喃喃自語。回頭就發現媽媽站在那裡，不知為何地看著我，一副感動不已的樣子。

「小諾，你怎麼會這麼帥啊！討厭啦～那是什麼，那個拒絕臺詞是什麼啦～！一陣子不見就變得這麼有男子氣慨，你這孩子也真是的，真是的！」

媽媽就像要糾纏我似的把身體靠過來，不斷用手肘戳著我。我記得媽媽說過她沒喝酒，也就是她完全清醒。

「真是討厭啦。要說到小諾啊，才一段時間沒見到，就長得這麼大了呢。在不知不覺中，完全是七個月大的表情呢。」

那是什麼樣的表情啊？

「啊，對了。話說回來，我有件事想要問你們兩個呢。」

媽媽摟住在身後的亞露卡娜的雙肩，把祂帶了過來。我還在想祂跑去哪裡了，原來是跟媽媽在一起啊。

「離婚官司怎麼樣了？」

媽媽以凝重的表情詢問。這麼說來，我還沒糾正這件事呢。

「媽媽，選定審判不是離婚官司。」

「咦……可是……小亞露是撿回來的吧？想從壞男人手中幫助她。」

她一說完，亞露卡娜就說：

「人子啊，這雖是正確的，不過讓妳誤會了。我沒有伴侶，也沒有進行離婚官司，請安心吧。」

「是這樣嗎？」

唔嗯，似乎很難得地有辦法說服呢。一對上亞露卡娜的視線，就發現祂也鬆了一口氣的樣子。

「一切都解決了。哥哥只是幫助了我。」

「……哥哥……？」

看到媽媽的反應，亞露卡娜的臉上浮現「遭了」的表情。

「剛剛是我口誤，希望妳別放在心上。」

「無妨，也跟媽媽說吧。」

我朝一臉困惑注視著我的媽媽明確地說：

「亞露卡娜是我的妹妹。不過，我並不是想讓祂成為媽媽和爸爸的孩子──」

「咦咦咦咦咦咦咦咦咦咦咦，小諾你……小諾你原來想當哥哥啊啊啊啊啊！」

「並不是這樣──」

「媽媽懂！媽媽都懂！小諾！這是那個『我才不要什麼妹妹呢』對吧！媽媽非常懂。媽媽我呢，也一直很想要妹妹喔。因為很寂寞！」

這件事似乎觸動了媽媽的心弦。

「不過，不過、不過，小亞露也有家人吧？」

「已經不在了。大家都死了。我是一個人。」

說完媽媽就一臉悲傷地看著亞露卡娜。這是很久以前的事。亞露卡娜的表情就跟往常一樣。

媽媽朝著這樣的祂溫柔地露出微笑，將祂緊緊擁抱在懷中。

「小亞露喜歡小諾嗎？」

「……我應該喜歡哥哥吧……」

「那要當我們家的孩子嗎？」

亞露卡娜就像不知所措似的反問：

「……可以嗎……？」

「要立刻成為家人，說不定不會很順利呢。因為像是手續和心情等，我想會遇到許多困難。不過，就先試著大家一起生活吧。」

「……這就叫做添麻煩吧？」

媽媽緩緩搖搖頭。

「沒問題喲，畢竟已經住在一起了。既然小諾說祢是妹妹，那就一定能好好成為家人。而且呢，媽媽其實也很想要一個女兒喲。」

「是這樣嗎？」

「是啊。所以，我們就先試著當當看彼此的家人，祢覺得如何？」

亞露卡娜思考了一會兒後說：

「……我想試試看……」

「好啊。啊，不過，這種事不能只靠媽媽來決定呢……」

就在媽媽準備朝周圍張望時——

「妳在說什麼啊，伊莎貝拉？我當然也非常贊成啊。非非非非常贊成啊。」

爸爸這時出現。他就像聽到了方才的對話，早已像是在說「投奔我的懷抱吧」一樣地敞開雙手，擺出裝模作樣的姿勢。他恐怕是想展現自己的包容力吧。

「阿諾斯，爸爸我呢，其實爸爸我也很想要一個女兒。我有許多要是有女兒就想去做的事情喔！能收養這麼可愛的女兒，我十分歡迎——」

「亞露卡娜妹妹最好要小心一點喔！阿諾斯弟弟的爸爸，露出了犯罪者的眼神喔！」

微醺的艾蓮歐諾露搖搖晃晃地走來，然後搖搖晃晃地離去。

「……犯罪者的眼神……我經常看到……！喔～喔、喔、喔、喔～！」

公雞騎士潔西雅用手刀敲擊爸爸的身體好幾下，然後就追著艾蓮歐諾露離開了。留下來的，只有難以言喻的尷尬氣氛。

「不，不是的。不是這樣的，小亞露！」

爸爸拚命地開始辯解：

「冷靜，冷靜下來吧。不是這樣的喔。我想做的不是這種下流的事，而是比如說讓妳穿上可愛的衣服、一起玩扮家家酒等。不對，不是的、不是的，我想做的不是這種事！」

總覺得爸爸越解釋，越像是在自掘墳墓。

「啊啊，對了、對了！是這樣子的、是這樣子的！」

爸爸就像在說自己想到好主意一樣地說，發出諂媚的聲音。

「小亞露，那裡有非常好吃的蛋糕喔。我們一塊兒去吃吧。那個，就算要叫我爸爸也沒關係喔。我開玩笑的啦～也太心急了。啊啊，不過要喊的話，叫我『把拔』說不定不錯呢。把拔啊，我其實很憧憬呢。哈哈！」

他一面這麼說，一面一個勁地推著亞露卡娜把人帶走——宛如一個用食物拐騙小孩的誘拐犯。

「那麼小諾，我去稍微陪小亞露玩喔。我們會好好相處的，你不用擔心。」

媽媽帶著笑臉追上爸爸與亞露卡娜。

「啊～阿諾斯。總算找到你了。」

莎夏一面搖搖晃晃地走來，一面不知為何地把臉撞在我身上。

「嗚～……你在做什麼啦……？」

「我什麼也沒做啊。」

米夏小碎步地走過來，牽起莎夏的手。

「莎夏喝醉了。」

「這種程度才不算喝醉啦。即使是我，也有在阿蓋哈的酒宴上學到教訓。」

米夏直眨兩下眼，微歪著頭。

「妳在阿蓋哈時，我記得就只是醉倒吧？」

米夏頻頻點頭。隨後，莎夏就用雙手捏著她的臉頰。

「不懂事的孩子會被弄成鬼臉喔？」

「……黑吼成鬼練了……」

米夏想說「被弄成鬼臉了」的樣子。

「哎，妳就原諒她吧，莎夏。米夏就只是在擔心妳而已。」

「嗚～怎樣啦，阿諾斯。阿諾斯是站在米夏這一邊的嗎？是在偏袒她嗎？」

「妳在說什麼，我怎麼可能會偏袒——」

「嘿！」

莎夏用雙手捏著我的臉頰，惡作劇地笑了笑。

「呵呵，阿諾斯也被弄成鬼臉了。」

我緩緩將雙手伸向莎夏，用手指碰觸她的臉頰。

「……咦……？」

「如果是這種遊戲，兩千年前也流行過。要比賽誰能把對手變成更怪的鬼臉，我可是從來沒輸過喔。」

我無畏地笑著，捏住莎夏的臉龐。

「妳做好覺悟了吧？我就把妳弄成光靠臉就能成為迪魯海德第一的小丑吧。」

「不要，不要——！討厭、討厭……人家才不是小丑啦……」

「咯哈哈！米夏也心甘情願被妳弄成鬼臉了，所以這次輪到妳了。」

莎夏連忙搖起頭來，但是被我的手指壓住，沒辦法好好地把臉移開。她就像是在鬧彆扭一樣地甩著雙腳，發出「啪答啪答」的聲響。

「米夏，救我……米夏……人家要被阿諾斯看到鬼臉了啦……」

「妳在說什麼理所當然的事。米夏，妳有什麼要求嗎？」

米夏直眨著眼。

「要求？」

「惡鬼、首長與史萊姆，我的種類可是很豐富喔。」

米夏稍微想了一下後說：

「讓她變可愛。」

「……唔嗯，變可愛啊？這樣好嗎？」

「嗯。」

很像她會說的話。在我直直注視起莎夏後，她就半哭著臉發出「嗚～」的一聲，向我投來害怕的眼神。

「……你、你想說我沒辦法變可愛嗎……？」

「沒什麼，小事一樁。」

我這麼說著，把雙手從莎夏的臉頰上放開。

「這樣就符合要求了吧。」

在愣了一下後，莎夏的表情就瞬間明亮起來。

「你可以再多看幾眼喔。」

莎夏開心地朝我露出笑容。然後，就像個醉鬼似的突然說：

「喂，阿諾斯。就讓你見識一下涅庫羅的祕術吧。」

莎夏一向米夏招手，她就小碎步地走到身旁來。兩人雙手交握後，莎夏就彎下上半身。

米夏則像是被她拉動一樣，同樣彎下上半身。

「『融合組合體操(tunnel)。』」

莎夏帶著滿面笑容，米夏則面無表情地看著我。

「莎夏喝醉了。」

是這樣沒錯呢。

「就讓她稍微醒一下酒吧。」

「我還要喝啦。阿諾斯也一起喝吧。」

「那就到外頭喝這個吧。」

我施展「創造建築」的魔法創造酒瓶，交到莎夏手上。

「是魔王酒耶！」

莎夏一臉開心地將魔王酒——也就是水抱在懷中。我一邁出步伐，莎夏儘管有些搖搖晃晃，還是跟了上來。米夏為了不讓她跌倒，於是牽著她的手。

「魔王酒就算醉了也很好喝呢。容易下口，喝再多也沒問題喔。這是為什麼啊？」

「是啊，這是為什麼呢？」

我們邊說邊離開宴會間。

§終章　【～神姻盟約～】

我帶著米夏與莎夏來到德魯佐蓋多的中庭。光線昏暗，周遭只有月光照耀著。

莎夏一副迫不及待的模樣想要倒出魔王酒，但是手抖得不停。米夏代替她接過酒瓶，把水斟進酒杯裡。莎夏津津有味地發出「咕嘟咕嘟」的聲音喝著那杯水。

今晚的夜風很舒服，只要待上一會兒，她的醉意也會退去幾分吧。

「……奇怪？是迪德里希與娜芙妲耶。他們在做什麼啊？」

莎夏把身體探出矮樹籬笆說。在她所看著的方向上，能看到迪德里希與娜芙妲。他們兩人不發一語地仰望著天空。

「我去拿魔王酒給他們！」

莎夏正要走過去，米夏就握住她的手加以制止。

「……怎麼了嗎？」

「之後再給。」

「是嗎？嗯～那就這麼做吧。」

莎夏再度老老實實地一個人發出「咕嘟咕嘟」的聲音喝起魔王酒。

「娜芙妲覺得很不可思議。」

未來神以靜謐的聲音向他說：

「迪德里希，本來應該沒有與你兩人一起在地上仰望那片天空的未來。」

「儘管帶祢來到這個未來的人並不是我，這一點讓我非常不甘心，不過我不會奢望要求更多。」

劍帝的臉上流露出自然且平穩的笑容。

「因為阿蓋哈的預言被顛覆，我們一起活下來了呢。」

娜芙妲隔了一會兒後說：

「顛覆預言的是魔王吧？可是，正因為迪德里希一直看著希望，他才會為我們伸出援手，娜芙妲是這麼想的。」

劍帝害臊地笑了笑。

「祢能這麼說，讓我稍微得到救贖了喔。」

「娜芙妲要詢問迪德里希。」

娜芙妲轉向他問：

「你為何能看見希望？」

「……哎，也是呢。」

迪德里希帶著非常尷尬的表情把手放到頭上，含糊其辭地喃喃自語。

「這件事不能下次再說嗎？」

「這是為什麼呢？」

「因為很難看啊。儘管把話說得那麼好聽，但要是全靠魔王的話，事到如今也無法再多說什麼了。」

娜芙妲低頭思索著什麼事，然後再度開口說：

「不過，那個答案肯定會是娜芙妲所追求的希望，娜芙妲的救贖。」

面對溫柔微笑的娜芙妲，迪德里希就像看得入迷似的倒抽一口氣。

「不論是娜芙妲還是迪德里希，都抵達意想不到的未來。娜芙妲的預言失誤，而你的預言也被顛覆了。儘管如此，我們兩人現在卻在過去不曾看到的未來之中。娜芙妲認為這是非常高興的事情。」

迪德里希面露苦笑。

「意思是我的失敗，正是祢所追求的希望嗎？」

「娜芙妲沒有失敗的概念，只有選擇了哪一條道路。所以，迪德里希。你給了娜芙妲最大的禮物。」

「這話還真是令人高興呢。」

迪德里希仰望著月亮。在不可能用他那雙眼睛看到的溫柔光芒照耀下，他的臉逐漸綻開笑容。就像在慢慢品嘗喜悅一樣。

「哎，只不過啊。如果是我的行動最後抵達這個戲劇性的偶然，那麼就不枉費我苦苦掙扎了吧。」

娜芙妲靜靜地點點頭。

寂靜籠罩現場。兩人不發一語，將視線朝向彼此。

「我一直在看著。」

迪德里希說：

「在祢第一次睜開神眼時，我就迷上祢的雙眼。儘管從祢身上獲得神眼，能看到眾多的未來，我也依然一直看著娜芙妲的身影。看著那個向未來追求著希望而徬徨，孤獨之神不停奮戰的身影。」

迪德里希用他的眼睛直直探頭看著娜芙妲的神眼。在娜芙妲靜謐的表情之前，迪德里希看起來害臊地露出笑容。

「也就是說呢，即使看到了什麼，我的雙眼也早已被娜芙妲所蒙蔽。不論是神眼也好，能看到眾多的未來也好，還是發現未來就只有死亡與絕望也好。」

迪德里希堂堂正正地說：

「我的眼睛都依然盲目著，所以我看不到。不論是絕望，還是不可能。」

就像要把這句話擁入懷中一樣，娜芙妲微笑起來。

「因為我迷上了祢，所以被愛蒙蔽的這雙眼看不見什麼絕望。」

「迪德里希。」

娜芙妲發出嚴肅且靜謐的聲音。

「你的話讓娜芙妲得到了確信。」

「……確信？」

迪德里希歪頭不解。

「這雙神眼（眼睛）會變得看不見未來，是因為變得跟你一樣盲目了吧。」

娜芙妲嫣然一笑後說：

「娜芙妲戀愛了。愛上迪德里希，愛上了你。所以這雙神眼（眼睛）被蒙蔽了。」

迪德里希就像很驚訝似的瞪圓了眼。

「……可是，娜芙妲不得不向你道歉。」

「道歉什麼……？」

他流露出些許不安地問。

「能看見未來的這雙神眼（眼睛），對阿蓋哈來說是不可或缺的存在。對身為劍帝的迪德里希來說也一樣。陷入戀愛的這雙神眼（眼睛），無法幫助治理國家的王。」

「……啊啊……什麼嘛，原來是這種事啊……」

迪德里希說。娜芙妲就像詢問似的，將祂的神眼（眼睛）朝向他。

「這是輕微的事嗎？」

「……當然。比起這種事，這該不會是我在作夢吧？」

迪德里希揚起豪邁的笑容靠到娜芙妲身旁。

「娜芙妲要詢問。你的意思是，這件事就像作夢一樣嗎？」

「這是當然的吧。」

迪德里希這麼說完，就將娜芙妲用力擁入懷中。

「因為我一直祈求著這個未來，一直在夢想著這個未來啊。」

娜芙妲伸手碰觸擁抱自己的強壯手臂，一臉喜悅地朝他露出微笑。

「這沒有什麼好道歉的。娜芙妲，祢自己應該也說過才對。那雙神眼（眼睛）看不見未來，代表未來在持續變化。就像過去的災厄之日一般黑暗的未來消失，讓未來總是存在希望吧。」

陷入戀愛的娜芙妲獲得愛與溫柔。身為未來神的祂藉由學會這些感情，讓名為未來的秩序迎來變化。他應該是這麼想的吧。

「不是祢的神眼（眼睛）變得看不見未來，而是未來變得充滿希望。只是因為未來沒有遭到封閉、在持續變化著，所以才會連祢的那雙神眼都無法澈底掌握了吧。」

娜芙妲就像安心似的點了點頭。

「未來充滿著祢的愛情，這怎麼可能會是不好的？」

「……迪德里希也覺得這會邁向更好的未來嗎？」

「娜芙妲。」

迪德里希說。以很像是他的豪邁，以及最重要的是，他帶著愛情地說：

「今後也能待在我身邊嗎？作為阿蓋哈的王妃。」

祂點了點頭，然後說：

「……娜芙妲要求誓約。」

「如果祢想要，不論什麼我都會發誓。」

依然被迪德里希擁在懷中的娜芙妲將手伸向了他的眼瞼。

「我想看著與你相同的景色，走在與你相同的道路上。想要與你分享娜芙妲的神眼（眼睛）與你的肉眼（眼睛），讓你變得也能稍微看見未來，讓娜芙妲變得能看見過去。」

因為是未來神，所以娜芙妲會遺忘過去。然而只要獲得迪德里希的肉眼，就會變得能一直保留記憶吧。

「這是個好主意呢。」

娜芙妲把手繞過他的脖子。

迪德里希讓擁在懷中的祂更加貼緊自己，兩人的臉默默靠近。

「娜芙妲會獲得迪德里希的未來，迪德里希會獲得娜芙妲的未來。汝願意宣誓，要一同分享這份希望嗎？」

「我宣誓，會終生與娜芙妲一同共度這個未來。」

「神與人締結了永不背棄的誓約。以未來神之名，在這裡處以神姻盟約。」

娜芙妲的右神眼（眼）一發出藍光，德里希的右眼就像在呼應似的變成有如龍的紅光。兩人微微錯開臉的位置，讓右眼與右眼重疊。

迪德里希與娜芙妲將臉緩緩分開。迪德里希的右眼上有娜芙妲發出藍光的神眼（眼睛），娜芙妲的右眼上則有迪德里希發出紅光的肉眼。

兩人交換了彼此的右眼。迪德里希用那隻神眼（眼睛）看著未來後說：

「與以前相比，確實完全看不到未來……相對地能看見希望。」

「娜芙妲也能看見。那肯定是希望的未來。」

說完，劍帝探頭看起娜芙妲的神眼（眼睛）。

「那麼必須要確認一下，我們是否能看到相同的景色。」

娜芙妲愣了一下，然後點了點頭。

兩人的臉再度貼近，視線在近距離下交錯。就這樣，嘴唇靜靜地疊合在一起。

夜空中浮現的點點星光，就像在祝福他們一樣地閃爍。

「太好了呢。」

遠遠看著這一幕的醉鬼少女說：

「迪德里希與娜芙妲結成連理了。可喜可賀、可喜可賀。對吧，米夏？」

米夏點了點頭。

「可喜可賀、可喜可賀。」

「啊，對了。」

就像想到什麼似的喊道後，莎夏搖搖晃晃地朝我走來。

「阿諾斯也跟我做那個吧？」

「那個是？」

「處以神姻盟約喔。嘿！」

莎夏把右手伸向我的眼睛。

「妳發什麼酒瘋啊？」

我在眼睛上施力，把她的手指彈回去。

「好痛……嗚～阿諾斯欺負人，手指挫傷了啦……」

「突然用手指戳眼睛，當然會挫傷。」

米夏說著「不痛、不痛」，揉著莎夏的食指。

「不過仔細想想，我們已經做過了呢。」

莎夏指向我的魔眼。

「那是我的魔眼（眼睛）呢。」

又說了奇怪的話。

「反了。妳是我的子孫吧？」

「嗚～……米夏，阿諾斯欺負人啦。明明是我把魔眼（眼睛）給了他，卻說得好像本來就是他的一樣啦。」

莎夏靠向米夏。米夏一面撫摸她的頭一面說：

「對她溫柔一點。」

真拿她沒辦法。

「知道了，莎夏。就讓我心存感激地使用妳的魔眼（眼睛）吧。」

「看到迪德里希和娜芙妲，讓我想起來了呢。」

沒在聽我說話。

「以前阿諾斯也吻過喔！」

這也反了，不過跟她爭這個也是白費功夫吧。

「真令人懷念呢。」

「在兩千年前喲。」

她還沒出生。

不對……但是要說的話，愛夏雖然不是背理神，莎夏她們在兩千年前見過我的可能性並沒有消失。假如是這樣的話，或許——

「喂，阿諾斯。現在呢，我突然注意到一件事，那個說不定呢……」

「什麼事？」

「我覺得好想吐喔。」

就只是個醉鬼。

「要解毒嗎？」

「不要！人家才沒有醉。」

她還真敢說。

「我帶妳到能躺下的地方吧。能走嗎？」

「沒問題喔。」

莎夏快步走起來，然後絆到自己的腳，「啪答」一聲摔在地上。

「嗚～……地面在反抗我……」

「真拿妳沒辦法。」

我施展「飛行」讓莎夏的身體浮起，把手繞到她的膝蓋後方與背上，將她抱在懷中。

「這樣就行了吧？」

我一邁出步伐，米夏就跟在我身旁。

「喂喂喂，阿諾斯。」

「怎麼了？」

「我原本要問什麼啊？」

不知道。

「米夏，妳知道嗎？就是那個啊，我之前想要問阿諾斯的事？」

米夏面無表情地直眨著眼，接著沉思了一會兒。不過，她就像摸不著頭緒的樣子。

「……跟我說過？」

「我沒說過喔。」

這樣誰知道。

「可是，我明明覺得，如果是米夏的話就會知道啊。」

別強人所難了。

「原本要問什麼啊？想得起來嗎？」

「……想不起來……」

「快想起來。」

「……我努力……」

我一面看著兩人之間的這種互動，一面走進德魯佐蓋多城裡，在走道上慢慢前進。城內到處都傳來人們在享受宴會的聲響。

不論是阿蓋哈、吉歐路達盧、蓋迪希歐拉，還是迪魯海德，民眾們現在共享相同的時間，彼此一同歡笑著。

儘管是一段意外非常匆忙的日子，倘若能聽到這些歡笑聲，也不枉費我這麼努力了。

「啊，對了。喂，阿諾斯。」

莎夏就像忽然想起來似的說。

「什麼事？」

「世界變和平了嗎？」

我不禁露出些許笑容。

「比兩千年前和平吧。」

後記

第七集是阿蓋哈的預言篇，所以是能看見未來的神與其搭檔的預言者，以及侍奉他的騎士們的故事。

未來視的能力非常方便，相反地我覺得對本人來說也有許多缺點。

這世上存在即使看到未來也無法避免的不幸，要一面等待那個遲早到來的不幸事件一面生活，等待期間發生的快樂事不就全部白費了嗎？我是這樣覺得的。

另一方面，假如能看到未來，我覺得大半的事情都有可能實現不是嗎？但不論是多麼好的事情，人們有辦法一直期待澈底知道結果的事情嗎？我有這種疑問。

像是運動或遊戲等，我想贏得比賽基本上都是快樂的事；不過贏了知道自己絕對會獲勝的比賽，人們會發自內心地感到有趣嗎？在運動上成為世界第一，這是因為極為困難所以才有價值的事，能看見未來的比賽，我覺得就好比是以幼稚園小孩為對手比棒球或籃球一樣的行為。

未來視是讓一切都變得預定和諧的能力，不論是在哪裡發生什麼事、誰說了什麼話都會知道，就像把破關過的遊戲再拿出來玩一樣，會讓人感覺這個世界就像是虛構的不是嗎？我無法不去這麼想。

覺得要是能看見未來就能做得更好的事情非常多，但要是能看見一切，把事情做好就會變成理所當然，讓成功本身的價值消失。假如不存在一切希望，只有不幸留下來，沒有比這還要糟糕的事了。

當看到一切的未來時，人究竟會追求什麼啊？本作登場的預言者迪德里希，是我邊思考這些事情邊寫出來的角色。我盡了最大的努力描寫他的生活態度與結局。倘若各位讀者能看得高興，將會是我望外的喜悅。

那麼，本集也承蒙しずまよしのり老師幫忙畫了非常精采的插畫。米夏的膝枕場景由於也受到了很大的迴響，所以能像這樣成為彩頁，讓我感慨萬千。

而這次也受到吉岡責任編輯非常大的照顧。很感謝您在百忙之中的協助。

在最後，我要由衷感謝閱讀本作的各位讀者。下一集是要解開關於阿諾斯一個重大謎題的重要故事。為了能讓各位讀者看得高興，我會努力完成作品，還請各位多多指教了。

二〇二〇年五月十一日　秋

奇諾の旅 I~XXIII 待續

Kadokawa Fantastic Novels

作者：時雨沢惠一　插畫：黑星紅白

那國家有口大箱子，許多國民在裡面沉眠!?
銷售高達820萬本的輕小說界不朽名作！

「妳說那只箱子嗎？那是守護我們永遠生命的東西啊！」看似不到二十歲的入境審查官對奇諾如此說明：「在那裡，有許多國民們沉眠著！」「沉眠著……？」奇諾將頭歪向一邊表達不解。「那裡可不是墓地喔！大家都還活著！只不過──」

各 **NT$180~260/HK$50~78**

續・魔法科高中的劣等生

魔法人聯社 1 待續

Kadokawa Fantastic Novels

作者：佐島 勤　插畫：石田可奈

《魔法科高中的劣等生》續篇開幕！
最強魔法師達也將捍衛魔法人的人權！

以壓倒性的能力成為世界最強的司波達也，在風起雲湧的高中生活落幕後，為了實現新的遠景而成立社團法人「魔法人聯社」，要為魔法人的人權展開捍衛行動！《魔法科高中的劣等生》續篇，將以「魔法人聯社」為主要舞台展開新篇章！

NT$220/HK$73

未踏召喚://鮮血印記 1~9 待續

Kadokawa Fantastic Novels

作者：鎌池和馬　插畫：依河和希

關鍵就在於兒時的恭介以及「妹妹」的真相……
系列最大的謎團將在此揭曉！

理應已經死亡的召換師信樂真沙美出手介入，讓城山恭介與「白之女王」免於爆發一場致命性衝突。女王為了避免摧毀恭介生存的整個世界，於是踏上「了解人類之旅」。祂究竟能不能接納召喚師、憑依體、凡人以及恭介？

各 **NT$240~280/HK$75~93**

田中～年齡等於單身資歷的魔法師～ 1~6 待續

Kadokawa Fantastic Novels

作者：ぶんころり　插畫：MだSたろう

受國王之命前往學園都市參加會議，卻意外被甜美可人的JC告白了!

費茲克勞倫斯家大小姐因故而喪失記憶，費茲克勞倫斯公爵與田中為此鬆了口氣。他帶著一點點的遺憾領命代表國家前往學園都市參加對抗魔王會議，卻在那裡巧遇故人，還認識了可愛的JC!什麼！田中的春天終於來了嗎？

各 NT$240~260/HK$80~87

國家圖書館出版品預行編目資料

魔王學院的不適任者：史上最強的魔王始祖,轉生就讀子孫們的學校/秋作；薛智恆譯. -- 初版. -- 臺北市：臺灣角川股份有限公司, 2022.04-
冊；　公分. -- (Kadokawa fantastic novels)

譯自：魔王学院の不適合者：史上最強の魔王の始祖、転生して子孫たちの学校へ通う
ISBN 978-626-321-345-6(第7冊：平裝)

861.57　　111001899

Kadokawa Fantastic Novels

魔王學院的不適任者～史上最強的魔王始祖，轉生就讀子孫們的學校～ 7

（原著名：魔王学院の不適合者～史上最強の魔王の始祖、転生して子孫たちの学校へ通う～7）

2022年4月20日　初版第1刷發行
2022年12月16日　初版第2刷發行

作者：秋
插畫：しずまよしのり
譯者：薛智恆

發行人：岩崎剛人
總編輯：蔡佩芬
編輯：彭曉凡
美術設計：吳佳昫
印務：李明修（主任）、張加恩（主任）、張凱棋

發行所：台灣角川股份有限公司
地址：104台北市中山區松江路223號3樓
電話：（02）2515-3000
傳真：（02）2515-0033
網址：www.kadokawa.com.tw
劃撥帳戶：台灣角川股份有限公司
劃撥帳號：19487412
法律顧問：有澤法律事務所
製版：尚騰印刷事業有限公司
ISBN：978-626-321-345-6
